Oskar Bitter

SPÄTE JAGD

Psychologischer Thriller

novum ⬦ pro

www.novumverlag.com

Bibliografische Information
der Deutschen Nationalbibliothek:

Die Deutsche Nationalbibliothek
verzeichnet diese Publikation in
der Deutschen Nationalbibliografie.
Detaillierte bibliografische Daten
sind im Internet über
http://www.d-nb.de abrufbar.

Gedruckt in der Europäischen Union
auf umweltfreundlichem, chlor- und
säurefrei gebleichtem Papier.

© 2024 novum Verlag

ISBN 978-3-99146-477-8
Lektorat: Tobias Keil
Umschlagfoto:
Przemyslaw Iciak | Dreamstime.com
Umschlaggestaltung, Layout & Satz:
novum Verlag

www.novumverlag.com

Druckprodukt mit finanziellem
Klimabeitrag
ClimatePartner.com/16547-2311-1001

**Verrätereien begeht man öfter aus Schwäche
als in der ausgesprochenen Absicht, zu verraten**.
François VI. Duc de La Rochefoucauld (1613–1680)

INHALTSVERZEICHNIS

VORWORT

Im stolzen Alter von fünfundachtzig Jahren bezieht der alleinstehende Faustus Molenbrick ein Zimmer in der Seniorenresidenz seines Heimatortes. Er ist froh darüber, dass er endlich einen Platz in Neu-Moritzhain gefunden hat.

Drei Wochen nach dem Einzug – am Gründonnerstag – bereitet die Nichte von Herrn Molenbrick zusammen mit ihrer Tochter die Räumung des verlassenen Eigenheims vor. Während der Besichtigung des Objektes stoßen sie im Obergeschoss in der Besenkammer zufällig auf eine Zugstange für die Dachbodenklappe. Ohne langes Überlegen ziehen sie die steile Ausziehleiter herunter und steigen hinauf. Sie gelangen auf einen kahlen, unbenutzt wirkenden Trockenboden. An manchen Stellen ist der Mörtel von den Dachziegeln abgebröckelt und liegt auf dem staubigen Boden herum. An dem einen Ende stehen sie vor einer gemauerten Wand, hinter der sich ein weiterer Raum befinden muss. Damit haben sie nicht gerechnet. Nach einigen Versuchen finden sie endlich den richtigen Schlüssel, der in das Vorhängeschloss der verriegelten Tür passt. Gespannt betreten sie die Mansarde.

Die Glasscheibe des runden Fensters an der Stirnseite des Dachbodens ist völlig verschmutzt. Es dringt so gut wie kein Licht hindurch. Sie tasten vergeblich nach einem Lichtschalter neben dem Türrahmen. Die Tochter zieht ihre Taschenlampe aus der Jackentasche und leuchtet in dem Raum herum. Hier wurden die Dachschrägen verkleidet. Die Wände sind mit fleckigen Raufaserbahnen tapeziert. An manchen Stellen haben sie sich vom Untergrund gelöst. Es riecht muffig und leicht verräuchert. Als Erstes entdecken sie Karl-May-Romane, mehrere Naturführer und ein uraltes Lexikon in dem Wandregal links neben der Tür. Auf der anderen Seite steht eine schmale Kommode. Jemand hat dort einen zusammengerollten schwarzen Ledergürtel mit metallener Schnalle sowie einen olivgrünen Brotbeutel abgelegt.

Letzterer wird von Wanderern und Pfadfindern gern neben dem Rucksack als Umhängetasche getragen. Das haben die beiden auf ihren Ausflügen schon öfters gesehen. In den Schubfächern sind Wolldecken und Bettlaken verstaut. Übermütig lässt sich die Großnichte von Faustus Molenbrick vor dem leeren Schreibtisch unter dem Giebelfenster auf einen bequemen Lehnstuhl fallen. In dem wackelnden Lichtkegel ihrer Taschenlampe wirbelt jede Menge Staub auf. Die Mutter stolpert über das Kabel einer Stehlampe und reißt es aus der Steckdose heraus. Daraufhin leuchtet die Tochter die Wand ab, findet den Anschluss, drückt den Stecker wieder hinein und knipst den Schalter an. Sofort leuchtet es durch den leicht zerschlissenen, lindgrünen Stoffschirm hell auf. Gemeinsam mustern sie den gusseisernen Kaminofen, in dem reichlich weißgraue Asche zurückgeblieben ist. Daneben steht ein brüchiger Weidenkorb. Ein paar Holzscheite und eine Schachtel Streichhölzer liegen darin. Unter dem Bett ziehen sie einen Nachttopf hervor. Er ist leer. Kein Zweifel: Das ist keine Abstellkammer. Diesen Raum hat sich jemand eingerichtet. Allerdings muss das schon ziemlich lange zurückliegen.

Dort, wo sich das kleine Oberlicht befindet, ist der untere Teil der Dachschräge durch eine meterhohe Holzverkleidung abgetrennt. Zwei verzogene Klapptüren, die sie nur mit allergrößter Mühe quietschend und knarrend öffnen können, ermöglichen den beiden Spürnasen Einblick in den dahinterliegenden Stauraum. Anscheinend ist er nie benutzt worden. Doch dann strahlt die Taschenlampe zwei mit einer rostbraunen Masse beschmierte Gegenstände an: ein Fahrtenmesser und ein aufgeklapptes Taschenmesser. Vor Aufregung übersehen sie beinahe den zerknitterten Zettel. Die Botschaft, die er enthält, klingt gestelzt und bedrohlich zugleich:

„Du elender Frevler! Deine Schandtat schreit nach sofortiger Vergeltung. Die Klinge ist gewetzt. Die Hatz beginnt. Der Todesengel schwebt über Dir. Der unerbittliche Rächer macht sich auf den Weg."

Die Buchstaben sind aus einer Zeitung ausgeschnitten und auf das Blatt geklebt worden. Befindet sich auf den Messern getrocknetes Blut? Der Drohbrief legt das nahe. Sie lassen alles an Ort und Stelle liegen. Gefolgt von ihrer Mutter klettert die Tochter die Leiter wieder herunter. Da oben wollen sie keine Sekunde länger bleiben.

„Diese Kammer wurde vor uns geheim gehalten. Aber warum? Was ist dort geschehen?", fragt die schockierte Tochter. Die Mutter zuckt mit den Schultern und antwortet verunsichert: „Mit so etwas habe ich nicht gerechnet. Das passt doch überhaupt nicht zu Onkel Faustus. Was er wohl dazu sagen wird?"

Erstmal brechen sie alle weiteren Vorbereitungen zur Entrümpelung des Hauses ab und überlegen, wie sie in dieser Angelegenheit am besten weiter vorgehen. Der Onkel ist geistig noch ziemlich rege und macht insgesamt einen ausgeglichenen Eindruck. Selbst auf die Gefahr hin, dass ihm ihre Entdeckung unangenehm sein sollte, halten sie ihn diesbezüglich für belastbar. Auch wenn sich in der Dachkammer jemand Drittes mit seinem Einverständnis aufgehalten hat, muss Faustus Molenbrick noch lange nichts von den offenbar mit Bedacht in der Dachschräge versteckten Gegenständen gewusst haben.

Deshalb rufen sie ihn in der Seniorenresidenz an. Auf dem Apparat in seinem Zimmer. Weil niemand abnimmt, wählen sie die Nummer der Rezeption.

Dort erfahren sie, dass ihr Verwandter heute schwer gestürzt und dabei heftig mit dem Kopf auf einer Steinplatte aufgeschlagen ist: während seines gewohnten täglichen Rundgangs durch die Grünanlage des Wohnheims. Den habe er bei gutem Wetter immer gleich nach dem Frühstück unternommen. Vor drei Stunden sei er von einem Rettungswagen abgeholt und ins Eibenstädter Klinikum eingeliefert worden.

Sofort rufen sie dort an und werden zur Intensivstation weitergeleitet. Zu spät! Ihr Verwandter sei vor wenigen Minuten an den Folgen der schweren Verletzungen gestorben. Das Seniorenheim werde jetzt benachrichtigt. Der Stationsarzt schildert ihnen knapp die Umstände:

„Das ist alles so plötzlich geschehen, dass der alte Mann kaum gelitten hat. Hier ist er nicht mehr zu Bewusstsein gekommen. Und dann hat sein Herz aufgehört zu schlagen."

Sie sind erschüttert und brauchen einige Zeit, um diese Nachricht einigermaßen zu verdauen. Die trostlose Atmosphäre in dem verlassenen Haus ist kaum auszuhalten. Um sich abzulenken, überlegen Mutter und Tochter, was für Konsequenzen sich aus der neuen Situation für sie ergeben:

„Wir könnten die belastenden Gegenstände ein für alle Mal entsorgen. Noch weiß niemand etwas davon. Aber was ist, wenn hier noch mehr solcher Überraschungen auf uns lauern?", gibt die Großnichte zu bedenken. „Dann ist das jetzt nur die Spitze des Eisbergs."

„Mal bitte nicht den Teufel an die Wand! Sollte Onkel Faustus wirklich etwas damit zu tun haben, kann er deswegen sowieso nicht mehr belangt werden. Aber wenn sich jemand hinter seinem Rücken schuldig gemacht hat, will ich das schon wissen!", antwortet die Mutter. „Wenn jemand seine Gutmütigkeit schamlos ausgenutzt hat."

Dem hat die Tochter nichts entgegenzusetzen. Eine Weile drucksen sie noch vor sich hin. Schließlich geben sie sich einen Ruck und benachrichtigen die Polizei. Obwohl sie gegenüber dem Onkel ein schlechtes Gewissen haben. Trotzdem!

„Man kann ja nie wissen …", sagt die Mutter. „Für alle Fälle. Nicht dass man uns später vorwirft, etwas verheimlicht zu haben", bekräftigt die Tochter. „Dafür halte ich meinen Kopf nicht hin."

Kurze Zeit später steht ein Polizeiwagen vor dem Haus. Und in Eibenstädt macht sich ein gut vernetzter, sensationsgieriger Reporter vom „Hochwald-Kurier" auf den Weg nach Neu-Moritzhain.

Der Tod von Faustus Molenbrick hat die beiden Frauen schwer getroffen. Am späten Abend können sie endlich in aller Stille um ihn trauern.

Elvira, die Nichte.

Ihre Tochter Okka, die Großnichte.

Jede für sich.

Jede allein bei sich zu Hause.

I

1966

Er ist noch nie so lange ohne sie unterwegs gewesen. Ohne seine Eltern: Papa Julius und Mama Christa. Ohne seine Geschwister: die zwei Jahre älteren Zwillinge Maria und Bernd. Alle beneiden ihn, weil er mit den Pfadfindern auf „Große Fahrt" geht. Klar, die Neugier hat ihn mächtig gepackt. Aufregung und Vorfreude steigern sich von Tag zu Tag. Seine Gruppe ist in Ordnung. Den Führer, Wolfgang Pahlmann, will er sich auf Distanz halten. Irgendetwas an seiner Art stört ihn: Manchmal ist er zu streng, manchmal ist er zu nett.

Jeder verstaut in seinem Tornister, was er in den zwei Wochen unbedingt braucht: Wechselwäsche, Kulturbeutel, Taschenmesser oder Fahrtendolch, Kochgeschirr mit Becher und Essbesteck. Die übrige Ausstattung besteht aus Hordentopf, Proviant, Erste-Hilfe-Set, Streichhölzern, Kerzen, Stablampe, Karten und Kompass. Hinzu kommt das kleine Fahrtenbeil. Damit fällen sie junge Buchen oder Birken für die Zeltstangen. Oder sie hauen dicke Äste für Heringe zurecht und spitzen sie zu. Oder sie machen Kleinholz. Der zusammenklappbare Mini-Spaten gehört auch noch dazu. Damit sie bei starkem Regen Abflussrinnen um das Zelt herum graben können. Sie sind wirklich für alle Fälle gerüstet. Was sie über den persönlichen Bedarf hinaus mitnehmen, teilen sie immer gerecht untereinander auf. Zum Schluss werden die Schlafsäcke in Zeltbahnen oder Regenponchos so fest wie möglich eingerollt, um sie dann an den Tornistern mit Lederriemen festzuschnallen.

„Sieht aus wie ein U, das auf dem Kopf steht", sagt Georg zu Papa Julius, der ihm beim Zusammenrollen geholfen hat.

Die Tornister sind nicht leicht, lassen sich aber gut tragen. Obwohl sie auf den Rücken der Jungen für Außenstehende vielleicht etwas monströs wirken. Nur Wolfgangs ist für die anderen zu schwer, weil er den Hordentopf übernimmt, in dem sie noch einen Teil der Lebensmittel verstauen. Der Gruppenführer schnallt das große Blechgefäß an den dafür vorgesehenen Laschen auf dem Deckel seines „Affen" fest. So heißen diese mit braunem Rinderfell bezogenen Tornister tatsächlich: Die Tierhaare weisen Nässe durch Regen oder Schnee ab. In dem Topf kochen sie auf einer mit Steinen abgesicherten Feuerstelle Tütensuppen, Kartoffeln, Nudeln, Grießbrei, Wasser für Tee oder was auch immer. Die Klampfe von Wolfgang tragen sie abwechselnd. Ohne dieses Utensil geht gar nichts. Und: Ohne ausgiebige Pausen würden sie ihre jeweilige Etappe nicht schaffen.

Ihr Zelt ist eine sogenannte Kothe, ein den Behausungen der Samen in Lappland verwandtes Modell. Die Unterseiten der vier zusammengeknüpften Zeltbahnen werden mit Heringen im Boden verankert. Die schmaleren, oberen Enden müssen sie an einem Kreuz aus Ästen befestigen. Dann binden sie zwei dünne Baumstämme an der Spitze so zusammen, dass eine Gabel entsteht, und stellen sie quer über dem Zelt auf. Während jeweils zwei von ihnen die Stämme festhalten, wirft Wolfgang ein Seil über die Gabel und bindet das eine Ende in der Mitte des Kreuzes fest. Dann kriecht er unter die Zeltbahnen und zieht die Kothe so weit hoch, dass die Spannung dem Ganzen einen stabilen Halt gibt. Jetzt wird das freie Seilende am Kreuz fest verknotet und die Kothe steht wie eine Eins. Georg wundert sich jedes Mal aufs Neue, wie genial dieses System funktioniert. Aber nur, wenn die Heringe auch wirklich fest in der Erde verankert sind. Neben allem anderen hängt der erfolgreiche Aufbau der Kothe auch von dem Auffinden einer dafür geeigneten Stelle ab.

Die durch das Kreuz verursachte Öffnung wird zum Schutz gegen Regen mit einer Plane abgedeckt. Ansonsten bildet sie den Rauchabzug, wenn sie in der Mitte des Zeltes ein Feuer brennen lassen. In kalten Nächten wechseln sie sich für die Nachtwache ab, die immer eine volle Stunde dauert. Georg findet es toll, zwischen drei und vier Uhr nachts für Holznachschub zu sorgen und in die Flammen zu starren. Er ist noch nie auf diesem Posten eingeschlafen. Wolfgang weiß das zu schätzen: Georg lässt sich freiwillig für diese kritische Zeitspanne einteilen und man kann sich immer auf ihn verlassen. Die anderen halten in dieser Phase meistens nicht durch und nicken schon nach ein paar Minuten wieder ein. Wenn dann jemand später zufällig aufwacht, ist das Feuer ausgegangen und muss mit der restlichen Glut neu entfacht werden.

Es ist Freitag, als sie endlich auf Fahrt gehen, zwei Tage nach dem Beginn der Sommerferien. Ihre Pfadfindergruppe durchstreift ein einsames Mittelgebirge. Wasser für die Feldflaschen bekommen sie auf den weit verstreuten Bauernhöfen und in den kleinen Dörfern. Die Leute sind hilfsbereit. Manchmal stoßen sie auch auf eine Quelle im Wald. Mit ihrer Ausrüstung können sie sich perfekt im Gelände bewegen. Egal, wie das Wetter ist.

Heute wandern sie durch ein enges Tal. An einer Stelle staut sich der Bach zu einem kleinen See. Das Wasser ist glasklar. Sie wollen sich abkühlen. Georg schlüpft als Erster in die Badehose. Er ist eine Wasserratte. Auf einmal schaut ihn Wolfgang verärgert an.

„In unserem Jungenbund gehen wir nicht mit Klamotten ins Wasser. Entweder wir baden nackt oder wir lassen es bleiben."

Dann zieht sich der Gruppenführer aus und steht breitbeinig in seiner voll entwickelten Männlichkeit vor ihnen. Georg ist verunsichert und schaut an ihm vorbei. Er fixiert eine Baumwurzel am Ufer. Papa Julius hat sich noch nie so aufdringlich vor ihm entblößt.

„Wollt ihr etwa nachher die nassen Badehosen mit euch herumschleppen?"

Die anderen Jungs grinsen und schon springen sie splitternackt ins frische Nass. Nur Georg nicht. Er geht wie gewohnt ins Wasser und schwimmt am längsten. Danach wringt er seine Badehose aus und wickelte sie in ein Handtuch. Heute Abend bekommt er nichts zu essen. Normalerweise ist das die Strafe für Vergehen wie Rülpsen oder Furzen beim gemeinsamen Einnehmen der Mahlzeiten, wenn sie sich im Kreis gegenübersitzen. Dann darf man zwar in dieser Runde noch zu Ende essen, muss aber beim nächsten Mal aussetzen. Wolfgangs Maxime:

„Ohne Disziplin sind wir ein maroder Haufen! Unser Verhalten soll vorbildlich sein – nicht abschreckend. Wir wollen uns nicht wie Rowdys aufführen. "

Bisher sah Georg das genauso. Aber was ist daran rowdyhaft, wenn er mit seiner Badehose ins Wasser geht? Das ist vollkommen daneben. Manchmal kann ihr Gruppenführer echt unangenehm werden. Trotzdem macht der angebliche Rowdy gute Miene zum bösen Spiel. Mit dieser lächerlichen Maßnahme lässt er sich nicht von dem abbringen, was er für richtig hält. Das Verhalten seines Gruppenführers findet er ausgesprochen unsportlich. Auch von seinen Kameraden ist er enttäuscht:

„Hätte nie gedacht, dass die bei so einer Gemeinheit alle mit Wolfgang an einem Strang ziehen."

Gerade belegen sie ihre Brotscheiben mit Frühstücksfleisch aus Dosen und teilen die von einem Baum am Feldweg geplünderten Kirschen untereinander auf. Währenddessen machen sie allerhand Witzchen über ihren verklemmten Mitstreiter, allen voran Wolfgang. Niemand ahnt, dass Georg in seiner Geheimtasche im Tornister „für alle Fälle" eine Vollmilch-Nuss-Schokolade aufbewahrt: zur Sicherheit zusätzlich mit Zeitungspapier umwickelt und in einem dicken Wollstrumpf verstaut. Nachdem er den anderen eine Weile beim Essen zugesehen hat, steht er auf und sagt zur Erklärung:

„Muss mal austreten."

Er kriecht kurz in die Kothe und holt sich heimlich die Notration. Als er wieder herauskommt, hält er demonstrativ eine halb verbrauchte Rolle Klopapier in der Hand. Wolfgang nickt ihm gnädig zu.

„Vergiss die Schippe nicht!"

Damit meint der Gruppenführer, dass er seine Hinterlassenschaft gut einbuddeln soll. Das ist bei den Pfadfindern so üblich. Georg greift zu dem kleinen Spaten, der neben dem Zelt im Boden steckt, und macht sich auf den Weg. Hinter einem riesigen Buchenstamm setzt er sich ins Laub und lässt es sich schmecken. Ein bisschen zusammengeschmolzen ist die Tafel schon, aber das macht ihm nichts aus:

„Die Form ist mir ganz egal. Wichtig ist der Inhalt. Hm, ist das lecker! Wenn das die anderen wüssten …"

Wie gut, dass ihre Fahrt schon am nächsten Tag zu Ende geht. Als sie spätabends am Bahnhof ankommen, stellen sie sich zum Abschluss in der Eingangshalle im Kreis auf und singen ein Lied, das sie unterwegs eingeübt haben: „Wenn die bunten Fahnen wehen."[1] Zum Abschied ist das so Sitte und gehört zu den ungeschriebenen Gesetzen ihres Bundes. Georg findet es zünftig, nach einer Fahrt so auseinanderzugehen. Die Eltern lauschen dem volltönenden Gesang ihrer Söhne mit voller Begeisterung. Sie können es kaum erwarten, ihre Schützlinge in Empfang zu nehmen.

Papa Julius ist nicht mitgekommen, sondern besucht mit Maria und Bernd das Open-Air-Kino im Eibenstädter Stadtpark. Wolfgang begrüßt Mama Christa und streicht Georg zum Abschied etwas ruppig übers Haar. Georg will sein Geschenk für die Mutter auspacken: den mit großer Mühe aus einer ziemlich harten Wurzel geschnitzten Wicht. Wolfgang hilft ihm, den Tornister abzunehmen. Er trägt ihn sogar bis zum Wagen seiner Mutter und legt ihn in den Kofferraum. Warum behandelt ihn Wolfgang wie ein Kleinkind? Dann wird er Mama Christa den Wicht eben später geben. Für seine Schwester hat er eine Katze geschnitzt, auch aus einer Wurzel. Bernd bekommt einen besonders schönen Rosenquarzstein aus einem der vielen Bachläufe, die sie überqueren mussten. Papa Julius geht erstmal leer aus. Er muss sich noch gedulden, bis er eine der wirklich gelungenen Aufnahmen von unterwegs vergrößert hat. Vielleicht nimmt er die von der Krausen Glucke. So ein riesiges Exemplar dieses Pilzes hat er vorher noch nie gesehen. Das wird seinen Vater bestimmt genauso beeindrucken wie ihn selbst. Aber dafür muss Georg erstmal den Film zu Hause in der kleinen Dunkelkammer im Keller entwickeln. Wolfgang sieht seine Eltern vor dem Bahnhofsgebäude stehen. Sie winken ihnen zu, machen aber keine Anstalten, näher zu kommen. Georg findet, dass sie ganz schön alt aussehen.

„Wusste gar nicht, dass die mich abholen wollten. Umso besser. Wie ich meine Eltern kenne, haben sie es bestimmt supereilig. Georg, dann bis zum nächsten Mal. Ach so, am Samstag in drei Wochen ist Bundestreffen im Landheim. Vergiss nicht, die Fotos mitzubringen. Tschüss, Frau Molenbrick."

Georg ist elf. Wolfgang hat ein paar Wochen vor ihrer Fahrt den sechzehnten Geburtstag gefeiert und die „Fledermäuse" in eine Eisdiele eingeladen. Ihre Gruppe hat sich für diesen Namen entschieden. Fledermäuse haben einen fantastischen Orientierungssinn. Mit diesen Lebewesen kennen sie sich bestens aus. Wenn sie auf Fahrt sind, lassen sie keine Gelegenheit aus, die Großen Abendsegler in der Dämmerung zu beobachten. Bis die Dunkelheit sie endgültig verschluckt. Irgendwo sind fast immer welche unterwegs.

Auf der Jagd nach Insekten.

*

Die enge, holprige Hochwälder Landstraße führt von Eibenstädt zur Distrikthauptstadt Clausburg. Seit dem Bau der neuen Schnellstraße wird sie hauptsächlich von den Anwohnern der Ortschaften und Gehöfte genutzt, die direkt an dieser Strecke liegen. An einer einsamen Stelle zweigt ein üppig bewachsener Feldweg mit tief gefurchten Spurrillen von der Fahrbahn ab. Bis nach Ober-Waldheim, der nächsten Ortschaft, sind es von hier noch gut sieben Kilometer. Direkt an der Abzweigung stehen zwei Holzpfähle, an die eine dunkelgrüne, dreizeilig beschriftete Tafel geschraubt ist. Eingerahmt von zwei stilisierten Lilien[2] sehen Vorbeikommende darauf den Hinweis „LANDHEIM". Darunter steht „Pfadfinderbund" und darunter wiederum „Fahrende Schar". Die gelbe Schrift hebt sich deutlich vom Untergrund ab.

Das abgelegene Anwesen ist von der Landstraße aus nicht einsehbar. Es reiht sich unauffällig in die von kleinen Baumgruppen, Viehweiden und bestelltem Ackerland geprägte Hügellandschaft ein. Die nächsten Anrainer leben in dem Aussiedlerhof neben der bewaldeten Anhöhe am östlichen Horizont. Wer unter der Woche und außerhalb der Schulferien bis hierher vordringt, begegnet keiner Menschenseele.

Keiner?

Der Schein trügt!

Das Landheim steht am Rande einer ausgedehnten Wiese, die eine dichte Sträucherhecke mit einer Höhe von fast drei Metern säumt. An einem wunderschönen Frühsommertag ist der benachbarte Bauer dort mit seinem Traktor zugange. Das Gras ist schon hochgeschossen und muss gemäht werden. Heute ist Mittwoch. Auf den ersten Blick wirkt das Haus verlassen. Als der Landmann wieder einmal beim Abfahren seiner Runden die Blickrichtung ändert, sieht er etwas weiß hinter dem Gebüsch direkt neben dem Gebäude durch die Zweige schimmern. Aber er kann nicht erkennen, was es ist. Nachdem er alles abgemäht und zum Trocknen in langen Reihen aufgehäufelt hat, steuert er auf den gut befestigten Feldweg hinter dem Landheim zu. Der führt auch nach Ober-Waldheim und ist wesentlich kürzer als die Hochwälder Landstraße. Wer sich in der Gegend auskennt, würde von Eibenstädt kommend als Anlieger diese Verbindung bevorzugen. Auch mit dem PKW. Gerade als er auf die fein geschotterte Spur einbiegen will, sieht er einen weißen VW 1500 Variant Kombi aus dem Gebüsch rollen. Er wartet und lässt den Wagen vorfahren. Am Lenkrad sitzt ein Mann, den er auf Anfang dreißig schätzt. Auf dem Sitz daneben hockt ein blondgelockter Junge, der wie versteinert zum Traktor herüber starrt und nicht auf sein Winken reagiert. Der Landwirt ist überrascht:

„Der kleine Kerl sieht aus, als ob ihm gerade etwas Furchtbares passiert ist. Als hätte er einen Schock bekommen. Die Pfadfinder, die mir hier sonst hin und wieder mal begegnen, wirken dagegen immer reichlich ausgelassen und fröhlich."

Der Trecker tuckert ruhig dahin, während dem Fahrer der Blick des Jungen nicht aus dem Kopf geht.

„Vielleicht hat ihm sein Begleiter die Gruselgeschichten über das verfallene Kloster an dem versumpften Weiher erzählt. Über die enthauptete Äbtissin, die dort herumspuken soll."

Die fast völlig zugewachsene Ruine liegt ein paar hundert Meter abseits vom Landheim. Man muss den Weg gut kennen. Das ist ein unheimlicher Ort, an den sich nur selten jemand verirrt.

„Aber deswegen sah der Junge nicht so verstört aus. Jetzt mal ernsthaft: Was haben die beiden hier überhaupt zu suchen? Mitten in der Woche. Ohne all die anderen, die sonst immer mit dabei sind?"

Hinter dem nächsten Hügel biegt der Bauer in die Einfahrt zum Hof ab. Seine Frau und die beiden Töchter erwarten ihn zum Abendessen. Das bringt ihn auf andere Gedanken.

„Endlich Feierabend!"

*

Wegen der überdachten Veranda, die sich über die gesamte Vorderfront erstreckt, und der vier Fenstertüren, durch die man auf sie gelangt, wirkt das Landheim majestätisch und rustikal zugleich. Die weinroten Dachziegel und die grob verputzten, weiß angestrichenen Wände betonen diesen fast mediterran anmutenden Baustil. Abgesehen von dem ansehnlichen Vorbau ist es ein schlichtes, einstöckiges Gebäude mit ausgebautem Dachgeschoss.

In die Kellerräume fällt tagsüber durch Fensterschächte ausreichend Licht, um sich in der Küche und dem gegenüberliegenden Waschraum zurechtzufinden. Zusätzlich wird die große, weiß gekachelte Küche durch eine flimmernde Röhre an der Decke hell erleuchtet. Im Kellergang und im Waschraum hängt jeweils eine vergitterte Glühbirne an der Wand. Damit können die beiden Räume nur spärlich beleuchtet werden. Nach Sonnenuntergang ist das kein Ort für Angsthasen. Die fünf Duschen, die sich im Waschraum befinden, haben keine Kabinen oder Vorhänge. Toiletten gibt es draußen auf dem Hof in einem Anbau.

Im Erdgeschoss befinden sich ein gemütliches Kaminzimmer für Gruppenabende und ein geräumiger Essenssaal, der auch für die regelmäßig stattfindenden Zusammenkünfte der Mitglieder genutzt wird. Manchmal sitzt hier eine große Anzahl Pfadfinder aus verschiedenen Ortschaften des Landstrichs Hochwald dicht gedrängt beim Singen und Erzählen zusammen. Im hinteren Teil des Erdgeschosses ist ein Raum mit zehn einfachen Feldbetten als Schlafstätte eingerichtet.

Die Gruppen haben meistens fünf bis acht Mitglieder, oft mit einer leichten Fluktuation von Aussteigern und Neuzugängen. Der Führer trägt das wappenförmige Bundesabzeichen über der rechten Brusttasche seines Uniformhemdes. Es zeigt eine Wildente im Flug, mit gelbem Garn auf hellblauen Stoff gestickt. Danach kommen in der Hierarchie des Pfadfinderbundes die Träger des schwarzen Halstuchs mit gelbem Randstreifen: die Wölflinge. Das Schlusslicht bilden meistens ein oder zwei Neue.[3] Letztere haben sich noch keiner Prüfung unterzogen und warten auf die sogenannte Wölflingstaufe, die nach strengen Regeln erfolgt: im Winter barfuß durch den Schnee laufen – im Sommer mit verbundenen Augen ein Maisfeld durchqueren. Wobei das noch die harmloseren Varianten sind. Erst danach wird das Halstuch verliehen.

Im ausgebauten Dachgeschoss ist ein großer Schlafsaal eingerichtet. In diesem Raum stehen zwölf zweistöckige Betten. In zwei Reihen zu jeweils sechs Betten mit einem Mittelgang dazwischen. Auf den quietschenden Ungeheuern aus Stahl und Draht liegen reichlich versiffte Rosshaarmatratzen sowie ordentlich zusammengelegte graue Jugendherbergsdecken. Voll belegt – was selten vorkommt – ist es hier wie im Taubenschlag. Nachts muss dann immer besonders gut gelüftet werden. Die Tür zum linken Giebelzimmer, das den Gruppenführern vorbehalten bleibt, wird dann meist einen Spalt geöffnet: Damit es nicht drunter und drüber geht. In der rechten Stirnseite befindet sich – abgetrennt von dem kleinen Flur oberhalb der Treppe – ein separater Raum. Hier quartiert sich der Bundesführer ein. Er schläft auf einer Matratze, die durch eine von der Decke herunterhängende Stoffplane – ähnlich wie bei einem Paravent – vom sonstigen Raum abgetrennt wird. Wer genauer in diesen abgetrennten Bereich hineinsieht, erkennt dort zwei Matratzen hintereinander auf dem Boden liegen.

Hans Lichtenstein, der wackere Bundesführer aus dem Eibenstädter Nachbarort Lurchheim, hat immer einen Auserwählten, der sich die Schlafstätte für kürzere oder längere Zeit mit ihm teilt. Mit Gerfried, dem schlaksigen, sommersprossigen Träumer und Chef der Gruppe „Hirschkäfer", geht es dieses Jahr schon eine ganze Weile so. Gerfried ist auf demselben Gymnasium wie Georg. Ein bisschen neidisch sagt Wolfgang einmal zu seinen Jungs von den „Fledermäusen":

„Gerfried ist ganz der musische Typ. Darauf steht unser Hansi nun mal. Da kommt unsereiner nicht gegen an."

Aber was die Älteren hinter dem Rücken von Hans und Gerfried so tuscheln, das versteht Georg nicht richtig. Bei dem Gedanken, neben der Plane mit diesem erwachsenen Mann Kopf an Fuß zu schlafen, wird ihm jedes Mal mulmig. Er ist ständig darum bemüht, Hans nicht auf sich aufmerksam zu machen. Der schielt oft genug in seine Richtung, wenn sie im Kaminraum am offenen Feuer sitzen und ihre Fahrtenlieder singen. Zu oft.

Morgens weht ein frischer Wind aus Nordost. Heute, am Samstag, ist das Bundestreffen voll im Gange. Mittags tritt das Leitungsgremium zum „Thing" zusammen, wie sie ihr Treffen in Anlehnung an uralte germanische Bräuche nennen. Sie wollen die übliche Tagesordnung abarbeiten:

TOP 1: Reflexion der Gruppenaktivitäten.
TOP 2: Planung der nächsten Zusammenkünfte.
TOP 3: Großes Geländespiel im kommenden Frühjahr.
TOP 4: Treffen mit anderen Jungenbünden.
TOP 5: Finanzen.
TOP 6: Instandhaltung des Landheims.
TOP 7: Broschüre „Der flatternde Wimpel", Ausgabe 2/66.

Die anderen haben während des Plenums „Freie Zeit". Normalerweise stehen im Spätsommer die Zelte aller Gruppen auf der großen Wiese im Kreis. Die Wetterprognosen für die nächsten Tage sind sehr durchwachsen. Haben sich die Führer deshalb dafür entschieden, mit ihren Gruppen im Haus zu übernachten?

Normalerweise ist man nicht so zimperlich. Jedenfalls ernten sie einen heftigen, aber vergeblichen Proteststurm der allzeit abenteuerlustigen Jungen:

„Auf Fahrt zelten wir auch bei jedem Wetter." – „Sollen wir hier verweichlichen?" – „Im Haus ist es nur doof."

Philipp Marong, Georgs bester Freund, ist in den Sommerferien nicht mit dabei gewesen, als sie durch das Mittelgebirge gestreift sind. Stattdessen musste er seine Eltern nach Italien begleiten, an die Adria. Wolfgang nimmt ihm das immer noch übel.

Gestern beim Abendessen war das nicht zu überhören. Zuerst ließ er sich von Philipp das Brot reichen und bedankte sich überschwänglich dafür. Was vollkommen übertrieben klang. Dann schnitt er ganz gemächlich eine Scheibe ab und sagte dabei beiläufig:

„Na, an den überlaufenen Stränden in Rimini kann man sich wohl nicht so in die Fluten stürzen, wie uns der liebe Gott erschaffen hat. Wir sind in dem einsamen Tal splitterfasernackt ins kühle Nass eines aufgestauten Bachlaufs gestürzt! Hm, ach so, natürlich bis auf unseren prüden Georg."

Das ist einer von Wolfgangs berühmten Doppelschlägen gewesen. Im Austeilen gilt er als unschlagbar. Trotzdem ist Philipp ganz begeistert von dem tollen Urlaub am Mittelmeer. Immer wieder muss er davon erzählen. Stolz präsentiert er seinen Kameraden die schönste Muschel, die er am Strand gefunden hat, und lässt sie schnell wieder in der Tasche seiner ledernen Kniebundhose verschwinden, um sie vor Wolfgang zu verstecken. Manchmal taucht der nämlich wie aus dem Nichts auf. Er beherrscht die Kunst des Anschleichens in höchster Vollendung.

Jetzt schichten Georg und Philipp in der Mitte der Wiese Holzscheite für das Lagerfeuer auf, das heute Abend entfacht werden soll. Vorher haben sie zusammen mit ein paar Jungen aus anderen Gruppen fachmännisch einen Kreis aus Feldsteinen um die Feuerstelle gelegt. Wolfgang steht ganz in ihrer Nähe und unterhält sich mit einem anderen Gruppenführer namens Egbert darüber, dass sich einige Mütter vor dem Treffen beschwert haben:

„Im Zelt würde es in den kalten Nächten und bei Regen zu ungemütlich werden. Sie befürchten, dass sich ihre vielgeliebten Sohnemänner erkälten können, bevor die Schule wieder losgeht. Ihre Klagen haben Hans zum Einlenken gebracht. Anweisung vom Bundesführer: Wir dürfen diesmal unsere Kothen nicht aufbauen. Egbert, jetzt mal ehrlich, ist das nicht vollkommen daneben?"

„Total lächerlich! Dann bestimmen also die Mütter, wo es langgeht. Wolfgang, die haben doch überhaupt keine Ahnung. Haben die überhaupt schon mal im Freien übernachtet? So wie wir? Wohl kaum."

Egbert scheint angestrengt nachzudenken.

„Hm, also …"

Plötzlich hellt sich seine Miene auf.

„Na ja, die sind eben wie Mädchen. Mütter sind wie Mädchen, da kann man nichts machen."

Wolfgang versteht die Welt nicht mehr:

„Egbert, ich kapier das einfach nicht! Wieso knickt unser Bundesführer vor denen so ein. Wir brauchen keinen, der unsere Jungs derart verhätschelt. Die halten mehr aus, als ihre Mamas glauben. Was ist denn mit den Vätern los? Warum stärken die ihrem Nachwuchs nicht den Rücken? Haben die auch nur die geringste Vorstellung davon, was ihre Frauen unserer bündischen Schar mit diesem Quatsch antun?"

Auf dem Weg zum „Thing" gehen die beiden an den derart übertrieben bemutterten Wölflingen vorbei, ohne sie auch nur eines einzigen Blickes zu würdigen. Georg fällt plötzlich ein, dass ihm seine Schwester Maria ein Bild in der Tageszeitung gezeigt hat, auf dem Pfadfinderinnen beim Zelten zu sehen sind. Und zwar in diesem kühlen und teilweise regnerischen Sommer! Vielleicht stimmt das gar nicht, was Hans herumerzählt und was die Gruppenführer bereitwillig nachplappern. An diesem Punkt ist Georg absolut empfindlich. Auf seine Mutter lässt er nichts kommen. Auf Maria auch nicht. Trotzdem will er sich jetzt nicht die gute Laune verderben lassen. Nachdem sie genug Holz aufgeschichtet haben, treffen sie sich mit Klaus, einem Jungen aus der Gruppe „Hornissen". Der Forscherdrang hat sie zusammengebracht. Sie wollen mit dem „Bestimmungsbuch für Wirbellose", einer Lupe und einem leeren Obstglas mit durchlöchertem Deckel nach Käfern, Spinnen und Würmern suchen. Georg hat alle Utensilien in seinem olivgrünen Brotbeutel verstaut und sich den Riemen um die Schulter gehängt.

Abends wird es ziemlich mild. Die „Große Runde" kann also ohne Bedenken im Freien stattfinden. Sie sitzen alle weit ab vom Landheim auf der Wiese in einem Kreis um das hell auflodernde Lagerfeuer. Aber die meisten haben vorsichtshalber ihre Jujas[4] mit rausgenommen und sich im Schneidersitz auf Regenponchos niedergelassen. Die Gruppen berichten nacheinander von ihren diesjährigen Erlebnissen auf „Großer Fahrt". Ein spontan bestimmter Sprecher pro Gruppe setzt sich dafür neben den Bundesführer. Zwischendurch wird das eine oder andere Lied gesungen. Gerfried und zwei Rover[4], die gerade von einer abenteuerlichen Wanderung in den schottischen Highlands zurückgekehrt sind, begleiten sie mit ihren Gitarren, während Hans den Takt auf einer Trommel angibt. Becher mit einer heißen Mischung aus schwarzem Tee und Orangensaft machen die Runde. Nach und nach wird dem Gebräu eine ordentliche Dosis Rotwein untergemischt. Die Stimmung ist ausgelassen, die Flammen beleuchten begeisterte, glühende Gesichter.

Georg hat sich zu Freunden von den „Hirschkäfern" gesetzt, mit denen er gerade darüber tuschelt, wie nervig das manchmal ist, wenn die Gruppenführer auf Fahrt zwei Kameraden ausgucken, um ihnen irgendwelche unbeliebten Aufgaben aufzubrummen: Wasser holen, im nächsten Dorf einkaufen, einen geeigneten Zeltplatz auskundschaften. Das sind Dinge, die auf dem Weg von allen gemeinsam erledigt werden können, da muss niemand extra vom Rastplatz losgeschickt werden, während die anderen ihre Pause genießen und faul herumgammeln. Deshalb achten sie immer vorausschauend darauf, dass ihre Route möglichst praktisch verläuft. So macht es etwa Sinn, erst einen Ort für Einkäufe anzusteuern und dann am Waldrand weiterzuwandern. Auch wenn das ein kleiner Umweg ist. Dafür haben sie sich unterwegs schon mit Proviant versorgt und die Sachen untereinander zum Tragen aufgeteilt. Wenn sie dann noch auf einen tollen Lagerplatz stoßen, sind alle zufrieden. Als die Jungen sich vielsagend angrinsen, ruft Wolfgang zu ihnen hinüber:

„Jetzt bist du dran, Georg. Komm und setz dich zu uns."

Der jeweilige Erzähler muss nämlich zwischen seinem Gruppenführer und Hans sitzen. Georg ist das irgendwie peinlich, er hat überhaupt keine Lust dazu. Aber er gibt sich einen Ruck, lässt sich auf dem ihm zugewiesenen Platz nieder und berichtet von ihrer abenteuerlichen Wanderung. Es fängt an, ihm richtig Spaß zu machen. Er behält den roten Faden und fügt Detail für Detail zusammen. An der Stelle, wo sie sich heillos verlaufen und den Zeltplatz auf dem Gelände der Jugendherberge erst in stockfinsterer Nacht erreichen, wird es ringsum mucksmäuschenstill. Alle kleben an seinen Lippen. Das spornt ihn mächtig an. Gleichzeitig merkt er, wie Hans ihm die Hand auf seine Schulter legt – und nicht mehr wegnimmt. Das fühlt sich unangenehm an. Was will dieser Mensch von ihm? Seine gute Laune bekommt einen gewaltigen Dämpfer. Verunsichert schaut er für eine Sekunde seinen Gruppenführer an, der ihm aufmunternd zunickt. Trotz der unangenehmen Berührung denkt Georg erfreut:

„Wolfgang ist ja richtig stolz auf mich."

Nachdem er zum Ende gekommen ist und alle seine spannende Geschichte ausdauernd beklatscht haben, befreit er sich mit einem Ruck von der unverändert auf seiner Schulter klebenden Hand des Bundesführers. Dann eilt er zu seinen Freunden zurück. Weitere Fahrtenberichte folgen. Wie immer bei solchen Anlässen stellen sie sich zum Schluss im Kreis auf und singen „Ade nun zur guten Nacht". Als sich die Runde gerade auflösen will, kommt Hans auf ihn zu und hält ihm einen mit Rotwein gefüllten Becher hin:

„Das war ja eine tolle Story, die du uns gerade erzählt hast. Keine Sekunde langweilig! Davon können sich die anderen eine Scheibe abschneiden. Georg, du gehörst jetzt zu den Aufsteigern bei uns. Die müssen natürlich auch lernen, von einem kräftigen Schluck nicht gleich umzukippen. Nur zu …"

Gesagt, getan.

Georg weiß nicht, warum er diesen Unsinn ohne zu zögern mitmacht. Er hat an dem Wein eher genippt als zügig davon getrunken. In dem Tee ist ja auch schon etwas von dem Zeug drin gewesen. Obwohl ihm Lichtenstein nicht ganz geheuer ist, fühlt er sich durch dessen Worte geschmeichelt. Ihm wird auf einmal ganz leicht zumute. Er könnte alle umarmen. Mit großen Augen starrt er Hans an, der den Becher wieder an sich nimmt. Seine Zurückhaltung gegenüber diesem Mann droht dahinzuschmelzen wie ein Schneemann bei Tauwetter in der strahlenden Mittagssonne.

„Georg, du hast ja einen guten Zug am Leib. Alle Achtung! Aber jetzt mal was anderes: Habt ihr denn unterwegs auf Fahrt kein ein einziges Mal gebadet? Normalerweise sind doch alle ganz verrückt danach. Oder sind die Fledermäuse etwa wasserscheu geworden?"

Es wirkt irgendwie streng, wie er ihn jetzt ansieht. Georg bekommt einen knallroten Kopf. Genau an dem Punkt hat er sich eben bei seiner spannenden Berichterstattung bewusst vorbeigemogelt. Dieser blöde Hans behandelt ihn plötzlich wie einen Verräter. Während er verlegen grinst und dann zu Boden starrt, kommt der Bundesführer einen Schritt näher und macht Anstalten, den Arm um ihn zu legen. In diesem Augenblick taucht Wolfgang aus der Dunkelheit auf, geht im allerletzten Moment zwischen die beiden und zerrt Georg hinter sich her:

„Die anderen sind schon beim Zähneputzen. Jetzt beeil dich mal ein bisschen, gleich ist Nachtruhe."

Im Gehen dreht er sich nochmal kurz um und ruft:

„Bis dann Hans, wir sehen uns ja nachher noch."

Hans sagt nichts. Im Schlepptau seines Gruppenführers wendet ihm Georg den Rücken zu und trabt in Richtung Landheim. Wolfgang hat ihm voll aus der Patsche geholfen.

„Das vergesse ich ihm nie!"

Nachts wälzt er sich in seinem Etagenbett hin und her. Philipp schläft über ihm fest wie ein Murmeltier. Georg muss ständig daran denken, dass Hans gesehen haben kann, wie er kaum etwas von dem Wein getrunken, sondern nur ein paar winzige Schlucke zu sich genommen hat.

„Von wegen ‚ganz schöner Zug‘! Weswegen will der mich mit solchen Schmeicheleien um den Finger wickeln?"

Eine ganz leichte Wirkung von dem Alkohol spürt er immer noch – trotz der geringen Dosis. Endlich schläft er ein und hat einen schrecklichen Traum: Hans steht vor seinem Bett und beugt sich zu ihm hinunter. Mit einer beschwörenden Stimme flüstert er ihm ins Ohr:

„Komm doch mit zu mir. Wir machen es uns noch ein bisschen gemütlich. Gerfried ist heute nicht da. Ich hab dir noch einen winzigen Schluck Wein eingegossen. Komm schon – oder hast du etwa Angst vor mir?"

Bevor er vor Schreck aufwacht, glaubt er noch die ekelhafte Alkoholfahne von Hans gerochen zu haben. Bis zum Morgengrauen dämmert er missmutig vor sich hin. An Schlaf ist nicht mehr zu denken.

1967

Beim diesjährigen Bundestreffen im Landheim begegnet er Hans zum ersten Mal seit dem letzten Sommer. Er verhält sich ihm gegenüber freundlich, bleibt aber ungewohnt zurückhaltend. Georg ist davon angenehm überrascht und lässt sich am Ende der Freizeit von Hans dazu einladen, zusammen mit ihm im Herbst auf Jagd zu gehen. Für Georg, den ultimativen Naturfreund, ist das eine riesige Sensation. Solch eine Gelegenheit hat sich ihm bisher nie geboten. Sein Großonkel ist zwar in der Forstverwaltung beschäftigt, aber der zeigt ihm lieber die Pflanzenwelt der heimischen Wälder. Natürlich kennt er sich auch mit allen Tieren, ihrer Lebensweise und Funktion für die

Umwelt aus. Sein Wissen gibt er gern an Georg weiter. Aber jetzt geht es um etwas völlig anderes: Wild vom Hochstand aus zu beobachten und – wenn nötig – zu erlegen. Abenteuer pur. Die Ansitzjagd. Wer von seinen Freunden wird da nicht neidisch zu ihm aufblicken, wenn er ihnen davon erzählt, wie er hautnah dabei gewesen ist?

Der Bundesführer holt ihn tatsächlich an einem Sonntag im goldenen Oktober in aller Herrgottsfrühe mit dem uralten, schon stark verbeulten Jeep von zu Hause ab. Vorher wechselt er mit Papa Julius noch ein paar Worte. Hans erzählt unter anderem, dass er erst vor Kurzem von einem Pächter die Erlaubnis bekommen habe, in dessen Revier zu jagen. Dass sein Vater extra so lange aufgeblieben ist, wunderte Georg nicht.

„Bestimmt will er sich davon überzeugen, dass ich bei Hans in guten Händen bin. Kann ja nichts schaden. Sicher ist sicher. Hans hat sich bei Papa total eingeschleimt. Hat er das nötig? Verdammt abartig, dieses leutselige Gehabe. Wo es doch nur um einen harmlosen Jagdausflug geht."

Endlich sind Hans und Georg wie geplant um halb drei Uhr unterwegs zum Lurchheimer Forst. An der Stelle im Wald, von der aus sie starten wollen, wartet schon jemand auf sie, der sich lässig mit dem Rücken an die Fahrertür eines nagelneuen weißen VW Variant Kombi lehnt. Davon hat ihm Hans aber nichts gesagt. Ob Papa das weiß? Ein gewisser Peter Zarßcke will sie bei ihrer Unternehmung begleiten. Georg kommt der Mann irgendwie bekannt vor. Er ist einige Jahre älter als Hans und scheint ein enger Freund zu sein. Zur Begrüßung umarmen sich die beiden jedenfalls auffallend heftig. Georg findet das irgendwie übertrieben, fast schon peinlich. Dann tauschen sie von Jägerlatein gespickte, für Außenstehende völlig unverständliche Sätze aus. Sie wirken auf ihn wie alte Kumpel, die schon so manches zusammen erlebt haben und seit Urzeiten gemeinsam auf die Jagd gehen. Georg fühlt sich plötzlich wie das fünfte Rad am Wagen. So hat er sich den Jagdausflug in seiner großen Vorfreude ganz bestimmt nicht ausgemalt. Nach einer Weile wendet sich der Mann ihm zu und stellt sich genauer vor:

„Also, mein Junge, ich bin Lehrer auf dem Christian-Heinrich-Rinck-Gymnasium. Deutsch, Latein und Geschichte. Die AG für Spanisch als dritte Fremdsprache biete ich auch noch an. Ach so, ähm, das hätte ich beinahe vergessen: Das Revier, in dem wir heute unterwegs sind, gehört mir. Das habe ich vor gar nicht so langer Zeit von der Waldheimer Jagdgenossenschaft gepachtet. Ein echter Glückstreffer war das! Das Revier heißt tatsächlich ‚Sonntagsjägers Grund‘[5]. Aber keine Angst, Hans und ich sind richtige Jäger, hahaha! Auch wenn heute Sonntag ist, hahaha.“

Er sieht Georg belustigt von oben bis unten an. Auf einmal runzelt er die Stirn und scheint angestrengt über irgendetwas nachzudenken. Dann hellt sich seine Miene auf:

„Jetzt hab ich's! Du gehst doch auch auf unsere Schule, nicht wahr? Mensch, na klar, ich habe dich schon öfter auf dem Schulhof gesehen. Wie du mit den anderen herumgetobt hast. Immer an vorderster Front, was? Vielleicht bekomme ich deine Klasse in der Oberstufe in Latein. Ihr seid doch eine ganz tolle Truppe – habt das Glück, noch keine Mädchen aus dem Landkreis aufnehmen zu müssen. Die ersten gemischten Klassen sind gerade in unser Knabengymnasium eingezogen. Dagegen sind wir machtlos. Na ja, ihr seid nochmal davongekommen. Oder hast du etwa schon eine Freundin?“

„Nein, also … Natürlich nicht. Wieso denn auch? Ich bin lieber mit meinen Freunden zusammen: mit den ‚Fledermäusen‘. So heißt meine Pfadfindergruppe.“

Georg ist dieser Typ nicht ganz geheuer. Er hat Zarßcke schon öfter von Weitem gesehen: Wenn er die Pausenaufsicht auf dem Schulhof übernimmt, albert er fast immer mit einer Gruppe von Jungen aus der Oberstufe herum und führt sich auf, als sei er einer von ihnen. In der Unterstufe hat Zarßcke zum Glück andere Klassen. Georgs Lateinlehrerin heißt Frau Riemenschneider und er kommt prima mit ihr zurecht. Aber jetzt nervt ihn der völlig unerwartet hinzugekommene Pauker mit seinem kumpelhaften Gequatsche. Das hat hier überhaupt nichts zu suchen! Ihm ist diese leutselige Aufdringlichkeit äußerst unangenehm.

Er fühlt sich durch den blöden Kerl höllisch verunsichert. Als müsse er sich vor ihm rechtfertigen. Aber wofür?

„Ich weiß, ich weiß. Georg, ich war doch früher – also direkt nach dem Krieg – auch bei den Pfadfindern. Mit zwölf Jahren war ich schon am Wiederaufbau der ‚Fahrenden Schar‘ beteiligt! Meine Gruppe hat sich ‚Siebenschläfer‘ genannt: im Winter faul, im Sommer hyperaktiv. Hahaha! Ich hatte den Spitznamen ‚Splitti‘. Weil ich bei jeder Gelegenheit als Erster splitternackt ins Wasser gesprungen bin. Hahaha! Eine super Gruppe war das! Ein Paradies für echte Jungen."

Georg bekommt schon wieder einen knallroten Kopf. Er fühlt sich gerade wie ein kleines Kind, das nicht weiß, wie ihm geschieht. Und nicht wie ein zwölfjähriger Gymnasiast und Wölfling auf der Ansitzjagd. Wie sehr hat er sich über die Einladung des Bundesführers gefreut! Er will ganz nah an die Tiere im Wald herankommen. Morgens um vier Uhr, wenn der Mond noch nicht untergegangen ist. Lange bevor der Morgendunst langsam von der aufgehenden Sonne verdrängt wird. Egal ob Bock oder Ricke: Insgeheim hofft er auf ein krankes Reh, das erlegt werden muss, um die anderen Tiere zu schützen.

Inzwischen sitzen sie vor einer Lichtung auf dem Hochstand. Aber dieser großtuerische Zarßcke vermasselt ihm die ganze Tour. Der Mann wird ihm von Minute zu Minute unsympathischer. Am schlimmsten findet Georg, wie er ständig „mein liebes Hänschen" sagt. Ekliger geht es nicht. Warum lässt sich Hans das gefallen?

Das Infrarot-Fernglas wird von Hand zu Hand gereicht. Hans sitzt in der Mitte, sodass Georg genügend Abstand zu Zarßcke hat. Hoffentlich bleibt das auch so. Die Männer halten ihre Jagdgewehre in Bereitschaft. Umsonst, kein Tier nähert sich der Lichtung. Noch nicht mal ein Wildkaninchen. Anfangs ist Georg hellwach vor Aufregung gewesen. Aber jetzt kämpft er gegen die Müdigkeit an. Um Viertel nach fünf Uhr wird Zarßcke unruhig. Er muss gleich zurück zum Parkplatz, wegen irgendeines familiären Termins.

„Leider, aber meine Mutter und ihre Schwester bestehen darauf. Ich soll sie zu einem Ehemaligentreffen ihrer Konfirmationsgruppe nach Bad Laubenroth fahren. Natürlich erwarten sie von mir, dass ich sie auch wieder zurückbringe. Anscheinend ist denen Eibenstädt nicht mehr gut genug – muss immer was Besonderes sein. Wenn ich mich jetzt nicht davonmache, wird es knapp. Dass ich den ganzen Tag im Kurpark rumhänge und Däumchen drehe, ist denen schnurzpiepegal. Für uns Männer haben die alten Damen selbstverständlich null Verständnis. Die kennen keine Gnade. Der Kirchenklub geht ihnen über alles. Jetzt müsst ihr leider ohne mich weitermachen. Wirklich zu schade. Wäre gerne bei euch geblieben."

Er grinst sie verschwörerisch an und gibt Hans einen schmatzenden Kuss mitten auf den Mund, bevor er die Leiter hinunterklettert. Georg ist entsetzt. Gott sei Dank reicht ihm Zarßcke nur die Hand. Es fühlt sich an wie ein Griff in feuchte Watte. Endlich ist der Lehrer im Dunkeln verschwunden. Zurück bleibt die lausige Kälte, die alles durchdringt. Hans holt etwas aus seinem großen Rucksack.

„Georg, lass uns zusammen unter der Decke warten. So können wir uns gegenseitig wärmen. Ich bin sicher, dass wir noch was vor die Flinte bekommen. Vorgestern habe ich hier jede Menge Spuren von Wildschweinen gesehen. Und Losung von Füchsen."

Georg findet das naheliegend. Wenn man vor Kälte zittert, kann man nicht gut durch das Infrarot-Fernglas sehen. Eng an eng sitzen sie eine Weile da. Es wird wärmer. Hans atmet auf einmal so komisch. Heftig, fast stöhnend. Er reibt seine Hand auf Georgs Schenkel. Dann zieht er Georgs Linke ganz sanft zu sich und legt sie in seinen Schoss. Der Hosenstall ist weit geöffnet. Georg schreit auf:

„Lass mich los, du Dreckschwein!"

Mit der rechten Hand zieht er wie besessen sein Fahrtenmesser, einen Finnendolch, aus der Scheide am Gürtel und sticht Hans in den Oberschenkel. Nicht tief, nur ein wenig. Es reicht, dass Hans aufjault. Georg nimmt seinen Brotbeutel, wirft hektisch das Messer hinein und klettert zügig – aber konzentriert –

die Leiter hinunter. Immer nach oben schauend, um die Reaktionen des Bundesführers im Blick zu haben. Aber der scheint auf dem Hochstand festzukleben. Nur sein Gewimmer ist zu hören, durchsetzt von gelegentlichem Fluchen:

„Du abscheulicher kleiner Mistkerl, das wirst du mir büßen!"

Georg verschwindet in dem Dickicht am Rande der Lichtung. Ein kurzer Blick auf die Klinge des Finnendolchs erschreckt ihn zutiefst.

„Ist das Blut? So viel? Von dem kleinen Pikser! Das kann doch nicht wahr sein!"

Egal. Nicht mehr zu ändern. Das Messer steckt er wieder in die Scheide. Er springt über Geäst sowie halb verfaulte Baumstümpfe und kämpft sich durch fast undurchdringliches Gebüsch. Angst sitzt ihm im Nacken. Als er sich außer Reichweite glaubt, wird er ruhiger. Diesen ungeheuerlichen Vorfall will er sofort Papa Julius und Mama Christa erzählen.

„Was werden sie dazu sagen? Und erst die Zwillinge?"

Damit hat Georg nicht gerechnet. Obwohl – ganz unerwartet kommt das abartige Begrapschen nicht. Vor dem Treffen mit Hans hat er sich noch zur Vorsicht ermahnt:

„Es wird so viel geredet. Man kann nie wissen …"

Und sich schnell wieder beruhigt:

„Es geht schließlich nur um die Jagd. Wir sitzen auf dem Hochstand. Was soll da schon passieren? Ich übernachte ja nicht in seinem Zimmer im Landheim."

Dann stolpert er und fällt der Länge nach hin. Er ist auf eine Falle gestoßen. Ein Wildschwein steckt mit dem linken Vorderlauf in einem Eisenbügel, umgeben von einer rostbraunen Masse: Blut. Reichlich Blut.

„Da war ein Wilderer am Werk. Oder ein Tierquäler."

So etwas kommt immer wieder vor. Davon hat er schon gehört. Das junge Tier – wahrscheinlich ein knapp zweijähriger Überläufer auf der Suche nach seiner Rotte – ist ganz schwach und gibt kaum wahrnehmbare Geräusche von sich. Wie lange liegt es wohl schon hier? Georg hat den Eindruck, dass ihn die Augen des Tieres um Gnade anflehen. Wie unter Hypnose holt er sein Taschenmesser aus dem Brotbeutel. Es ist schärfer als der Finnendolch. Er weiß genau, was er tun muss. Mit einem Schnitt durch die Kehle beendet er die Qual. Dann stürzt er durch den Wald in Richtung Stadtrand. Er kennt sich in diesem Abschnitt gut aus. Wie oft ist er hier mit dem Patenonkel über Stock und Stein gegangen, um Pilze zu sammeln oder Pflanzen zu bestimmen. Dank seiner Orientierung landet er am Vorstadtbahnhof von Eibenstädt. Was für ein Glück, dass er die Monatskarte immer bei sich hat. Aber er fährt nicht nach Hause. Er steigt in den ersten Bus nach Neu-Moritzhain. Seine Eltern erwarten ihn spätestens nach ihrem Besuch des Gottesdienstes. Die Kirchenuhr schlägt achtmal.

*

Faustus Molenbrick ist der Onkel von Papa Julius und der Patenonkel von Georg. Er arbeitet als Angestellter in der Forstverwaltung von Neu-Moritzhain. Seine Frau, Tante Mildred, litt an einer schlimmen Krankheit. Zum Schluss lag sie im Krankenhaus und wurde durch eine Beatmungsmaske mit Sauerstoff versorgt. Georg besuchte sie zusammen mit Mama Christa und Gerhard, dem Sohn von Faustus und Mildred. Gerhard ist Georgs Cousin zweiten Grades. Tante Mildred hing an dem Gerät wie an einem Blasebalg. Das sah furchtbar aus. Kurz nach dem Besuch wurde sie auf grausame Weise erlöst: Sie starb allein bei laufenden Maschinen. Die wurden erst ein paar Minuten danach abgestellt.

Faustus Molenbrick wohnt jetzt allein.

Großneffe – und gleichermaßen Patensohn – Georg hetzt den Schotterweg zum Haus seines Onkels hinauf. Die letzten Meter rennt er im Spurt. Als sei der Leibhaftige hinter ihm her. Er klingelt wie besessen an der Eingangstür, aber Faustus lässt sich Zeit, er räumt gerade das Frühstücksgeschirr vom Tisch. Dann öffnet er Georg endlich die Haustür.

„Junge, warum klingelst du heute Sturm? Das ist doch sonst nicht deine Art. Wirst du etwa vom Satan gehetzt? Was ist denn passiert?"

Bevor Georg etwas sagen kann, muss er erstmal verschnaufen. Dann stößt er kurzatmig hervor:

„Ach, nur so. Dachte, du krokelst mal wieder im Keller herum. Hätte ja sein können."

„Aber nicht am Sonntagmorgen, Georg. Wusste gar nicht, dass du mich heute besuchen kommst."

„Ach, Onkel Faustus, ich war heute in aller Herrgottsfrühe auf Ansitzjagd. Mit unserem Bundesführer von den Pfadfindern. Sind leider leer ausgegangen. Na ja, und als wir danach in der Nähe von deinem Haus vorbeigekommen sind, wollte ich einen Abstecher zu dir unternehmen."

„Soso, auf Ansitzjagd. Alle Achtung! Und jetzt bist du bei mir. Na gut. Soll mir recht sein. Wenn deine Eltern damit einverstanden sind."

„Ich ruf sie nachher an, jetzt sind sie noch in der Kirche."

„Na, dann immer hereinspaziert."

Damit ist die Sache geritzt.

*

Das vom Ort weit abgeschieden gelegene Einfamilienhaus mit dem großen Wiesengrundstück steht direkt am Waldrand. Georg kommt oft hierher. Manchmal mit seinen Eltern und Geschwistern, viel öfter aber allein. Das ergibt sich immer wie von selbst, fast automatisch. Onkel Faustus und ihn verbindet eine echte Seelenverwandtschaft. Wenigstens hat das Papa Julius einmal gesagt. In Wahrheit teilen sich die beiden ein großes Geheimnis. Weil Faustus Molenbrick befürchtet, dass Georg von seinen Eltern gegenüber den Zwillingen hin und wieder vernachlässigt wird, verwöhnt er ihn ein wenig.

Als das Eigenheim vor vielen Jahren gebaut wurde, hat er im hinteren, zum Wald ausgerichteten Giebel auf dem Dachboden einen Raum abtrennen lassen. Einfach so, für alle Fälle. Nach langjährigem Leerstand ist das heute Georgs Reich. In irgendeinem Roman hatte Faustus mal etwas über ein geheimes Ge-

mach gelesen, in das sich ein in die Jahre gekommener Schloss-
diener zurückzog, um ungestört seine Memoiren zu schreiben.
Er nannte den Raum „Oase". Nun heißt die Dachkammer so.
„Oase" hört sich geheimnisvoll an. Noch wichtiger ist, dass kein
Außenstehender versteht, was damit gemeint ist. Auf jeden Fall
klingt es nicht nach „Dachkammer". Der Junge darf sich – wann
immer er will – dahin zurückziehen.

Der Onkel hat das Zimmer nach und nach mit allem ausgestattet, was der heimliche Bewohner braucht. Im Regal stehen
einige Bücher, die aus seiner eigenen Jugendzeit stammen. Georg hat ein paar Nachschlagwerke über heimische Pflanzen und
Tiere von zuhause mitgebracht. Dort wird das niemand merken.
Und wenn schon. Dann hat er sie halt gerade an jemanden aus
seiner Klasse oder von den Pfadfindern ausgeliehen. Faustus
Molenbrick hat in einer Truhe im Keller noch ein paar alte Klamotten von seinem Sohn gefunden. Seine Frau muss sie beim
Auszug aus ihrer alten Wohnung mitgenommen haben, obwohl
Gerhard nicht mehr hier eingezogen ist. Für alle Fälle hat er sie
dem Patensohn zum Wechseln vorsorglich in den Schrank gepackt. Auf der bezogenen Matratze des Bettes liegt ein Schlaf-
sack ausgerollt. Auch für ein Kissen am Kopfende und eine Woll-
decke am Fußende hat der Gastgeber gesorgt. Georg liest, bastelt
auf dem uralten, hier oben wieder zusammengebauten Schreibtisch an irgendetwas herum oder schaut aus dem runden Fenster hinaus und lässt seinen Gedanken freien Lauf. Beim letzten
Besuch hat er es geschafft, das Buddelschiff endlich aufzurich-
ten – nach einigen dramatischen Fehlversuchen. Jetzt steht es
ohne Ziehfäden stolz auf seinem Sockel. Wie hineingezaubert.
Irgendwann will er es Philipp mal zeigen. Natürlich nicht hier,
sondern zu Hause bei seinen Eltern.

Manchmal wundert sich Faustus Molenbrick darüber, aber
wenn er ihn besucht, scheint sein Neffe gerne für sich zu sein.
Stundenlang verbringt er die Zeit allein im Dachgeschoss, ohne
über Langeweile zu klagen. Trotzdem unternehmen sie auch immer wieder etwas zusammen: machen ausgedehnte Ausflüge in
die nähere Umgebung, führen längere Schwätzchen beim Essen

in der Küche, gehen in den Ort, um Einkäufe zu tätigen oder um jemand zu besuchen. Wenn der Junge über Nacht bleibt, schläft er ausschließlich in der „Oase". Niemand ahnt etwas davon.

Ist Georg mit seinen Eltern und den Zwillingen zu Besuch, bleibt der Dachboden tabu. Auch wenn seine Cousine Elvira mal vorbeikommt: Das ist die Tochter von Papas Schwester Berit. Dann spielen sie zusammen im Wohnzimmer oder draußen im Garten. Manchmal streifen sie auch – in Sichtweite zum Haus – am Waldrand herum. Tante Berit ist überängstlich, darauf müssen sie Rücksicht nehmen. Als Pfadfinder und erprobter Waldläufer kann sich Georg darüber krumm und schief lachen. Maria und Bernd spielen überhaupt nicht mehr. Sie machen betont auf erwachsen, sitzen steif auf dem Sofa und schauen sich den ganzen Nachmittag im Fernsehen Sendungen an: „Gut gefragt ist halb gewonnen", „Bonanza" oder den „Beat-Club". Dabei trinken sie Unmengen Orangenlimonade. Wenn sie nichts Interessantes im Programm finden, lesen sie Comics oder die „Bravo". Dabei hören sie die neuesten Hits im Radio. Manchmal zappeln sie dann zum Takt der Musik herum, als hätten sie Schüttelfrost. Georg ist jedes Mal tief beeindruckt, wenn er sie dabei überrascht.

„Echt lässig, wie die sich geben."

Die Erwachsenen verbringen die meiste Zeit im Wintergarten oder auf der Veranda und überlassen die Kinder sich selbst. Zu wichtig ist ihnen das, was sie jedes Mal zu besprechen haben. Zumindest der Lautstärke nach zu urteilen, in der sie ununterbrochen durcheinanderreden und sich pausenlos den Zigarettenqualm ins Gesicht pusten.

Als Faustus Molenbrick mit seiner Frau in dieses Haus gezogen ist, hat ihr Sohn Gerhard gerade seine Druckerlehre in einer weit entfernten Großstadt im Norden des Landes angefangen. Er wohnt dort bei einer entfernten Verwandten und fährt selten nach Neu-Moritzhain. Von der Kammer weiß er nichts. Wenn überhaupt, kommt er nur auf einen Sprung vorbei. Außer Georg und seinem Onkel klettert niemand vom ersten Stock zum Trockenboden hinauf. Die Zugstange für die Klappe mit der Ausziehleiter verstecken sie in der Besenkammer. Damit niemand in Versuchung kommt. Im Keller steht neben der Waschmaschine ein Wäschetrockner. Dieses Luxusgerät ist der ganze Stolz des Onkels. Wenn mal jemand fragt, was sich unter dem Dach befindet, sagt Faustus Molenbrick:

„Nichts. Die Wäsche wird im Keller getrocknet. Das übernimmt das Gerät von Miele. Ist schon klasse, was die Technik heute so alles ermöglicht. Hat aber auch eine hübsche Stange Geld gekostet."

Manchmal muss er dann den Trockner vorführen.

Es gibt aber auch resistentere Nachfragen. In solchen Fällen fügt er noch hinzu:

„Der Boden wird ganz einfach nicht genutzt. Da geht niemand hoch. Höchstens, wenn das Dach vielleicht mal repariert werden muss. Aber so weit ist es ja noch lange nicht."

Heute ist Georg irgendwie anders als sonst: unruhig, nervös. Plötzlich starrt er wie abwesend aus dem Fenster. Dann fängt er wieder an, auf seinem Stuhl herum zu zappeln. Wenn der Junge nach dem Jagdausflug etwas braucht, dann wohl als Erstes eine kleine Stärkung. Also stellt Faustus Molenbrick einen Becher mit heißem Kakao und einen Teller mit Honigbroten auf den Tisch und sagt:

„Greif zu! Das kann schon mal passieren, dass man die ganze Nacht umsonst auf dem Hochstand sitzt. Das Wild geht seine eigenen Wege."

Aber Georg ist jetzt mit seinen Gedanken an einem ganz anderen Punkt und hat absolut keine Lust, über sein „Jagdabenteuer" zu reden.

„Onkel Faustus, eine echte Oase muss wie ein Zufluchtsort absolut sicher sein. Sonst hat man keine Ruhe. Wenn da jeder reinkommen kann, macht das Ganze überhaupt keinen Sinn. Dann haben die Häscher ja Zugriff auf mich. Das dürfen wir nicht zulassen!"

„Welche Häscher, Georg?"

„Nur mal angenommen, nachts schleicht sich ein Werwolf durch eine offene Luke oder durch einen Spalt zwischen den Dachziegeln auf den Trockenboden. Dann reißt er die Tür zur Kammer auf und springt mit einem Satz in mein Bett, mitten auf mich drauf."

„Na, du hast ja eine blühende Fantasie. Was für einen Schund liest du denn gerade? Eins von meinen Büchern ist es bestimmt nicht. Ich glaub' es einfach nicht. Du willst mich wohl nach Strich und Faden veralbern?"

„Um Gottes willen, Onkel Faustus. Ich fühle mich eben sicherer, wenn man die Kammertür von innen verriegeln kann. Das ist doch ganz normal, oder?"

„Aha, daher weht der Wind."

Bisher lässt sich die Tür nur von außen verschließen. Das geht natürlich nicht, wenn Georg sich dort aufhält. Der Onkel vermutet, dass sich Georg vor dem großen, düsteren Trockenboden ängstigt. Vielleicht ist ihm manchmal etwas mulmig zumute, besonders wenn Faustus Molenbrick tagsüber mal aus dem Haus geht oder nachts kein Geräusch aus dem Erdgeschoss nach oben dringt.

„Georg, wie wäre es, wenn wir von innen einen Riegel anbringen? Damit du die Tür selbst verschließen kannst. Dann hast du deine Ruhe. Und du kommst ja jederzeit wieder heraus."

„Das ist klasse, Onkel Faustus. Wenn du klopfst, mache ich dir natürlich auf. Dreimal kurz, zweimal lang. So machen wir das."

„Also gut, dann gehen wir jetzt runter in den Keller. Mal sehen, ob ich im Werkraum noch einen geeigneten Bolzenriegel finde. Wenn wir fündig werden, bringen wir den gleich an."

Als Georg seine Eltern anruft, sind sie gerade nach Hause gekommen. Sie wundern sich, dass er bei Onkel Faustus ist, sind aber damit einverstanden. Sie wollen ihn vor dem Abendessen mit dem Auto dort abholen. Wie es auf der Pirsch gewesen sei, fragt ihn Papa Julius neugierig.

„Das war prima. Papa, wir sind aber nicht auf der Pirsch gewesen. Wir haben die ganze Zeit auf dem Hochstand gesessen. Das nennt man ‚Ansitzjagd'. War ziemlich kalt da draußen, aber ich hatte ja den gefütterten Parka an. Der ist spitze! Schade, ich habe nur ein einziges Wildschwein gesehen, einen Überläufer. Es war wie verhext. Hans hat mich in der Nähe von Onkel

Faustus rausgelassen. Den Rest bin ich zu Fuß gegangen. Ist ja nicht weit gewesen. Ach übrigens, Papa, kennst du einen Peter Zarßcke? Der soll bei mir auf der Schule Latein unterrichten."

„Von dem haben wir noch nie was gehört. Jetzt ist ja Frau Riemenschneider für euch zuständig. Andere Lateinlehrer sind mir bisher nicht über den Weg gelaufen. Und deiner Mutter auch nicht, sonst wüsste ich davon. Warum ist das denn so wichtig für dich, Georg?"

„Nein, ist es überhaupt nicht. Hätte ja sein können, dass dir der Name was sagt. Papa, du kennst doch jeden. Der Mann unterrichtet den Sohn von Mirandas Nachbarn in der Oberstufe oder so. Die haben den mal erwähnt. Dass der komisch sein soll. Ich weiß aber nicht mehr, weshalb. Fiel mir nur gerade so ein. Ist ja auch egal."

„Wer ist denn Miranda?"

„Mensch Papa, du bist echt vergesslich geworden! Miranda und ich sind in der Grundschule in derselben Klasse gewesen, obwohl sie fast ein dreiviertel Jahr jünger ist als ich. Die habe ich sogar ein paar Mal zu meinem Geburtstag eingeladen."

„Ach ja, daran kann ich mich noch erinnern. War das nicht deine erste Angebetete? Dein erster großer Schwarm?"

„Hä? Papa, träum weiter. Ich leg jetzt auf. Onkel Faustus braucht mich im Garten. Dann bis nachher."

Also hat Hans seinem Vater kein Sterbenswörtchen davon gesagt, dass Zarßcke mit auf den Jagdausflug kommt. Verdammt hinterhältig, wie diese Typen vorgehen. Sie machen genau das Gegenteil von dem, was sie anderen predigen. Von wegen „großes Pfadfinderehrenwort"! Denen wird er nichts mehr glauben.

∗

Nach dem Mittagessen klettert Georg die Leiter hoch, schließt seine Kammer auf und schiebt den neuen Riegel von innen vor. Jetzt ist er in Sicherheit. Er öffnet den Brotbeutel und zieht die beiden Messer hervor. Angewidert versteckt er sie in dem Stauraum unter den Ziegeln am Ende der Dachschräge. Die beiden Klappen schließen gut, sie springen nicht wieder von alleine auf.

Der Onkel geht selten in das Zimmer. Diese Nische hat er anscheinend noch nie benutzt. Es ist ihm bestimmt zu unbequem, sich auf den Boden zu knien, um dort etwas zu verstauen. Manchmal fragt er nach dreckigen Anziehsachen für die Waschmaschine. Ansonsten lässt er den Jungen in der Oase schalten und walten, wie er will.

„Als Kind hätte Onkel Faustus selbst gerne solch eine Zuflucht gehabt, statt sich einen engen Raum mit zwei älteren Brüdern teilen zu müssen", denkt Georg. „Die haben sich oft um jeden Zentimeter Platz gestritten."

Das hat ihm der Onkel schon öfters erzählt.

In aller Abgeschiedenheit beschließt Georg, sich von seinem gesparten Geld ein neues Taschenmesser zu kaufen, das genauso aussieht wie das alte, das er hier oben versteckt hat. Ein paar Exemplare von diesem Modell hält das Geschäft noch vorrätig, das an einer Ecke ganz in der Nähe von ihrem Wohnhaus in Eibenstädt gelegen ist. Er geht oft dorthin. Manchmal ohne konkreten Anlass. Nur um in den Regalen herumzustöbern. Hier bekommt man alles: von A der Angelschnur bis Z der Zerstäuberflasche. Aber die jetzt von ihm begehrten Objekte liegen unter der Glasscheibe des Verkaufstisches. Er muss sich nur eins davon holen. Wenn jemand fragen sollte, hat er das alte Taschenmesser im Stadtwald beim Pilzesammeln verloren.

Onkel Faustus steht auf der Leiter und ruft in den Trockenboden hinein:

„Georg, du musst jetzt runterkommen! Beeil dich mal ein bisschen, deine Eltern sind gleich hier!"

*

Am nächsten Wochenende darf Georg schon wieder bei Onkel Faustus schlafen. Papa Julius bringt ihn am Freitagabend nach Neu-Moritzhain.

„Und du kommst ohne uns klar?"

„Warum denn nicht? Ist doch toll bei Onkel Faustus. Wir wollen morgen ins Heimatmuseum gehen."

Der Vater hat ein schlechtes Gewissen, weil er mit Mama Christa und den Zwillingen zwei Tage nach Clausburg fährt. Am Samstagabend gehen sie in die Oper. Auf dem Spielplan steht „Die lustigen Weiber von Windsor" von Otto Nicolai. Georg kann mit dem nostalgischen Biedermeier-Rummel, der die Region seit einiger Zeit überschwemmt, noch nichts anfangen. Davon versteht er überhaupt nichts, obwohl das Thema sogar im Musikunterricht der Unterstufe gelegentlich angesprochen wird. Etwas Langweiligeres vermag er sich momentan nicht vorzustellen. Georg würde lieber eine Rundfahrt mit der Fähre auf dem großen Clausburger See machen. Aber wie immer befindet er sich mit seinen Wünschen in der Minderheit. Und wie immer freut er sich darauf, bei Onkel Faustus zu sein.

Hinter der mit dem nagelneuen Verschluss von innen zugesperrten Tür ist es noch behaglicher hier oben. Georg schläft gut ein. Doch später hat er einen furchtbaren Traum:

Hans Lichtenstein und Peter Zarßcke haben ihn auf dem Sofa fest in ihre Mitte genommen. Mit hochrotem Kopf versucht jeder der beiden Männer krampfhaft, Georg auf seinen Schoß zu zerren. Sie kämpfen regelrecht um ihn. Dabei hecheln sie atemlos wie läufige Straßenköter.

Georg wird schlagartig wach. Vor Schreck sitzt er aufrecht im Bett und starrt durch die Dunkelheit in Richtung Tür.

Er greift zur Taschenlampe und stellt beruhigt fest:

„Der Riegel ist zugeschoben. Hier kommt keiner rein, ohne einen Riesenlärm zu machen, wenn er die Tür aufbrechen will. Onkel Faustus würde das sofort hören."

Wenige Minuten später ist er schon wieder eingeschlafen. Er hat seinen Eltern noch nichts erzählt. Aber das will er demnächst tun. Sie sind bestimmt schockiert. Was werden sie ihm wohl raten, wie er sich in Zukunft verhalten soll? Für Georg ist die „Fahrende Schar" als Vorbild mit all ihren zünftigen Idealen, Regeln und Gebräuchen zerfallen wie ein Kartenhaus.

„Allzeit bereit", lautet der Gruß, den sich Pfadfinder weltweit geben. Dem kann Georg nur zustimmen:

„Bereit für den Ausstieg!"

Mehr ist von den großen Ambitionen nicht übrig geblieben.

1971

Der Fahrradschlüssel klemmt im Schloss. Es dauert ewig, bis er sich herumdrehen lässt. Endlich springt der Sperrriegel zurück und gibt die Speichen frei.

„Das schaffe ich nie!"

Auch nicht mit dem sportlichen Sigurd-Modell. Das Erbstück von seinem Vater hat zwar noch keine Gangschaltung, besitzt dafür aber ein extrem leichtläufiges Kugellager. Auf der Armbanduhr stehen die Zeiger auf fünf vor acht. Durch riesige Kastanienbäume schimmern ihm die roten Klinkersteine des Christian-Heinrich-Rinck-Gymnasiums entgegen. Zu schade, dass die Ampel am Fußgängerübergang gerade von Gelb auf Rot schaltet. Das kann ewig dauern! Also wechselt er vorsichtig auf den Bürgersteig. Aber wegen der zahlreichen Passanten muss er zu allem Verdruss absteigen und sein Gefährt im Laufschritt vor sich herschieben. Endlich rast er durch die Einfahrt auf das Schulgelände. Am Rand des Pausenhofs stellt er das Rad in einen der freien Ständer und lässt das Schloss einrasten. Ausgerechnet am zweiten Tag nach den Sommerferien kommt er zu spät.

Heute haben sie Latein in der ersten Stunde. Eine neue Lehrkraft wird sich der Klasse präsentieren. Frau Riemenschneider hat das Gymnasium verlassen und fängt eine neue Stelle in der in diesem Jahr eröffneten Integrierten Gesamtschule in Clausburg an. Noch weiß keiner, wer die Nachfolge übernimmt. Im Zeugnis hat er eine Zwei gehabt. Latein macht ihm Spaß – im Gegensatz zu Mathe.

Georg rennt die zwei Treppen in dem altehrwürdigen Gebäude hinauf, stürmt den endlosen, verwaisten Gang entlang und steht ganz außer Atem vor der Tür zu seinem Klassenzimmer. Aus dem Inneren dringt kein einziges Geräusch. Mit einem lauten Klopfen öffnet er die Tür und tritt ein. Seine Mitschüler sehen ihn betreten an. Es herrscht Grabesstille. Georg steht direkt vor Peter Zarßcke.

„Entschuldigung, ähm, tut mir leid. Hatte Probleme mit dem Fahrradschloss …"

Zarßcke sieht ihn eiskalt an, keine Spur des Wiedererkennens. Dagegen kommt es Georg so vor, als habe er ihn gestern zum letzten Mal gesehen, auch wenn ihre Begegnung schon vier Jahre zurückliegt.

„Na, das fängt ja gut an. Name?"

„Georg Molenbrick."

„Nehmen Sie Platz, Molenbrick."

Prompt erfolgt eine Eintragung ins Klassenbuch.

„Wo war ich stehen geblieben? Also: Wir werden uns neben einigen grammatikalischen Auffrischungen und Spezialfällen mit den ‚Metamorphosen' von Ovid herumschlagen. Bis Ihnen die Köpfe rauchen. Wenn Sie jetzt durchhalten, schaffen Sie auch den Rest. Per aspera ad astra.[6] In zwei Jahren ist es ja so weit! Dann werden Sie Ihr Abi in der Tasche haben. Natürlich nur, sofern Sie unsere Übungen nicht auf dem Drahtesel verschlafen."

Während Zarßcke sich mit einem burschikosen Grinsen dem Nachzügler zuwendet, bricht die gesamte Klasse in wieherndes Gelächter aus. Georg ärgert sich. Irgendwie wirken seine Schulkameraden absolut kindisch. Gestern Abend hat er noch einige von ihnen im Jugendzentrum gesehen: Wie sie mit ihren Freundinnen zu Songs wie „Smoke on the Water" und „Radar Love" beim Tanzen völlig ausgeflippt sind.[7] Oder wie sie in dunklen Ecken herumgeknutscht haben. Jetzt verhalten sie sich wie dumme kleine Jungs.

„Wie schafft Zarßcke das nur, ihnen den Wind aus den Segeln zu nehmen? Bei anderen Lehrern sind die alle viel aufmüpfiger. Da ist Opposition gegen alles und nichts angesagt."

Zarßcke versucht die antike Literatur so schmackhaft wie möglich zu machen, indem er ein paar harmlose Anekdötchen aus dem Leben des Dichters voranstellt. Er lässt sich über Ovids einschmeichelnde Lobhymnen auf die beiden Kaiser Augustus und Tiberius aus, die ihm allen Bemühungen zum Trotz keine Entlassung aus der Verbannung eingebracht haben. Während Georg gelangweilt neben das Lehrerpult auf die noch unbeschriebene Tafel starrt, strahlen seine Klassenkameraden begeisterte Aufmerksamkeit aus. Denn Zarßcke scheint die Reaktionen jedes Einzelnen genauestens zu beobachten – trotz seines spitzbübischen Gehabes. Schwungvoll schreibt er einige Aussprüche von Ovid an die Tafel und lässt sie übersetzen. Schließlich greift er mit „Amantes amentes – Liebende sind Verrückte" ein Zitat des römischen Komödiendichters Terenz auf. Laut Zarßckes Interpretation geißelt der Urheber damit die unangenehme Eigenschaft von Frauen, Männer ständig so verrückt zu machen, dass sie völlig aus der Spur geraten. Aus Georgs Sicht versucht er etwas stümperhaft die Vorzüge seiner männerbündischen Lebenseinstellung zu begründen: Leider drehe sich heutzutage alles nur noch darum, sich möglichst früh und ständig mit dem anderen Geschlecht einzulassen. Das komme ihm schon fast zwanghaft vor, um nicht zu sagen paranoid.

„Nach einigen kostspieligen Abenteuern – denn die Damen wollen ja bei Laune gehalten werden – bin ich immer noch unverheiratet. Einen ausschweifenden Herrenabend dagegen kann ich bis heute nicht abschlagen. Da bin ich sofort Feuer und Flamme! Jetzt mal ganz ehrlich, meine Herren: Ohne diesen Freiraum gehen wir Männer doch zugrunde! Oder sehen Sie das etwa nicht so?"

Beifall heischend blickt er in die Runde. Einige nicken grinsend. Andere stieren peinlich berührt auf ihre Hefte und krickeln irgendwelche Zeichen auf das Löschpapier. Die Sprüche haben sie längst von der Tafel abgeschrieben. Die Minderheit der sommersprossigen Spätentwickler aus der ersten und zweiten Reihe wiehert schon wieder begeistert vor sich hin. Georg und sein bester Freund Philipp sitzen zufällig zwischen ihnen, sodass Zarßcke ihre gelangweilte Teilnahmslosigkeit auffallen muss.

„Worauf will dieser widerliche Lackaffe mit seinen schmutzig blonden Haaren, dem streng gezogenen Scheitel und dem dunkelblauen Lodenjanker eigentlich hinaus? Dass Jungen besser unter sich bleiben sollen? Will er sie vor dem anderen Geschlecht warnen? Was für ein verklemmter Schwachsinn!"

Es folgen weitere Zitate, die sie grammatikalisch analysieren und übersetzen sollen. Der neue Lehrer geht immer wieder die Namensliste im Klassenbuch durch, nimmt alle dran – auch Philipp – und baut den schwächeren Kandidaten Brücken. Nur Georg kommt nicht ein einziges Mal zu Wort, obwohl er sich des Öfteren meldet. Zarßcke ignoriert ihn seit ihrer Begrüßung völlig. Die Stunde vergeht wie im Flug. Nach dem Klingeln stürzen alle wie besessen aus dem Raum. Georg verlässt ihn als Letzter, weil er in seiner Mappe nach Kleingeld für die Pausen-Cola sucht. Als er aufblickt, steht Zarßcke vor seinem Tisch. Sie sind allein.

„Na, Georg, damals warst du noch ein richtiger Junge. Hab dich neulich im Schwimmbad mit deiner süßen Freundin gesehen. Die scheint ja keinen guten Einfluss auf dich auszuüben."

Dann dreht er sich um und eilt gen Lehrerzimmer.

Georg überlegt, was und wen Zarßcke damit gemeint haben kann.

„Komisch. Hat mich der ausgediente Bundesführer und Vorgänger von Hans Lichtenstein etwa mit Miranda oder Elvira im Schwimmbad am Eibenstädter Stadtpark gesehen? So ein ekelhafter Spanner! Aber wann soll das gewesen sein?"

Im ersten Moment hat er keinen blassen Schimmer.

Wann immer das Wetter es erlaubt, geht er in diesem Sommer ins Freibad. Er besitzt eine Dauerkarte. Trifft er dort zufällig seine ehemalige Klassenkameradin Miranda, setzt er sich mit dem Badehandtuch immer zu ihr und ihrer Gruppe auf den Rasen und stellt den Campingbeutel neben sich. Wenn es nicht zu voll ist, spielen sie sich im Kreis mit einem Volleyball zu. Georg ist gern gesehener Gast, weil er eine perfekte Angabe macht und super baggern kann, wenn der Ball zu viel Höhe verloren hat, um mit beiden Händen angenommen zu werden. Er rettet viele Bälle, indem er sich ihnen kurz vor dem Aufschlagen auf dem Boden mit ausgestreckten Armen und zusammengefalteten Händen entgegenwirft und sie über das Netz ins gegnerische Spielfeld befördert. Keiner kann sich beim Fallen so gut abrollen wie Georg. Und mit Elvira – seiner Cousine – verabredet er sich dort auch manchmal. Dann tauschen sie die neusten Ausgaben von „music express" und „twen" aus. Dabei hören sie sich die aktuellen Hits auf dem Kassetten-Rekorder an. Außerdem schwimmen sie gern um die Wette. Oder sie unterhalten sich über ihre Pläne für die Zeit nach dem Abi. Sie träumen von einer sonnigen Zukunft, an die sie noch nicht so recht glauben können. Ihre Vorstellungen schwanken hin und her. Egal, ob Lehre oder Studium: Sie freuen sich auf den Sprung ins kalte Wasser.

Jetzt fällt es ihm wie Schuppen von den Augen:

„Ach du liebe Güte! Warum habe ich das nicht sofort gecheckt? Das ist es also, worauf er anspielt. Dann muss er mich also doch erkannt haben, ohne sich auch nur das Geringste anmerken zu lassen. Echt fies, dieser Typ!"

Vor nicht allzu langer Zeit hat er Zarßcke nämlich zufällig im städtischen Schwimmbad beobachtet. Das muss an einem Samstag gewesen sein. Ihm ist damals aufgefallen, dass ein schlanker Mann, den er auf Mitte bis Ende dreißig schätzt, mit schmutzig blonden Haaren und einem streng gezogenen Scheitel immer wieder kurz zu ihnen herüberschaut. Wie jemand, der auf das fröhliche Treiben ihrer Gruppe neidisch ist. Doch dann wendet sich diese Person ganz den beiden etwa zehnjährigen Knirpsen in seiner Begleitung zu und fängt an, sich mit ihnen um einen gelben Wasserball mit rosa Punkten herumzubalgen. Danach sieht er die drei nochmal am Eisstand. Erst im allerletzten Augenblick erkennt er Zarßcke, als er direkt an ihm vorbeigeht. Oder „Peterlein", wie ihn Hans Lichtenstein auf dem Hochstand liebevoll genannt hat. Ohne Brille sieht er irgendwie anders aus. Er wirkt noch unsympathischer. Durch das Gealbere mit den Jungen scheint er in dieser Situation so abgelenkt zu sein, dass er Georg nicht bemerkt.

„Sonst hätte er mich doch angesprochen. So kann man sich täuschen! Zarßcke hat mich die ganze Zeit im Visier gehabt. Anscheinend sind seine Brillengläser nicht sehr stark."

Das liegt vielleicht dreieinhalb Wochen zurück, mitten in den Ferien. Komisch. Zu dieser Zeit ist der gesamte Lehrkörper seines Gymnasiums in alle Winde zerstreut:

Andalusien, Bretagne, Chiemsee, Dolomiten, Elsass, Friaul, Gotland, Holland, Ischia, Kalabrien, Kreta, Lappland …

Niemand von denen ist dann in Eibenstädt.

Außer Zarßcke.

∗

Im Laufe des Schuljahres ist von dem flotten Bekenner romantischer Jungenbündelei nicht mehr viel übrig geblieben. Zarßcke zieht seinen Unterricht inzwischen knallhart durch und lässt nur eine kleine Gruppe erfolgreich mitarbeiten: die Söhne der obersten Honoratioren der Stadt, die gleichzeitig die höchsten Beträge für die Elternspende locker machen. Die anderen werden in Dreier-, Vierer- und Fünferkandidaten aufgeteilt. Eine Sechs hat es bisher noch nicht gegeben. Die Klassenarbeiten fallen von Mal zu Mal schwerer aus. Wenn jemand das Schuljahr mit einer Sechs abschließt, gibt es ohne bestandene Nachprüfung keine Versetzung. Auch nicht, wenn man in Latein und in einem weiteren Fach auf einer Fünf steht. Während Zarßckes Lieblinge „von Hause aus" gut vorbereitet sind, trifft es die anderen immer wie ein Schlag aus heiterem Himmel. Es heißt, einige aus der Elitetruppe nehmen Nachhilfestunden bei ihm.

Im Kollegium ist es üblich, den Schülern zur Verbesserung ihrer Leistungen Privatunterricht anzubieten. Besonders, wenn jemand gerade sein Eigenheim gebaut hat. Da kommt jede zusätzliche Einnahme recht. Bei einigen ist es gerade en vogue, die Schüler im Hause ihrer Eltern aufzusuchen. In Eibenstädt wird das momentan als pädagogischer Knüller verkauft: Schüler eine Zeitlang in ihrer gewohnten Lernumgebung betreuen, bis sie wieder Fuß gefasst haben. Sogar die Eltern werden mit einbezogen. Nur einige ganz Clevere aus dem Lehrkörper halten den Nachhilfeunterricht nach Schulschluss in einem der Klassenzimmer ab. Dazu braucht man nur einen guten Draht zum Hausmeister. Bequemer geht es nicht.

Zarßcke dagegen lässt seine Schutzbefohlenen grundsätzlich zu sich kommen. In das Einfamilienhaus, das er seit dem Tod des Vaters zusammen mit „Mameli" bewohnt – so nennt er seine innig geliebte Mutter. Er hat sich eine Ein-Zimmer-Wohnung im Souterrain eingerichtet, direkt neben dem Heizungskeller. Dort befindet sich ein gemütliches Arbeitszimmer mit einer kleinen Sitzecke, wo er am runden Tisch mit seinem jeweiligen Besucher Platz nimmt. Zu Beginn jeder Übungseinheit stellt Mameli ein Tablett mit zwei Bechern und einer Karaffe Apfelsaft auf einen Teewagen. Ihr Sohn benutzt ihn normalerweise als Ablage für Bücher, Klassenarbeitshefte und sonstige Unterlagen. Aber wenn Nachhilfeschüler kommen, räumt er ihn vorher leer. Zu dem Gedeck gehört noch ein Teller mit frisch gebackenen Plätzchen.

„Grüß Gott, der junge Herr! Nun stärkt euch doch erstmal, bevor es ans Werk geht."

„Das ist wirklich sehr liebenswürdig von dir, Mameli. Vielen Dank. Aber jetzt lass und bitte wieder allein, die Zeit läuft uns sonst davon."

„Ist schon recht, mein lieber Herr Sohn."

Und schon ist sie wieder verschwunden. An den Schüler gewendet sagt Zarßcke dann mit einer gewissen Belustigung:

„So ist sie nun mal, meine gute Mameli. Wenn wir uns mit ihr gut stellen wollen, darf nachher nichts mehr übrig sein."

Diese gastfreundlichen Gesten sollen Vertrauen schaffen. Denn die jungen Besucher sind allesamt aufgeregt und schüchtern. Nach dem ersten Schluck und dem ersten Biss tauen sie immer ein wenig auf. Und schon kann er mit dem Einpauken der Lektionen loslegen.

Zarßcke gibt grundsätzlich nur Einzelunterricht. Manchmal scheint er dort unten auch zu übernachten, wenn sich Berge von zu korrigierenden Klassenarbeiten um ihn herum anhäufen. Jedenfalls deutet das frisch bezogene und ordentlich gemachte Bett an der Wand gegenüber dem vergitterten Fenster darauf hin. Die zahlreichen mit Reißzwecken auf der modischen, unruhigen Blumenmustertapete befestigten Schwarzweiß- und Farbfotografien wirken deplatziert. Bei näherem Hinsehen handelt es sich vorwiegend um Abbildungen nackter Jungen beim Baden. Wenn Zarßcke bemerkt, dass ein Schüler während der Nachhilfestunde die Bilder länger anstarrt, greift er diesen Punkt nur zu gerne auf und bagatellisiert ihn – selbstbewusst und treuherzig zugleich – mit folgenden Worten:

„Verstehe, der junge Mann will wissen, was es mit den Badefotos auf sich hat. Ganz einfach: Das war meine schönste ‚Große Fahrt‘. Bei den Pfadfindern. Damals, im toleranten, modernen Finnland. Da baden doch alle nackt. Das ist dort so Brauch. Finde ich gut. Das ist so natürlich.“

Ob das mit den nudistischen Finnen wirklich so stimmt, weiß keiner. Wer mal mit seinen Eltern dort Urlaub gemacht hat, erinnert sich an volle Badestrände in von Touristen und Einheimischen bevorzugten Regionen. Da sind Badehosen und Badeanzüge ganz normal. Es gibt weder ein Verbot noch einen Zwang zum Nacktbaden.

Aber Zarßckes Nachhilfe ist spitze. Schon nach vier, fünf Stunden zeigen sich erste Erfolge bei Vokabeltests und Klassenarbeiten. Und das geht vielen, die in Latein auf der Kippe stehen, nicht mehr aus dem Kopf. Einmal sagt Philipp voller Wut zu Georg:

„Gesellschaftlicher Status der Eltern, Spenden für das Gymnasium in unglaublicher Höhe, teurer Nachhilfeunterricht: Das riecht nach Bestechung!“

Sein Freund kann dem nur zustimmen. Gleichzeitig sagt er resigniert:

„Aber dagegen lässt sich nicht ankommen, Philipp. Die stecken alle unter einer Decke.“

Vom Direktor bis zum Referendar hält die Lehrerschaft zusammen, wenn am Lack des Schulsystems gekratzt wird. Egal, wie progressiv sich Einzelne von ihnen auch aufführen. So manche im Referendariat tragen den Zeitgeist ihrer Generation durch kritische Ansichten, antiautoritäres Auftreten und ein entsprechendes Outfit zur Schau. Damit wollen sie sich klar von den angepassten Mitläufern unter ihresgleichen abgrenzen. Aber auch von den Ewig-Gestrigen der älteren Generation, die ein verklärtes Bild aus der Zeit der Nazi-Diktatur mit sich herumtragen. Sie präsentieren sich progressiv. Nicht selten mit einer gewissen Überheblichkeit. Trotzdem gehören auch sie meist zu den Leisetretern, wenn es um handfeste Probleme und Konflikte der Schülerschaft geht. Dann schwanken sie hin und her, statt eine klare Position zu beziehen. Sie lassen sich gern von den ehrwürdigen Kollegen und den wenigen Kolleginnen umgarnen, genießen die finanziellen Vorzüge des Referendariats und freuen sich auf die nahende Verbeamtung.

Gerade Zarßcke versucht sich bei den jungen Nachwuchskräften der Lehrerschaft durch Hilfsbereitschaft, lockere Sprüche und gespieltes Verständnis für alles Moderne und Kritische beliebt zu machen. Sie müssen ja auch nicht an seinem Unterricht teilnehmen. Und wenn er mal eine Referendarin bis zur Lehrprobe mit in die Klasse nimmt, erkennen ihn die Schüler nicht wieder. Er strotzt nur so vor Charme und Ritterlichkeit.

*

Heute sind sie mit Zarßcke mutterseelenallein – weit und breit keine Anwärter auf das Lehramt in Sicht. Er tobt wie ein bissiger Hund am Laufseil vor ihnen auf und ab. Gestern hat es eine Versammlung der Schülermitverwaltung gegeben, zu der auch Lehrern Zutritt gewährt wird. Das Bildungsministerium erwartet von der Schülervertretung, dass sie sich für Schulfeste oder die Anschaffung von neuen Turngeräten einsetzt. Oder Lobreden über erfolgreiche Absolventen verfasst. Natürlich soll auch Kritik geäußert werden: Stundenpläne, Raumnot oder schlechte Bus- und Zugverbindungen. Stattdessen befasst sich die Schülermitverwaltung des Christian-Heinrich-Rinck-Gymnasiums mit Menschenrechtsverletzungen durch das Militärregime in Griechenland. In der Schülerzeitung soll ein Appell gegen Urlaubsreisen in dieses Land erfolgen. Was natürlich auch einen Seitenhieb auf die Lage in Spanien und Portugal bedeutet. Ein Skandal, wie er nicht schlimmer sein könnte!

Deshalb steht Zarßcke jetzt der Schaum vor dem Mund. Er hält seinen Schülern lautstark vor, dass kommunistische Umstürzler ungehemmt alle Schulen unterwandern, um die aus der Antike bis in die Moderne überlieferten Werte des Abendlandes auszuhebeln. Dieses Pack müsse mit aller Härte ausgemerzt werden, damit das Land nicht im Chaos versinke.

„Der Osten steht schon Gewehr bei Fuß!", zetert er fahrig und sieht die Klasse mit einem beschwörenden Blick an, als wolle er mit ihnen sofort aus dem Klassenzimmer stürmen und gegen den Feind vorrücken.

Am schlimmsten findet der um die öffentliche Sicherheit besorgte Beamte jedoch das Ansinnen der Schülervertretung, demnächst in der Aula dieses ehrwürdigen Gymnasiums Dokumentarfilme der Alliierten über die Verbrechen und das Grauen in Auschwitz, Bergen-Belsen und Buchenwald vorzuführen. Diese Veranstaltung wird von Mitarbeitern der Landesstelle für politische Bildung organisiert.

Als habe er Angst vor den bevorstehenden Enthüllungen der Verbrechen des Nazi-Regimes, schreit der gegen Extremismus jeglicher Art vereidigte Pädagoge mit Beamtenstatus die jungen Leute im Unterricht lauthals an:

„Das sind Propagandafilme über angebliche Zustände in den Lagern. Die strotzen nur so von Übertreibungen und Lügen!"

Plötzlich verschlägt es ihm die Stimme. Er wischt sich umständlich mit dem Taschentuch über den Mund und blickt verkniffen über die Köpfe der Schüler hinweg zur gegenüberliegenden leeren Wand. Von dort scheint er eine Botschaft zu empfangen. Genüsslich lässt er jedes einzelne Wort lauthals über seine Lippen kommen:

„Euch hätten sie dort auch zu Seife verarbeitet! Jeden Einzelnen – so wie ihr gerade vor mir sitzt! Einen nach dem anderen. Da könnt ihr ganz sicher sein!"

Am Christian-Heinrich-Rinck-Gymnasium werden alle Schüler traditionell ab der elften Klasse gesiezt. Zarßcke hat die Oberprimaner gerade geduzt und in abartigster Weise angepöbelt. Verfällt er dem Wahnsinn?

Es ist auf einmal totenstill. Alle Schüler starren den Lehrer ungläubig an. Zarßcke läuft knallrot im Gesicht an und regt sich nur langsam wieder ab. Dass die Nazis sogar Knochen der Ermordeten aus den Konzentrationslagern zu Seife verarbeiten ließen, davon wissen die Schüler bislang nichts. Anscheinend ist ihr Lateinlehrer bestens im Bilde über den Inhalt des Filmmaterials, das ihnen demnächst gezeigt werden soll.

Georg und Philipp sehen sich entsetzt an, während sich ihre Mitschüler wieder beruhigen und auf Durchzug schalten. Ohne sich abzusprechen, packen die beiden ihre Schulmappen und verlassen festen Schrittes das Klassenzimmer. Zarßcke ist so überrascht, dass er einen Schritt zur Seite geht, um ihnen den Weg zur Tür freizugeben.

„Das hat Folgen ...", murmelt er vor sich hin.

Als sie verschwunden sind, trägt er beide wegen unentschuldigten Entfernens vom Unterricht ins Klassenbuch ein. Dann lässt er einen lateinischen Text Satz für Satz grammatikalisch bestimmen und übersetzen, als sei nichts geschehen.

*

Georgs und Philipps Eltern beschweren sich bei Herrn Lutz-Wolfram Dietelz, dem Direktor des ehrenwerten Christian-Heinrich-Rinck-Gymnasiums, über Zarßckes widerwärtige Entgleisungen. Allerdings ohne großen Erfolg. Der Schulleiter gibt den Erziehungsberechtigten natürlich in allen Punkten uneingeschränkt Recht. Andererseits macht er keinen Hehl daraus, wie ausgesprochen froh er darüber ist, dass die Schule angesichts des landesweit beklagten Mangels über eine ausreichende Anzahl hochqualifizierter Lateinlehrer verfügt.

„Manchmal muss man eben ein Auge zudrücken, so weh das auch tut. Schließlich lernen die Schüler bei Herrn Zarßcke das gebotene Pensum erstaunlich gut. Wenigstens diejenigen, die sich bemühen und nicht den Unterricht boykottieren. Meine verehrten Damen und Herren, geben Sie bitte Ihren Söhnen den Rat, durchzuhalten, ohne sich um die eine oder andere deplatzierte Äußerung unseres gelegentlich etwas zu forsch auftretenden Herrn Zarßcke zu kümmern. Glauben Sie mir, die Zeit bis zum Abitur verstreicht schneller, als Sie sich das vorstellen können. Danach lockt grenzenlose Freiheit. Und vergessen Sie den Eintrag wegen unentschuldigten Fernbleibens am Unterricht. Das wird zwar im Zeugnis vermerkt. Aber eine Schwalbe macht ja noch keinen Sommer!"

Außer dem „Direx", wie er von den Schülern genannt wird, lacht jetzt keiner.

„Okay. Habe verstanden. Also dann machen wir das am besten mal so: Sie schreiben den beiden eine Entschuldigung. Etwa mit diesem Wortlaut: Mein Sohn Georg Molenbrick bekam plötzlich Panik wegen des sehr belastenden Themas. Sein Nebenmann und bester Freund Philipp Marong begleitete ihn unverzüglich an die frische Luft, wo sich unser Sohn allmählich wieder beruhigte. Erst im Nachhinein bemerkten sie, dass sie durch ihr überstürztes Hinauseilen den Fachlehrer übergangen hatten, was sie zutiefst bereuen. Na ja, und der Text für Philipps Entschuldigung ergibt sich ja daraus."

Ohne näher auf diesen Vorschlag einzugehen, bedanken sich Georgs und Philipps Eltern noch einmal für das Gespräch und verabschieden sich höflich. Sie sind sich darin einig, dass sie sich diesen Gang hätten ersparen können. Wie man Entschuldigungen aller Art aufsetzt, braucht ihnen nun wirklich keiner mehr zu erklären.

Ernüchtert stellt Papa Julius beim Abendessen fest:

„Zarßcke hat einen Freibrief. An den Mann kommen wir nicht ran. Der hat volle Rückendeckung von ganz oben. Dein rühriger Schulchef findet zwar auch nicht alles gut, was dein Lateinlehrer manchmal so alles verbockt, aber letzten Endes rät er dir, bis zum Abi jedem Konflikt mit ihm aus dem Weg zu gehen. Immerhin hält er diesen beknackten Zarßcke für einen kompetenten Lateinlehrer. Das muss man sich mal vorstellen! Was hat dieser Herr Dietelz nur für komische Vorstellungen von Pädagogik?"

Einerseits ist Georg enttäuscht, wenngleich er nichts anderes erwartet hat. Er verfolgt längst eine andere Strategie: Selbst, wenn ihm Zarßcke zum Schluss eine Fünf reinhaut, bekommt er durch die Summe der absolvierten Unterrichtsjahre seit der Quarta das große Latinum. Vor Zarßcke hat er immer gute Noten bekommen. Diese Qualifikation ist ihm wichtig, denn sie wird bei einigen Studienfächern vorausgesetzt, für die er sich momentan interessiert. Falls er überhaupt studieren will. Also beschließt er, ruhig an die Sache heranzugehen und sich nicht provozieren zu lassen.

Andererseits – und damit allen noch so gut gemeinten Ratschlägen zum Trotz – wird er sich auf keinen Fall bei diesem Menschen aus rein taktischen Gründen einschleimen. Auch wenn er dadurch die ursprünglich angepeilte Durchschnittsnote im Abi vergessen kann. Bei diesem Gedanken steigt eine unbändige, ohnmächtige Wut in ihm auf. Aber er wird sich nicht kleinkriegen lassen.

„Nicht von diesem vermutlich pädophilen, auf jeden Fall aber reaktionären Schwein!"

Während ihm dies durch den Kopf geht, springt er vom Tisch auf und verabschiedet sich von seinen Eltern und von Maria mit den Worten:

„Ich gehe noch mal rüber ins Jugendzentrum. Da spielt heute Abend eine Beatband aus Clausburg: ‚The Lonely Daredevils'. Die sollen live irre gut sein. Meine ganze Clique geht dahin. Die verlassen sich darauf, dass ich auch komme. Spätestens um elf bin ich wieder zurück. Ehrenwort."

Die drei nicken ihm knapp zu. Schließlich ist Georg kein Kleinkind. Sie können ihn sowieso nicht davon zurückhalten, abends auszugehen. Bald wird er seinen Geschwistern nachfolgen. Die gehen schon lange ihre eigenen Wege und nabeln sich immer stärker von ihrem Elternhaus ab. Bernd ist vor ein paar Wochen ausgezogen. Er hat ein Zimmer im Studentenwohnheim bekommen. Maria plant gerade ihren Umzug in eine Wohngemeinschaft mit zwei Freundinnen. Sie nennen das „Frauen-WG". Anscheinend ist das momentan besonders progressiv. Demnächst lebt die Familie Molenbrick nur noch zu dritt unter einem Dach. Für Georg wird das nicht viel ändern. Mit den Zwillingen hat er sowieso nicht viel am Hut. Sie begeistern sich für andere Dinge, zu denen er keinen Zugang hat. Von denen sie ihn ausschließen. Das Desinteresse an ihrem kleinen Bruder ist offensichtlich.

1973

Mist. Heute fällt Biologie aus. Ausgerechnet Zarßcke kommt als Vertretung. Selbstsicher baut er sich vor ihnen auf. Zwei Schüler aus einer der unteren Klassen bringen ein Vorführgerät herein. Zur Erklärung lässt der Oberstudienrat verlauten:

„Bin mir sicher, dass Sie heute nichts von Latein wissen wollen. Deswegen habe ich Ihnen einen Film mit einigen Aufnahmen von Wildtieren in den Hochwälder Forsten mitgebracht. Das ist mal Biologie-Unterricht auf meine Art. Ein paar Jagdszenen sind auch dabei. Wir befinden uns hier schließlich nicht in einem Mädchenpensionat, oder? Sind die jungen Herren bereit? Dann ziehen Sie doch bitte mal die Vorhänge zu."

Auf der Stelle erheben sich zwei Aktentaschenträger mit unzeitgemäßem Bürstenschnitt. Diese Knaben gehen immer noch regelmäßig zum Friseur ins Finanzamt, wo ihre Väter arbeiten.[8] Manche kommen sogar mit Anzug, weißem Hemd und Schlips in die Schule. Jetzt stürzen sie an die Fenster und im Nu ist der Raum verdunkelt.

„Bitte Ruhe. Es kann losgehen", sagt Zarßcke.

Er ist spürbar bester Laune. Das Vorführgerät beginnt zu surren und nach dem Vorspann sehen sie, wie sich eine Rotte Wildschweine auf einer Lichtung im Schlamm wälzt. Wie im Rausch rasselt Zarßcke zu den bewegten Bildern sein Jägerlatein herunter. Es folgen Aufnahmen von einem Hirschrudel. Dann sieht man, wie zwei Jäger ihre Flinten auf dem Hochstand anlegen und abdrücken. Zwei Tiere fallen fast gleichzeitig um. Panikartig springen die anderen auseinander und suchen das Weite.

Zarßcke erklärt den Zuschauern, dass er sich zum Filmen hinter einem Stapel von geschnittenen Baumstämmen am Waldrand versteckt hat.

„Wenn der Wind richtig steht, hört das Wild meine Super-Acht-Kamera nicht. Und die Tiere können von mir keine Witterung aufnehmen. Sonst wäre das unmöglich."

Dann zeigt er das Ende einer Jagdgesellschaft. Das erlegte Wild liegt auf der Wiese vor einem Forsthaus im Kreis aufgereiht, der wiederum von Jägern und Treibern umringt wird. Georg erkennt Hans Lichtenstein unter den Teilnehmern. Da ist er noch blutjung, noch keine zwanzig.

„Im Vergleich zu heute hat der mal richtig gut ausgesehen", denkt Georg. „Vielleicht ein bisschen zart für sein Alter, fast ein wenig feminin. Zarßcke war beileibe kein Kostverächter."

Während er diesen bitterbösen Gedanken nachgeht, wird es plötzlich unruhig in der Klasse. Zuerst hat Georg das Landheim gar nicht erkannt, aber jetzt sieht er Aufnahmen vom Bundestreffen der „Fahrenden Schar".

„Na sowas! Wen haben wir denn da?", fragt Zarßcke schelmisch in den Raum hinein.

„Das sind Phillip und Georg", raunt es aus einigen Mündern.

Nach einigen Aufnahmen von der Veranda, auf der mehrere Gruppen an den langen, aus einfachen Holzbrettern gefertigten Tischen sitzen und frühstücken, kommen Bilder vom Lagerfeuer, das einen Teil des Geschehens hell erleuchtet. Unter den vielen Gesichtern ist Philipp zu erkennen. Dann erscheint Georg in Nahaufnahme: Wie er zwischen Wolfgang – seinem Gruppenführer – und Lichtenstein – dem stolzen Bundesführer – Platz nimmt und von der „Großen Fahrt" erzählt. Natürlich können das seine Klassenkameraden nicht hören. Der Farbfilm läuft ohne Ton ab.

Dass es von ihm diese Bilder gibt, hat Georg nicht gewusst. Er sieht diesen Film zum ersten Mal. Hat Zarßcke das selbst gedreht? War er denn damals dabei? Er kann sich nicht daran erinnern. Aber es schauten öfter mal ehemalige Pfadfinder oder ältere Freunde der „Fahrenden Schar" bei ihren Treffen vorbei. Von wem wurde dieses kitschige Machwerk damals gedreht? Und für wen? Jedenfalls nicht für die „Fledermäuse". Es ärgert ihn schon, dass jemand, den er absolut nicht zu seinen Freunden oder Vertrauenspersonen zählt, solche Aufnahmen von ihm besitzt und sie offenbar überall ohne sein Einverständnis herumzeigt. Er hat keine Ahnung, ob Zarßcke das überhaupt darf. Andererseits kann ihm der ganze Quatsch den Buckel herunterrutschen. Das ist Vergangenheit: ein längst abgeschlossener Teil seiner Geschichte, zu dem er keinerlei Verbindung mehr hat. Jedenfalls glaubt er das in diesem Augenblick. Die anderen – außer Philipp – haben null Ahnung von dem, was damals wirklich los gewesen ist. Was soll diese lächerliche Vorführung? Geflissentlich missachtet er Zarßckes Blicke zu ihm herüber. Sie wirken auf ihn so, als wolle dieser Mann etwas Gemeinsames zwischen ihnen heraufbeschwören.

Etwas, das es nie gegeben hat.

„Tja, jetzt haben Sie mal ein paar Eindrücke vom Jagdwesen bekommen. Vielleicht konnte ich einige Vorurteile zu diesem Thema aus dem Weg räumen. Dass da noch Aufnahmen von den Pfadfindern mit dabei sind, habe ich wirklich nicht mehr gewusst. Aber umso besser! So kennen Sie ihre Klassenkameraden sicher nicht? Das waren sehr engagierte Jungs damals: Georg und Philipp. Die haben sich sauwohl draußen im Landheim gefühlt. Gerade konnten Sie ja alle sehen, wie begeistert die beiden von der ganzen Pfadfinderei waren. Damals gab es für sie nichts Schöneres. Darin werden mir die Herren Marong und Molenbrick doch sicher ausnahmslos zustimmen, nicht wahr?"

Seine Augen fliegen über die Reihen der Unterprimaner. Dann sagt er verdutzt:

„Wie schade! Philipp – also Herr Marong – hat uns ja vor Kurzem verlassen und ist auf eine andere Schule abgewandert. Der hätte sich bestimmt riesig gefreut, wenn er heute mit dabei gewesen wäre. Na ja, wenn Sie ihm mal über den Weg laufen, erzählen Sie ihm ruhig von unserer Vertretungsstunde."

Das hört sich fürchterlich sentimental an. Georg zeigt keinerlei Reaktion auf dieses leutselige Gewäsch. Bevor Zarßcke nochmal nachhaken kann, um wenigstens seine Zustimmung zu erheischen, klingelt es glücklicherweise zur Pause und alle strömen hinaus. Georg als Erster. Er fragt sich, ob Zarßcke gerade versucht hat, ihn mit den Bildern von damals wieder auf den rechten Pfad der Tugend zu bringen. Ganz nach dem Motto:

„Ein Funken Gutes steckt noch immer in dem Wölfling von einst. Noch ist es für einen Kurswechsel nicht zu spät. Sogar ich – ein von ihm zutiefst enttäuschter Pädagoge – würde diesem verirrten Schaf dann verzeihen."

Will er ihm die helfende Hand reichen? Ausgerechnet Zarßcke! Das ist leider kein Alptraum, der sich beim Aufwachen in Nichts auflöst. Sondern knallharte Realität.

Philipp bekommt von alledem nichts mehr mit, weil er durch die Unterstützung seiner Eltern tatsächlich im allerletzten Moment noch die Schule wechseln konnte. Man ahnt, wie das eingefädelt worden ist. Schließlich verfügt sein Vater über hervorragende Beziehungen zum Schulamt: Die Leiterin sitzt seit Jahren zusammen mit ihm im Vorstand des Hochwälder Karnevalvereins. Philipp fährt jetzt jeden Morgen mit dem Zug nach Groß-Moritzhain zum dortigen Gymnasium, wo auch sein Vater in einem Unternehmen der Lebensmittelindustrie arbeitet. Und Georg sitzt jeden Morgen ganz allein unter all diesen Duckmäusern und Strebern.

Er verweigert von nun an die aktive Mitarbeit im Lateinunterricht und bereitet sich nur noch sporadisch vor. Er sitzt die Stunden ab, wenn er nicht „entschuldigt" fehlen kann und im Hinterzimmer einer der nahegelegenen Kneipen mit Gleichgesinnten Pool-Billard spielt. Wenn Zarßcke ihn drannimmt, was selten vorkommt, bringt er nicht mehr allzu viel zustande. Bei Klassenarbeiten lässt der ehemalige Pfadfinder und Jungenführer der „Fahrenden Schar" Georgs Tisch immer direkt an sein Lehrerpult heranschieben, um ihn besser kontrollieren zu können.

„Damit der junge Herr nicht zum Transen[9] verführt wird."

Diese Prozedur ist entwürdigend. Zumal mindestens die halbe Klasse ständig Transen benutzt. Andere gehen während der Klassenarbeit austreten und treffen sich mit heimlich bestellten Experten, die ihnen ihre heimlichen Abschriften der einzelnen Aufgaben bearbeiten. Aber das interessiert Zarßcke nicht. Momentan geht es nur um Georg. Es schmerzt ihn, dass sein Schützling die Demütigungen wegsteckt, als sei nichts gewesen. Als würden sie sich jedes Mal in Luft auflösen. Der aufsässige Schüler schafft es bei allen Klassenarbeiten, haarscharf an der Sechs vorbeizukommen. Die Fünf scheint ihm auszureichen. Warum auch immer.

∗

Zu Zarßckes Leidwesen nimmt das Gemunkel über seine pädophilen Neigungen unter den Schülern der Oberstufe immer stärker zu und dringt von dort in alle möglichen Kreise. Viele Eibenstädter Bürgerinnen und Bürger – von Jung bis Alt – gehen ihm aus dem Weg, wann immer es möglich ist. Jetzt heißt es für Zarßcke, absolute Vorsicht walten zu lassen. Auch seine Bemühungen, dass Georg bei ihm zu Kreuze kriecht und wieder in die Spur kommt, verlaufen im Sande. Der Junge driftet immer mehr ab: Seine Ansichten werden von Tag zu Tag radikaler, seine Haare immer länger und ganz bestimmt macht er jeden Tag mit einer anderen von diesen Hippie-Schlampen herum. Was ist nur aus der großen Jungenherrlichkeit geworden? Nichts davon existiert mehr. Der Pfadfinderbund besteht zwar formal weiter und das Landheim bleibt in seinem Besitz. Hin und wieder treffen sie sich dort. Er und ein paar von den anderen sogenannten grauen Eminenzen. Sie schaffen es nur mit Müh und Not, den einen oder anderen Jüngling mitzubringen. Aber das bündische Leben ist dahin: Die Gruppen lösen sich auf, neue werden nicht mehr gegründet. Die ehemaligen Gruppenführer tauchen nach und nach ab. Gelegentlich vermieten sie das Haus an andere Jugendverbände, um die laufenden Kosten zu decken. Es ist zum Heulen. Zarßcke spielt mit dem Gedanken, nach Spanien auszuwandern. Zu Franco. Diesen Mann verehrt er abgöttisch.

Kürzlich ist er in der Sonntagszeitung auf eine Ausschreibung gestoßen, die ihm keine Ruhe mehr lässt. Ein Jungeninternat in Cádiz sucht dringend Ersatz für einen Deutschlehrer. Zarßcke hat durch seine intensiven Kontakte zu ultrarechts orientierten politischen Kreisen davon gehört, dass seit der Machtergreifung durch Francos Falange in solchen Einrichtungen viele liebesbedürftige Waisenkinder untergebracht wurden. Kinder, deren Eltern im Spanischen Bürgerkrieg umgekommen sind:

„Irgendjemand musste sich ja um sie kümmern."

Laut Zarßckes Informationen gibt auch heute noch Kinder – so erschütternd das auch sein mag –, die ihren Eltern weggenommen werden, weil diese sich asozial verhalten oder subversiven Kreisen angehören. Dieser Nachwuchs findet ebenfalls in Waisenheimen und Internaten Zuflucht.

Weitere Details zu diesem Thema sind für Zarßckes Motivation nicht wichtig. Woher die Knaben im Einzelfall stammen, die ihm als Pädagogen zugewiesen werden, interessiert ihn nicht. Nur dass es sie gibt, zählt für ihn. Er ist felsenfest davon überzeugt, dass sich diese armen Waisen nach Fürsorge, Zusammenhalt und Kameradschaft sehnen. Und er sich nach ihnen. Eine erregende Vorfreude übermannt ihn. Der wilde Druck ist nicht mehr auszuhalten. Schnell kommt er zum Erguss. Entspannt frohlockt er:

„In Spanien habe ich Ruhe vor dieser ständigen üblen Nachrede. Da kann ich tun und lassen, was ich will. Solange ich mich den neuen Machthabern nicht widersetze. Und wie könnte ich das jemals tun? Ich bin doch ein großer Anhänger ihrer Ideen."

Im Christian-Heinrich-Rinck-Gymnasium stellt sich niemand direkt gegen ihn. Angeblich kann ihm keiner etwas anhaben. Die Schulbürokratie lässt ihn gewähren wie eh und je. Trotzdem ist nichts mehr so wie früher. Überall spürt er eine deutliche Distanz. Ständig scheinen ihn alle aufs Genaueste zu beobachten. Manche Schüler zieht er immer noch in seinen Bann. Er bedauert es zutiefst, auf diese Beutestücke verzichten zu müssen. Normalerweise würde er seine naiven Bewunderer ohne großen Aufwand für einschlägige Liebesdienste abrichten. Aber aus Gründen der eigenen Sicherheit hat er sich vorerst äußerste Zurückhaltung auferlegt. Da ist nichts mehr mit gezielter Anbändelei. Schon gar nicht in seinem eigens dafür hergerichteten Arbeitszimmer im Souterrain. Manchmal wird er richtig wütend, wenn er daran denkt, wie sehr er sich im Zaum halten muss. Dann nimmt er schon mal die Klassenarbeit eines heimlich von ihm heiß begehrten, aber vorsichtshalber nicht mit routinierter Raffinesse umgarnten Knaben so auseinander, dass die Fetzen fliegen. Egal welches Amt die Eltern bekleiden, egal wie hoch deren Spende für die Schule ist. Beglückt schaut er dann jedes Mal bei der Bekanntgabe der Zensuren in das erst erwartungsvolle und dann verzweifelte, sprachlose Gesicht des verhinderten Lustobjektes. Solche Bilder lässt er dann bei seinen nachmittäglichen Erregungen wieder aufleben.

Wenn der in Verruf gekommene Lehrer das Gymnasium verlässt und durch Eibenstädt geht, stecken die Leute die Köpfe zusammen und wechseln die Straßenseite, um ihm nicht zu begegnen. Man sieht an ihm vorbei. Statt ihn wie früher mit freundlichem bis unterwürfigem Respekt zu grüßen. Eines Tages schlendert er in düsterer Stimmung neben dem verwilderten jüdischen Friedhof die menschenleere Barfüßerstraße entlang. Schließlich stößt er an einer Kreuzung völlig unbeabsichtigt auf die alteingesessene Jeremias-Gotthelf-Buchhand-lung. Spontan tritt er ein und trägt sein Anliegen vor. Nach einigem Herumstöbern zieht die junge Verkäuferin einen Reiseführer über Südspanien und die dazu passende Landkarte aus einem der prall gefüllten Regale hervor. Als sie dem leicht parfümiert riechenden Herrn das Wechselgeld aushändigt, bemerkt sie, wie dessen Hand leicht zittert. Nachdem er die Karte und das Buch umständlich in seiner Aktentasche verstaut hat, lächelt er die Frau begeistert an und trällert lauthals:

„Es grünt so grün, wenn Spaniens Blüten blühen …"

Irgendwo hat er das mal aufgeschnappt. Vielleicht stammt es aus „My Fair Lady"? Er weiß es nicht mehr.

Gefolgt von irritierten Blicken verschwindet er beschwingt durch die Ladentür. Er fühlt sich wie ein junger Mann auf Freiersfüßen.

*

Georg schafft das Abitur, genauso wie Philipp in seiner neuen Schule. Die Prüfer teilen Georg mit, dass er bestanden hat. Danach ist es üblich, dem Absolventen der Reihe nach zu gratulieren. Die Lehrer wollen sich von ihren Schülern in einem würdigen Rahmen verabschieden. Als Zarßcke ihm die Hand reicht, überlegt er kurz, ob er diese verlogene Geste ignorieren soll. Aber dann greift er kurzentschlossen zu, allerdings äußerst knapp. Er will ihn in einer Sicherheit wiegen, die Jahre überdauern soll. Der pädagogische Versager sieht ihn in diesem Moment fast dankbar an. Denn Georgs Verweigerung hätte womöglich zu unangenehmen Nachfragen seitens der Kollegen geführt. Außerdem wäre sie eine erneute Kampfansage gewesen. Eine direkte Fortsetzung seiner in den letzten Jahren gegenüber Zarßcke offen gezeigten Abscheu. Insgesamt hält er es für die bessere Strategie, künftig nichts von seinem maßlosen Hass und seiner grenzenlosen Verachtung nach außen dringen zu lassen.

„Niemand kann mir hinter die Stirn gucken", denkt Georg zufrieden. „Die Zeit ist noch nicht reif, aber sie wird kommen. Dann läute ich das Ende der Schonzeit ein."

Der Antrag auf Befreiung vom Wehrdienst wird anerkannt. Seine in aller Ausführlichkeit bei der mündlichen Anhörung vorgetragenen Gewissensgründe überzeugen den Prüfungsausschuss. Auf die obligatorischen Fangfragen hat er sich mithilfe eines Leitfadens vorbereitet, der von einer pazifistischen Organisation an Jugendliche verteilt wird. Er freut sich auf den Zivildienst in einem Eibenstädter Altenheim. So kann er weiter bei seinen Eltern wohnen. Nach dem Auszug von Bernd und Maria bewohnt er das Obergeschoss allein. Wenigstens vorübergehend, solange seine Eltern keine andere Verwendung für die unbewohnten Zimmer finden. Sie sind immer noch so möbliert wie früher. Seine Geschwister haben vorerst nur wenige Dinge mitgenommen und sich die Hintertür offengehalten. Wenn sie zu Besuch kommen, stehen ihnen die angestammten Räume nach wie vor zur Verfügung. Ansonsten hat Georg seine Ruhe dort oben, wenn ihn mal ein Freund oder eine Freundin zu Hause aufsucht. Manchmal übernachtet sogar jemand bei ihm, wenn es spät geworden ist. Seine Eltern mischen sich nicht ein und er gibt ihnen keinen Anlass zu Beschwerden. Einmal stellt er ihnen beim Frühstück eine Freundin vor – wie immer nichts Festes. Meistens ist Georg allein dort oben.

„Wie bei Onkel Faustus in der Kammer", geht es ihm manchmal durch den Kopf. „Nur nicht ganz so geheimnisvoll. Ich hab den Onkel schon lange nicht mehr besucht. Ob die Sachen immer noch in dem Stauraum unter der Dachschräge liegen? Und wenn nicht, auch egal. Wer kann schon etwas damit anfangen?"

*

Peter Zarßcke gehorcht dem Gebot der Vernunft. Sein ab September geplanter Spanienaufenthalt mit Lehrtätigkeit in einem Internat soll ihn aus der Schusslinie infamer Verleumdungen bringen. Im Juli hat er seine letzte Klasse zum Abitur geführt. Leider hat es sogar der aufrührerische Georg Molenbrick geschafft und hält jetzt das Reifezeugnis in den Händen. Zu allem Überdruss stirbt dann auch noch – gänzlich unerwartet – die Mutter. Hinsichtlich der aktuellen Zukunftsplanungen verursacht Mamelis Tod erhebliche Ärger für den hinterbliebenen Sohn.

„Ein Haus ohne Hüterin, ausgerechnet jetzt! Hätte sie nicht noch ein paar Jahre warten können? Mir zuliebe?"

Für die unbestimmte Zeit seiner Abwesenheit will er das soeben geerbte Haus unverändert zurücklassen. Es zu vermieten, ist ihm viel zu umständlich. Außerdem möchte er sich den Weg zurück freihalten. Schließlich begibt er sich nicht grundlos ins Ausland, sondern will dort nur einige Zeit verbringen, bis sich die Wogen wieder geglättet haben. Sein Herz gehört nach Hochwald, wo er in seiner Jugend jede Burgruine, jeden Steinbruch, jedes Tal, jeden Berg, jeden Wald, jeden Bachlauf, jeden Teich und all die weitläufigen Wiesen und Felder erkundet hat. Kein Dorf oder Städtchen ist seiner Entdeckerlust entgangen. Er hat sie alle besucht. Und den einen oder anderen Knaben für die „Fahrende Schar" gekeilt.[10] Hierher wird er auf jeden Fall zurückkehren. Egal wann.

Entgegen allen Erwartungen ist es relativ einfach, eine Interimslösung zu finden. Als er einen rüstigen Rentner aus der Nachbarschaft um Hilfe bittet, sagt dieser prompt zu:

„In den vielen Jahren, die meine Frau und ich nun schon in dieser Straße wohnen, sind Sie ja immer ein sehr hilfsbereiter und zuvorkommender Anrainer gewesen. Und Sie hatten des Öfteren Zeit für ein kleines Schwätzchen, obwohl sich bei Ihnen zu Hause bestimmt die Klassenarbeiten bis an die Decke gestapelt haben."

Dieser Mann scheint ihn zu mögen. In regelmäßigen Abständen wird er für einen angemessenen Obolus nach dem Rechten schauen. Also kontrolliert Herr Hansmann ab jetzt bereitwillig das Thermostat der Heizung, überprüft Fenster und Türen, lüftet gelegentlich und leert den regelmäßig von einer Flut Wurfsendungen überquellenden Briefkasten. Der Schlitz soll ganz bewusst nicht zugeklebt werden, damit Zarßckes Abwesenheit nicht auffällt. Außerdem ist der rührige Senior zugegen, wenn die Stadtwerke zum Ablesen von Strom und Gas kommen. Gelegentlich kehrt er sogar das Laub im Garten zusammen. Als weitere Schutzmaßnahme stellt er die Zeitschaltuhr je nach Jahreszeit für die Beleuchtung des Wohnzimmers ein. Mit den fast ganz zugezogenen, dünnen Übergardinen sieht das Haus für Außenseiter auch abends ganz normal bewohnt aus. Zumal in den anderen Zimmern, die nie beleuchtet werden, nur Stores hängen.

Vor den Fenstern der Wohnung im Souterrain hat Zarßcke die Rollos heruntergelassen. Das ist an und für sich nichts Besonderes. Denn in diesem Wohnviertel stehen immer einige Einliegerwohnungen leer oder werden nur noch als Abstellraum benutzt. Herr Hansmann kann diesen Teil des Hauses nicht betreten: weder vom Keller noch durch die Außentür. Dafür besitzt er keine Schlüssel. Im Ernstfall soll er den Notdienst beauftragen. Aber dazu wird es bestimmt nicht kommen. Dennoch achtet der Rentner jedes Mal darauf, ob die Türen immer noch verschlossen und die Rollläden nicht beschädigt sind. Allzu oft kommt er natürlich nicht hierher. Nur wenn es notwendig ist.

Die ersten Makler schöpfen Verdacht und werfen ein Auge auf das – trotz aller Gegenmaßnahmen – bei fachgerechter Observation verlassen wirkende Objekt. Sie wittern ein gutes Geschäft. Manchmal umkreisen sie das attraktive Anwesen wie Raubtiere ihre Beute.

1978

Im Augenblick gehen ihm alle schrecklich auf die Nerven. Außer Miranda. Aber die sieht er leider nur sehr selten. Weil sie in der Rechnungsstelle sitzt, weitab in einem anderen Gebäudetrakt. Und weil sie meistens schon längst wieder an ihren Arbeitsplatz zurückgekehrt ist, wenn er endlich dazu kommt, auf den letzten Drücker in die Kantine zu hetzen.

Er ist der Jüngste in der Abteilung. Deshalb wird er ständig von allen Seiten bemuttert und verhätschelt. Jeder will ihn mit gutgemeinten Ratschlägen nur so vollpumpen. Auch wenn er gar keine Fragen stellt. Manchmal fühlt er sich von seinen Kolleginnen und Kollegen derart vereinnahmt, dass ihm der Überblick für das Wesentliche zu entgleiten droht. Für das, was zu seinem eigentlichen Aufgabengebiet gehört und was ihm schon gut von der Hand geht. Er ist wie besessen davon, seinen eigenen Weg zu finden, statt sich auf den ausgetretenen Pfaden anderer herumscheuchen zu lassen. So gut gemeint das auch sein mag. Aber seine Selbständigkeit ist ihm heilig.

Georg Molenbrick betritt frühmorgens das Großraumbüro seiner Abteilung im Kulturamt von Eibenstädt.

Wie immer kommt er als Letzter, aber gerade noch pünktlich.

Wie immer sehen alle auf.

Jeden Tag ist es jemand anderes, der ruft: „Schön, dass du auch schon da bist, Georg!" Dann folgt aus allen Mündern gleichzeitig ein fröhliches, aufmunterndes: „Guten Morgen!".

Wie immer muss er sich zusammenreißen.

Wie immer spult er seine Begrüßungsfloskel ab: „Einen schönen Tag allerseits!"

Wie immer schallt ihm ein wohlwollendes „Ebenso!" entgegen.

Nach diesem allmorgendlichen Ritual verschwindet er so schnell wie möglich im Stadtarchiv und katalogisiert die Neuzugänge.

Wenn er Glück hat, will keiner mit ihm in die Kantine gehen.

Wenn er Glück hat, gibt es nur telefonische Anfragen.

Wenn er Glück hat, lässt ihn der Kulturamtsleiter in Ruhe.

Was den letzten Punkt betrifft, hat er meistens Pech.

*

Sein direkter Vorgesetzter, Herr Loh, hat ihn zu einem Außentermin beordert. Solche Einsätze könnte er tagtäglich gebrauchen. Nur raus aus dem altehrwürdigen Stadthaus: weg von allen! Mit zunehmender Reife weiß Georg inzwischen auch die Reize der vergangenen Hochwälder Kulturepochen zu schätzen. Er macht sich voller Vorfreude auf den Weg zum alljährlichen Galakonzert im Odeon an der Uferpromenade des Clausburger Sees. Seit vielen Jahren steht es unter dem Thema „Die zauberhaften Klänge des Biedermeier". Er wird nicht enttäuscht. Auch diesmal ist es wieder ein voller Erfolg. Das anspruchsvolle Publikum feiert jede Darbietung mit einem enthusiastischen Beifall. Georg beeindrucken besonders die ihm bisher unbekannten Walzer und Ländler von Josef Lanner. Der einzige Wermutstropfen: Im Publikum sitzt auch Hans Lichtenstein. Immerhin in einiger Entfernung von ihm und in Begleitung des Stadtkämmerers und der Jugenddezernentin.

Jetzt beschäftigt er sich schon den ganzen Vormittag mit der Dokumentation dieses Konzerts. Presseberichte, Fotografien und Flyer verschwinden in einem Hängeordner. Clausburg ist der Verwaltungssitz des Distrikts Hochwald. Und was sich dort ereignet, wird in Eibenstädt genauestens registriert. Werbung für das Clausburger Kulturleben schreibt man im Rathaus groß. Man profitiert von der Ausstrahlung des regionalen Zentrums. Vor allem die überschaubaren Preise für komfortable Übernachtungen in Eibenstädt locken zahlreiche Touristen an, denen das Geld nicht so locker in der Tasche sitzt. Tagesausflüge von hier in das weitaus mondänere und teurere Clausburg lassen sich problemlos organisieren. Und der Reiz der Eibenstädter Altstadt mit den urgemütlichen Einkehrmöglichkeiten, das breit gefächerte Angebot an Fachgeschäften in der gesamten Innenstadt sowie die Freizeitmöglichkeiten im weitläufigen Eibenstädter Stadtpark werden sehr gut angenommen. Mit dieser Situation sind beide Standorte zufrieden.

Georg sitzt vor dem uralten Schreibtisch aus Eichenholz, der irgendwann im Archiv und Gott sei Dank nicht auf dem Sperrmüll gelandet ist. Er stellt eine Liste der aktuellen Rundfunk- und Fernsehsendungen zusammen, die sich mit dem regionalen Kulturprogramm beschäftigen. Danach sollen diese Daten den schon erfassten Dokumenten über die vorhergehenden Veranstaltungen zum gleichen Thema hinzugefügt werden. Er will sie der Mitarbeiterin aushändigen, die für die Übertragung auf Mikrofiche[11] zuständig ist. Das Eibenstädter Kulturamt beabsichtigt, demnächst eine neue Broschüre herauszugeben. Sie wird die Tradition der Biedermeier-Konzerte in der Hochwälder Region zum Thema haben. Alle Veranstaltungen, die seit zehn Jahren an verschiedenen Orten stattgefunden haben, sollen gewürdigt werden. Gleichberechtigt zu den Clausburger Aufführungen. So etwa die Aufsehen erregenden Events zu diesem Sujet auf der Freilichtbühne des Eibenstädter Stadtparks. Vielleicht wird er sein heutiges Pensum noch bis zur Mittagspause schaffen. Hier unten im Archiv ist es ruhig, keiner stört ihn. Wenn er allein arbeitet, kann er sich voll konzentrieren und kommt viel schneller voran als in dem hektischen Gewusel mitten im Großraumbüro. Vertieft in die lückenlose Dokumentation, spürt er plötzlich einen leichten Luftzug am Hals. Jemand legt behutsam die Hand auf seine Schulter. Er zuckt vor Schreck zusammen.

„Was soll der Blödsinn? Ach so! Miranda, bis du das etwa?"

Georg dreht sich mit dem Schreibtischstuhl herum, stößt gegen ein jeansbekleidetes Bein und schaut zu dem Gesicht hoch, das auf ihn herabgrinst. Er blickt in die fiese, schmierige Visage des Kulturamtsleiters Hans Lichtenstein.

*

Nachdem er bei den „Fledermäusen" ausgetreten ist, hat er inständig gehofft, dieser Person nie mehr begegnen zu müssen. Und damals ist sein Wunsch für eine gewisse Zeit auch tatsächlich in Erfüllung gegangen:

Die „Fahrende Schar" kommt nämlich immer mehr ins Gerede. Im Distrikt Hochwald wird der einst so beliebte Jungenbund allerorts mit dem Etikett „pädophile Tendenzen" gebrandmarkt. Lichtenstein bringt seine Gruppenführer auf Linie und streitet alles ab. Teilweise setzt er sie mit Peinlichkeiten unter Druck, die ihm seine engsten Lieblinge ausgeplaudert haben. Tatkräftig unterstützt wird er in dieser schweren Zeit von den „Alten Herren". Das ist eine private, nicht als Verein eingetragene Clique ehemaliger Pfadfinder. Nach der aktiven Zeit im Jungenbund haben sie sich für Außenstehende ganz vom Pfadfinderleben zurückgezogen. Perfekte Tarnung ist das A und O in diesem verwerflichen Metier, das sich die Förderung und den

Schutz Gleichgesinnter auf die Fahnen schreibt. Mit ihren einflussreichen Kontakten können sie im Verborgenen viel bewirken. Letztendlich flacht das Gerede über den aufgelösten Pfadfinderbund wieder ab. Lichtenstein hat seine Beamtenlaufbahn in der Stadtverwaltung zielstrebig fortgesetzt und engagiert sich in kulturellen Angelegenheiten. Ansonsten scheint er ein zurückgezogenes Leben zu führen.

Zarßcke, der wie Lichtenstein ins Visier der Öffentlichkeit geraten ist, taucht vorsichtshalber nach Spanien ab. Beinahe wäre es zu einem Prozess gegen die beiden Kameraden gekommen. Aber Gerfried, früherer Chef der „Hirschkäfer" und damals einziges aussagebereites Opfer, wird im letzten Moment von seinen Eltern zurückgepfiffen. Anscheinend fürchten sie sich vor den vorwurfsvollen bis spöttischen Blicken ihrer Mitmenschen, die man ihnen zweifelsohne zuwerfen wird, wenn sich ihr Junge als Lustknabe pädophiler Jugendführer vor Gericht offenbart. Denn in Eibenstädt bahnen sich Neuigkeiten immer ihren Weg. Sogar wenn etwas unter Ausschluss der Öffentlichkeit verhandelt wird. Egal, wie dick die verschlossenen Türen auch sind. Aus Rücksicht auf seine Eltern sorgt Gerfried damals dafür, dass die ganze Angelegenheit wieder unter den Tisch gekehrt wird.

Bis zu seinem Vorstellungsgespräch im Eibenstädter Rathaus hat er in der örtlichen Presse immer wieder mal Artikel darüber gelesen, wie sich Lichtenstein zum Leiter des Kulturamts emporgeschwungen hat. Als er sich dann vor vier Jahren – genauer gesagt 1974 – im Eibenstädter Rathaus als Anwärter für die Beamtenlaufbahn vorstellt, ist er nicht überrascht, sondern einigermaßen gut darauf vorbereitet, dass ihm neben dem Bürgermeister auch Hans Lichtenstein gegenübersitzt. Der Kulturamtsleiter strahlt grenzenloses Selbstbewusstsein aus und lächelt Georg hintergründig an. Das wird also sein künftiger Vorgesetzter sein, damit muss er sich erstmal abfinden. Diesen Umstand hat er vor seiner Bewerbung sorgsam bedacht. Auch, dass er nicht ewig in Eibenstädt bleiben will. Georg ist fest davon überzeugt, dass Lichtenstein ihm gegenüber auf eine gewisse Distanz gehen wird; allein schon wegen seines abscheulichen Übergriffs von damals. Vielleicht kann er diesen Umstand ja irgendwann als Vorteil für sich ausspielen. Er geht davon aus, dass er offiziell nicht viel mit Lichtenstein zu tun haben wird. Seine Abteilung, das Archiv, untersteht Heribert Loh, der Georgs direkter Vorgesetzter ist. Loh ist ein waschechter Beamtentyp, der froh ist, wenn alle ihrer Arbeit nachgehen, ohne großes Aufsehen zu erregen. Er liebt ein ruhiges Fahrwasser und ist stets darum bemüht, den Kulturamtsleiter bei Laune zu halten. Gleichzeitig beschränkt er den direkten Kontakt zu ihm auf das Nötigste.

*

In einem Punkt hat er sich jedoch völlig vertan: Lichtenstein lässt keine Gelegenheit aus, Georg überall und nirgends aufzulauern. So wie jetzt:

„Na du kleiner Messerstecher …"

Weiter kommt der heimliche Anschleicher nicht.

Georg ist von seinem Stuhl aufgesprungen, baut sich vor ihm auf und sieht ihn mit vor Zorn blitzenden Augen an. Lichtenstein weicht einen halben Schritt zurück, setzt eine Unschuld verheißende Miene auf und verzieht im nächsten Moment den Mund zu einem schiefen Lächeln.

„Halts Maul, du Idiot, und schieb ab. Wenn es etwas Dienstliches gibt, lass wieder von dir hören. Ich habe keine Zeit für diese saudummen Scherze. Du willst mich nicht wirklich von der Arbeit abhalten, oder? Das wäre zu komisch. Und widerspricht voll deiner Funktion."

Georg setzt sich wieder hin, wendet sich den Listen und Tabellen zu und ignoriert den aufdringlichen Besucher. Aber Lichtenstein holt jetzt richtig aus:

„Sei froh, dass ich das so lange unter Verschluss gehalten habe! Erst kriechst du zu mir unter die Decke und machst mich regelrecht an. So nah hat sich noch kein Knirps an mich herangemacht. Ich bin völlig verdattert gewesen. Wusste überhaupt

71

nicht, was da auf mich zukommen würde. Mir war ganz blümerant zumute. Und dann stichst du urplötzlich zu. Ich hatte damals Todesangst! Du kannst Gott dafür danken, dass du deswegen keinen drangekriegt hast. Und dass ich kein Veto gegen deinen Einstieg bei uns im Rathaus eingelegt habe!"

Amüsiert schaut er auf Molenbricks Rücken.

Er mag diesen Jungen irgendwie. Wenn er sich so zickig aufführt, ganz besonders. Er hat Macht über ihn. Weil sich Georg ihm gegenüber doppelt schuldig gemacht hat: erst die unsittliche Annäherung, dann die gefährliche Körperverletzung.

Es hilft nichts. Georg dreht sich auf den Rollen des Schreibtischstuhls energisch herum und stoppt abrupt. Diesmal erhebt er sich ganz langsam, dreht eine Runde um den völlig verblüfften Vorgesetzten, bleibt direkt vor ihm stehen, schubst ihn zwei Meter von sich weg und setzt mit lauter Stimme zur Revanche an:

„Im Gegensatz zu dir war ich damals minderjährig. Und übergriffig bist einzig und allein du gewesen. So eine widerwärtige Belästigung hätte ich dir nie zugetraut! Ich habe mich nur zur Wehr gesetzt. Das war eindeutig Selbstverteidigung gegen sexuelle Nötigung. Wenn ich nur daran denke, wie eiskalt du vorher meinen Vater umgarnt hast. Pass auf, dass nicht eines Tages doch noch alles ans Licht kommt. Dann wackelt dein Stuhl im Rathaus. Darauf kannst du dich verlassen! Heute geht man anders mit dem Thema um."

Lichtenstein hat sein Gleichgewicht wiedergefunden und grinst ihn weiterhin – äußerlich unbeeindruckt – respektlos an. Der Kulturamtsleiter strahlt etwas Lümmelhaftes aus. Spielt den frechen Lausbuben, um die Schwere seines Vergehens abzuwiegeln. Dieses Getue erzielt allerdings in keiner Weise die von ihm beabsichtigte Wirkung. Georg fragt sich stattdessen:

„Was ist nur aus dem schlanken, sportlichen Typ von einst für ein alter, fetter Sack geworden. Wie qualvoll muss es für ihn sein, sich allmorgendlich im Spiegel zu erblicken."

Nachdem ihm die Haare fast vollständig ausgegangen sind, wirkt Lichtensteins Kopf birnenförmig: oben rund, unten breit. Das blasse, feiste Gesicht zieren dicke, dunkle Ringe unter den schwarzbraunen, listig blinzelnden Augen. Die dunkelgrauen Brauen sind ungepflegt buschig. Aus dem linken Nasenloch sprießt ein rabenschwarzes Haar heraus. Von der Stirn läuft der Schweiß in kleinen Rinnsalen über die aufgedunsenen Wangen und tränkt den Hemdkragen.

Nochmals ertönt die verhasste Stimme:

„Ich freue mich jedes Mal, wenn wir uns treffen. War wie immer sehr schön mit dir. Bis demnächst mal wieder, mein kleiner Messerstecher."

Der Amtsleiter kräuselt die vollen Lippen, deutet einen Luftkuss an und verschwindet in Richtung Ausgang. Endlich ist Georg wieder allein im Archiv. Aber die nächste Belästigung wird nicht lange auf sich warten lassen. Da braucht er sich nichts vorzumachen.

„Woher nimmt Lichtenstein diese Unverfrorenheit? Ist das eine besondere Spielart von Größenwahn?"

*

Er findet es unglaublich, dass solch eine Person anscheinend alle Mitmenschen – natürlich außer Georg selbst – immer wieder erfolgreich umgarnt und in seinen Bann zieht. Trotzdem kann er nicht nachvollziehen, warum Lichtenstein diesen fürstlichen Posten ergattert hat. Es sei denn, über Vitamin B. An höchster Stelle. Er fängt an zu spekulieren:

„Wer weiß, über welche dunklen Kanäle das gelaufen ist? Wahrscheinlich haben irgendwelche grauen Eminenzen seinen Aufstieg auf dem Hochstand zusammen mit ihm ausgepokert. Statt einen kapitalen Hirsch zu erlegen."

Allerdings muss er zugeben, dass sein Vorgesetzter für alles, was er im Amt veranlasst, ein unglaublich positives Feedback bekommt. Zumindest, seitdem er mit seiner Ausbildung im Rathaus angefangen hat.

Wie auch immer, Georg ist stinksauer. Was will Lichtenstein mit seinem kranken Verhalten ihm gegenüber bezwecken? Muss er ihn ständig in Schach halten, damit er ihr kleines Geheimnis für sich behält? Sollte der Vorfall jemals an die Öffentlichkeit kommen, wird es eng für den ehemaligen Bundesführer der „Fahrenden Schar". Die Zeiten, wo Leute wie Zarßcke und er problemlos den Kopf aus der Schlinge ziehen konnten, bevor es zu einer Anklage gekommen wäre, sind hoffentlich endgültig vorbei. Denn das Blatt hat sich allmählich gewendet. Das zeigen aktuell die ersten Gerichtsprozesse wegen Übergriffen und Missbrauch: Nach langen Jahren des Schweigens werden sie endlich landesweit auch gegen sogenannte Respektspersonen in Gang gesetzt. Bisher hat es allerdings nicht die kleinste Erschütterung des sorgfältig aufgepeppten Images seines Vorgesetzten gegeben.

Ausgelöst durch das heutige Zusammentreffen mit Lichtenstein im Archiv, muss Georg unwillkürlich an das Ende seiner Pfadfinderzeit denken.

Als gut ein Monat nach dem nächtlichen Jagdausflug mit Lichtenstein und Zarßcke vergangen war, erklärte Georg damals auf einem Gruppentreffen im Beisein von Gruppenführer Wolfgang Pahlmann kurz und knapp seinen Austritt. Begründung: Die Vorbereitung auf den Schulunterricht nehme ihn immer stärker in Anspruch. In den Ferien seien Bildungsreisen mit seinen Eltern angesagt. Basta! Vor ihm waren schon zwei weitere Wölflinge ausgetreten: sein Freund Philipp und Willie, ein Junge aus der Parallelklasse, mit dem er in die Volleyball-AG ging. Pahlmann selbst verließ sofort nach seinem Abitur im Jahr 1968 Eibenstädt und anscheinend auch den Distrikt Hochwald. Georg weiß nicht, was er damals vorhatte und wo er sich aufhielt. Auch die Eltern von Wolfgang sind seitdem wie vom Erdboden verschluckt.

Wenn Georg samstags beim Einkaufen auf dem Marktplatz zufällig ehemalige Kameraden von den „Fledermäusen" trifft, weiß bis heute niemand, wohin es den früheren Gruppenführer der „Fledermäuse" verschlagen hat. Außer dem Spleen mit dem Nacktbaden kann er Wolfgang nichts vorwerfen. Gegenüber den Mitgliedern der Gruppe ist er nie übergriffig geworden – gelegentliche disziplinarische Anwandlungen sind nicht der Rede wert gewesen. Von seiner eigenen Zeit als Wölfling hat Wolfgang wenig erzählt. Georg weiß nichts von dem, was damals wirklich geschehen ist. Welche Erfahrungen Pahlmann als Wölfling mit den älteren Jahrgängen gemacht hat.

Eigentlich hat er überhaupt keine Lust, sich ständig mit dem alten Kram zu beschäftigen. Er will lieber ungetrübt nach vorne schauen. Aber wie denn, bitteschön? Solange ihm der Amtsleiter tagein, tagaus in die Quere kommen kann, ist das ein Ding der Unmöglichkeit. Immer wieder stößt er Georg zurück in die Vergangenheit.

„Was war das doch für eine tolle Zeit! Das zünftige bündische Leben, wo wir noch echte Jungen sein durften. Männer unter Männern. Einer für alle – alle für einen. Kameradschaft pur! Eine Welt voller Abenteuer. Ungebunden in freier Natur herumstreifen. Gibt es etwas Schöneres, als sich im eigenen Landheim zu treffen oder auf ‚Große Fahrt' zu gehen?"

Das sind seine verklärenden Floskeln für diese sehr spezielle Ausprägung der Jugendbewegung, von der nach genauerer Betrachtung nichts Gutes übrig bleibt. Manchmal stellt sich Georg vor, dass ein grässliches Wesen aus tiefster Finsternis einen Fluch über ihn ausgesprochen hat, um ihm Lichtensteins Belästigungen lebenslänglich aufzubürden. Aber mit derart grotesken Fantastereien lenkt er sich nur davon ab, dass er selbst bisher außerstande gewesen ist, sich den Belästigungen seines Verfolgers völlig zu entziehen. Obwohl er ihn mit brisanten Details „von damals" jederzeit vor seinen Untergebenen bloßstellen kann. Irgendwie hat er Angst davor, sich dabei selbst zu blamieren. Es ist ihm peinlich, wenn andere darüber reden, dass er bei der „Fahrenden Schar" gewesen ist.

Am liebsten würde Georg seinen Job im Rathaus sofort hinschmeißen. Aber diesen Gedanken verwirft er im Handumdrehen. Eine berufliche Neuorientierung kommt für ihn nicht in Frage. Er verfolgt ehrgeizige Karrierepläne in der Kulturverwaltung. Davon wird ihn Lichtenstein nicht abhalten. Diesen Triumph wird er ihm niemals gönnen. Wenn er innerhalb der

Hochwälder Verwaltung wechseln will, muss er noch ein paar Jahre im Eibenstädter Rathaus aushalten. Auf absehbare Zeit ist keine vakante Position in Sicht. Also gilt es, sich ein dickes Fell zuzulegen und durchzuhalten. Und geeignete Angriffspunkte zu suchen, die er dann gnadenlos gegen Lichtenstein ausspielen wird. Denn so taff, wie sich sein ehemaliger Bundesführer nach außen hin präsentiert, ist er bestimmt nicht. Die überquellende Fülle schmutziger Geheimnisse, die mit ungeheurer Wucht auf ihm lasten muss, kann er nicht ausnahmslos unter Verschluss halten. Dieses Gemenge ist unkontrollierbar. Hinter seiner Fassade brodelt sicher immer ein gehöriges Quantum diffuser Angst vor allen möglichen Enthüllungen. Wenn – ganz unerwartet – das eine oder andere Detail zur rechten Zeit am rechten Ort nach außen dringt, wird er so ins Stolpern kommen, dass er sich den Hals bricht.

„Womit kann man ihn so aus der Fassung bringen, dass er seines Lebens nicht mehr froh wird?"

Georg lauert auf eine günstige Gelegenheit, um dem Halunken die volle Breitseite zu geben. Ihm wird schon etwas einfallen, womit dieser lüsterne Quäler auf gar keinen Fall rechnet. Etwas, das ihn kalt erwischt. Etwas, das dessen Selbstachtung aufs Schlimmste verletzt. Etwas, das ihn bis ins Mark erschüttert.

„Egal, wie lang meine Durststrecke auch sein mag: Der Tag wird kommen, da bin ich mir ganz sicher!"

Während er aus dem Archiv ins Treppenhaus geht, entschließt er sich zu einem riskanten, aber vielversprechenden taktischen Manöver. Er weiß, wann sich Lichtenstein immer auf den Weg in die Kantine macht, um sich mit anderen Kolleginnen und Kollegen aus der Leitungsebene zu treffen. Georg nimmt an einem anderen Tisch Platz und achtet darauf, dass er Sichtkontakt zu Lichtenstein hat. Als dieser zufällig zu ihm herüberschaut, lächelt er ihm eine ganze Weile friedvoll zu.

Der Amtsleiter verkleckert vor Verwunderung einen Löffel Schokoladenpudding auf den gelbgrünlich glänzenden Seidenschlips. Ist ihm in all den Jahren Georgs Hang zum Masochistischen entgangen? Eine Flut schwülstiger Fiktionen nimmt ihn gefangen. Er ist außerstande, sich auf das lebhafte Gespräch an seinem Tisch zu konzentrieren, das gerade um ihn herum entfacht. Mit einer knappen Entschuldigung verlässt er vorzeitig die Runde, um diesen völlig unerwarteten Vorfall zu verdauen.

„Hätte ich mich damals gegenüber Georg stärker durchsetzen müssen? Wollte er das? Stand er darauf, härter angefasst zu werden? Wie konnte ich das nur übersehen?"

Ihm wird ganz elend zumute, angesichts der entgangenen Freuden. Na ja, leider kann er heute mit dem ehemaligen Wölfling in dieser Hinsicht so gar nichts mehr anfangen. Bei den älteren Jahrgängen steht er – wenn das überhaupt mal vorkommt – auf völlig andere Typen. Aber Georg hat ihm gerade signalisiert, dass er Frieden schließen möchte und künftig keinen Groll mehr gegen ihn hegen wird. Anders ist seine milde, unverkennbar unterwürfige Geste in der Kantine ja wohl nicht zu deuten. Jedenfalls nicht für Lichtenstein. Also beschließt er, sich in seinem Verhalten gegenüber Georg ein klein wenig zu mäßigen.

Wie lange wird dieser Burgfrieden wohl halten?

1980

Georg ist inzwischen Mitte zwanzig, als ihm eines Tages Gerfried vor dem Kino in der Eibenstädter Einkaufszone über den Weg läuft. An einem Freitag im Oktober. Am frühen Abend. Als er gerade die Vorführung verlässt. Er erkennt ihn erst im letzten Moment. Gerfried geht es genauso. Der einstige Pfadfinderführer steht dort als Dreißigjähriger in legerem Ausgehdress neben dem Eingang. Er hat sich bei einem gleichaltrig wirkenden Freund eng eingehakt und hält eine qualmende Zigarette zwischen Zeige- und Mittelfinger der freien Hand. Dabei wirkt er ausgesprochen gut gelaunt. Die beiden haben denselben Film wie Georg gesehen. Der amerikanische Streifen „Kentucky Fried Movie" aus dem Jahr 1977 ist der absolute Renner. Erst jetzt ist er in dieser Region ins Kino gekommen. Der Film läuft schon seit ein paar Tagen und wird immer noch sehr gut besucht.

Gerfried steht offen zu seiner Homosexualität, was Georg ausgesprochen mutig findet. Trotz Einschränkung strafrechtlicher Bestimmungen[12] wird das öffentliche Auftreten homosexueller Pärchen von der großen Mehrheit der Bevölkerung nicht gern gesehen. Abfällige bis süffisante Bemerkungen sind keine Seltenheit.

Nach so langer Zeit fällt die Begrüßung ausgesprochen herzlich aus. Schnell kommen sie ins Gespräch und landen in einer Kneipe. Gerfried redet unverblümt darüber, wie er sich damals in diese ungleichen Affären hat hineinziehen lassen. Als Kind und Jugendlicher sei er den beiden Erwachsenen Hans Lichtenstein und Peter Zarßcke hörig gewesen.

„Sie spielten mit meiner Neugier und mit meiner Gutmütigkeit. Ganz gezielt nutzten sie ihre Rolle als Idole und Vorbilder aus, um mich zu missbrauchen."

Was er sagt, klingt für Georg ein wenig abgehoben, fast wie das Referat eines erfahrenen Jugendpsychologen. Nervös fingert Gerfried eine Zigarette aus der Schachtel. Das Thema bewegt ihn doch stärker, als es zunächst den Anschein hat. Sein Freund Carlo gibt ihm Feuer. Nach ein paar Zügen fährt er fort.

„Um es auf den Punkt zu bringen: Zuerst haben sie mich beim Entdecken meiner eigenen Sexualität manipuliert und mich in eine Achterbahnfahrt der Gefühle gestürzt: Verzückung und Beklommenheit wechselten sich so schnell ab, dass mir ganz schwindelig wurde. Währenddessen richteten sie mich für ihre eigenen Interessen ab und brachten mir diverse Techniken bei, sie zu befriedigen. Aus heutiger Sicht strebte ihre unaufhaltbare Gier aber letztendlich nur danach, in meinen Körper einzudringen. Das war ihr ganzes Streben. Als sie mich so weit hatten, steuerten sie diesen Punkt immer direkter an. Meine Persönlichkeit bedeutete für sie dabei so eine Art austauschbares Design – mehr steckte nicht dahinter. Hauptsache, ich ließ ihnen an mir freie Hand. Einerseits fühlte ich mich ausgenutzt und wusste, dass ich einen falschen Weg eingeschlagen hatte. Andererseits war ich eifersüchtig auf jeden anderen Jungen, für den sie sich zu interessieren begannen. Könnt ihr euch das vorstellen?"

Carlo legt ihm bei diesen Worten den Arm um die Schulter und gibt ihm einen flüchtigen Kuss auf die Wange. Solcherart gestützt, setzt Gerfried seine Ausführungen fort:

„Es hat wirklich lange gedauert, bis ich in der Lage war, mich aus ihrer Abhängigkeit zu befreien. Eigentlich fand ich damals gleichaltrige Jungen viel interessanter. Aber das wurde mir von den beiden regelrecht mies gemacht. Um mich davon abzulenken, spannten sie mich ständig in ihre Freizeitaktivitäten ein. Natürlich bin ich ihnen auch auf den Leim gegangen, weil mir ihre Anerkennung schmeichelte und sie keinen Aufwand scheuten, mich bei Laune zu halten. Außerdem hatte ich ein schlechtes Gewissen wegen der Sachen, die sie im stillen Kämmerlein mit mir machten. Wenn ich nicht wollte, drohten sie mir: ‚Wir erzählen deinen Eltern, was für ein verdorbenes Luder du bist.‘ Davor hatte ich eine gewaltige Angst! Meine Eltern wussten von nichts. Für die habe ich meine ganze Freizeit der Pfadfinderei geopfert. Das war für sie okay."

Gerfried setzt sich mit seiner damaligen Situation jetzt viel konkreter und intensiver auseinander als zu Beginn ihres Gesprächs. Georg hat nicht erwartet, dass er so offen darüber redet. Ihm imponiert das gewaltig. Voller Mitgefühl – wenn auch nicht ganz der Wahrheit entsprechend – sagt er:

„Wäre mir genauso ergangen. Ist schon eine beschissene Situation. Ich hätte auch versucht, meine Eltern da rauszuhalten."

Gerfried drückt seine Zigarette im Aschenbecher aus und blickt kurz zu den mittlerweile voll besetzten Nachbartischen in dem großen Kneipenraum. Um gegen das stärker werdende Stimmengewirr anzukommen, beugt er sich näher zu ihnen:

„Als ich fünfzehn war, ließ ihr sexuelles Interesse an mir nach. Dafür behandelten sie mich jetzt wie einen Eingeweihten. Wie einen, der zur Crème de la Crème gehört. Ich hatte im Zimmer des Bundesführers immer noch meinen festen Platz. Natürlich nur, wenn es sich nicht mit anderen Plänen überschnitt. Lichtenstein und Zarßcke banden mich jetzt stärker in allgemeine

Führungsaufgaben der ‚Fahrenden Schar' mit ein. Des Öfteren machten sie Andeutungen zu Neulingen. Ob da nicht einer für mich dabei sei. Als wollten sie mich verkuppeln. Aber ich habe sie mit solchen Anwandlungen auflaufen lassen und immer das Thema gewechselt. Ein Jahr später kam dann der radikale Schnitt: Ich brach alle Beziehungen zu ihnen rigoros ab. Nicht, ohne vorher noch meine Pfadfindergruppe aufzulösen. Lichtenstein war hinter einigen von meinen Wölflingen her. Versuchte, bei denen Eindruck zu schinden und machte ihnen ständig Avancen. Ich konnte gerade noch das Schlimmste verhindern. Das war kurz nach deinem Austritt, Georg. Euer Führer, der Wolfgang, hat noch eine letzte ‚Große Fahrt' hingelegt. Dann ist auch der von heute auf morgen abgetaucht. Aber jetzt weiter zu mir: Wann immer sich nach diesem Bruch die Gelegenheit ergab, verletzten sie mich mit abwertenden Bemerkungen. Oder sie stießen irgendwelche Drohungen aus. Zum Beispiel: ‚Es wird dir noch leidtun, dass du uns so abserviert hast. Nach allem, was wir für dich getan haben.' Manchmal verbreiteten sie auch Gerüchte über mich Nach dem Motto: ‚Als Gruppenführer war er ein Totalversager – alle tanzten ihm auf der Nase herum.' Sie mussten mich kleinhalten. Wollten mein Selbstvertrauen zerstören. Damit ich nichts nach außen dringen lasse."

Das erinnert Georg ein Stück weit an Lichtensteins ständige Belästigungen. Die erfolgen nach demselben Schema. Er kann Gerfried nur zustimmen:

„Die haben eine riesige Angst vor Bloßstellungen. Ist ja logisch. Aber gleichzeitig machen sie die Erfahrung, dass sie sich ihre Opfer mit massiven Einschüchterungen weitgehend vom Leibe halten können. Deshalb gehen sie immer unverschämter und brutaler vor. Wer sich ihnen in den Weg stellt, muss mit handfesten Schikanen rechnen."

„Genauso ist es, Georg. Du hast vollkommen Recht! So war es auch mit Zarßcke. Den habe ich leider in den letzten beiden Jahren der Oberstufe noch so richtig kennengelernt. Er war ein Sadist, der seine Macht als Lehrer gnadenlos gegen alle ausspielte, die sich ihm nicht zu Füßen warfen. Schlimmer noch als dieser abartige Sportlehrer, der immer falsche Ergebnisse aufschrieb, wenn ihm einer zu aufmüpfig wurde. Mir hat dieser, ach ja, Ralf Menntz hieß der, also, der hat mir zum Beispiel zwei Meter fünfzig statt drei Meter achtzig beim Weitsprung aufgeschrieben. Der hat so lange beschissen, bis er mich auf eine Fünf in Sport setzen konnte. Wegen Zarßckes fünf in Latte[13] musste ich im Abi verdammt schwer kämpfen, bis ich in der mündlichen Prüfung mit Ach und Krach eine Drei bekommen habe. Zusammen mit der Fünf im Schriftlichen ergab das eine glatte Vier in Latein. Die Fünf in Sport war dadurch nebensächlich. Eine Fünf im Nebenfach geht immer. Sonst wäre ich durchgefallen. Aber wie gesagt, Zarßcke war noch schlimmer als Menntz."

Georg kennt Menntz. Mit ihm hat der unfaire Sportlehrer die gleichen Spielchen getrieben. Immer wieder ist ihm das zu Ohren gekommen: dass Zarßcke und Menntz am gleichen Strang ziehen und gemeinsam gegen unliebsame Schüler vorgehen. Gerüchteweise haben sie sich schon im „Deutschen Jungvolk" kennengelernt, einer Jugendorganisation der Hitlerjugend für Jungen ab dem zehnten Lebensjahr. Der Zeitgeist von damals hatte die beiden „Erzieher" in ihren Ansichten anscheinend zusammengeschweißt. Die sexuelle Orientierung Zarßckes teilte Menntz sicher nicht, schien sich aber in seiner Verbundenheit zu seinem Kindheitskameraden auch nicht daran zu stören.

Jetzt schaltet sich Carlo ein. Er fährt mit den Fingern der rechten Hand durch seine struppigen blonden Haare, kratzt sich kurz am Nacken und atmet hörbar tief aus. Dann sieht er Gerfried und Georg abwechselnd aus strahlendblauen Augen eindringlich an. Er hat ihnen etwas Wichtiges mitzuteilen:

„Was ich euch jetzt erzähle, habe ich erst seit Kurzem wieder in Erinnerung. All die Jahre vorher war es wie ausgelöscht. Aber nachdem ich neulich in einem Familienalbum Fotos aus meiner Schulzeit entdeckt habe, kam es mir so vor, als wäre es gestern passiert. Ich bin ja auch auf einem typischen Jungengymnasium gewesen. Im spießigen Bad Laubenroth. Neben all den Kurgästen war dieser Ort zu Ferienzeiten ein Magnet für urlaubshungrige Beamte und Pensionäre jeglicher Couleur. In den Cafés wimmelte es nur so von älteren Damen, die undenkbar lächerliche Hüte zur Schau trugen. Nur dass ihr mal eine kleine Vorstellung davon bekommt, in was für einer Umgebung ich aufgewachsen bin. Wir wohnten nämlich im Zentrum dieses Rummels. Meine Eltern betrieben dort einen Haushaltswarenladen zusammen mit einer Abteilung für Souvenirs. Auch unser erster Klassenlehrer auf dem Gymnasium war ein echtes Urgestein von hier, stammte aus einer alteingesessenen, hoch angesehenen Familie. Er kannte Hinz und Kunz in Bad Laubenroth. Vor allem Direktoren der Kurbetriebe, Geschäftsleute und Amtsträger aus Kirche und Verwaltung. Der allseits geschätzte und beliebte Mann heißt Heiner Lähn. Ich weiß gar nicht, ob der überhaupt noch lebt. Er kehrte immer den verständnisvollen Pauker heraus. Seine Wandertage und Klassenfahrten waren total beliebt und sind heute noch unter Insidern legendär. Kurzum: Er hatte ein Herz für uns Jungen. Manchmal gab er sogar nachmittags Nachhilfe in der Schule, ohne etwas dafür zu verlangen. Aus reiner Kameradschaftlichkeit. Freunde meiner Eltern erwähnten einmal, dass er für seine Ehefrau und seine Tochter nicht annähernd so viel Engagement aufgebracht hat. Man kannte ihn aus ihrer Pfarrgemeinde, wo er neben allem anderen auch noch ehrenamtlich in irgendwelchen Jugendprojekten tätig war. Irgendwas mit Kriegsgräberpflege. Oder so ähnlich. Das weiß ich heute nicht mehr. Ist ja auch egal. Aber ihr ahnt nicht, was wirklich mit dem los war."

Carlo stoppt seinen Redefluss. Um die Spannung zu erhöhen, prostet er den anderen zu und trinkt einen kräftigen Schluck aus dem Bierhumpen, der noch unangerührt vor ihm steht. Die beiden Zuhörer prosten zurück und tun es ihm gleich. Georg sagt zu ihm:

„Mann, Carlo, du bist der geborene Erzähler. Jetzt lüfte bitte das Geheimnis um diesen Mann. Sonst sterbe ich noch vor Neugier."

Gerfried pflichtet ihm sofort bei:

„Du sagst es, Georg, mir geht es auch so! Persönlichkeiten wie dieser Heiner Lähn sind mir nicht ganz geheuer. Da läuten bei mir alle Alarmglocken. Also, mein lieber Carlo, wir sind gespannt wie ein Flitzebogen!"

Mit einem gewaltigen Zug leert Carlo den Maßkrug, wischt sich den Mund mit dem Hemdärmel ab und legt los:

„Na gut, Männer. Dann kommen wir jetzt mal zum wesentlichen Teil meiner Story: Also, ich war damals elf Jahre alt. Wir hatten gerade eine Deutscharbeit bei ihm geschrieben. Einen Tag später sprach mich ein Junge aus meiner Klasse auf dem Pausenhof an. Er hieß Manfred und wohnte in meiner Straße. Manchmal gingen wir zusammen zur Schule oder traten gemeinsam den Heimweg an. Wir sollten nachmittags zu Lähn in die Schülerbibliothek kommen. Auch hier hatte er als Leiter seine Finger mit drin. Mein Klassenkamerad schien ihn schon des Öfteren dort besucht zu haben. Nachdem Lähn uns die Tür geöffnet hatte, schaute er den Gang rauf und runter, winkte jemandem zu und rief, dass er noch eine ganze Weile in der Bücherei zu tun habe. Vermutlich war das der Hausmeister. Dann zog er die Tür hinter uns zu und schloss sie von innen ab. Lähn setzte sich an einen der Tische und ließ uns nacheinander zu sich kommen. Er blätterte unsere Aufsätze der letzten Klassenarbeit durch und zeigte auf zwei oder drei Flüchtigkeitsfehler, die wir mit einem passenden Füller in der Standardfarbe Königsblau korrigierten. Zum Schluss setzte er in Rot eine Zwei und seine Unterschrift mit Datum darunter. Mir war schon ein bisschen mulmig zu Mute. Wie sich schnell zeigte, war meine Skepsis nicht unbegründet. Lähn kündigte nun an, jedem von uns für seine Gefälligkeit drei leichte Schläge ‚auf den Nackten‘ zu geben. Dann sagte er zu uns: ‚Manfred, du kennst dich damit ja schon gut aus. Dann fangen wir mal mit dir an. Carlo, du stellst dich so lange dahinten in die Ecke. Gesicht zur Wand! Ich sag dir, wann du dich wieder umdrehen darfst.‘ Ich war geschockt. Völlig überrumpelt verzog ich mich in den dunklen Winkel und harrte mit klopfendem Herzen der Dinge. Viel bekam ich von der nun startenden Prozedur nicht mit. Nur ein dreimaliges Klatschen und seltsame Laute aus der Kehle des Lehrers. Ich fing an, vor Aufregung zu zittern. Dann wurde

Manfred entlassen und ich kam an die Reihe. Jetzt musste er sich in die Ecke stellen. Als Manfred an mir vorbeiging, sah er beschämt auf den Boden. Lähn wies mich an, die Hose zu öffnen und bis unter die Knie herunterziehen. Ich musste mich vor ihm umdrehen und tief hinunter bücken. Dann klemmte er meinen Kopf zwischen seine Beine, zog die Pobacken fest auseinander und schlug dreimal darauf. Dabei stöhnte er lauf auf. Ich habe alles widerspruchslos über mich ergehen lassen. Unfassbar! Das Ziehen an den Pobacken fand ich viel schlimmer als die klatschenden Schläge. Was er da wirklich gemacht hat, ist mir bis heute ein Rätsel. Als ich mich wieder hochbeugte, um meine Nietenhose anzuziehen, hatte er sich etwas zur Seite gedreht. Es sah so aus, als würde er seinen Hosenstall zuknöpfen. Würde mich nicht wundern, wenn er bei dieser Prozedur auch noch an sich herumgefummelt hat. Zum Schluss gab er jedem von uns einen kleinen Stapel Comic-Hefte, schloss die Tür wieder auf und ließ uns hinaus. Mit dem Hinweis, dass wir unser gemeinsames Geheimnis nicht ausplaudern sollten. Sonst bekämen wir alle drei großen Ärger. Auf dem Heimweg wechselten wir kaum ein Wort miteinander."

Mit solch einer Story haben sie nicht gerechnet. Das ist starker Tobak! Während Gerfried seinen Freund fassungslos anstarrt, fragt Georg aufgeregt:

„Um Gottes willen, Carlo. Wie ging es denn weiter? Musstest ihr noch öfter zu diesem Schwein?"

Carlo schüttelt den Kopf.

„Ich hatte irres Glück, dass ich mit meinen Eltern über alles reden konnte. Stellt euch das mal vor: Sie haben dem Lehrer verboten, mich noch einmal in die Bücherei zu bestellen. Egal, wie er den Vorfall auch zu verharmlosen versuchte. Vor Gericht haben sich meine Eltern damals wenig Chancen ausgerechnet: Gegen eine gut vernetzte Lichtgestalt wie Heiner Lähn wären sie niemals angekommen. Aber das Schwein hat mich tatsächlich in Ruhe gelassen. Im Unterricht verhielt er sich mir gegenüber neutral. Aus reiner Berechnung. Und meine Zwei in Deutsch habe ich auch behalten. Natürlich musste ich seitdem viel mehr für dieses Fach pauken – aber das war ja nur gut so. Wisst ihr, was das Komischste ist? Später habe ich rein zufällig davon erfahren, dass einer meiner Mitschüler diese widerlichen, perversen Spielchen eher harmlos fand. Für eine gute Note hätte er das gerne getan, zumal es ja hinterher die Comics als zusätzliche Belohnung gab. Nicht zu fassen, was? Vielleicht haben ja noch mehr so gedacht. Keiner weiß, wie viel Schülern er nachgestellt hat. Als ich dreizehn war, hat er unser Gymnasium verlassen. Er wurde Direktor eines staatlich anerkannten Privatgymnasiums, das auch heute noch von einer christlichen Religionsgemeinschaft betrieben wird. Zu der Einrichtung gehörte schon damals ein ziemlich großes Internat. Mich überfällt immer noch eine ohnmächtige Wut, wenn ich an all das zurückdenke."

„Armer Carlo", sagt Gerfried und streichelt über dessen Hand. „Auf deine Eltern kannst du stolz sein. Andere hätten ihren Sohn überhaupt nicht ernst genommen, geschweige denn sich mit einem Lehrer angelegt."

Georg versucht, sich die Situation in der Schülerbücherei genauer vorzustellen. Auch Gerfried schweigt vor sich hin. Was sie gerade gehört haben, muss sich erst mal setzen. Carlo knabbert an den Salzstangen herum, die der Wirt auf ihren Tisch gestellt hat. Er wippt auf seinem Stuhl zum Takt der Musik hin und her. Ein Stück von Boz Scaggs tönt aus den Boxen und setzt sich mäßig wahrnehmbar gegen die allgemeine Geräuschkulisse durch. Hört sich an wie „Love me Tomorrow"[14]. Georg ist ziemlich aufgebracht. Er klopft unruhig mit dem Bierdeckel auf dem Tisch herum. Gleichzeitig sucht er nach einer Erklärung für das Verhalten des Schülers, über den sich Carlo so tierisch aufregt. Hat sich der Betroffene zum Selbstschutz – also aus Not – diese eiskalte Fassade aufgebaut? Nur ein Masochist würde gern zu Lähn gehen, um auf diese Weise für einen Vorteil zu bezahlen. Deswegen sagt er unvermittelt zu seinen Tischgenossen:

„Ist bestimmt ein Scheißgefühl, wenn jemand die Grenze überschreitet. In dem Augenblick muss für das Opfer eine Welt zusammenbrechen. Egal, wie es manche auch nachher schönreden. Im Grunde verdrängen sie das Schreckliche ja nur. Weil sie sich dafür schämen. Obwohl die Schande bei den Tätern liegt. So muss das auch bei diesem Schüler abgelaufen sein, von dem du uns gerade erzählt hast."

Die beiden lassen das so im Raum stehen. Es klingt für sie plausibel. Bessere Gesprächspartner für sein Erlebnis mit Lichtenstein kann Georg nicht finden. Aber er hält sich zurück. Die „Hochstand-Episode" bleibt in seinem tiefsten Inneren verschlossen. Auch wenn er das Gefühl hat, sich unfair zu verhalten. Immerhin haben sich Gerfried und Carlo ihm freimütig anvertraut. Plötzlich sind sie für einen Moment abgelenkt: Bekannte von Carlo verlassen gerade die Kneipe und bleiben für einen Smalltalk an ihrem Tisch stehen. Ihre gute Stimmung stößt auf Grenzen. Nach kurzer Zeit überlassen sie die drei wieder sich selbst. Georg will die spontane Begegnung mit Gerfried unbedingt dazu nutzen, Licht in eine Sache zu bringen, die ihn seit einer gefühlten Ewigkeit beschäftigt. Enthemmt von einem weiteren Glas Weißbier und einem Obstler, den Carlos großzügig „zur Verdauung der alten Geschichten" spendiert, wagt er sich an ein weiteres heikles Thema heran:

„Gerfried, mal ganz im Vertrauen, warum hast du damals vor Gericht bei den Anklagen gegen Lichtenstein und Zarßcke plötzlich einen Rückzieher gemacht? Die beiden hätten doch auf jeden Fall den Kürzeren gezogen. Das war für mich so sicher wie das Amen in der Kirche."

„Klar, Georg, die hätten absolut schlechte Karten gehabt. Wahrscheinlich auch damals schon. Denn mit meiner Aussage wären so viele Dinge publik geworden, dass ihnen das Wasser bis zum Hals gestanden hätte. Und ich hatte jede Menge Beweise in der Hand: unverhältnismäßig spendable Geschenke mit persönlicher Widmung, nachweisbare Hotelübernachtungen und mit Zarßckes Hilfe nachträglich von mir in seinem Nachhilfe-Studio korrigierte Klassenarbeiten. Da lief ja teilweise ein ähnliches Schema ab wie bei diesem widerlichen Lähn. Also, was solche Belohnungen betrifft. Übrigens: Das Heft aus der Untertertia habe ich mir nach Ablauf des Schuljahrs abgezweigt. Normalerweise musste es abgegeben werden und kam in so ein blödes Archiv. Unser Hausmeister schnürte nach jedem Schuljahr die Hefte einer Klasse zusammen und bewahrte sie irgendwo in den Kellergewölben auf. Aber Pustekuchen, ich hatte meins nun mal verloren. Ende im Gelände. Zarßcke hat das gefressen, wenn auch nur widerwillig. Auch der Hausmeister glaubte mir. Alle hielten mich damals – nicht zu Unrecht – für absolut schusselig und unordentlich. Wie ihr seht, hat solch ein Image in bestimmten Situationen durchaus seine Vorteile."

„Echt abgefahren. Das ist ja der Hammer", kreischt Georg aufgekratzt. „Gerfried, ich hätte nie gedacht, dass du so durchtrieben bist. Alle Achtung!"

„Georg, das ist noch nicht alles. Natürlich war ich auch in der Lage, jede Menge Zeugen zu benennen, die ähnliche Übergriffe bestätigen konnten. Auch wenn die Kameraden nicht ausgesagt hätten, wären sie in allen Köpfen als potentielle Opfer hängengeblieben. Zarßcke und Lichtenstein hätten nie wieder irgendwo einen Fuß auf den Boden bekommen. Unabhängig von der Höhe des Strafmaßes. Ihr Ruf wäre für immer zerstört gewesen. Meine Eltern haben mich aber Tag und Nacht bekniet, einen Rückzieher zu machen. Es ging gar nicht so sehr um das Schamgefühl oder um die Blamage. Mein Vater wurde massiv unter Druck gesetzt. Zarßcke und Lichtenstein hatten gute Kontakte zu dem Chef der Eibenstädter Papierfabrik, in der mein alter Herr bis heute Leiter des Personalbüros ist. Also tat ich ihm schließlich den Gefallen. Trotzdem wusste ich, dass es absolut falsch war!"

Zu vorgerückter Stunde verabschieden sie sich reichlich abgefüllt mit einer kräftigen Umarmung voneinander. Georg ist schon im Begriff, in die nächste Gasse abzubiegen, als Gerfried hinter ihm herruft:

„Warte mal. Ich hab was vergessen. Das ist wichtig!"

Gespannt macht Georg kehrt. Nach ein paar Schritten steht er wieder vor den beiden. Gerfried fingert umständlich einen kleinen Gegenstand aus der Innentasche seines Jacketts. Es ist ein Sicherheitsschlüssel. Er fällt ihm aus der Hand. Carlo bückt sich schwerfällig und bekommt das Utensil – immer um Gleichgewicht bemüht – nach ein paar ungeschickten Versuchen endlich in seine Finger. Fragend sieht er Gerfried an.

„Carlo, gib ihm den Schlüssel."

Stirnrunzelnd nimmt Georg das geheimnisvolle, im Licht der Laterne messingfarben glänzende Objekt entgegen und betrachtet es von allen Seiten.

„Gerfried, was ist damit?"

„Du wirst es nicht glauben, aber das ist der Schlüssel zu Zarßckes Nachhilfe-Apartment. Ich konnte dort ein- und ausgehen, wie ich wollte. Bis auf das eine Mal, wo er mich da drinnen vor Hans Lichtenstein weggesperrt hat. Vollkommen durchgeknallt vor Eifersucht. Mein endgültiger Bruch mit Zarßcke war zwei Jahre vor dem Abi. Das hat er mir nie verziehen. Ach so, das habe ich ja vorhin schon erzählt. Aber da ist noch etwas anderes: Peter, also Zarßcke, ist so ein Typ, der mit seinen Ehemaligen gern eine – wie er es nennt – echte Männerfreundschaft pflegt. Vielleicht hat er ja im Stillen gehofft, dass ich irgendwann zu ihm zurückkomme. Als alter Kamerad aus guten Zeiten. Dass ich mich auf meine einstigen Wohltäter besinne. Und so weiter. Jedenfalls hat er mich nie nach dem Schlüssel gefragt. Er soll ja schon vor einer ganzen Weile aus Spanien zurückgekommen sein. Komisch, mir ist er bisher nicht über den Weg gelaufen. Ist auch besser so. Für ihn. Also Georg, hiermit übergebe ich dir feierlich diesen Schlüssel."

„Was soll ich denn damit? Wirf das Ding lieber in den nächsten Mülleimer. Da drüben steht einer. Neben der Litfaßsäule."

„Dafür ist es viel zu früh. Du machst auf mich einen ziemlich wissbegierigen Eindruck, Georg. Vielleicht willst du den Schlüssel ja mal bei deinen Nachforschungen einsetzen. Wenn nicht, kannst du ihn immer noch wegschmeißen. Ansonsten hat das alles gerade nicht stattgefunden. Stimmt's, Carlo?"

„Geht klar, Gerfried, wir sind momentan gar nicht hier."

„Setz dieses kleine ‚Sesam öffne Dich' aber bitte nur ein, wenn die Luft rein ist. Georg, versprich mir das!"

„Na gut, Gerfried, ich verspreche es hoch und heilig. Großes Pfadfinderehrenwort!"

Jetzt prusten sie vor Lachen. Carlo bekommt einen Schluckauf. Vergnügt wie kleine Kinder gehen sie auseinander. Erst jetzt fällt Georg ein, dass sie so gut wie nichts über berufliche Dinge ausgetauscht haben. Gerfried weiß nicht, dass er unter Lichtensteins Fuchtel arbeitet. Aber wozu sollte er ihm davon erzählen? Sie haben sich zum Schluss nun mal stärker auf Zarßcke und diesen Lähn eingeschossen.

„Eins nach dem anderen", denkt Georg. „Oder besser: einer nach dem anderen. Geht eben nicht alles auf einmal."

Verdammter Alkohol! Er kommt aus dem blöden Kichern einfach nicht mehr heraus. Nachdem er sich wieder eingekriegt hat, beschäftigt ihn eine offengebliebene Frage: Steht sein Chef eigentlich noch immer in enger Verbindung zu Zarßcke? Oder hat er diese Verbindung – zumindest offiziell – aus Opportunitätsgründen gekappt?

*

Zwei Wochen später sitzt Georg pünktlich zu Dienstbeginn um halb acht in seiner Abteilung am Schreibtisch. Außer ihm bevölkern an diesem Freitagmorgen bloß zwei weitere Kollegen das Großraumbüro. Er vertieft sich in ein Rundschreiben und bemerkt Hans Lichtenstein erst, als dieser sich ohne Vorankündigung hinterrücks mit beiden Händen auf seine Schultern stützt. Schon wieder! Diese Art der Berührung ist für Georg ausgesprochen respektlos und herabwürdigend. Der Amtsleiter ignoriert den sozial gebotenen Abstand zwischen sich und seinem Mitarbeiter. Er durchbricht Georgs persönliche Distanzzone. In Gegenwart seiner Kollegen! Als sei es das Selbstverständlichste auf der Welt. Sein Chef führt ihn gerade vor wie einen dummen Schuljungen. Wie lange soll er sich das eigentlich noch gefallen lassen?

Die Kollegen schauen erwartungsvoll zu Lichtenstein herüber. Sie sind gespannt darauf, was als Nächstes geschieht. Anscheinend amüsieren sie sich prächtig: Der Chef gibt sich heute mal so richtig burschikos. Vielleicht machen sie ja auch nur gute Miene zum bösen Spiel. Denn in Wirklichkeit nagt der Konkurrenzneid an ihnen, weil der junge Molenbrick ganz offensichtlich einen besonderen Draht zum Chef hat.

In dieser Situation lässt sich Georg besser nichts anmerken. Ignoriert die unverschämte Anmache, statt sich lauthals dagegen zu wehren. Die Zeit dafür ist einfach noch nicht reif. Wenigstens hat sich Lichtenstein nicht mehr im Archiv blicken lassen. Georg ist gespannt, wie lange er unter diesen Bedingungen noch durchhalten kann. Er muss unbedingt ein geeignetes Mittel finden, um diesen Menschen für immer und ewig aus seiner Nähe zu verbannen.

Zum Glück betritt jetzt sein direkter Vorgesetzter – Herr Loh – den Raum. Er ignoriert Lichtensteins Übergriff und schickt seinen Schützling hinunter in den Rathauskeller. Georg ist heilfroh, dass er sich sofort davonmachen kann, während der Amtsleiter mit hängenden Armen noch unentschlossen hinter dem Schreibtischstuhl des abrückenden Untergebenen herumdruckst. Liegt ihm eine seiner blöden Bemerkungen auf der Zunge? Will er ihm irgendetwas mit auf den Weg geben? Anscheinend hat er es sich anders überlegt. Als Georg die Treppen hinuntereilt, schaut er mehrmals hinter sich, um sicherzugehen, dass ihm Lichtenstein nicht folgt. Aber seine Angst vor weiterer Belästigung verflüchtigt sich schnell: Der Amtsleiter ist ja gleich als Moderator einer Veranstaltung im Einsatz.

In dem uralten Gemäuer befindet sich neben dem Archiv des Kulturamts ein Raum, in dem aussortierte Akten vernichtet werden. Normalerweise ist es Sache der Auszubildenden, die Zerreißmaschine zu bedienen. Den „Aktenwolf", wie sie es nennen. Aber der Nachwuchs absolviert heute ein Seminar bei einem externen Bildungsträger. Also überträgt Herr Loh die lästige Arbeit ausnahmsweise auf Georg. Als Verwaltungsangestellter im gehobenen Dienst und mit einer entsprechenden Vergütung kommt er dafür eigentlich nicht mehr in Frage. Die Maschine ist ziemlich laut und während man mit ihrer Hilfe den Inhalt der prall gefüllten Aktenordner schreddert, füllt sich der

Raum mit Staub. Das Pensum, das Georg zu bewältigen hat, ist überschaubar. Der Zeitpunkt ist gekommen, um endlich unbemerkt einer Sache nachzugehen, die er seit Zarßckes Rückkehr aus Spanien nur tagsüber während der üblichen Unterrichtszeiten erledigen kann.

Alle Bediensteten der Stadtverwaltung stellen sich auf das Wochenende ein. Nur wenige gehen vorher noch zum Mittagessen in die Kantine. Und keiner kommt heute auf die Idee, ihn bei seinem dämlichen Job zu stören. Falls doch, dann ist er eben mal kurz zum Kiosk gegenüber gegangen, um sich Pfefferminzbonbons zu holen. Das wird er am Montag auch dem Hausmeister sagen, falls der seine Abwesenheit tatsächlich bemerkt hat. Zum Beweis kann er ihm die Bonbons zeigen. Eine Rolle von diesen Drops hat er immer dabei. Außerdem bleibt das Archiv heute ja sowieso verwaist. Das hätte er fast vergessen: Alle anderen in seiner Abteilung nehmen gleich an einer Besprechung mit Mitarbeitern der Kulturverwaltung aus Clausburg teil. Der offene Ausklang bei Kanapees und diversen Getränken ist obligatorisch. Er legt sich am Aktenwolf ordentlich ins Zeug, bis das Gröbste geschafft ist. Danach hat er sich eine Pause verdient und schleicht durch den Hinterausgang aus dem Rathaus.

Georg braucht keine zehn Minuten mit dem Fahrrad, bis er sich dem Haus nähert. Jetzt, um halb zehn, hält sich Zarßcke noch im Christian-Heinrich-Rinck-Gymnasium auf. Entweder sitzt er im Lehrerzimmer oder er produziert sich in gewohnter Weise vor einer Klasse. Der heimliche Besucher versteckt sein Vehikel hinter einer – die Mülltonne umrahmenden – Ligusterhecke. Vorsichtig zwängt er sich durch den kleinen Spalt im Gebüsch. Dann huscht er durch den schwer einsehbaren, weil zur Straße hin zugewachsenen Garten. Endlich steht er – immer noch vor neugierigen Blicken geschützt – an der Tür zu Zarßckes Nachhilfe-Studio. Der Schlüssel passt und lässt sich leicht umdrehen. Die Rollos sind zugezogen, er kann also unbedenklich das Licht einschalten.

Schon bei den „Fledermäusen" ist Georg ein hervorragender Späher gewesen, der ihnen mit seinen Adleraugen bei so einigen Geländespielen zum Sieg verholfen hat. Jetzt hält er sich nicht lange mit Nebensächlichkeiten auf, weil er enorm unter Zeitdruck steht. Er konzentriert sich auf das, was ihm als ungewöhnlich ins Auge springt:

Das ordentlich gemachte Bett ignoriert er. Aber auf dem Tisch daneben liegt die Kopie einer Karteikarte. Bei näherer Betrachtung sieht er das Passbild eines – wie zum Teufel sollte es auch anders sein – hübschen Knaben. Dunkelhaarig, hoffnungsvoller Blick. Geboren am 5. September 1961. Die Angabe zum Geburtsort fehlt. Diese Eintragung wurde ganz offensichtlich mit einem Radiergummi oder einer Rasierklinge wieder entfernt. Danach hat man möglicherweise vergessen, eine Korrektur vorzunehmen. Gemäß der Beschriftung handelt es sich um das standardisierte Exemplar aus der Aufnahmedatei eines Internats. So viel versteht er immerhin mit seinen geringen Spanischkenntnissen. Der Junge wurde im Alter von acht Jahren dort registriert. Dann ist er heute volljährig. Also befand er sich während Zarßckes Spanienaufenthalt mitten in der Pubertät. Der Name des Internats und die Ortsangabe „Jerez de la Frontera" sind mit einem Stempel rechts unten aufgedruckt. Die darüber gekritzelte Unterschrift kann er nicht entziffern.

Das alles findet er äußerst interessant. Sein Puls beschleunigt sich spürbar. Vorsichtig reißt er ein Blatt aus dem linierten Block auf dem Schreibtisch. Einen Kuli hat er selbst dabei. Georg schreibt alle Daten von der Karteikarte ab. Vielleicht kann er diese Informationen irgendwann gegen Zarßcke verwenden. Daraufhin schaut er sich noch ein paar Farbfotos an, die neben dem Kopfkissen auf dem Bettlaken liegen: Aufnahmen von Zarßcke und einem Jungen am Meer, in einem Restaurant und in einer Stierkampfarena. Ist das nicht dieser mysteriöse Jorge Carlos Mendoza Jimenez? So heißt der Schüler auf der Karteikarte. Eine gewisse Ähnlichkeit mit dem Passbild besteht bei genauerer Betrachtung durchaus. Umso besser, dass er sich eben alles notiert hat. Für alle Fälle. Er ist sich nicht ganz sicher.

Doch dann erinnert er sich an etwas, das seinen Verdacht darüber hinaus erhärtet:

Irgendwann hat Philipp ihm gegenüber den Namen „Jorge"
erwähnt. Er weiß sogar noch, in welchem Zusammenhang: Philipp war während einer Reise durch Spanien auf ihren ehemaligen Lateinlehrer gestoßen. Begleitet wurde Zarßcke damals
von einem Knaben, den er mit „Jorge" anredete. Philipp konnte das aus nächster Nähe beobachten. Selbstverständlich gab
er sich nicht zu erkennen. Er war gerade in Cádiz angekommen
und am frühen Nachmittag über einen der malerischen Plätze
in der Altstadt geschlendert. Philipps Schilderung hat sich Wort
für Wort in sein Gedächtnis eingraviert:

„Plötzlich sah ich vor einer Bar einen Mann in den besten
Jahren sitzen, der mir sofort bekannt vorkam. Mit der verspie-
gelten Sonnenbrille und dem breitkrempigen Strohhut muss
ich ausgesehen haben wie einer der unzähligen Touristen. Ich
ließ mich unbemerkt an einem nicht zu weit von ihm entfernten Tisch nieder und bestellte beim Kellner möglichst unauffällig einen Café solo. Sogar wenn Zarßcke Spanisch redet, er-
kenne ich seine Stimme. Er war es! In seinem mediterranen
Outfit und sonnengebräunt sah er natürlich etwas entspann-
ter aus, als wir es von ihm gewohnt sind. Er saß dicht neben
einem halbwüchsigen, schwarzgelockten Knaben mit großen
runden Augen. Eine weiße Markise vor der Bar spendete ihnen
Schatten. Die beiden tranken Orangenlimonade. Mir fiel auf,
dass der Junge dauernd nervös auf seinem Stuhl herumrutsch-
te und Anstalten machte, als würde er am liebsten wegrennen.
Zarßcke dagegen rieb ständig seine Hand auf dem Oberschenkel des minderjährigen Begleiters hin und her. Wenn der Kellner
vorbeikam, zog er sie zurück und spielte mit dem Autoschlüssel
herum. Der Junge sagte kaum etwas, obwohl Zarßcke fast be-
schwörend auf ihn einredete. Manchmal nickte er dem Mann
unterwürfig zu. Mein Spanisch war zu schlecht, um das Gespräch der beiden genau zu verfolgen. Aber ich prägte mir den
Namen des Jungen ein: Jorge. Ich trank den Café solo aus und
zog dann weiter. Ich wollte an diesem Tag ja noch mit meinem
VW-Bus auf die Fähre nach Lanzarote einchecken. Ich war froh,
als ich endlich aufs Parkdeck fuhr."

Ihm ist damals zumute gewesen, als würde ihnen Philipp bei den „Fledermäusen" gerade eine dieser unheimlichen Geschichten von Edgar Allen Poe vorlesen. Wie früher auf Fahrt in ihrer Kothe: bei Kerzenlicht in stockfinsterer Nacht kurz nach der Geisterstunde. Solche Texte kann Georg auch heute noch fast wortgetreu aus irgendeinem Speicher in seinem Gedächtnis abrufen. Philipp besaß ein unglaubliches Talent, seine Zuhörer zu fesseln. Und er, Georg, so etwas wie ein photographisches Gedächtnis.

Georg schreckt aus seinen Erinnerungen auf. Wenn er nicht aufpasst und sich weiter so in Gedanken verliert, läuft ihm Zarßcke womöglich noch über den Weg. Er ist schon fast wieder zur Tür hinaus, als er etwas Beiges neben dem Türpfosten liegen sieht. Das Kuvert ist vermutlich vom Sideboard runtergefallen, vielleicht hat er es aus Versehen mit seiner Jeansjacke heruntergefegt. Es ist nicht zugeklebt. Ein mit der Hand geschriebener Brief steckt darin, den er hastig überfliegt, ohne den Inhalt vollständig zu erfassen. Er lässt ihn zusammen mit dem Umschlag in seiner Brusttasche verschwinden. Die Zeit ist wirklich verdammt knapp. Das Rathaus wartet auf ihn. Vorsichtig hastet er zurück zum Fahrrad. Bevor er aufsteigt, kontrolliert er die nähere Umgebung. Weit und breit keine Fußgänger zu sehen. Auch Fahrzeuge nähern sich nicht. Die Straße wirkt zu dieser Tageszeit wie ausgestorben.

Zurück am Aktenwolf stellt er fest, dass sein Ausflug gut fünfunddreißig Minuten gedauert hat. Er schafft sein Arbeitspensum ohne Probleme. Sämtliche Dokumente sind bis um Viertel vor zwei zu einem grobkörnigen Gemisch pulverisiert. Bei all dem kann er seine Neugier nicht lange unterdrücken. Bevor er um vierzehn Uhr pünktlich Feierabend macht und der Kollegin am Empfang ein schönes Wochenende wünscht, hat er den Brief mindestens dreimal gelesen.

Nach der Begegnung mit Gerfried beabsichtigte Georg zunächst, Zarßckes Schlüssel vorübergehend bei Onkel Faustus in der Dachschräge zu verstauen. Doch dann hat er sich dagegen entschieden, weil er ihn für alle Fälle parat haben wollte, sofern sich eine günstige Gelegenheit für eine Stippvisite ergeben sollte. Also hat er den Schlüssel seitdem immer mit sich herumgetragen. Und heute ist er endlich zum Einsatz gekommen!

Als er gerade die schwere Eingangstür des Rathauses von innen öffnen will, kommt ihm blitzartig ein genialer Gedanke. Kurz entschlossen macht er noch einen Abstecher zur Besuchertoilette. Dort wickelt er das ihm von Gerfried anvertraute Utensil in ein Tempotaschentuch und wirft es in die Kloschüssel. Dann spült er dreimal kräftig. Die Allesfresser in der Kanalisation werden dem Stück Metall bestimmt keinerlei Beachtung schenken. Georg fühlt sich enorm erleichtert:

„Wozu soll ich mich mit diesem Corpus Delicti in Zukunft belasten? Besser, ich habe es für immer und ewig entsorgt."

Seine Aufzeichnungen und den Brief dagegen will er später auf dem Dachboden deponieren. In seiner Oase. Bei Onkel Faustus.

*

Georgs Mentor aus Kinder- und Jugendtagen ist ganz der Alte geblieben und nach wie vor zu allen möglichen Scherzen aufgelegt. Er hat sich mit der Rolle als Witwer abgefunden und scheint das Alleinsein zu genießen. Zumindest gibt es bisher keine neue Partnerin. Vielleicht möchte er sich gar nicht mehr auf eine feste Beziehung einlassen. Neben der Arbeit ist er im Forstverein aktiv. Wie früher zieht sich Georg manchmal während seiner Besuche bei Faustus in das immer noch hochgeschätzte Domizil zurück. Meistens hält er sich nicht sehr lange dort auf. Und wie immer nur dann, wenn außer ihm niemand zugegen ist und kein Besuch erwartet wird. Hin und wieder bleibt er auch über Nacht dort oben.

Die behagliche Kammer unter dem Dach ist ihr großes Geheimnis geblieben. Außer ihnen hat niemand auch nur den leisesten Schimmer davon. Durch die schweren Vorhänge vor dem runden Fenster dringt nachts kein Licht nach außen. Wenn dann noch das Dachlukenrollo heruntergezogen wird, kann die Stehlampe eingeschaltet werden. So hat er es immer gemacht – seit frühester Jugend. Er liebte schon damals diese Abgeschiedenheit.

Am Samstag fährt er mit dem Fahrrad zu Onkel Faustus. Sie sitzen den ganzen Nachmittag in der Küche und trinken Kaffee. Georg hat frische Hefestückchen vom Bäcker mitgebracht. Weil Faustus an allem, was damit zusammenhängt, sehr interessiert ist, plaudern sie eine Weile über die Arbeit seines Neffen. Danach erkundigt sich Georg nach dem Befinden des Onkels, insbesondere wie er schon so lange allein in dem abgelegenen Haus zurechtkommt.

„Im Großen und Ganzen geht es mir doch blendend. Nach der Arbeit finde ich hier meine verdiente Ruhe. Niemand stört mich, wenn ich die Erinnerungen an die schönen Jahre mit Mildred aufleben lasse. Kann sein, dass ich auf manche Menschen sehr eigenbrötlerisch wirke. Das ist mir aber vollkommen egal. Ich freue mich natürlich, wenn mein Sohnemann mal hier vorbeischneit. Aber der Gerhard soll ruhig seine eigenen Wege gehen. Ich komme schon klar. Außerdem werde ich in fünf Jahren in den wohlverdienten Ruhestand gehen."

„Sag mal, Onkel Faustus, was hast du eigentlich mit den Jägern hier in der Umgebung zu tun?"

Sein Gegenüber fährt sich mit der linken Hand über das lichter werdende Haar, zwirbelt an dem dunkelgrauen Schnurrbart herum und sieht ihn aus graublauen Augen halb erstaunt und halb belustigt an.

„Eine ganze Menge, mein Junge. Wir stellen den Jagdschein aus, wenn ein Anwärter alle Prüfungen bestanden hat. Meistens fallen einige Kandidaten durch. Ist ja auch jede Menge Stoff, den man bewältigen muss. Hast du etwa die Absicht ..."

„Nee, im Moment leider nicht. Ich hab schon genug mit dem Rathauskram um die Ohren. Aber, ähm, sagt dir der Name Zarßcke irgendwas?"

„Aber freilich sagt der mir was. Mehr, als du dir wahrscheinlich gerade denkst. Donnerwetter! Wie kommst du denn ausgerechnet auf diesen Vollpfosten? Der verehrte Herr Lehrer ist vor einem halben Jahr in seinem Revier volltrunken auf dem Hochstand aufgegriffen worden. Zwei Mitarbeiter vom Forstamt haben ihn am frühen Morgen laut herumheulen gehört. Es muss ein scheußliches Gejammer gewesen sein. Einer der Kollegen meinte, das hätte sich angehört, als würde er einer verflossenen Liebschaft nachweinen. In seinem Kummer hat er ein paarmal vom Hochsitz ins Leere geschossen und dann die Flinte in hohem Bogen auf die Lichtung geworfen. Dabei kippte er fast über die Brüstung. Unsere Männer konnten den verantwortungslosen Kerl einigermaßen beruhigen. Schließlich haben sie ihn dazu überredet, sich angeseilt vom Hochstand hieven zu lassen. Das heißt, er wurde auf dem Rücken liegend über die Sprossen der Leiter Millimeter für Millimeter heruntergezogen. Das dauerte wohl eine ganze Ewigkeit. Währenddessen hat er auch noch seinen Lodenmantel von oben bis unten vollgekotzt. Und sich mal so ganz nebenbei eingenässt. Seine Kniebundhose war im Schritt quatschnass. Neben dem Hochstand lag eine leere Flasche Doppelkorn im Gras. In seinem Jagdrucksack hatte er für Nachschub gesorgt: zwei Flachmänner Kräuterlikör, zusammen 0,4 Liter mit einem Alkoholgehalt von 44 Prozent. Das hätte ihm den Rest gegeben. Aber woher kennst du diesen feinen Herren denn? Was hast du mit so einem zu tun?"

Georg ist perplex. Der Onkel hat auf Anhieb eine ellenlange Horrorstory über diese Person aus dem Ärmel geschüttelt. Was er gerade gehört hat, ist ein echter Knüller. Gegenüber Faustus stellt er sein Interesse an Zarßcke jedoch als mehr oder minder belanglos dar.

„Ach, ich frage ja nur nach dieser Person, weil er in der Oberstufe mein Lateinlehrer war. Bei jeder Gelegenheit hat der uns eine von seinen irre langweiligen Jagd-Storys aufgedrängt. Wenn einer aus meiner Klasse jemals zur Jagd gehen wollte, hat Zarßcke ihm das durch seine abstoßende Art gründlich vergrault. Die altmodische Männerbündelei unter den Jägern war ihm anscheinend viel wichtiger, als dem Weidwerk mit ganzer Leidenschaft nachzugehen. Das war für ihn bestimmt nur lästiges, aber notwendiges Beiwerk. Das ist mir gerade so eingefallen, als du über deine Arbeit geredet hast."

„Armer Junge, so einen haben sie euch damals als Pauker vor die Nase gesetzt? Das ist doch nicht zu fassen. Für mich ist so einer als Beamter unzumutbar. Eigentlich wollten wir ihm den Jagdschein entziehen; wenigstens vorübergehend. Aber er ist um Haaresbreite nochmal davongekommen. Irgendein hohes Tier im Rathaus hat sich für ihn eingesetzt. Ich glaube, der hieß Franz Fichtenstein – oder so ähnlich. Ein absolut schmieriger Großkotz. Mein Chef hat sich von dem vollkommen einwickeln lassen. Wegen angeblich großer Verdienste für die Hochwälder Jugendarbeit sollten wir ausnahmsweise fünf gerade sein lassen. Georg, wo gibt es denn sowas? Der Vorfall wurde nicht weiterbearbeitet, sondern unter den Tisch gekehrt. Es existiert nichts Schriftliches mehr darüber. Wir wurden von ganz oben dazu angehalten, kein Wort darüber nach außen dringen zu lassen. Na ja, dagegen waren wir machtlos."

Der Onkel zuckt mit den Schultern und schenkt zwei Gläschen Obstler ein. Plötzlich verfinstert sich seine Miene und er wirft seinem Besucher einen warnenden Blick zu.

„Auch du, mein lieber Georg, solltest diese Angelegenheit für dich behalten. Darauf muss ich mich verlassen können."

„Ich werde schweigen wie ein Grab, Onkel Faustus!"

„Na, dann bin ich ja beruhigt."

Sie prosten sich zu und leeren die Gläser in einem Zug. Georg wechselt das Thema und fragt, ob er mal kurz in die Kammer hinaufgehen darf.

„Wie immer, Georg. Da oben ..."

Faustus Molenbrick hält kurz inne, hebt den Kopf und zeigt mit dem Arm zur Zimmerdecke.

„ ... das ist und bleibt deine Oase. Aber wenn du nachher runterkommst, trinken wir noch einen."

„Abgemacht!"

Georg wundert sich, dass über Zarßckes pädophile Machenschaften nichts bis zu der ehrwürdigen Jägerschaft vorgedrungen zu sein scheint. Er ist sich nicht sicher, ob er den Onkel zu diesem Zeitpunkt noch in alles einweihen soll, was damals passiert ist. Georg klettert hinauf in das unersetzbare Versteck und setzt sich an den kleinen Schreibtisch. Durch das runde Giebelfenster fällt jetzt trübes Licht in den Raum. In dieser dämmrigen Abgeschiedenheit lenkt ihn nichts ab. Er lässt den gestrigen Freitag noch einmal vor seinem geistigen Auge ablaufen. Schließlich öffnet er den Stauraum in der Dachschräge. Vorsichtig leuchtet er mit der Taschenlampe hinein. Beide Messer überzieht ein hauchdünner Schmutzfilm aus feinsten Staubkörnern und Insektenkot. Trotzdem erkennt er darunter deutlich das Blut auf den Klingen. Jeder – außer ihm – wird das für Rostflecke oder sonstigen Dreck halten. Das hinter den Messern noch ein Zettel liegt, übersieht er dabei. Aber sein frisch erworbenes Diebesgut – das Original aus Zarßckes Feder und die Abschrift der Karteikarte – versteckt er sicherheitshalber vor unerwünschten Zugriffen. Genauer gesagt, er klebt sie im Inneren der Dachschräge in einer Plastikhülle verpackt an eine Holzlatte neben den linken Türflügel. Wer hier wider Erwarten herumschnüffelt, wird als Erstes die beiden Messer in die Finger bekommen und ist damit genug beschäftigt. Keiner wird jemals auf die Idee kommen, die Bretter über der Verschlussklappe genauer zu inspizieren. Weil dort niemand etwas vermutet. Georg wähnt sich auf der sicheren Seite und setzt sich wieder zurück an den Schreibtisch.

Genüsslich malt er sich aus, wie Zarßcke fieberhaft das ganze Haus auf den Kopf stellt:

Der verschwundene Brief ist keinesfalls für Außenstehende gedacht. Sein Inhalt kann Zarßcke aufs Äußerste kompromittieren. Jetzt ist das Dokument verschwunden, natürlich konnte er es nirgends auffinden. Wahrscheinlich vermutet er, dass sich entweder alles in Luft aufgelöst hat oder jemand während seiner Abwesenheit ins Souterrain eingedrungen ist. Aber er wird nicht einmal im Traum daran denken, dass ich das gewesen bin. Zarßcke ist sich bestimmt darüber im Klaren, dass es viele Leichen in seinem Keller gibt. Das bringen seine perversen Exzesse nun mal mit sich. Aber mich – den widerspenstigen Molenbrick – wird er bestimmt nicht dazuzählen. Er wird es nicht vergessen haben, dass es seinem geliebten Hänschen damals nicht gelungen ist, mich für ihre Zwecke zu gewinnen.

Alles in allem kommen Georgs Gedanken zu folgendem Ergebnis:

Zweifellos weiß Zarßcke noch von Gerfrieds Schlüssel, auch wenn er seinem Opfer seit Jahren nicht mehr begegnet ist. Bedauerlicherweise befinden sich aber noch weitere Duplikate im Umlauf, die der Lehrer dem einen oder anderen Nachhilfeschüler ausgehändigt hat. Für den Fall, dass er wegen einer sich in die Länge ziehenden Konferenz im Gymnasium etwas später zum vereinbarten Termin in seinem Haus eintrifft. Dieses delikate Detail ist Georg zufällig zu Ohren gekommen, als einige seiner Mitschüler einmal auf dem Schulhof mit diesem Privileg angegeben haben: um allen zu zeigen, wie hoch sie in Zarßckes Gunst stehen. Ohne daran zu denken, was sie mit diesem Bekenntnis von ihrer Beziehung zu Zarßcke zusätzlich preisgeben. Zumindest gegenüber Kennern des Milieus.

Aus heutiger Sicht spricht dieser Leichtsinn vor allem dafür, dass Zarßcke keine Gelegenheit verpassen wollte, seine Jüngelchen während der Vorbereitung auf die nächste Klassenarbeit in ein kleines Techtelmechtel oder sogar einen sexuellen Übergriff zu verwickeln. Er muss völlig versessen auf jede dieser Begegnungen gewesen sein. Anscheinend so sehr, dass er mit seiner berechnenden Vertrauensseligkeit ein enormes Risiko eingegangen ist. Jetzt überlegt der abnorme Wüstling sicher fieberhaft, wer ihm den Schlüssel – vor seinem fluchtartigen Rückzug nach Spanien – wieder zurückgegeben hat. Und wer möglicherweise noch ein Duplikat davon besitzt. Vor allem, ob jemand darunter ist, mit dem er lustvollste Momente verbracht hat. Das wird er nie auf die Reihe bringen! Ganz zu schweigen von der Möglichkeit, dass sich jeder seiner Auserwählten bei „Mister Minit" vorher einen Ersatzschlüssel hätte besorgen können. Die großzügige Übertragung der Schlüsselgewalt stellt sich bei nüchterner Betrachtung als trojanisches Pferd heraus. In Zarßckes Sturm- und Drangzeit hingegen wird sie die Quelle leidenschaftlichster Hoffnungen und Erfüllungen gewesen sein. Neben vordergründig vorgetragenen pragmatischen Aspekten:

„Falls ich wirklich mal später kommen sollte, kannst du gerne in unserem Nachhilfezimmer auf mich warten. Ist doch besser, als vor meiner Haustür rumzustehen oder meine Mutter rauszuklingeln. Fühl dich bei mir ganz wie zu Hause. Mach's dir schon mal gemütlich."

Diese Masche – einschließlich des kumpelhaften Duzens – gehört zu Zarßckes altbewährten Tricksereien, um das Setting einer potentiellen Verführung vorzubereiten. Vergewaltigung nicht ausgeschlossen. Die Opfer haben immer geschwiegen. Die nächste Eins in Latein stand bevor. Nachher sind die Eltern fast vor Stolz geplatzt.

Wenn Zarßcke – was nicht auszuschließen ist – Gerfried für den Eindringling hält, sind ihm die Hände gebunden. Wozu soll er schlafende Hunde wecken? Er hat keine andere Wahl, als seinen Schöpfer anzuflehen, dieser Kelch möge an ihm vorübergehen:

Zarßcke kommt bestimmt nicht mehr zur Ruhe! Sein verzweifelter, unvollendeter Liebesbrief ist in fremdem Besitz und er hat keine Ahnung, welche Konsequenzen das nach sich zieht. Er wird sich bis zum Wahnsinn in Spekulationen ergehen, was ein möglicher Eindringling noch alles über seine Machenschaften herausbekommen haben könnte. Immerhin hat Zarßcke auf der Rückseite des Briefes ein paar Angaben gemacht, denen ein versierter Ermittler bei der Kripo womöglich nachgehen könnte. Er wird jeden Tag preisen, an dem er deswegen nicht zur Rede gestellt wird. Und allmählich glauben, Gras sei darüber gewachsen. Irgendwann, in ein paar Jahren, hat er diese schreckliche Episode vollkommen vergessen. Aber es gibt einen, der das Wissen über all diese Dinge sorgfältig konserviert, um es bei passender Gelegenheit auszuspielen.

Georg genießt solche hundsgemeinen, luziferischen Vorstellungen. Zarßcke zu quälen und mit ihm zu spielen: Das gefällt ihm außerordentlich. So süß kann Rache also sein. Jetzt ist er endlich am Drücker. Fast ein Quäntchen zu euphorisch klettert er die Leiter hinunter und schaltet rechtzeitig auf Normalmaß um. Onkel Faustus gießt die Gläschen übervoll. Vergnügt prosten sie sich zu. Als er wieder auf dem Fahrrad sitzt und die

Pappelallee hinunter in das Städtchen fährt, muss er sich ganz schön zusammenreißen, um auf seiner Spur zu bleiben. Gott sei Dank kommen ihm keine Autos entgegen oder folgen seinem Geschlingere. Die Allee ist ein einsamer Verkehrsweg, eine inzwischen fast vergessene Nebenstrecke, deren Asphaltdecke immer maroder wird. Als er eines der größeren Schlaglöcher übersieht, weil ihn eine jäh aufkeimende Gedankenflut ablenkt, stürzt er fast vom Sattel. Nur mit größter Mühe gelingt es ihm, das Gleichgewicht wiederherzustellen. Der Stress mit seinem Chef holt ihn wieder ein. Verbissen sucht er nach einer Lösung:

„Was mache ich nur mit Lichtenstein? Es ist zum Verrücktwerden! Mit diesem Problem komme ich einfach nicht voran."

In Neu-Moritzhain holt er sich am Bahnhofskiosk eine koffeinhaltige Limonade und steigt mit dem Rad in den nächsten Zug nach Eibenstädt.

1986

In Clausburg, dem regionalen Zentrum von Hochwald, geht es weniger beschaulich zu als im verspielten Eibenstädt, wo fast jeder jeden kennt. Georg hat die Fühler schon lange nach der pulsierenden Stadt ausgestreckt. Aber jetzt ist es endlich so weit! Er bewirbt sich auf die vakante Position des Abteilungsleiters für die Verwaltung der Museen und Schlösser in Hochwald. Die Kommission wählt ihn tatsächlich für die heiß begehrte Stelle aus. Neben der erfolgreichen Weiterqualifizierung für den höheren Dienst kommt ihm zugute, dass er sich seit dem Abitur im Historisch-Archäologischen-Verein und im Förderkreis zum Erhalt von Schloss Nachtigallenau sowohl lokal als auch gelegentlich überregional in Hochwald engagiert. Und dort kann ihm Hans Lichtenstein nicht in die Quere kommen, der tanzt auf anderen Hochzeiten. Sein direkter Vorgesetzter, Herr Loh, hat diesen Schritt hinter vorgehaltener Hand begrüßt und ihm zugesagt, bei passender Gelegenheit seine Beziehungen spielen zu lassen. In dieser Angelegenheit ist Georg mit äußerstem Fingerspitzengefühl vorgegangen. Lichtenstein hat erst viel zu spät von seiner Bewerbung Wind bekommen. Mit sachlichen Gründen gegen die Entscheidung der Verwaltung in Clausburg hält er sich zurück. Gegen das von Loh ausgestellte Arbeitszeugnis erhebt er keinen Widerspruch. Er lässt ihn ziehen, auch wenn ihm dabei offenbar nicht ganz wohl zumute ist:

„Für Molenbrick waren wir nur ein Intermezzo. Warum sollen wir jemanden halten, der unserer überdrüssig ist? Ersatz findet sich allemal."

Als ihn Herbert Loh daraufhin argwöhnisch anstiert, fügt Lichtenstein spöttisch hinzu:

„Mein lieber Loh, jetzt schauen Sie mich doch bitte nicht so böse an! Sie hören doch die Bitterkeit in meinen Worten mitschwingen. Das ist der Trennungsschmerz, hahaha!"

In Wirklichkeit ist es der Verlust über die unmittelbare Kontrolle, die ihn so verdrossen macht. In Eibenstädt hat er den aufmüpfigen Kerl immer im Visier gehabt und ihn nach Lust und Laune bedrängt und bedroht. Wenigstens bis kurz vor seinem Abgang. Denn dem glücklichen Aufstieg auf der Leiter in der Beamtenlaufbahn ist eine kleine, aber dafür umso heftigere Episode vorausgegangen. Außer Lichtenstein und Molenbrick weiß niemand davon.

Damals – also einige Monate vor seiner Bewerbung auf die Stelle in Clausburg – findet Georg nach schier endlosem Ausharren in der Lauerstellung endlich den wunden Punkt, um sich den Amtsleiter endgültig vom Hals zu schaffen.

Es ist das gefundene Fressen per se: Ihm wird eine absolut delikate Information anvertraut, die er bedenkenlos ausspielt. Ohne auch nur eine Sekunde darüber nachzudenken, seine Quelle dadurch in Gefahr zu bringen. Als er wieder einmal Lichtenstein in den geschützten Räumen des Archivs allein gegenübersteht, macht er wie aus der Lameng eine Anspielung, die sich auf eine sehr beschämende Seite in dessen Privatleben bezieht.

Die Wirkung ist grandios: Mit den pikanten Details kränkt er seinen Kontrahenten kalt lächelnd und versetzt ihn in panische Angst vor einer Bloßstellung. Diesen sehnsüchtig erwarteten Moment der Überlegenheit genießt er seitdem fast jeden Tag aufs Neue. Er geht davon aus, dass er seine Versetzung nach Clausburg durch diesen gemeinen Schachzug insofern begünstigt hat, als dass sich Lichtenstein zähneknirschend – aber kampflos – zurückhält.

Seitdem ist der Amtsleiter ihm gegenüber jedenfalls wie paralysiert, wenn sie sich zufällig begegnen. Die Dinge haben sich grundlegend verändert: Inzwischen sorgt Lichtenstein dafür, dass er seinem Untergebenen nicht zu nahe kommt. Inzwischen möchte er ihn keinesfalls mit seiner Gegenwart bedrängen. Sondern den sozial gebotenen Abstand ihm gegenüber einhalten. So, wie es sich Georg immer gewünscht hat.

Der neue Burgfriede hat tatsächlich die kurze Zeitspanne bis zur Räumung seines Eibenstädter Büros angehalten. Bei gelegentlichen dienstlichen Anlässen halten sie sich auch danach strikt an die Form. Kurz und knapp. Nur das Nötigste. Als Georg auf die ersten Monate an seinem neuen Standort zurückblickt, stellt er ohne Wenn und Aber fest: „Alles ist gut."

1989

Die Luft in Clausburg ist frisch. Wenigstens frischer als in den Eibenstädter Amtsstuben. Georg schlendert durch den Park zu seinem Büro. Es befindet sich in einem beeindruckenden, klassizistisch anmutenden Gebäude aus dem Jahre 1840. Von beiden Seiten der riesigen Eingangshalle führt eine repräsentative zweiläufige Holztreppe zur ersten Etage und endet in der Mitte auf einer Plattform. Von hier gelangen Besucher durch einen breiten, langgezogenen Gang zu den Zimmern der Kulturverwaltung. An dem hohen Deckengewölbe hängen in regelmäßigen Abständen opulente Kristallleuchter mit einer aufdringlichen Ausstrahlung hochherrschaftlicher Größe. Wie immer schwebt dieser eigenartige Geruch nach Bohnerwachs durch das Foyer bis zum Ende des weitläufigen Flurs empor. Und jedes Mal knarren die Stufen, wenn Georg dort hinaufeilt. Jetzt sitzt er am Schreibtisch und geht die Post durch. Er hat den Stapel gerade mal bis zur Hälfte durchgesehen, als er einen beiläufigen Blick auf den Kunstkalender wirft. Für den Monat April wird das Gemälde „Ein Geier auf verendendem Hirsch" von Friedrich Gauermann aus dem Jahre 1832 abgebildet. Versunken in die Betrachtung des wildromantischen Motivs, ereilen ihn plötzlich Erinnerungen an den schrecklichen Jagdausflug in seiner frühen Jugend. Um sich davon abzulenken, starrt er den roten Datumsweiser auf der Tagesübersicht an, den er beim Betreten des Büros als erste Amtshandlung auf den 15. April 1989 geschoben hat.

„Ach du Schreck! Morgen ist ja mein vierunddreißigster Geburtstag. Um ein Haar hätte ich das übersehen. Als ich neunundzwanzig geworden bin, habe ich zur Feier des Tages ,My Generation' von ,The Who' aufgelegt. Mein Gott, die gesamte Nachbarschaft stand morgens um halb acht Kopf, als Roger Daltrey aus dem sperrangelweit aufstehenden Wohnzimmerfenster dröhnte: ,Yeah, I hope I die before I get old ...' Gott sei Dank habe ich den Streifenwagen sofort bemerkt, der ausgerechnet während dieses Spektakels aus einer Nebenstraße auf die Fahrbahn vor unserem Haus einbog. Erst wollte ich die Lautstärke runterfahren. Aber dann hielt ich es in meiner Panik für besser, den Stecker für die Anlage rauszuziehen. Ohne Umweg von achtzig Dezibel auf null! Na ja, mittlerweile lasse ich meinen Ehrentag etwas gesetzter angehen. Und der legendäre Roger Daltrey singt nach wie vor seine mitreißenden Songs. Und ich will auch noch nicht abtreten – obwohl ich schon ganz schön alt geworden bin."

Wieso vergisst Georg seinen Geburtstag? Bisher hat er jedes Mal rechtzeitig daran gedacht. Aber seitdem er Anfang letzten Jahres die Position des Abteilungsleiters in der Clausburger Verwaltung übernommen hat, stehen private Dinge im Hintergrund. Weil er bei seinen neuen Vorgesetzten einen guten Eindruck hinterlassen will, stürzt er sich mit großem Elan in die Arbeit. Die er-

hoffte Anerkennung hat sich schon vor Ablauf der Probezeit eingestellt. Heute wird ihm erstmals bewusst, wie lange er bereits
hier arbeitet. Übergangslos denkt er wehmütig an einige verflos-
sene Liebschaften zurück – allesamt kurzlebige Abenteuer – und
daran, dass er immer noch in der Ungebundenheit eines Jungge-
sellen lebt. Die letzte Affäre liegt über zwei Jahre zurück. Seine
Erinnerung daran verblasst so schnell, wie sie gekommen ist. Die
Zeit für ein neues Abenteuer ist überreif. Was hält ihn davon ab?

Er hat keine Ahnung, was der Auslöser dafür ist: Auf einmal jagt eine Szene nach der anderen aus den ekelhaften Un-
terrichtsstunden durch seinen Kopf. Die Sticheleien und Provokationen seines Lateinlehrers sind wieder präsent. Knall auf
Fall steigt eine unbändige Wut in ihm auf. Sein Hass auf Peter
Zarßcke hat in all den Jahren nichts an seiner Intensität verloren. Mal äußert er sich so heftig wie jetzt, mal schwelgt er unbewusst unter Georgs Oberfläche. Aber er bleibt immer abruf-
bereit! Er begleitet ihn wie ein siamesischer Zwilling. Manchmal
muss er sich zusammenreißen, damit er nicht alles um sich herum kurz und klein schlägt. Um sich abzureagieren. Um sich
Erleichterung zu verschaffen. Um es auszuhalten.

Seine Augen streifen zum wiederholten Mal den gefräßigen
Geier und entdecken einen weiteren aus der Höhe hinzustürzen-
den Artgenossen auf dem Kalenderblatt, der sich am Verspeisen
des Hirschs beteiligen will. Unwillkürlich denkt Georg daran,
was Lichtenstein unter Zarßcke alles durchgemacht haben muss.

Aber nur wenige Jahre später geht Zarßckes Beute dann selbst
auf „Brautschau", wie man es in diesen Kreisen wohl nennt. Mit
siebzehn sollen für Lichtenstein die letzten Hemmschwellen ge-
schwunden sein, sich an Kindern zu vergehen. Jedenfalls hat Georg das bei irgendeinem Anlass zufällig von einem Ehemaligen
gehört, der damals wegen zunehmender Belästigungen schnell
wieder ausgestiegen ist. Natürlich wie immer klammheimlich.
Ein Jahr später steigt Zarßcke zum Bundesführer auf: ein ra-
santer Karrieresprung für einen Sechsundzwanzigjährigen. Weil
alle aus der Führungsriege – einschließlich der alten Hasen –
hinter ihm stehen, nimmt der Referendar für Latein, Deutsch

und Geschichte die Herausforderung an. Fortan verschreibt er sich rund um die Uhr der Welt der männlichen Kinder und Jugendlichen. Als Lehrer und als Pfadfinderführer.

Georg hat in Fachzeitschriften darüber gelesen, dass pädophile Täter sich für gewöhnlich von ihren Opfern abwenden, wenn sie das Stadium ausgehender Pubertät erreicht haben. Und die ehemaligen Opfer später nicht selten in die Rolle ihrer Peiniger schlüpfen, um sich für die erlittene Qual zu rächen. Oder um ihre Verletzungen dadurch zu kompensieren. Georg ist fassungslos über diese Mechanismen. Er kann sich das nicht so richtig vorstellen. Für ihn gibt es aus der Perspektive der Opfer nur einen nachvollziehbaren Weg: gnadenlose Verfolgung, gnadenlose Bestrafung der Täter. Es scheint also tatsächlich Menschen zu geben, die es genießen, anderen das zuzufügen, was sie selbst erlitten haben. Na ja, ob sie es wirklich genießen, ist fraglich. Sie stehen wahrscheinlich unter einem enormen Druck, dem sie sich nicht entziehen können oder wollen. Sie müssen heute Macht über andere besitzen, genauso wie sie früher anderen ausgeliefert waren. Und ohne Hilfe von außen kommen sie dann von diesem abartigen Trip nicht mehr herunter.

Doch jedes Mal verwirft er solche Anflüge von Verständnis. Für ihn gibt es keinen Automatismus, der Opfer zu Tätern macht. Gerfried ist das beste Beispiel dafür, die traumatischen Nachwirkungen seiner schrecklichen Erlebnisse nicht mit Gewalt gegen Schwächere kompensieren zu müssen. Stattdessen findet er Halt in einer gleichberechtigten Beziehung mit einer erwachsenen Person.

Georgs Gedanken kehren zurück zu Zarßcke:

Sein einstiger Lateinlehrer hat sich für einige Zeit nach Spanien zurückgezogen und in einem katholischen Internat Unterricht in Deutsch und Geschichte gegeben. Das wird jedenfalls nach dessen Verschwinden über ihn erzählt – wer auch immer diesen Hinweis in Umlauf gebracht hat. Als Francos Tod das Ende der Militärdiktatur einläutet, kehrt Zarßcke bald wieder zurück. Die Karteikarte aus dem spanischen Internat hat er mitgenommen und der Brief stammt sicher aus der Zeit danach. Es ist übrigens ein undatierter Liebesbrief an einen gewissen Jorge. Auf dem Umschlag steht nur der Name des Absenders, Peter Zarßcke, aber nicht die Adresse des Angeschriebenen. Vermutlich handelt es sich in beiden Fällen um ein und dieselbe Person: ein von Zarßcke für seine Triebbefriedigung auserwählter Schüler. Als sei schon über alles Gras gewachsen, tritt er ein Jahr nach Francos Tod wieder den Schuldienst am Christian-Heinrich-Rinck-Gymnasium an. Freundlich begrüßt von Direktor Dietelz und dem gesamten Kollegium.

Schon nach kurzer Zeit tummelt sich Zarßcke – ungeachtet des Niedergangs der „Fahrenden Schar" – wieder in der breitgefächerten Szene der bündischen Jugend herum: als „alter Herr" und wohlwollender Unterstützer der aktuell aktiven Verbände. Zarßcke zeigt sich immer von seiner besten Seite: hilfsbereit, zuvorkommend, verständnisvoll, fördernd. Stellt allen seinen Erfahrungsschatz zur Verfügung. Bringt sich unaufdringlich ein, wenn Zeltlager und Fahrten geplant werden. Er kennt die Routen, die durch weitgehend unberührte Natur von einer Burgruine zur anderen führen. Er weiß, wo eine Gruppe in stillgelegten Steinbrüchen ihre Kothe aufbauen darf. Er hat zahlreiche Kontakte zu Besitzern von ehemaligen Gutshöfen und Herrenhäusern, die ihnen Lagerplätze zur Verfügung stellen. Er ist mit unzähligen Jugendherbergsvätern und Förstern befreundet. Durch seine Empfehlungen eröffnen sich den Gruppen fantastische Möglichkeiten. Bei all dem gibt er sich freundlich, fast zurückhaltend. Lässt die anderen auf ihn zukommen, statt sich in den Vordergrund zu spielen. Niemand weist ihn zurück. Niemand stellt sich ihm entgegen. Niemand erhebt auch nur den leisesten Vorwurf gegen ihn. Niemand denkt in seiner Gegenwart an das Gemunkel von ehedem.

Ganz im Gegenteil: Alle fallen auf seine umgängliche Art herein. Allen entgeht das Berechnende hinter seiner Ausstrahlungskraft. Wie er damit zurechtkommt, dass es inzwischen immer häufiger „gemischte Gruppen" gibt, kann sich Georg beim besten Willen nicht vorstellen, aber er hat gehört, dass es so ist.

Trotz dieser einschmeichelnden Facette von Zarßckes Umtriebigkeit geht ihm auch heute noch sein Ruf als autoritärer Lehrer vom alten Schlage voraus. Dem Druck der Elternschaft widersetzt er sich mit seiner ausgeklügelten und latent einschüchternden Eloquenz. Fast immer erzielt er die Wirkung, die er beabsichtigt. Nur selten treten ihm einzelne Mütter und Väter vehement entgegen. Und wenn, dann rücken die anderen Eltern devot von ihnen ab. Nach Georgs Informationen aus zweiter Hand soll er sogar eine ziemlich schlagkräftige Elterninitiative, die beim Schulamt wegen seiner verbalen Entgleisungen vorstellig gewesen ist, mit aller Raffinesse ausgebremst haben. Letztendlich wissen alle betroffenen Eltern, dass er ihre Kinder bei der Notengebung in der Hand hat. Noch vermag niemand etwas Handfestes gegen Zarßcke ins Feld zu führen, das eine Strafversetzung oder Entlassung nach sich ziehen könnte. Schulleitung und Kollegium halten den Ball flach und stärken ihm dadurch den Rücken. Um den guten Ruf des Gymnasiums nicht zu gefährden, laufen sie wie blind an den offensichtlichen Missständen vorbei.

Georg stiert schon wieder auf das Gemälde mit dem verendeten Hirsch. Die Aktenberge auf seinem Schreibtisch schreien nach Beachtung. Die Sendungen mit Eilvermerk hat er vorhin durchgeblättert, die restliche Post bleibt ungeöffnet. Heute wird er zu nichts kommen, er ist zu abgelenkt. Warum auch nicht. Jeder hat mal einen schlechten Tag. Zudem bleibt das Telefon stumm. Kein einziger Anruf bisher. Niemand reißt ihn aus seinen Grübeleien heraus. Ideal für eine umfassende Reflexion der ihn so belastenden Thematik:

Zarßcke ist und bleibt ein hinterhältiger, brutaler Despot! Der einzige Unterschied zu früher besteht darin, dass er sich hinsichtlich seiner pädophilen Neigungen gegenüber den ihm anvertrauten Knaben stärker zurückhalten muss. Bestimmt wird er sich dafür revanchieren und als Ersatzbefriedigung einigen seiner Schüler aus heiterem Himmel den Notendurchschnitt versauen. Bis zur Pensionierung wird er seine rückständigen, verklemmten und festgefahrenen Ansichten auf die ihm schutzlos ausgelieferten Pennäler nur so hageln lassen. Egal, wie sehr sich der Zeitgeist inzwischen geändert hat. Egal, wie hoch der Anteil von Mädchen in den Klassen inzwischen ist. Unter denen wird es auch einige geben, die auf seiner Abschussliste stehen. Daran wird ihn auch heutzutage niemand ernsthaft hindern. Denn außerhalb der Klassen – gegenüber Kollegen und Eltern – zieht er die Tarnkappe auf und gibt sich gemäßigt und angepasst. Wie ein toleranter Pädagoge. Dieser Kerl ist wandlungsfähiger als ein Chamäleon.

Als Experte in Sachen Zarßcke stellt sich Georg vor, wie der Lehrer im Unterricht über den aktuellen Zerfall der DDR schwadroniert. Und demgegenüber andere Diktaturen in der westeuropäischen Geschichte relativiert: Franco, Hitler, Mussolini, Salazar. Das wird sicher wieder einen neuen Proteststurm bei einigen Eltern entfachen. Wie er den Mann kennt, weiß er genau damit umzugehen:

„Sie haben ja vollkommen Recht, meine Damen und Herren. Aber ohne diese – zweifellos schrecklichen – Diktaturen stände ganz Europa heute unter dem Joch des Kommunismus. Unser kleiner Kontinent wäre quasi zu einer riesigen DDR geworden. Das wollte ich ihrem Nachwuchs nur einmal zu bedenken geben. Ganz wertfrei. Ganz neutral. Die Generation unserer Kinder muss sich endlich freimachen von den Grauschleiern, die ständig über unsere Vergangenheit geworfen werden."

Er wird den Spieß einfach umdrehen und mal wieder allen den Wind aus den Segeln nehmen. Darin ist er ein wahrer Meister. Er spricht in Gegenwart der Erziehungsberechtigten gerne von „unseren Kindern". Auch wenn er – Gott sei Dank – selbst keine Kinder in die Welt gesetzt hat: Im Prinzip sind ja alle seine Kinder. Seine Klassenkinder. Im Unterricht gehören sie ihm – und nicht den Eltern. Georg hat es am eigenen Leib erfahren, zu welchen autoritären Exzessen solche Überzeugungen führen.

Allem Zeitgeist zum Trotz treibt der schnittige Beamte mit dem großen Herz für heranwachsende Jungen weiterhin sein Unwesen. Im leicht abgebremsten Modus. Begünstigt wird dies durch seine nie erloschenen Kontakte zur Eibenstädter Obrigkeit, zu der auch einige von Zarßckes früheren Opfern aufgestiegen sind. Bei denjenigen, die sich ihm auch als Erwachsene nicht entgegenstellen, hat er wohl karrierefördernd als selbstloser Drahtzieher im Hintergrund mitgewirkt. Man verlässt sich gern auf seine Empfehlungen, die auf einer gründlichen, jahrelangen Durchleuchtung des jeweiligen Kandidaten während seiner Schulzeit basieren. Manche haben sich natürlich auch während der Pfadfinderzeit bei ihm einen guten Ruf als Gruppenführer oder tapfere, edelmütige Rover erworben. Zarßcke ist inzwischen sechsundfünfzig, also wird er bestimmt noch rund zehn Jahre in Amt und Würden bleiben können. Genau das ist der Grund für Georgs zügellose Wut.

„Das grenzt irgendwie schon an Tollwut. Wenn mich jemand in diesem Zustand erlebt, hält er mich für komplett übergeschnappt!"

Noch hat niemand etwas von seinen Stimmungsschwankungen mitbekommen. Glücklicherweise kann er sie bisher immer überspielen, wenn jemand in sein Zimmer kommt oder wenn er einen Anruf annehmen muss. Dann schiebt er den verdammten Zorn beiseite. Noch gelingt ihm das. Aber wird er auch in Zukunft immer umschalten können? Er hat Angst davor, dass dieser maßlose Hass irgendwann so unbezähmbar wird, dass er dann nicht mehr weiß, was er tut. Dass ihn nichts mehr bremsen kann.

Schluss für heute. Der Arbeitstag ist schnell vergangen, ohne dass er etwas Vernünftiges zustande gebracht hat. Um seine Ausgeglichenheit ist es schlecht bestellt. Vielleicht sollte er einen Yoga-Kurs besuchen, um Geist, Seele und Körper miteinander in Einklang zu bringen. Vielleicht sollte er sein Büro auf schlechte Energie untersuchen, um das Chi wieder ungehemmt fließen zu lassen. Vielleicht sollte er Zarßcke und alles, was damit zusammenhängt, für alle Ewigkeit vergessen.

*

Draußen ist es schon dunkel. Georg lenkt sich nach dem wenig ergiebigen Arbeitstag mit einem Gang durch die City ab. Ziellos schlendert er durch das eine oder andere Geschäft und begutachtet solche Dinge wie Porzellangeschirr, Handmixer, Stehlampen oder Rasenkantenschneider. Auch wenn er gar keinen Bedarf dafür hat, macht es ihm trotzdem Spaß. Bevor das Verkaufspersonal auf ihn aufmerksam wird, schafft er immer rechtzeitig den Absprung. Dann radelt er nach Hause. Endlich ist er in seinem modern eingerichteten Apartment in dem sechsstöckigen Neubau in der Clausburger Innenstadt angekommen. Georg stellt die Plastikschale aus dem indonesischen Schnellrestaurant auf der offenen Theke zwischen Wohnzimmer und Küche ab. Hastig zieht er den Verschluss aus Alufolie ab und nimmt eine Gabel aus dem Besteckständer. Er hat solchen Hunger, dass er das leckere Gericht – ohne sich auf einen der Hocker zu setzten – unverzüglich im Stehen herunterschlingt. Bis auf den letzten Rest.

Jetzt will er es nur noch genießen, allein in seinen vier Wänden zu sein. Nach der Spätausgabe der Hochwaldschau schaltet er den Fernseher aus und blickt auf dem Balkon regungslos in die Weite der Nacht hinaus. Seine Hände umklammern das Geländer. Auf einmal fühlt er sich wie versteinert. Irgendwann reißt er sich aus seiner Lethargie heraus, schließt die Balkontür, entzündet den Gasbrenner im Kamin und verkriecht sich in den Ledersessel. Nach einer Weile denkt er:

„Wie am Lagerfeuer …"

Die Flasche mit dem trockenen sizilianischen Rotwein, die auf dem Tischchen neben ihm steht, ist inzwischen leer. Er holt die nächste aus dem Küchenschrank und beschließt, sich bis zum Anbruch seines neuen Lebensjahres zu betrinken. Die Uhr an der Wand zeigt zehn nach elf.

Aus dem Lautsprecher der Kompaktanlage plätschert Volksmusik von den Kanarischen Inseln: ein Gemisch aus Klängen von Gitarren, Timples[15], Bass und Trommeln, begleitet von schrillen, manchmal klagend anmutenden Gesängen. Georg schläft kurz vor eins ein, während das Gerät weiterläuft und inzwischen eine Sammlung uralter Bluesaufnahmen aus dem Mississippi-Delta bis zum letzten Stück abspielt. Neben der zweiten, zur Hälfte geleerten Flasche Wein steht ein halbvolles Cognacglas auf dem Tischchen. Als die Uhr drei schlägt, wacht er auf. Obwohl er vom

Sessel auf den Teppich gerutscht ist, ihm alle Knochen wehtun und er eigentlich mächtig betrunken sein muss, fühlt er sich auf einmal so nüchtern wie nie zuvor in seinem gottverdammten Leben. Georgs Gedanken sind glasklar und messerscharf.

Er weiß genau, was er tut. Was jetzt geschieht, will er schon seit langem. Den Plan dafür hat er allerdings nie bis ins letzte Detail ausgearbeitet. Nur in welche Richtung es gehen soll, daran gibt es keinen Zweifel. Vor ihm liegt ein Zettel mit Telefonnummern auf dem Tisch. Er wählt eine aus der Liste, hört das Freizeichen und lässt es ungerührt klingeln. Nach etwa drei Minuten wird abgenommen. Eine ölige, schwammige Stimme meldet sich, als wäre es das Normalste auf der Welt, zu dieser Zeit angerufen zu werden:

„Zarßcke?"

„Molenbrick."

Schweigen. Dann hört Georg mehrere ächzende Geräusche, als würde sich jemand von einer Matratze hochwuchten und auf der Bettkante zum Sitzen kommen. Das Telefon, das Zarßcke abgenommen hat, steht also neben ihm auf dem Nachttisch.

„Ach ja? Wie kommst du dazu, mich mitten in der Nacht anzurufen, Georg? Ich hoffe, du hast dafür einen guten Grund! Sonst gnade dir Gott."

„Kannst du dich noch genau so gut wie ich an jede deiner unverschämten Schweinereien erinnern?"

„Georg, du musst betrunken sein! Ich weiß nicht, wovon du redest. Mal abgesehen von ein paar kleinen Differenzen in der Oberstufe haben wir uns doch immer gut verstanden. Zum Schluss hast du es mir wirklich nicht leicht gemacht, mich auf deine Seite zu stellen. Aber Schwamm drüber, das waren eben spätpubertäre Aussetzer. Hans hat mir neulich in der Sauna erzählt, wie vortrefflich du dich inzwischen gemausert hast. Glückwunsch! Ähm ..., kann ich dir irgendwie helfen?"

Georgs Stimme ist eiskalt, sie dampft förmlich vor Frost.

„Das wäre das Allerletzte, dich um Hilfe zu bitten. Wenn, dann eher umgekehrt. Aber da würdest du bei mir eine volle Bruchlandung machen. Ich rufe dich aus einem ganz anderen Grund an: Ich habe deinen Jorge letztes Jahr in Spanien kennengelernt. Und ich soll dir einen ganz, ganz lieben Gruß von ihm bestellen. Leider ist mir jedes Mal etwas dazwischengekommen, wenn ich dich anrufen wollte. Aber heute Nacht ist es mir wieder eingefallen. Ich will dich demnächst sowieso mal mit ein paar Freunden besuchen – wenn du nichts dagegen hast. Gerfried wird auch mit von der Partie sein."

Erst Stille.

Dann wildes Schluchzen.

„Wo ist Jorge? Georg, bitte sag doch was. Wo ist er? Wie kann ich ihn erreichen?"

„Du hörst wieder von mir. Wenn du Ruhe bewahrst und wartest. Du bist also in den Osterferien nicht verreist. Wie schön! Dann bleib auch dabei. Leg dich doch in deine muffige Kellerwohnung – da kannst du den ganzen lieben langen Tag über deine Schandtaten nachdenken und dich nachts in den Schlaf heulen. Bis bald."

Er legt den Hörer ganz sanft auf. Als das Telefon mehrmals klingelt, zieht er den Stecker aus der Buchse.

Das mit Jorge ist ein Volltreffer! Philipp Marong hat ihm ja schon damals – während seiner Ausbildungszeit – von dieser seltsamen Begegnung in Spanien erzählt. Die von Georg bezüglich der Karteikarte aus dem Internat und dem Brief aus Zarßckes Wohnung angestellten Vermutungen haben sich jetzt bestätigt.

Das mit Gerfried ist ihm vorhin während des Anrufs spontan eingefallen. Dieser Hinweis wird Zarßcke sicher sehr unangenehm berühren. Schließlich ist er in ihn einmal genauso verschossen gewesen wie in diesen Jorge. Und beide haben sich von ihm abgewendet. Zarßcke gehört – psychologisch gesehen – zu diesem Typus: Er begehrt seine Opfer gelegentlich auch als erwachsene Männer. In welcher Form er sich das vorstellt, weiß vermutlich niemand. Außer einem: Hans Lichtenstein.

Georg beschäftigt sich ja schon länger intensiv mit der Psychopathologie von Pädophilen. Vielleicht geht es im Fall von Zarßcke um eine platonische Liebe mit inzwischen Erwachsenen: dass er von ihnen wenigstens ein winziges Stück von der Zuneigung dauerhaft zurückbekommt, mit der er sie so innig bedacht hat. Vielleicht will er auch nur – wenn sie in seine Art geschlagen sind – zusammen mit ihnen nach frischem Fleisch Ausschau halten. Vielleicht braucht er dies als Rechtfertigung: dass seine ehemaligen Lieblinge sich heute an den gleichen Dingen erfreuen wie er. Dann hätte er sie als ihr Lehrmeister auf den richtigen Weg gebracht. Vielleicht braucht er ihre Verbrüderung als Zeichen dafür, dass sie ihm alles verziehen haben. Damit er Ruhe findet, wenn er ganz allein ist.

Wie jeder Pädcrast leidet er sicher schrecklich darunter, dass alle Menschen außerhalb des exklusiven Kreises Gleichgesinnter seine Veranlagung als das geißeln, was sie ist: ein unkontrollierbarer, weil krankhafter Trieb zu Vergewaltigung und Seelenzerstörung. Diese Ignoranten leugnen das Schöne an der Erfüllung seiner Lust.

Georg ahnt, dass er auf den richtigen Knopf gedrückt hat.

„Na dann Prost, neues Lebensjahr. Halali, das war ein goldener Schuss voll in Zarßckes Magengrube. Morgen mache ich weiter. Ich werde ihn vernichten. Ich werde ihn wie eine Laus zerquetschen."

Mit diesen Worten erhebt sich Georg träge aus dem Ledersessel, schwankt über den dicken türkisfarbenen Wollteppich, lässt sich taumelnd aufs Sofa plumpsen und fällt sofort in einen tiefen, ruhigen Schlaf.

Am nächsten Tag geht er wie gewohnt ins Büro, allerdings mit einem starken Kater. Es stehen keine besonderen Termine an und er nimmt sich für nachmittags frei. Es überrascht ihn, wie gut er seinen Rausch überstanden hat. Trotz einiger Anlaufschwierigkeiten am frühen Vormittag. Nach Dienstschluss fühlt er sich fantastisch. Wie neu geboren. Beseelt von seinem nächtlichen Plan, setzt er sich zu Hause an die Schreibmaschine und verfasst einen Brief an Zarßcke. Er redet ihn nur mit Peter an und duzt ihn, sich selbst stellt er als ehemaligen Schüler vor.

*

115

Der eigentliche Knackpunkt ist für Georg aber das kleine Blatt im DIN-A-5-Format, das er sorgsam gestaltet und später zusammengefaltet seinem Schreiben hinzufügen will. Dafür kauft er sich eine spanische Tageszeitung am Bahnhofskiosk. Sie klemmt zwischen anderen ausländischen Blättern im Ständer neben dem Verkaufstresen. Georg geht davon aus, dass sich die Todesanzeigen von „El País" von denen in „La Voz de Almeria" nicht großartig unterscheiden. Mit Lineal, Filzstift und dem Setzkasten, der verschiedene Schrifttypen enthält, schafft er es – dank seines großen graphischen Geschicks – eine perfekte Fälschung hinzulegen. Zu Programmen, die man dafür auf dem PC nutzen kann, hat er bislang leider keinen Zugriff. Zum Glück hat der Copy-Shop neben dem Postgebäude noch nicht geschlossen, als er völlig abgehetzt dort auftaucht. Wenn der Empfänger die Todesanzeigen einer beliebigen Ausgabe von „La Voz de Almeria" zum Vergleich heranzieht, wird er vermutlich keinen Verdacht schöpfen. Außerdem kommt sowieso niemand auf die Idee, sich so viel Mühe zu machen. Den Setzkasten hat ihm sein Cousin zweiten Grades geschenkt. Der stammt aus Gerhards Ausbildungszeit als Drucker. Er hat ihn anlässlich eines der sehr seltenen Besuche bei seinem Vater – Faustus Molenbrick – für Georg dort hinterlegt. Aus heutiger Sicht handelt es sich fast schon um ein antik anmutendes Rückbleibsel analoger Technik. Trotzdem erfüllt er seinen Zweck.

*

Peter Zarßcke rennt nach dem Anruf von Georg Molenbrick stundenlang in seinem Haus wie besessen von einem Zimmer zum anderen. Er kommt einfach nicht zur Ruhe. Seine Aufregung steigert sich derart, dass es ihm nur mit größter Mühe gelingt, ein Glas Wasser zum Mund zu führen, ohne das Meiste davon zu verschütten. In seinem Innersten toben äußerst zwiespältige Gefühle:

Zum einen ist er vollkommen übermannt von der Sehnsucht nach Jorge. Die Vorstellung, dass sein Liebling als schmucker junger Mann vor ihm steht und sie sich nach so vielen Jahren der Trennung freundschaftlich in den Armen liegen, lässt seinen rasenden Pulsschlag in Richtung Herzinfarkt loshämmern.

Zum anderen peitscht ihn eine unbeschreibliche Angst davor auf, dass Jorge ihn wegen seiner permanenten sexuellen Übergriffe und triebgesteuerten Misshandlungen an den Pranger stellen wird – obwohl er das Opfer nach solchen Exzessen immer wieder um Vergebung angefleht, es mit Liebesschwüren überhäuft und auf Rosenblüten gebettet hat: Zerstörung und Wiederaufbau im ständigen Wechsel.

Zuerst verfällt er angesichts seiner Seelenpein in den Zustand einer überquellenden Larmoyanz, dann übermannt ihn zentnerschwere Trübseligkeit. Die Leidensphase des unglücklich Liebenden dauert an, bis der Tag anbricht. Er schafft es gerade noch, vor Beginn der ersten Unterrichtsstunde im Schulsekretariat die Nachricht zu hinterlassen, dass er kurzfristig wegen eines Todesfalls in seiner Verwandtschaft mindestens drei Tage vom Unterricht fernbleiben werde, weil er zur Beerdigung nach Österreich fahren müsse. Das mit dem Todesfall stimmt tatsächlich – nur will er nicht dorthin fahren. Notfalls tischt er seinen Verwandten eine gefällige Ausrede auf, damit ihm keiner ans Bein pinkeln kann. Wenn das alles überhaupt noch eine Rolle spielt. Dann schleicht er hinunter in den Keller, setzt sich im Arbeitszimmer auf das altersschwache Bett mit der inzwischen reichlich vergammelten Matratze und stiert wie gelähmt vor sich hin.

„Ich warte hier, bis sich Georg wieder bei mir meldet. Er wird mir verraten, wie ich Jorge erreichen kann. Bald ist es so weit, das spüre ich überdeutlich. Keiner kann mich mehr zurückhalten! Ich werde mich nicht von der Stelle rühren und Wache halten. Aber wenn Molenbrick mich im Stich lässt, blase ich zur Jagd. Dann lass ich ihn sein letztes Vaterunser beten. Und direkt danach lege ich zum Blattschuss an."

Das hört sich trotzig an. Der unerschütterliche Glaube an die Wiedervereinigung mit dem verlorenen Lustobjekt erinnert an die Starrköpfigkeit eines Kleinkindes. Er verfällt er dem Wahn, dass sich das Knabenhafte in Jorges Wesen bis heute erhalten hat.

„Vielleicht hat er sich diesen edlen Charakterzug nur für mich bewahrt. Für unser künftiges Zusammensein."

Unter der Geißel seiner gespaltenen Gefühle verbringt er den ganzen Tag und die folgende Nacht, ohne zur Ruhe zu kommen. An Schlaf ist nicht zu denken. Um halb zehn hört er den Postboten die Klappe des Briefkastens neben der Garage zuschlagen. Wie elektrisiert schießt er von der speckigen Matratze hoch und steht senkrecht in dem dämmrigen Zimmer. Fahrig wirft er sich eine Strickjacke über, schlüpft in die ausgeleierten Gartenschlappen und läuft wie vom Fieber geschüttelt aus dem Haus. Er schafft es immerhin, die verbeulte Blechtür des Briefkastens mit dem winzigen Schlüssel zu öffnen. Die Tageszeitung kommt ihm entgegen. Achtlos lässt er sie auf den Gehweg fallen. Dann sieht er den schneeweißen Briefumschlag, den er mit seinen plötzlich heftig zitternden Fingern kaum zu fassen bekommt. Mühsam schleppt er sich zurück in die trostlose Klause, setzt sich an den Schreibtisch und knipst links daneben die Stehlampe an. Obwohl gerade die ersten Sonnenstrahlen durch das Fenster fallen und den Raum hell erleuchten. Sein Vor- und Zuname stehen samt Adresse auf der Vorderseite des nicht frankierten Kuverts. Der Absender hat den Brief demnach vor dem Postboten eingeworfen und dabei jedes Geräusch vermieden. Zumindest ist nichts zu ihm durchgedrungen. Auf der Rückseite des Umschlags steht lediglich am untersten Rand in winzigen Buchstaben: „Un compañero del tiempo viejo".

Zarßcke bleibt beinahe das Herz stehen: „Ein Freund aus alter Zeit". Wer soll das denn sein? Ist das ein Zeichen von Molenbrick? Aber warum auf Spanisch? Gespannt reißt er den Umschlag auf und faltet einen DIN-A-4-Bogen auseinander.

In beklommener Erwartung studiert er ihn jetzt Satz für Satz. Auf der mit einer Schreibmaschine vollgeschriebenen Seite liest er einen in nüchternem Ton gehaltenen Abriss einiger seiner Verfehlungen. Sowohl in pädagogischer Hinsicht als auch bezüglich angeblicher Sittlichkeitsvergehen. Er kommt zu folgendem Fazit:

„Das hört sich schwer nach Georg Molenbrick an!"

Einige dieser Unverschämtheiten können nur aus seiner Feder stammen. Dass der einstige Pfadfinderbursche einen solchen Humbug verzapft, empört ihn zutiefst. Insgesamt handelt es sich um Unterstellungen, die vollkommen aus der Luft gegriffen sind. Niemand würde diesem Spinner auch nur ein einziges Wort glauben.

„Warum sonst hat mich denn bisher kein Mensch mit diesem Schwachsinn behelligt?"

Außer dass er vergebens nach einem Hinweis auf seinen geliebten Jorge gesucht hat, lässt ihn dieser Brief vollkommen kalt. Vollkommen? Trotz seiner Sehnsucht nach Jorge muss er das Gelesene doch erst einmal verarbeiten:

„Dem geifernden Getratsche zum Trotz ist meine Position in Eibenstädt unangreifbar. Meine momentanen Verbindungen zur lokalen Elite könnten nicht besser sein. Selbst in klerikalen Kreisen bin ich bestens verankert. An mich kommt keiner heran. Dafür habe ich wohlweislich schon immer gesorgt."

Des Weiteren folgert er:

„Georg Molenbrick scheint angesichts meiner Unangreifbarkeit in ohnmächtige Wut geraten zu sein. Jetzt versucht er es wohl auf die ganz heimtückische Tour. Vor welchem Hintergrund spielt sich dieser kleingeistige Querulant mit seinen Wahnvorstellungen überhaupt so dreist auf? Molenbricks Vorwürfe gegen mich sind rundherum absurd. Mit was für einer unglaublich kranken Fantasie versucht sich dieser Versager mein Privatleben auszumalen? Ist er dem Schwachsinn anheimgefallen? Aber damit ist es nicht genug: In dilettantischer Manier lässt sich Molenbrick auch noch über Weltanschauliches aus! Ich hätte vor den Schülern die Verbrechen des SS-Staates verharmlost! Wann soll das denn gewesen sein? Unglaublich!"

Die infamen Anschuldigungen begründen sich für den unbescholtenen Beamten offenkundig aus Georgs fehlgeleiteter Weltanschauung:

„Jede Art von Autorität, jegliche über Jahrhunderte tradierten Werte werden von diesem fortschrittsgläubigen Weltverbesserer in Frage gestellt. Sozialromantik pur! Als wäre früher alles nur schlecht gewesen. Wieso müssen diese Leute die natürliche Rangordnung auf den Kopf stellen? Sie treten auf allem herum, woran Generation für Generation Halt gefunden hat!"

Zarßcke ist nicht bewusst, dass er zu diesem Phänomen unmittelbar beigetragen hat. Durch seine Ansichten und sein Auftreten provoziert er Jugendliche wie Georg zur Rebellion. Er treibt sie den am Schultor mit Flugblättern und Zeitschriften lauernden Agitatoren aus dem linksradikalen Spektrum zu. Allerdings konnte sich Georg damals nicht mit der Forderung nach der „Diktatur des Proletariats" als Voraussetzung für eine gerechtere Gesellschaft anfreunden. Seine Abneigung gegen alles, was mit Diktaturen zusammenhing, war leidenschaftlich radikal – irgendwie diffus radikal-demokratisch. Trotzdem ließ er sich von einigen Statements dieser Szene anziehen. Das war der Zug der Zeit. Aber was weiß Zarßcke schon über Georg?

Stattdessen zerfrisst den Lehrer bis zum heutigen Tage ein immerwährender Hass auf alles, dem auch nur ein Hauch von „Rot" oder „Links" anhaftet. In diesem Punkt glaubt er, die schweigende Mehrheit in ganz Hochwald hinter sich zu haben. Wirklich sicher ist er sich aber nicht. Mal abgesehen von seinem Engagement für die männliche Jugend. Da spürt er bei manchen Eltern immer noch ein latentes Misstrauen, von dem sie sich nicht völlig freimachen können. Egal, wie geschickt er sie einzuwickeln versucht.

Dann fällt Zarßcke wieder diese seltsame Begebenheit aus der Zeit nach seiner Rückkehr aus Spanien ein. Als er wieder als Gymnasiallehrer in Amt und Würden stand. Natürlich hat er damals bemerkt, dass etwas in seinem Souterrainzimmer fehlte. Nach dem Tod seiner Mutter nimmt er es mit der Ordnung nicht mehr so genau. Kann sein, dass er mal etwas aus Versehen in den Papierkorb wirft und später im Mülleimer entsorgt. Wegen des damals verschwundenen, noch nicht adressierten und frankierten Briefes an Jorge macht er sich keine allzu großen Sorgen. Dass ihn jemand aus seinem Keller entwendet haben könnte, hält er für unwahrscheinlich. Selbstverständlich hat er ihn fieberhaft gesucht. Leider ohne Erfolg. Dieser Umstand hat ihn anfangs noch ziemlich beunruhigt.

Doch inzwischen sagt er sich, dass ein Brief an einen postalisch unerreichbaren Adressaten sowieso keinen Sinn ergibt. Wer würde wegen solch einer Bagatelle in sein Gemach eindringen? Dass er sich auf der Rückseite einige Notizen gemacht hat, ist ihm völlig entfallen. Ihm erscheint es wahrscheinlicher, dass er den Umschlag und die Blätter aus Verzweiflung in die Flammen im Kamin geworfen hat. In diesen Tagen ist er öfters schon am frühen Abend volltrunken gewesen. Und am nächsten Morgen hat er einen Blackout gehabt. Das liegt inzwischen neun Jahre zurück. Sein Liebling ist für ihn unauffindbar geblieben.

Ob Molenbrick ihn wirklich noch wegen Jorge anrufen wird, ist fraglich, aber das Einzige, was ihn an der ganzen Sache überhaupt interessiert.

Zarßcke macht eine Pause und geht ein paar Schritte im Garten herum. Die frische Luft tut ihm gut. Den Brief kann er doch nicht so ohne Weiteres abhaken. Irgendwie hat er ihn verunsichert. Er muss sein Selbstbild aufpolieren, um mit sich im Reinen zu sein.

Dass andere keinen Zugang zu Zarßckes Welt haben – außer seinesgleichen –, bestätigt ihn in seiner Einzigartigkeit. Welch erhebendes Gefühl, zu dieser auserwählten Gemeinschaft zu gehören, die sich hinter einer harmlosen Fassade wie ein Geheimbund organisiert. Es erfüllt ihn mit Stolz, Mitglied einer Kameradschaft zu sein, in der alle Opfer ganz uneigennützig untereinander aufgeteilt werden. Sie gehören allen. Von wegen Privatbesitz! Er hat es bisher noch nie von dieser Seite betrachtet, aber im Grunde halten sie diesbezüglich an einem fast urchristlich-kommunistisch anmutenden Prinzip fest. Jetzt bricht wieder der Geschichtslehrer mit ihm durch – sein zweites pädagogisches Standbein. Etwas kleinmütig muss er sich eingestehen:

„Ausnahmen bestimmen die Regel.“

Die maßlose Eifersucht auf Hänschen, als er ihm Gerfried ausgespannt hat, widerspricht zwar als Einzelfall dem Ideal vom Gemeinschaftsbesitz. Das ändert aber nichts an der Allgemeingültigkeit dieses Prinzips. Gott sei Dank blieb Jorge ihm ganz allein vorbehalten, so weit entfernt von den heimatlichen Gefilden. Nur einmal hat er ihn aus freien Stücken und voller Stolz an einen anderen ausgeliehen. Und voll verwendungsfähig wieder zurückbekommen. Sehnsüchtig blickt er zu dem verwilderten Gebüsch am Rand der frisch gemähten Wiese.

Matthias hat das gestern Nachmittag für ihn erledigt. Der Junge geht in die Quinta. Er kommt gerne, um sein Taschengeld aufzubessern. Die Eltern sind wohl nicht sehr betucht. Nachhilfe braucht er keine, er steht in Latein zwischen eins und zwei. Aber mit dem Job ist es einfach gewesen, ihn zu ködern. Je nach dem weiteren Verlauf wird sich vielleicht seine Chance auf eine eins plus im nächsten Zeugnis vergrößern.

Weil er bei seinem letzten Einsatz alle Arbeiten sehr gewissenhaft verrichtet hat, trinken sie an diesem Nachmittag zur Belohnung noch einen Kakao im Souterrain. Für Zarßcke ist dies eine gute Gelegenheit, dem Jungen näherzukommen. Als er ganz vorsichtig – nur für einen winzigen Moment – seinen Arm um Matthias Schulter legt, rückt dieser nicht von ihm ab.

Anscheinend vertraut ihm der eifrige Schüler. Wie entsetzt wäre er, wenn er wüsste, was er bei Zarßcke alles erleiden könnte. Trotzdem ist der unbedarfte Matthias kein ebenbürtiger Ersatz für Knaben vom Format eines Jorges, sondern nur ein ganz billiger Notbehelf.

Aber manchmal kann man eben nicht zu wählerisch sein. Das Gesetz von Nachfrage und Angebot durchdringt auch seine Kreise. Die Zeiten sind nicht mehr so üppig wie früher. Jeder kann nur das nehmen, was ihm gerade vor die Flinte läuft.

Dann geht er wieder ins Haus, setzt sich in seine verdunkelte Kammer und stützt enttäuscht beide Ellenbogen auf dem Schreibtisch auf.

Erst jetzt bemerkt er den zusammengefalteten DIN-A-5 großer Zettel auf der abgewetzten, cognacfarbenen Schreibunterlage. Er muss mit dem Brief von Molenbrick aus dem Umschlag gerutscht sein. Wie konnte er das nur übersehen? Fahrig faltet er den Zettel auseinander. Das weiße Papier, die schwarze Umrahmung und die schwarze Schrift springen ihm sofort ins Auge. Zarßcke hat nicht den geringsten Zweifel: Das ist die Kopie einer

Todesanzeige! Anscheinend inseriert in einer Tageszeitung. Er vermag es kaum zu entziffern, aber links unten auf dem Blatt steht in winzigen Lettern, wie mit einem Stempel gedruckt:

„La Voz de Almeria – 17 de marzo 1989".

Er liest die Anzeige wieder und wieder, auch wenn sie nach seinen nicht enden wollenden Tränenausbrüchen so aufgeweicht ist, dass der Text zu verschwimmen beginnt. Dort wird verkündet, dass Jorge Carlos Mendoza Jimenez, geboren am 5. September 1961 in Almonte, am 27. Februar 1989 gestorben ist. Die Beerdigung soll im engsten Kreis stattfinden. Das versteht Zarßcke alles sofort, er beherrscht Spanisch wie seine Muttersprache. Auch den Satz, der wie ein Motto über dem Namen seines Angebeteten steht, übersetzt er simultan:

„Fue porque lo hizo por sí mismo."

„Er ging, weil er es für sich tat."

Doch er begreift den Sinn überhaupt nicht. Nicht beim ersten Lesen. Auch nicht beim zweiten, dritten, vierten und fünften Mal. Dann macht es plötzlich Klick. Entsetzt schreit er so laut auf, dass es in der ganzen Nachbarschaft zu hören ist. Immer wieder. Als würde er verenden: ein langgezogenes, markerschütterndes Gebrüll, das in einem von abgrundtiefem Selbstmitleid getränkten Wehklagen endet.

„Er ist nur sechsundzwanzig geworden und lässt mich in diesem Jammertal allein zurück. Womit habe ich das verdient? Wenn ich wenigstens wüsste, warum er sich dafür entschieden hat? Stimmt das überhaupt? Vielleicht ist er ja dazu gezwungen worden. Nicht alle werden so liebevoll mit ihm umgegangen sein, wie ich es immer getan habe. Verbirgt sich dahinter ein grausamer Mord? Es gibt noch nicht mal eine Kondolenzadresse."

Der Jorge von damals, wie nur er ihn kennt, lebt seit seiner Rückkehr aus Spanien in seiner Erinnerung weiter. Dort ist er unsterblich.

In Ewigkeit eingekerkert.

„In meinem Herzen."

Das Warten auf ein Wiedersehen nimmt gerade eine neue Dimension ein:

„Jetzt sind andere Dinge gefragt. Jetzt stehe ich in der Pflicht. Jetzt muss ich handeln!"

Das Zittern seiner Hände hört auf. Er atmet gleichmäßig. Der Hinweis auf Jorges Suizid löst Selbstvorwürfe aus, die er nur mit größter Mühe zu ersticken vermag. Trifft ihn etwa eine Teilschuld? Und wenn sie noch so gering ist! Das würde er nie und nimmer verwinden.

„Wenn ich ihn jetzt nicht im Stich lasse, wird er mir Absolution erteilen", brabbelt er wie von Sinnen. „Dafür bin ich bereit, alles zu geben."

Auf einmal ist er wie ausgewechselt. Ein ungeheurer Tatendrang erfüllt ihn. Er springt vom Bett auf. Voller Euphorie gibt er sich in kerzengerader Habachtstellung lauthals den unausweichlich letzten Befehl:

„Liebster Jorge, ich komme zu dir! Ich muss mir nur noch die Flügel anschnallen."

Als Erstes sucht er schnell ein paar Dokumente zusammen und verbrennt sie im Kamin. Während dieser und weiterer Vorbereitungen für seinen spontan improvisierten Plan erinnert er sich an die genauen Umstände, die seine Begegnung mit Jorge ermöglicht haben. Ihm ist zumute, als würde er eine Zeitreise antreten:

Der Junge wird seinen als „Oposicionistas" denunzierten Eltern im Alter von zwei Jahren durch die Guardia Civil weggenommen und in die Obhut der katholischen Kirche gegeben. Als Waisenjunge, dessen Eltern angeblich verstorben sind. Zur Tarnung wird alles so gedreht, dass er der Sohn eines bei einem Autounfall tödlich verunglückten Ehepaares aus Almonte ist. Das Regime beherrscht die Gestaltung der Wirklichkeit nach jeweiligem Bedarf bis zur absoluten Perfektion. Zuerst stecken ihn die Kleriker ins Waisenhaus und schicken ihn dann von dort in eines ihrer Internate. Zarßcke erfährt von der Schulleitung ein interessantes Detail: Es ist der Dorfpfarrer, der die Eltern bei der zuständigen Stelle anzeigt. Vorher vertrauen die gläubigen, sehr sozial eingestellten Leute dem Geistlichen allerlei

Bedenken zu den politischen Verhältnissen im Lande an. Und zwar anlässlich eines seiner seelsorgerischen Besuche in ihrem eigenen Haus. Für den barmherzigen Hirten kommt dies schon einer offenen Kritik am Franco-Regime gleich und muss der Guardia Civil gemeldet werden.

Der Raub ihres Sohnes treibt die Eltern vor Kummer in Apathie und Verwahrlosung, bis sie getrennt in Anstalten für geistig Verwirrte weggesperrt werden. Für den Jungen, der inzwischen den Namen Jorge annehmen musste, sind sie für immer und ewig ausgelöscht.

Zarßcke ist noch heute beeindruckt von diesem engagierten Schutz der Jugend. Was für ein Verbrechen gegen die Menschlichkeit ist es doch, solche Kinder verantwortungslosen Asozialen zu überlassen, die sich Eltern nennen, aber jegliche staatliche Autorität ignorieren.

Von da an ist also Jorge den Ordensschwestern und später dem Lehrpersonal im Internat ausgeliefert. Zarßcke erobert den hübschen Knaben dadurch, dass er ihn im Unterricht fördert und ihm in seiner Freizeit Dinge ermöglicht, von denen er bisher nur geträumt hat. Durch ihn kommt Jorge ins Kino, in Konzerte, ins Theater. Er lernt die kulturellen Denkmäler seiner Region kennen, sie besuchen benachbarte Großstädte und sitzen dort im Fußballstadion. Für Jorge ist es das Paradies – tagsüber. Nachts – im Hotelzimmer oder in Zarßckes Wohnung auf dem Internatsgelände – muss er teuer dafür bezahlen.

Zarßcke zuckt kurz mit den Achseln und sagt zu sich, weil es sonst niemanden gibt, der ihm zuhört:

„Alles hat seinen Preis. Warum war er immer so verkrampft? Ganz sicher hätte er mehr Spaß haben können, wenn er sich nicht bei allem so schrecklich geziert hätte."

Ein bisschen amüsiert er sich heute noch über Jorges Getue. Sein manchmal herzzerreißendes Schluchzen hat ihn immer bis zum Orgasmus erregt. Er ist dem lieblichen Knaben wirklich dankbar für diesen Lustgewinn. Berauscht von diesen schönen Erinnerungen will er endlich aufbrechen und seinen letzten Weg antreten.

„Geliebter Jorge, ich werde zu dir kommen. Ich fliege zu dir in den Himmel."

Es fängt an, seine Arme wie Flügel zu bewegen. Doch dann lässt er sie wieder nach unten baumeln und muss unwillkürlich an die Szene auf dem Hochstand zurückdenken, wo er Georg seiner Uraltliebe Hans Lichtenstein ausgeliefert hat. Die Nostalgie hält ihn noch eine Weile am Boden fest. Die alten Zeiten leben in voller Größe wieder vor ihm auf:

Diesen schmucken Knaben will er ursprünglich unter einem fadenscheinigen Grund auf seinem vorzeitigen Rückweg mitnehmen und selbst vernaschen, weil er davon ausgeht, dass er ihm panischen Widerstand entgegensetzen wird. Dies zu brechen ist eines seiner wollüstigsten Vergnügen. Aber dann muss er Georg doch an Hänschen abgeben. Nicht ohne vorhergehendes heftiges Debattieren in ihrer exklusiven Herrenrunde. Das ist seine Gemeinschaft, die sich damals in regelmäßigen Abständen im separaten Clubraum eines verräucherten Eibenstädter Bierlokals oder gelegentlich auch im Landheim der „Fahrenden Schar" trifft. Aber schließlich hat sein Kamerad diesen knackigen Georg klargemacht und besitzt deshalb unumstößlich das Recht der ersten Nacht. Hans soll den blauäugigen Knirps, der sich arglos für die Tiere im Wald begeistert, fachmännisch in die Kunst des Geliebtwerdens von Knaben durch Männer einführen. Und ihn für alle Varianten ihrer Sexspiele abrichten. Leider zerschlägt sich das Vergnügen, bevor es überhaupt losgegangen ist: Laut Hänschen strahlt der Junge so wenig erotische Verwirrung aus und ist in seiner tumben Naivität auch nicht in lähmende Angst zu versetzen, sodass er schließlich angewidert die Finger von ihm lässt.

Gelegentlich kommt es vor, dass sich das Objekt ihrer Begierde nach reiflicher Prüfung nicht als geeignet erweist. Das ist im Nachhinein zwar immer jammerschade, aber dann gucken sie sich eben ein neues Opfer aus. An irgendeinem bleiben sie immer dran. Es gibt so viele. Manchmal werden sie regelrecht von der Qual der Wahl geplagt, bis sie endlich ihre Entscheidung fällen. Auf die satten Fluten folgen manchmal Zeiten niedrigster

Ebbe. Aber auch die lässt den einen oder anderen Knaben auf dem weiten Strand zurück.

Die Gedanken an all diese Episoden und Verstrickungen seiner räudigen Leidenschaften zwingen ihm ein fieses, bitterböses Lächeln ab. Er spürt, wie alles Menschliche aus seiner blutleeren Visage weicht. Das wahre Antlitz kommt zum Vorschein. Aber er liebt sich nun mal so, wie er ist. Narziss könnte über sein Spiegelbild nicht verzückter sein als Zarßcke über das seine. Wie im Rausch schwelgt er in der griechischen Mythologie. Das ist allemal besser, als in sein Inneres zu schauen. Manchmal überkommt ihn blitzartig der Gedanke, dass seine Seele einer fremden Macht gehört, dass er sie längst an Satan verpfändet hat. Wenn er gerade mal nicht auf einem seiner selbstherrlichen Höhenflüge ist. Jetzt aber will er dem elenden Diesseits unter den wohlwollenden Blicken der antiken Götter endgültig entfliehen. Er wird sich im erhabenen Jenseits mit Jorge für alle Ewigkeit eng umschlungen vereinen.

Die Zeit drängt, er hat es auf einmal verdammt eilig:

„Geliebter Jorge, nichts wird uns mehr trennen! Ich fliege dir entgegen!"

Während er diese Worte wieder und wieder wie besessen vor sich hin zischelt, greift er nach einem kleinen Glas und schraubt den Deckel auf. Die weißen Kapseln, die er darin aufbewahrt, hat er aus verschiedenen Verpackungen herausgenommen. Vorsichtig schüttet er so viele wie nur möglich auf die rechte Hand, wirft sie sich blitzschnell in den Mund und trinkt einen großen, mit Leitungswasser gefüllten Bierhumpen in wenigen Zügen aus. Ein paar von den Pillen hat er in seiner Gier auf dem Tisch verstreut. Derweil er unruhig auf das Einsetzen einer – hoffentlich erlösenden – Wirkung wartet, sinkt ihm allmählich der Kopf auf die Brust und er rutscht ganz langsam vom Stuhl auf den alten, ausgeleierten und seit Urzeiten nicht mehr gereinigten Flickenteppich, wo er reglos liegen bleibt.

Die Sonne zieht weiter. Sie nimmt ihre Strahlen von seinem Gesicht. Zarßcke wird nie wieder einen Schatten werfen. Nirgendwohin.

II

2003

Miranda Kreuzer beschließt, kurzfristig zwei Tage Urlaub einzulegen. Danach kommt das Wochenende. Es ist ihr höchst unangenehm, die Verwaltungsleiterin darum zu bitten. Denn sie wird jede sich bietende Gelegenheit zum Anlass nehmen, ihre Untergebene mit einer spitzen Bemerkung zu demütigen und aus dem Gleichgewicht zu bringen. An der Chefin führt leider kein Weg vorbei. Das ist dienstlich so geregelt. Miranda braucht unbedingt eine kurze Auszeit, um Luft zu holen. Und um Kräfte zu sammeln. Der Konflikt an ihrem Arbeitsplatz spitzt sich zu. So wie jetzt kann es unmöglich weitergehen. Sie begründet ihren Wunsch mit einer familiären Angelegenheit und verweist auf die angesammelten Überstunden, die sie damit ausgleichen will. Postwendend gibt Arjona Andov-Lichtenstein ihrem Unmut freien Lauf:

„Meine liebe Miranda, wenn Sie sich für so entbehrlich halten, möchte ich mich Ihnen nicht in den Weg stellen. Wir schaffen es ja auch sonst ohne Sie."

Das ist – schon zu Beginn ihres Gesprächs – eine grobe Unverschämtheit. Natürlich ohne Zeugen. Sie sitzen sich hinter verschlossenen Türen ganz allein gegenüber. Die Chefin schließt bei solchen Gesprächen grundsätzlich die mit Leder verkleidete Schallschutztür, die in das Zimmer ihrer Sekretärin führt. Miranda kommen vor Wut fast die Tränen, aber sie beherrscht sich rechtzeitig und behält die Fassung. Nach außen hin lässt sie solche Gemeinheiten besser an sich abprallen. Während ihre Erzfeindin den Urlaubsschein abzeichnet, ermahnt sie sich eindringlich:

„Um nichts auf der Welt darf ich ihr den Gefallen tun, mir eine Blöße zu geben."

Als sie den Wisch in den Händen hält, sagt sie mit einer knapp angedeuteten Verbeugung:

„Die Firma dankt."

Auch wenn auf beiden Seiten keine Freude aufkommen will: Witzig ist das schon.

*

Arjona Andov-Lichtenstein hat vor zwanzig Jahren im goldenen Oktober den Kulturdezernenten Hans Lichtenstein geheiratet. Alle sind damals angesichts dieser Verbindung überrascht bis sprachlos gewesen. Keiner weiß, warum Amor seine Pfeile ausgerechnet auf diese beiden Geschöpfe gerichtet hat. Aber sie wollen tatsächlich eine dauerhafte Verbindung eingehen. Die einunddreißigjährige Frau Andov ist bis dato ledig geblieben, hat aber die eine oder andere Männerbekanntschaft gepflegt. Anscheinend ist sie noch nicht an den Richtigen geraten. Gänzlich unerwartet von der Eibenstädter Öffentlichkeit erklärt sie ihren elf Jahre älteren Vorgesetzten zum Auserwählten. Nach einer kurzen Verlobungszeit von neun Wochen schließen sie bar jeglichen Zweifels den Bund fürs Leben. Das ganze Rathaus steht kopf: Eng eingehakt schreitet das Paar feierlich vom Büro des Dezernenten die Treppe hinunter ins Erdgeschoss. Dort passiert es das Eingangsfoyer und die Räume des Einwohnermeldeamtes bis vor das Standesamt am Ende des Ganges. Die Trauzeugen warten schon auf sie. Fast alle, die an diesem Tag arbeiten, sind ihnen gefolgt, um den frisch Vermählten nach der vollzogenen Zeremonie zu gratulieren.

„Wo die Liebe hinfällt ..."

Damit lassen es die meisten der Freunde, Bekannten, Nachbarn, Kollegen und sonstigen Mitbürger in Eibenstädt – Frauen wie Männer – auf sich beruhen. Einer solchen Verbindung lastet vordergründig nichts Ungewöhnliches an. Der schöne Schein verblasst ein wenig, als ganz überraschend von irgendwoher, von irgendwem diese anzüglichen Gerüchte in Umlauf gebracht werden: Demzufolge soll Lichtenstein nur deswegen geheiratet haben, um sich einen glaubwürdigen Leumund als Heterosexueller zu verschaffen. Manche sprechen ganz offen von einer „Zweckehe". Es kursieren nämlich massenweise neu belebte Gerüchte, dass es den frisch Vermählten mehr zu Knaben hinziehen würde.

Er hat allerdings seine legendäre Führerschaft der „Fahrenden Schar" längst niedergelegt. Zeitgleich mit der in Windeseile betriebenen Auflösung des Bundes. Genau zehn Jahre vor der Hochzeit mit Arjona. Denn damals wird die Gefahr immer größer, dass belastende Details von den schmutzigen Machenschaften nach außen dringen. Reformbesessene, antiautoritär agierende Kreise machen dem bündischen Leben auf einmal schwer zu schaffen. Und ohne die überholten strengen Strukturen mit ihrer ausgeprägten Hierarchie kann das System der „Fahrenden Schar" sowieso nicht funktionieren.

Also ist Lichtenstein seitdem der Faszination des bündischen Männerlebens ferngeblieben und hat später – wenigstens vor den Augen der Öffentlichkeit – auch den Hafen der Ehe nicht mehr verlassen. Deshalb verläuft das seinen guten Ruf schädigende Gemunkel im Sand und verstummt nach einiger Zeit gänzlich. Die Fassade der Lichtensteins erweist sich nach den überstandenen Diffamierungen des Ehemannes als erstaunlich robust und beständig. In ihrer gefälligen Art bringen sie während der gemeinsamen Auftritte zu unterschiedlichsten Anlässen all diejenigen zum Verstummen, die insgeheim noch Zweifel gegenüber Lichtensteins Integrität hegen.

Mit Erreichen des achtundfünfzigsten Lebensjahres verabschiedet er sich überraschend aus allen Ämtern und geht in den Vorruhestand. Sechs Monate zuvor übernimmt seine Frau im Dezember die Leitung der Verwaltungsabteilung im Eibenstädter Kulturamt. Das liegt schon ein paar Jahre zurück. Alle sind sich darüber einig, dass die Beförderung von Lichtenstein höchstpersönlich per Order an die Personalabteilung veranlasst worden ist. Der Dezernent wickelt jeden um seinen Finger. Jeglicher Widerstand schmilzt angesichts der unglaublichen Überredungskünste dieses Mannes dahin. Wenn er den Mund öffnet, starren ihn alle fast trunken an. Wie in Trance. Wie Mowgli, als er in die hypnotisierenden Augen der Riesenschlange Kaa schaut. Im Bannkreis des Dezernenten geht es oftmals wie im Dschungelbuch zu. Bis zu seinem allerletzten Arbeitstag.

Als habe sie nur darauf gelauert, mutiert Andov-Lichtenstein seit ihrem Karrieresprung zur Tyrannin. Jeden Tag ein bisschen mehr. Auf jeden Fall gegenüber Miranda. Will sie sich für etwas rächen, das sie schon lange mit sich herumträgt, aber ganz bewusst nie angesprochen hat? Miranda findet es unerträglich, wie Andov-Lichtenstein mittlerweile mit ihr umspringt. Trotzdem hält sie es nicht für ratsam, im Kollegenkreis darüber zu reden. Die Gefahr ist zu groß, in die Rolle des ewigen Opfers gedrängt zu werden. Miranda wird erst in sechzehn Jahren in Rente gehen können. Und das ist momentan ihr größter Albtraum: Arjona will zwar angeblich möglichst früh den Vorruhestand antreten. Aber das bedeutet, noch endlose Jahre unter ihrem Regiment durchzuhalten. Und sie wird durchhalten. So viel ist sicher.

„Mich vertreibt niemand von meinem Arbeitsplatz. In dieser Hinsicht bin ich stur wie eine Eselin. Da beißt sie bei mir auf Granit. Es hat auch seinen Vorteil, dass sie ihre Abneigung mir gegenüber so deutlich zur Schau trägt. Ich weiß, woran ich bin. Umgekehrt werde ich sie darüber, was meine Wenigkeit betrifft, immer im Nebel stehen lassen."

Rein sachlich kann ihr sowieso niemand an den Karren fahren. Sie muss Arjona so oft wie möglich aus dem Wege gehen und ansonsten auf Durchzug schalten, wenn sie wieder zu provozieren anfängt. Sollte es schlimmer werden, würde sie sich an eine Anwältin wenden, die sich auf Arbeitskonflikte spezialisiert hat.

Was ist eigentlich passiert?

Sosehr sie sich auch das Hirn zermartert, sie hat keine Ahnung. Immerhin ist sie mit Andov-Lichtenstein noch beim norddeutschen Sie. Das heißt, sie reden sich mit dem Vornamen an und siezten sich darüber hinaus. Früher galten sie im Rathaus als das Vorzeigeteam schlechthin. Als sie sich die anderthalb Arbeitsplätze in der Rechnungsstelle noch teilten: jede mit einer Dreiviertelstelle. Vor gefühlt einer Ewigkeit.

*

Miranda und Georg Molenbrick kennen sich seit Urzeiten. Die beiden sind zusammen in der Grundschule in eine Klasse gegangen. Sie hat eine Zeitlang sogar neben ihm gesessen. Später engagieren sie sich vorübergehend zur gleichen Zeit im örtlichen Schwimmverein. Und dann fangen sie zum selben Zeitpunkt ihre Ausbildung im Kulturamt an. Kurz vorher hat die blutjunge Miranda den strebsamen Klaus Kreuzer geheiratet, einen umtriebigen Steuerberater, der bereits am Anfang seiner Karriere einen sehr guten Ruf genießt. Georg bedauert diese Verbindung damals ein wenig, zeitweilig hat er selbst ein Auge auf die attraktive Miranda geworfen. Dafür ist ihre Freundschaft umso fester geworden, sie helfen sich beruflich und reden auch intensiv über private Dinge. Als sie die erste Ehekrise durchmacht, wird Georg zu ihrem ritterlichen Vertrauten. Das muss im Sommer 1980 gewesen sein: Sie ist gerade fünfundzwanzig geworden. Einmal begleitet sie ihn spätabends nach Hause und bleibt bis zum nächsten Morgen. Das geschieht, während Kreuzer das ganze Wochenende auf einer Fachtagung verbringt. Niemand ahnt auch nur im Geringsten etwas davon.

Nach der stürmischen Nacht macht Miranda ihrem ahnungslosen Gatten ein paar Tage lang heftige Vorwürfe, weil er sie ständig vernachlässigt. Er versichert ihr daraufhin hoch und heilig, dass dies einzig und allein aus beruflichen Gründen geschehe und dass er sich trotzdem stärker darum bemühen werde, möglichst viel Zeit für ihr Zusammenleben freizuschaufeln. Schließlich rauchen die Kreuzers die Friedenspfeife und Georg ist wieder außen vor. Zumal Mirandas Gatte die Versöhnung mit einem romantischen Ausflug zu einer mittelalterlichen Burg besiegelt, auf der sie im Turmzimmer nach einem exklusiven Candle-Light-Dinner unter dem Baldachin des fürstlichen Ehebettes in den mit Brokat bezogenen Kissen versinken.

Doch die Freundschaft zwischen Georg und Miranda wird durch die kleine Episode enger als jemals zuvor. Manchmal sehen sie sich lächelnd mit einem wissenden Blick an, den nur sie beide verstehen. Sie halten weiterhin zusammen wie Pech und Schwefel. Auch wenn Georg inzwischen die Position eines Regierungsrates in Clausburg bekleidet. Er ist nicht ganz aus der Welt, denn vor zwei Jahren hat er seinen Wohnsitz wieder nach Eibenstädt zurückverlegt. Er fährt jeden Tag mit dem Zug zur Arbeit. So ist es kein Wunder, dass Miranda ihn heute in der Verwaltung der Schlösser und Museen anruft und fragt, ob er nach Dienstschluss Zeit für einen Spaziergang habe, ihr Ehemann sei bis spät abends bei irgendwelchen Mandanten im Betrieb zugange.

„Sehr gern, Miranda, das ist eine gute Idee! Wie wäre es denn um halb sieben im Stadtpark?"

„Prima, dann können wir im Pavillon später noch etwas trinken. Treffen wir uns am Ententeich?"

„Das wollte ich auch gerade vorschlagen. Also bis dann!"

Miranda begrüßt Georg mit einem Kuss auf die Wange, den er erwidert. Das ist so üblich, auch in Gegenwart von Klaus Kreutzer. Zweimal umrunden sie den See. Daraufhin schlendern sie unter Platanen an den Spielfeldern des Pétanque-Vereins vorbei. Schließlich durchqueren sie den weitläufigen Rosengarten, bis sie endlich zum Ausgang neben den Parkplätzen kommen. Dort befindet sich der Pavillon. Um diese Uhrzeit ist nicht viel los. Sie setzen sich an einen der Tische auf dem Vorplatz, wo sie ungestört reden können. Beide bestellen sich grünen Tee und etwas Knabbergebäck. Miranda nimmt einen doppelten Cognac dazu, was Georg verwundert. Sie trinkt selten Alkohol. Als wollten sie sich vor dem nun einsetzenden Gespräch sammeln, haben sie bisher nur wenige Worte miteinander gewechselt.

„Georg, ich komme mit der Andov-Lichtenstein einfach nicht mehr klar. Wir sind vollkommen über Kreuz. Seit einigen Jahren lässt sie mich bei jeder Gelegenheit spüren, dass ich für sie eine

Niete bin, auf die jeder im Rathaus nur allzu gerne verzichten würde. Sie nimmt jede dienstliche Angelegenheit zum Anlass, um mir das Leben schwer zu machen. Und wenn es noch so belanglos ist. Das war von einem Tag zum anderen so: Seit sie auf der Leitungsstelle thront, auf die sie ihr Mann gesetzt hat. Was ja für sich genommen schon ein Skandal ist."

Miranda nippt kurz an dem Cognacschwenker und schein mit ihren Gedanken in die Ferne zu schweifen. Dann konzentriert sie sich wieder auf ihr Anliegen.

„Ständig lässt diese arrogante Kuh mich abblitzen und stellt sich mir in den Weg. Egal, um was es geht. Sie behandelt mich grundsätzlich feindselig und herabwürdigend. Als hätte ich ihr etwas angetan. Leider weiß ich nicht, was das sein könnte. Wie ich es auch drehe und wende, mir fällt nichts Schwerwiegendes ein, das sie mir vorwerfen könnte. Es gibt absolut nichts, was ein derart ausfallendes Verhalten erklären würde."

„Das hört sich ja schlimm an. Ich wusste nicht, dass es so gravierend ist. Du hast mir ja schon des Öfteren von diesen Querelen berichtet. Bis heute habe ich gedacht, das sind nur so Launen zwischen euch beiden. Das gibt es doch in jeder Abteilung. Aber anscheinend geht es wirklich um mehr. Ich weiß nicht, wo bei euch der Hund begraben liegt. Aber ich finde es abgrundtief gemein von ihr, dass sie dir nicht sagt, was los ist. Wie unfair …"

Georg verstummt, weil ihm in diesem Zusammenhang etwas einfällt, das ihn immer stärker beunruhigt. Noch gelingt es ihm, die aufsteigende Panik zu unterdrücken, während er umständlich versucht, einen ganz bestimmten Punkt anzusteuern, der möglicherweise die Ursache für Mirandas Schwierigkeiten mit Arjona Lichtenstein ist.

„Unglaublich, ähem, das ist schon verrückt, Miranda. Mir ging es nämlich mit ihrem blöden Mann genauso. Dieser schleimtriefende Kulturamtsleiter hat auch ständig versucht, mir den Arbeitsalltag gehörig zu vermiesen. Das ging fast die ganze Zeit so, als ich in Eibenstädt unter seiner Fuchtel stand. Ich hab den ganzen Frust mit mir allein rumgeschleppt. Ich wollte mit niemandem darüber reden. Auch nicht mit dir, da gab es interessantere Themen."

Er wirft ihr einen verträumten Blick zu. Es sieht aus, als erinnerte er sich gerade an die ein oder andere Begebenheit zurück. Miranda wundert sich darüber. Ihm ist also doch noch mehr an ihr gelegen, als er normalerweise nach außen zu erkennen gibt. Wenn sie mit anderen zusammen sind und nicht wie jetzt: zu zweit. Warum hat er sich seit ihrem Stelldichein immer so vernünftig und zurückhaltend verhalten? Platonische Liebe? Mindestens einen kleinen, aber heftigen Versuch seinerseits wäre es doch wert gewesen. Und sie kann bis heute nicht sagen, wie sie sich dann verhalten hätte. Trotz der wieder eingerenkten Ehe mit Klaus. Bevor sie sich diese Situation weiter ausmalen kann, reißt Georg sich und seine Begleiterin von der nostalgischen Schwärmerei los. Unvermittelt packt er alles von damals auf den Tisch, während Miranda ihm erstaunt zuhört.

„Lichtenstein hat mich tierisch genervt und ständig belästigt, bis ich endlich die Stelle in Clausburg übernehmen konnte. Ich kannte diese Kanaille ja schon seit meiner Pfadfinderzeit. Ein ziemlich aufdringlicher Kauz war das, hatte immer ein Auge auf bestimmte Jungs geworfen und trieb sich gleichzeitig mit älteren Männern rum. Der hat heute noch Angst vor mir, weil ihm unangenehm ist, was ich über ihn weiß. Im Eibenstädter Rathaus lauerte er mir ständig im Archiv auf. Mal, um sich lieb Kind zu machen. Mal, um mich unter Druck zu setzen. Lange hätte ich diesen Schwachsinn nicht mehr ausgehalten. Irgendwann wäre mir die Hand ausgerutscht – und das nicht zu knapp. Gott sei Dank bin ich mithilfe von Herrn Loh auf die Stelle in Clausburg gekommen. Der hat das raffiniert eingefädelt. Lichtenstein konnte meiner positiven Beurteilung durch den direkten Vorgesetzten im Zwischenzeugnis nichts entgegensetzen.“

„Davon hättest du mir ruhig mal was erzählen können. Du weißt schon: Freunde in der Not und so. Aber irgendwie kann ich das gut nachvollziehen, was du über Hänschens Neigungen erzählst. Wir beide waren uns doch damals auf Anhieb darin einig, dass wir das Hochzeitspärchen Arjona und Hans ausgesprochen komisch finden. Georg, weißt du das noch? Wir haben uns über diesen seltsamen Bund fürs Leben fast kaputtgelacht. War das nicht ganz schön gemein von uns?"

Erstaunt zuckt Georg mit den Schultern. Was soll daran so schlimm gewesen sein? Miranda schwelgt schon wieder in ihren Erinnerungen:

„Mensch, das war verflucht knapp gewesen!"

Georg runzelt die Stirn.

„Knapp? Wieso das denn? Wovon redest du überhaupt?"

Miranda hilft ihm auf die Sprünge:

„Einmal haben wir doch auf dem Flur hemmungslos über die beiden herumgelästert, als Arjona plötzlich aus ihrem Zimmer gestürzt ist. Bin ich froh, dass wir uns gerade noch rechtzeitig gebremst haben und ohne Übergang auf rein dienstliche Themen umgeschwenkt sind. Aber mir ist vor Schreck fast das Herz stehen geblieben. Und du bist im Gesicht knallrot angelaufen."

„Doch, ich kann mich wieder schwach daran erinnern. Sie schien ihn leidenschaftlich zu lieben, während seine zur Schau getragene Zuneigung immer etwas hölzern und ungeschickt auf mich wirkte. Miranda, du hast mir doch später mal von einem sehr intimen Gespräch mit Arjona erzählt. Das muss einige Zeit nach der Hochzeit gewesen sein. Sag bloß, du weißt das nicht mehr?"

Sie hatte ihn vorher eindringlich gefragt, ob sie ihm etwas anvertrauen könnte, das er hundertprozentig für sich behalten müsste. Auch wenn es ihm noch so schwerfallen würde. Und er hatte großspurig damit geprahlt, dass es niemanden auf der ganzen Welt geben würde, dem sie ihr Geheimnis besser anvertrauen könnte als einzig und allein nur ihm.

„Keine Ahnung, Georg. Hallo, habe ich da was verpasst? Was spukt dir denn jetzt schon wieder im Kopf herum?"

„Ich weiß es noch wie gestern: Arjona hat sich damals bei dir ausgeheult. Weil sie Lichtenstein so überschwänglich liebte, er das aber nicht voll erwidern konnte. Klar, er trug sie auf Händen und verwöhnte sie. Aber im Bett lief es nach den ersten stürmischen Wochen nicht mehr so richtig. Jedenfalls nicht so, wie sie sich das wünschte. Was er auf einmal wollte, fand sie ziemlich enttäuschend, wenn nicht sogar abstoßend. Er muss ihr vor der Hochzeit diesbezüglich mächtig was vorgemacht haben. Aber Sex zwischen Mann und Frau – das war auf Dauer nichts für ihn. Das konnte er nicht durchhalten. Gegen seine alten Vorlieben war er wohl machtlos."

„Du hast Recht, Georg. Jetzt verstehe ich endlich, worauf du gerade anspielst. Das war ein absolut vertrauliches Gespräch. Höchste Geheimhaltungsstufe! Diese Episode habe ich zwischenzeitlich ganz ausgeblendet. War ja auch kein schönes Thema. Und Arjona hat nie wieder darüber geredet. Außer mit ihr bei der Arbeit habe ich mit den Lichtensteins sowieso nichts zu tun gehabt. Aber wir waren gute Kolleginnen. Das hätte doch auch so bleiben können, als sie die Leitung übernahm. Doch von diesem Tag an hat sie mich – wie du ja inzwischen weißt – absolut schlecht behandelt. Die dienstliche Ebene kam mir dabei immer nur vorgeschoben vor. Ich bin mir ganz sicher, dass es um etwas Persönliches geht. Das ist schon sehr seltsam. Vielleicht leide ich in diesem Zusammenhang an einem totalen Gedächtnisverlust."

„Hm … seitdem sie diese Führungsposition eingenommen hat, sagst du? Das muss etwas mit Hans zu tun haben. Ich fasse noch mal zusammen: Er hat sie also eigenmächtig auf diese von vielen Kolleginnen und Kollegen heiß begehrte Position gebracht. Und kurz danach ist er dann in den Vorruhestand gegangen. Hochkarätige Bewerbungen von anderer Seite blieben damals vollkommen unberücksichtigt. Egal, welche Referenzen auch vorgelegt wurden. Der Form halber gab es noch weitere Bewerbungsgespräche mit speziell ausgesuchten Kandidatinnen und sogar einem männlichen Bewerber. Aber sie konnten seiner Frau nicht das Wasser reichen. Das wurde sogar mir von verschiedenen Seiten so zugetragen. Er ist für Arjona ein irre großes Risiko eingegangen. Man hätte ihn wegen Amtsmissbrauchs drankriegen können. Aber alle im Rathaus ließen ihm seinen Willen: vom Personalamt bis zum Personalrat. Das Komische daran ist nur, dass die beiden inzwischen ein getrenntes Leben führen sollen. Dass sie anscheinend getrennte Wege gehen. Nach allem, was ich gehört habe. Also, ich weiß gar nicht, ob sie überhaupt noch gemeinsam in ihrem Haus wohnen. Ist sie nicht irgendwann ausgezogen? Ich bin da leider nicht auf dem Laufenden. Bei offiziellen Anlässen treten sie natürlich nach wie vor zusammen auf. Das sieht tatsächlich aus wie eine reine Zweckgemeinschaft.“

„Das wundert mich schon, Georg. Eigentlich hätten sie sich doch trennen müssen, nachdem Arjona mir damals ihr Herz ausgeschüttet hat. Und beruflich macht es heute für sie überhaupt keinen Sinn, dass sie immer noch zusammen sind. Es sei denn, die beiden verbindet doch mehr, als wir vermuten. Was immer das auch sein mag.“

Georg scheint die Abendsonne ins Gesicht, sodass er mit den Augen blinzelt. Miranda wundert sich, wie blass er plötzlich aussieht. Er scharrt mit den Schuhen auf dem Kies und scheppert nervös mit der Tasse auf dem Unterteller herum. Miranda hat das Cognacglas zur Hälfte geleert. Sie sitzen allein vor dem Pavillon, alle anderen Besucher sind gegangen. Georg stiert abwesend auf den Parkplatz, auf dem zwei Autos halten. Neue Gäste kündigen sich an.

„Moment mal, da fällt mir was ein: Das muss schon einige Zeit nach ihrer Hochzeit gewesen sein. An einem Freitagnachmittag. Kurz vor dem verdienten Feierabend watschelte Lichtenstein in mein Archiv und fing wieder an, mir mit seinem abartigen Verhalten auf den Geist zu gehen. Er ließ die alten Zeiten aufleben: Wie unbekümmert und frei doch das bündische Leben in der ‚Fahrenden Schar‘ gewesen sei. Und so weiter. Wie immer, nur diesmal konnte ich es nicht mehr aushalten. Mir war zum Kotzen übel. Also habe ich ihm richtig einen vor den Latz geknallt.“

„Was hat das denn mit Arjona zu tun?“

Georg sieht Miranda ernst an. Seine Stimme zittert jetzt vor Aufregung.

„Als ich dreizehn war, hat Hans Lichtenstein sich mir in pädophiler Absicht genähert. Ich bin gerade so – also wirklich um Haaresbreite – mit heiler Haut davongekommen. Aber den Schock spüre ich heute noch, wenn ich daran erinnert werde.“

Miranda macht sich Sorgen um Georg. Er scheint in eine andere Welt abzudriften, aus der er sich in jungen Jahren mühevoll befreit hat. Sie weiß nichts von diesen Dingen. Was ist da noch alles vorgefallen? Sie hat das Gefühl, als erzähle er ihr eine aus dem Zusammenhang gerissene Einzelheit. Das ist bestimmt nur ein kleiner Teil der Last, die ihn heute immer noch bedrückt. Gleichzeitig vergewissert sie sich, dass die kleine Gruppe von Neuankömmlingen weit genug von ihnen entfernt Platz genommen hat. Worüber sie beide reden, ist nicht für fremde Ohren bestimmt.

„Also, an jenem Tag im Archiv war es so weit", fährt Georg fort. „Ich musste Lichtenstein diesmal deutlicher in seine Schranken verweisen als bisher. Sonst wäre er noch dreister geworden. Deshalb habe ich voll ausgeholt und ihn damit aufgezogen, dass er bei Frauen ja wohl keine so gute Figur machen würde."

Miranda nickt Georg ahnungslos zu.

Dann trinkt sie genüsslich den letzten Schluck Cognac. Georg hat den wunden Punkt des Amtsleiters erwischt. Vollkommen arglos sagt sie:

„Genauso ist es."

Im gleichen Augenblick erkennt sie die ganze Wahrheit. Sie fühlt sich, als würde sie von den Schneemassen einer Lawine zugeschüttet. Wie gelähmt sitzt sie auf ihrem Klappstuhl und starrt fassungslos an Georg vorbei. Sie will einfach nicht glauben, was sie da gerade aus seinem Mund in aller Deutlichkeit vernommen hat.

„Dann bin ich eindeutig zu weit gegangen. Ich habe wortwörtlich zu ihm gesagt: ‚Glaubst du, wir kriegen nicht mit, was bei dir zu Hause los ist. Du bist voll der Versager – wenn du zu deiner Frau ins Bett kriechst, stirbt sie vor Ekel und Langeweile.' Dann habe ich noch hinterher geschoben: ‚Du widerwärtige, perverse Sau. Du kriegst nur einen hoch, wenn du kleine Jungs in deine Gewalt bringst. Bei deiner Frau ist inzwischen noch nicht mal Halbmast angesagt, da läuft rein gar nichts.' Lichtenstein war vollkommen geplättet. Das war ein Volltreffer, wie er besser nicht hätte sein können. Zuerst kullerten ihm ein paar Tränen aus den Augen – ich hatte wirklich seine Achillesferse getroffen. Endlich! Ein paar Sekunden später lief er knallrot an und hechelte nach Luft, als wäre er kurz vorm Ersticken. Nachdem er seine Atmung wieder einigermaßen unter Kontrolle hatte, brüllte er in einer ohrenbetäubenden Lautstärke: ‚Was weißt du von meiner Frau – was hat Arjona dir erzählt?‘ Statt seine Frage zu beantworten, habe ich ihm den Stinkefinger gezeigt und ihn einfach im Dämmerlicht zwischen den Regalen stehen lassen. Mann, sah der fertig aus! Ich bin schnurstracks zur Pause gegangen. Wie ein Gladiator, der nach dem glorreichen Sieg die Arena verlässt. Unter dem brausenden Jubel des Publikums. So habe ich mich wirklich gefühlt! Danach hatte ich meine Ruhe, bis ich in Clausburg anfangen konnte. Wenn wir uns zufällig über den Weg gelaufen sind, sah er an mir vorbei – oder durch mich hindurch. Abgesehen von unvermeidbaren dienstlichen Anlässen mied er mich seitdem wie die Pest. Genau das habe ich immer von ihm gewollt. Was machst du ...‟

Wie vom Schlag getroffen schnürt es Georg die Kehle zu. Er bringt keinen Ton mehr heraus. Miranda ist aufgesprungen und hat dabei das leere Glas umgekippt. Eine weiße Teekanne aus dickem Steingut rollt zum Tischrand. Sie plumpst auf den mit einer dicken Schicht winziger Kieselsteine bestreuten Boden. Anscheinend bleibt sie unversehrt. Miranda reißt ihre Handtasche von der Stuhllehne und entfernt sich mit schnellen Schritten – ohne ihm vorher noch einmal ins Gesicht zu schauen. Ohne ein einziges Wort an ihn zu richten. Zuerst will Georg hinter ihr herrennen und sie zur Umkehr bewegen: eine Reaktion, die er augenblicklich mangels Aussicht auf Erfolg wieder verwirft. Miranda verschwindet hinter einer Hainbuchenhecke. Er hört das Klappern ihrer Absätze immer schwächer werden, bis das Geräusch verstummt.

Es ist, als haben sie niemals hier zusammengesessen. Als gebe es diese sehnsüchtige Zuneigung zwischen ihnen überhaupt nicht. Als hätten sie nie eine Nacht miteinander verbracht. Als wäre er in seinem ganzen verdammten Leben nicht wenigstens dieses eine Mal überglücklich gewesen. Nicht ein einziger Augenblick davon verbindet sie noch miteinander.

Allmählich – als würde er aus einem Rausch erwachen – begreift er in voller Härte, was er seiner Freundin im Sturm der Gefühle aufgetischt hat: Miranda weiß jetzt, warum Arjona sie verabscheut. Sie hat das Vertrauen ihrer Kollegin gebrochen. Und Georg das von Miranda. Denn sie hat ihm die pikanten Einzelheiten aus dem Liebesleben der Lichtensteins ausdrücklich unter dem Siegel der Verschwiegenheit anvertraut. Georg musste ihr hoch und heilig versprechen, darüber wie ein Grab zu schweigen. Obwohl es eine Selbstverständlichkeit ist, mit solchen Informationen absolut diskret umzugehen. Sie hat damals instinktiv dagegen vorzubeugen versucht, dass Georg die übernommene Verpflichtung einmal vergessen könne.

Und ist voll auf ihn hereingefallen!

Er geht ins Café, um die Rechnung zu zahlen. Als er auf die Veranda zurückkommt, bemerkte er die betretenen Gesichter der anderen Gäste. Mit seinem Erscheinen haben sie ihre Unterhaltung auf einen Schlag abgebrochen. Als er sich davonschleicht, zittern seine Finger. Georg fühlt sich wie ein erbärmlicher Versager, der aus Verzweiflung über sich selbst eine dunkle Ecke sucht. Um sich vor seinen Mitmenschen zu verstecken. Um sie von seiner Gegenwart zu verschonen. Um nicht mehr da zu sein.

*

Allmählich bricht die Abenddämmerung über Eibenstädt herein. Die Luft kühlt merklich ab. Georg verfällt in eine bleierne Schwermut, deren Auslöser das geplatzte Rendezvous mit Miranda ist. Seit vielen Jahren schleppt er seine eigene Geschichte in einer fest verschlossenen Kiste mit sich herum. Etwas hat sich gerade eben geändert: Der Deckel steht sperrangelweit auf und geht nicht mehr zu, sosehr er sich auch mit aller Kraft darum bemüht. Endlich kapituliert er. Die Phase der Verdrängung ist endgültig vorbei. Die Vergangenheit hat ihn wieder fest im

Griff. Ungehemmt stürmt jeder noch so beklemmende Gedanke auf ihn ein. Währenddessen sitzt er auf einer der Schaukeln im Stadtpark und lässt sich langsam hin und her schwingen. Um diese Uhrzeit ist der Spielplatz ein verlassener, trostloser Ort: kein Lachen, Schreien und Weinen. Die Geräusche der Kinder sind längst mit den letzten Strahlen der Abendsonne verschwunden. Ein Hauch von Melancholie weht aus der Dunkelheit zu ihm herüber.

Miranda hält ihn zweifellos für einen Vollidioten, weil er sich derart ungeschickt und taktlos vor ihr aufgespielt hat. Georg ist es bis zum heutigen Tag niemals in den Sinn gekommen, ihr reumütig seinen niederträchtigen Vertrauensbruch zu beichten und sie um Vergebung anzuflehen. Sein diesbezügliches Unrechtsbewusstsein hat unumstößlich gegen null tendiert. Bisher hat er jeden Anflug eines Zweifels an der Wahl der Mittel selbstgerecht beiseitegeschoben. Heute gesteht er sich erstmals ein, dass seinem vermeintlich heroischen Auftritt gegenüber Lichtenstein etwas Schäbiges anhaftet:

„Ich war derart in Rage, dass mich nichts mehr zurückhalten konnte. Leider fiel meine Retourkutsche im Grunde genommen genauso abartig aus wie die permanenten Belästigungen von Lichtenstein. Normalerweise hätte ich mich niemals auf solch ein Niveau herablassen dürfen. Die Eheprobleme der Lichtensteins gingen mich überhaupt nichts an. Und daran hat sich bis jetzt nichts geändert. Stattdessen gab es damals – wie auch heute – genügend andere Angriffsflächen, um diesen Mann in die Enge zu treiben. Ich hätte meine Erlebnisse aus der Pfadfinderzeit ruhig an die große Glocke hängen sollen. Weshalb halte ich damit immer noch hinterm Berg? Aus Feigheit? Aus Scham? Aus Angst um meine berufliche Zukunft? Oder weil mir dieses Thema so dermaßen zuwider ist?"

Er weiß es nicht. Nichtsdestotrotz wäre es – gestern wie heute – das einzig Richtige, sich bei der einen oder anderen privaten oder beruflichen Gelegenheit damit einzubringen. An geeigneten Anlässen und sinnvollen Anknüpfungspunkten mangelt es mitnichten:

Wenn Freunde, Bekannte und Kollegen darüber ins Gespräch kommen, was sie als Kinder oder Jugendliche so alles in ihrer Freizeit unternommen haben.

Wenn Eltern nicht aufhören wollen, voller Begeisterung mit den wahnsinnig tollen Unternehmungen ihrer Kinder in irgendeinem der zahlreichen Jugendverbände zu prahlen.

Wenn plötzlich alle anfangen, in romantisierender Weise von den eingeschworenen Ritualen rund um das zünftige Gruppenleben zu schwärmen und ihre Augen vor Begeisterung wie lodernde Lagerfeuer flackern.

Wenn in seinem Umfeld große Bestürzung geäußert wird, weil die Medien von Übergriffen pädophiler Vertrauenspersonen an ihren Schutzbefohlenen in Vereinen und Institutionen berichten.

Jedes Mal ist er kurz davor gewesen alles auszupacken. Jedes Mal hat er dann doch wieder einen Rückzieher gemacht. Ersatzweise verfeinert er manchmal im stillen Kämmerlein diffuse, wirre Rachegelüste zu immer schrilleren Trugbildern einer unerschöpflichen Fantasie. Peinlich berührt erinnert er sich an seltsame Visionen, in die er sich wie besessen hineinsteigern konnte. Auf der Stelle fallen ihm typische Beispiele ein, die so krass sind, dass er an seinem damaligen Geisteszustand zweifelt. Merkwürdigerweise sieht er diese Szenen sofort haargenau vor sich. Nicht eine einzige der bizarren Sequenzen ist ihm seitdem entgangen:

„Ich sitze mit Gerfried auf der Spitze eines Bergmassivs. Der schöne Sommertag wird bald zur Neige gehen. Fasziniert lauschen wir den bitteren, wehklagenden Selbstbezichtigungen von Hans Lichtenstein, der sich wenige Meter entfernt vor unseren Augen an das Gipfelkreuz klammert. Sein Sermon vermischt sich mit abwegigen Wiedergutmachungsversprechen. Rotunterlaufene Augen quellen aus dem aschgrauen Gesicht hervor. Erst jetzt nimmt er die ehemaligen Wölflinge wahr und zuckt vor Angst zusammen. Sofort fleht uns die morbide Erscheinung mit brüchiger Stimme um Gnade an. Unablässig dringt das Gejammer zu uns herüber. Wir schweigen Lichtenstein so lange an, bis er sich zerknirscht unter einem überwältigenden rotglühenden Abendhimmel mit einem langgezogenen, gänzlich verzerrten Schrei rückwärts in die Tiefe stürzt. Wir fangen lauthals an zu jubeln und berauschen uns an dem Widerhall von der gegenüberliegenden Bergwand."

Oder:

„Die Gruppen von Wolfgang und Gerfried treffen sich am Abend auf der Wiese vor dem Landheim. Die Führer sind nicht mit von der Partie, sie sitzen drinnen im Kaminzimmer und üben zusammen etwas auf ihren Gitarren ein. Von allen Seiten schreiten wir in gesetzten Schritten auf das Lagerfeuer zu. Außer dem Prasseln der Flammen herrscht ringsum eine eigentümliche Stille. Wir stolzen Halstuchträger bilden einen immer enger werdenden Kreis um Hans Lichtenstein. Wir lassen einen Kameraden durch die Runde, der Holzscheite nachlegt und sich schnell wieder zurückzieht. Jetzt halten wir uns an den Händen und kommen ihm immer näher. Wer hier durchbrechen will, rennt gegen eine Wand. Wir haben den Bundesführer in die Enge getrieben. Er ist mit einer kurzen Lederhose bekleidet. Ein Windstoß fächelt das Feuer an, die Flammen züngeln an seinen nackten Unterschenkeln. Wie aus einem Reflex heraus öffnet sich der Ring für einen winzigen Moment. Wir Jungen lassen Lichtenstein schreiend durchbrechen. Er verschwindet blitzschnell durch eine Dornenhecke in die rabenschwarze Nacht. Als säße ihm der Teufel im Nacken. Wir tanzen immer schneller um das Feuer herum, bis wir unsere Hände voneinander lösen und sich einer nach dem anderen völlig erschöpft auf die festgetrampelte Wiese fallen lässt."

Und so weiter.

Irgendwann hat Georg gemerkt, dass ihn dieser Weg ins Abseits führt. Solche Fantastereien verschaffen ihm lediglich eine vorübergehende Erleichterung, die jedoch schnell wieder verfliegt. Es ändert grundsätzlich nichts daran, dass er den verfluchten Ballast weiter mit sich herumschleppt. Nur dass er von Jahr zu Jahr schwerer wird.

Die Schaukel schwingt gleichmäßig hin und her. Georg spürt eine leichte Kälte vom Boden aufsteigen. Trotzdem verharrt er weiter in der Monotonie des Pendelns und versenkt sich in die weite Ferne seiner jungen Jahre.

Die Jungpfadfinder, also Wölflinge und Neulinge, tauschen sich bei jeder bietenden Gelegenheit einschlägige Beobachtungen untereinander aus. Die versteckten Aufdringlichkeiten und Annäherungsversuche von Hans Lichtenstein und anderen Führern des Bundes gegenüber auserwählten Knaben bleiben ihnen nicht verborgen. Oft werden sie – wenn sie unter sich sind – in belustigter Manier wiedergegeben. Das sind Parodien auf Handlungen, deren Hintergrund den Jungen noch weitgehend fremd bleibt. Aber sie spüren, dass die Grenzen dessen, was sie als Normalität verinnerlicht haben, deutlich überschritten werden. Eigenartig ist nur, dass die Kameraden von früher ihm heute grundsätzlich ausweichen, wenn er bei einer der seltenen Gelegenheiten darauf zu sprechen kommt. Selbst Philipp scheint alles vergessen zu haben – oder sich nicht mehr daran erinnern zu wollen. Die einzige Ausnahme ist Gerfried, und ausgerechnet ihm gegenüber hat er sich, was seine eigenen Erfahrungen anbelangt, bedeckt gehalten.

Außerdem schwirrt Georg im Nachklang des vermasselten Treffens mit der begehrenswerten Miranda etwas im Hinterkopf herum, dass er nicht auf den Punkt bringen kann. Es ist die dumpfe Ahnung, dass es in seinem Leben einen Vorfall gibt, für den er sich noch zu verantworten hat. Eine Schuld, die irgendwann getilgt werden muss. Woher kommen diese diffusen Schuldgefühle? Gibt es einen ihn belastenden Vorfall, einen vor langer Zeit begangenen Fehltritt, der in seinem Unterbewusstsein schlummert und derartige Irritationen auslöst? Was hat er nur verdrängt? Weswegen? Oder bildet er sich das alles nur ein? Vielleicht fehlen ihm – nach all den Enttäuschungen in seinem Leben – ganz einfach die Zuversicht in die eigene Kraft und der Glauben an seine Mitmenschen.

Plötzlich erinnert er sich wieder daran, dass er drei Wochen nach dem Übergriff auf dem Hochstand abends vor dem Ins-Bett-Gehen seinen Eltern doch noch alles mit tränenerstickter Stimme berichtet hat. Jedes Detail des für ihn seltsam anmutenden Umgangs der beiden Männer miteinander. Jedes Detail von Lichtensteins abartigem Verhalten ihm gegenüber. Wirklich jedes ekelhafte, schockierende Detail. Daraufhin versuchen Mama Christa und Papa Julius, ihn zu beruhigen. Letztendlich sei ja alles nochmal gutgegangen. Sie loben ihn dafür, dass er gerade noch rechtzeitig getürmt ist, dass er in dieser Situation einen klaren Kopf behalten hat. Sie beschließen seinen Austritt aus dem Pfadfinderverein. Ohne großes Aufsehen zu erregen. Auf leisen Sohlen: Ohne den Vorfall in irgendeiner Weise nach außen zu tragen. Das ist alles. Allerdings hat Georg seine Gegenwehr mit dem Finnendolch für sich behalten. Er hat Angst vor der Reaktion seiner Eltern. Weil er sich trotz allem irgendwie schuldig fühlt.

Auf einmal sieht er Onkel Faustus vor sich. Obwohl er ihn nie ins Vertrauen gezogen hat, schien er damals zu ahnen, was in seinem Großneffen vor sich ging. Zumindest, dass er sich auf dem Dachboden mit unbewältigten Problemen herumschlägt. Aber er bedrängt ihn bis heute nicht, sondern gönnt ihm immer noch seinen Rückzugsraum.

Im nächsten Augenblick fragt er sich, wie es Hans Lichtenstein gelungen ist, Papa Julius so leicht um den Finger zu wickeln, dass er ihm Georg bedenkenlos mitten in der Nacht anvertraut hat. Eigentlich hätte sein Vater ihn bei diesem Ausflug begleiten müssen. Allein um das Umfeld besser kennenzulernen, mit dem sein Sohn einen Großteil seiner Freizeit verbringt. Warum haben seine Eltern ihm überhaupt erlaubt, in die „Fahrende Schar" einzutreten? Nach allem, was schon zu jener Zeit in Eibenstädt so alles über die Zustände in diesem Jugendbund gemunkelt wurde. Wollen sie ihr drittes Kind so oft wie möglich abschieben, damit sie mit seinen Geschwistern zu viert unter sich bleiben? Manchmal überkommt ihn diese Vermutung. Denn damals haben Mama Christa und Papa Julius die Zwillinge immer ganz unverhohlen wie Außerirdische vergöttert.

Seine Eltern können sich manchmal nicht sattsehen an ihrer Gleichheit und strahlen sie minutenlang voller Verzückung an. Dabei nehmen sie keinerlei Rücksicht auf Georgs Gegenwart und katapultieren ihn damit gewissenlos ins Abseits. Für ihn ist es unfassbar, nicht genauso angehimmelt zu werden. Er hat seine Eltern nie darauf angesprochen. Aus Angst vor ihrer ausweichenden Antwort: „Jetzt übertreibst du aber. Du bist und bleibst nun mal unser Sensibelchen! Dabei haben wir euch wirklich alle gleich lieb." Solche Floskeln hat er zu oft von ihnen gehört.

Mittlerweile beleuchtet ein fahler Halbmond den Spielplatz im Park. Georgs Hände umklammern die Ketten, die sein Gewicht problemlos halten können. Ein letztes Mal gibt er sich ordentlich Schwung und lässt die Schaukel dann auspendeln. Als er absteigt, wird ihm etwas schwindelig. Nach ein paar Schritten durch den Sand hat er sich wieder gefangen. Während er einsam den kleinen Pfad über die große Wiese entlangstolpert, zieht er ein vorläufiges Fazit zu den Auswirkungen seiner Indiskretion:

Wenn er es genau bedenkt, kommt Lichtenstein zu allem Übel bei dem Fehlverhalten seiner Ehefrau sogar besser weg, als auf den ersten Blick zu erwarten ist. Nach erbittertsten Vorhaltungen über Arjonas schändlichen Vertrauensbruch kann er davon ausgehen, dass sie sich in Zukunft mit Vertraulichkeiten über ihr Eheleben zurückhalten wird. Er weiß, dass Georg seine Informationen nicht an andere Personen weitergeben kann. Denn damit würde er sich dem Risiko einer Anzeige wegen übler Nachrede aussetzen. Allerdings gibt es für ihn über Jahre hinweg noch eine andere Unwägbarkeit: Georgs Quelle. Aber seit Arjonas Rachefeldzug gegen die mitteilsame Kollegin ist auch aus dieser Richtung nichts mehr zu befürchten. Unterm Strich bleibt bei dieser Angelegenheit nur eine Verliererin übrig: Miranda.

Dann stellt er sich die Gretchenfrage:

„Wird Miranda einem engstirnigen, egoistischen Verräter wie mir jemals verzeihen?"

Ohne jeden Zweifel wäre er an ihrer Stelle nicht dazu bereit.

Deshalb macht er sich erst gar keine Hoffnungen auf eine Absolution ihrerseits und verwirft die Idee, sie mit dem Handy anzurufen. Nachträge zu seiner großkotzigen Story von vorhin will sie sich bestimmt nicht anhören. Warum soll sie für ihn auch nur einen Hauch Verständnis aufbringen? Seinen gewaltigen Katzenjammer behält er getrost lieber für sich.

Stattdessen trottet er unaufhörlich Runde für Runde im Park herum. Im Dunkel der voranschreitenden Nacht – der Mond ist inzwischen hinter dichten Wolken verschwunden – versucht er verbissen, die Risse und Brüche in seiner Vergangenheit auf die Reihe zu kriegen. Schließlich gibt er mangels Aussicht auf Erfolg auf. Zum Schluss will er die bittere Erkenntnis seines Totalversagens nur noch aus dem Kopf bekommen. Wenigstens für ein paar Stunden. Sonst wird er garantiert noch wahnsinnig.

Also taucht Georg noch zu später Stunde zielstrebig am Marktplatz in den „Ratskeller" ab und lässt sich bis zum Rand volllaufen. Ganz in dem Bewusstsein, dass ihn die Geister, die er gerufen hat, so schnell nicht mehr loslassen werden. Nach etlichen Lokalrunden für die überschaubare Zahl einsam vor sich hin dämmernder Mittrinker ist er um halb vier der letzte Gast. Um Viertel vor fünf schenkt ihm die standhafte Wirtin nichts mehr aus und kassiert eine astronomisch hohe Zeche. Der Fahrer schleppt ihn mühsam in das herbeigerufene Taxi. Er schafft es nicht nur, seine Wohnung im ersten Stockwerk des Apartmenthauses am Stadtrand aufzuschließen, sondern auch noch irgendwie ins Bett zu kriechen. Aber das gehört in die Phase seines Filmrisses. Real sind die eingenässten Klamotten, in denen er sich am nächsten Mittag aus der Bettdecke wickelt. Die Sonne scheint erbarmungslos durchs Fenster, direkt in sein Gesicht. Von dem Geld, das er gestern in Clausburg auf der Bank abgehoben hat, ist nichts mehr übrig. Seine gesamte Barschaft besteht nur noch aus Kleingeld: vier Euro sechsundsiebzig. Er hat alle Zwanzig- und Fünfzig-Euro-Scheine vollständig auf den Kopf gehauen.

„Wenn, dann richtig", denkt er, als er unter der kalten Dusche steht. Ein gehöriger Kater wird ihn und seinen Galgenhumor alsbald einholen. Noch hat er dafür zu viel Alkohol im Blut. Die Mobilbox zeigt achtzehn Anrufe aus der Clausburger Kulturverwaltung an. Fünf Sprachnachrichten sind hinterlegt worden. Als habe er nichts mehr zu verlieren, ruft er seine Sekretärin zurück:

„Hallo Frau Lindemann. Man vermisst mich?"

„Die Delegation aus Ulan Bator, um genau zu sein. Seit heute Vormittag um halb elf. Die Kulturdezernentin und der Kultusminister sind auch mit von der Partie. Was ist los, Chef?"

„Das erzähle ich Ihnen noch früh genug, aber heute auf keinen Fall. Ich gehe jetzt zum Arzt. Bitte sagen Sie den verehrten Damen und Herren, dass ich nach einer schlaflosen Nacht mit entsetzlichen Magenkrämpfen um fünf Uhr eingeschlafen und gerade erst aufgewacht bin. Und dass ich bis zur hoffentlich baldigen Besserung unter strengster medizinischer Beobachtung stehe. Mit solchen Symptomen ist leider nicht zu spaßen! Hoffentlich steckt nicht mehr dahinter. Bitte sagen Sie dies allen so deutlich, damit erst gar keine Missverständnisse aufkommen. Danke, Frau Lindemann. Sie haben noch was gut bei mir."

„Okay, Chef. Ich komme darauf zurück. Bitte spannen Sie mich mit Ihrer Story nicht zu lange auf die Folter. Das habe ich doch schon im Vorstellungsgespräch zu Ihnen gesagt: Meine größte Schwäche ist ungezügelte Neugier. Damals fanden Sie das pfiffig. Also, werden Sie bloß schnell wieder gesund. Ohne Sie geht hier alles drunter und drüber. Ach, Chef, da ist noch etwas: Seit wann trinken Sie bis zum Abwinken Alkohol?"

Sie legt auf, bevor er antworten kann.

*

Das hat Miranda Kreuzer nicht erwartet. Je mehr sie darüber nachdenkt, desto seltsamer kommt ihr Georg Molenbrick vor. Der galante Verehrer hat sich seit ihrer Affäre zurückgehalten. Er nimmt wie eh und je den Platz des guten Freundes ein. Wann immer es in seiner Macht steht, bietet er ihr seine Unterstützung an. Er schlägt ihr keine Bitte ab. Nur ihr heimlich gehegter Wunsch geht nicht in Erfüllung: die Wiederholung ihres Abenteuers, ein erneutes Stelldichein. Auch wenn sie es bedauert, damit kann sie leben. Irgendwie. Sie weiß diese Freundschaft, die so viele Jahre überdauert hat, sehr zu schätzen! Ohne den geringsten Verdacht zu schöpfen. Für sie ist seine Ehrlichkeit über jeden Zweifel erhaben. Wie naiv von ihr, sich derart in ihm zu täuschen!

Jetzt ist er für sie nur noch ein schäbiger, feiger Verräter. Nie und nimmer hätte sie ihm einen so beispiellosen Vertrauensbruch zugetraut. Sie fühlt sich nach Strich und Faden benutzt. Ausgenutzt. Damals hat er ihre Freundschaft geopfert, statt sich aus eigener Kraft gegen seinen Widersacher zu wehren. Lieber hat er sich aus purer Feigheit hinter ihrem Rücken verkrochen. Jeder räudige Straßenköter würde mehr Selbstachtung aufbringen als Georg Molenbrick. Sie ist wirklich am Ende mit ihm. Vollkommen über Kreuz.

„Normalerweise ist Georg keine Plaudertasche. Anscheinend hat er null Skrupel, wenn es um den eigenen Vorteil geht. Ganz nach dem Motto: In der Not ist mir jedes Mittel recht. Dann kennt er nur sich selbst, alle anderen sind ihm vollkommen egal. Dabei hätte er es diesem abartigen Lichtenstein ganz sicher mit anderen Mitteln heimzahlen können. Anscheinend besitzt er dafür nicht genug Rückgrat."

Während ihre Wut nicht abklingen will, klopft sie monoton mit den Fingern auf dem Wohnzimmertisch herum. Irgendwie passt es nicht zu dem Rhythmus der Musik, dafür ist sie zu durcheinander. Aber sie versteht den Text.

„I'm a back door man, wah. The men don't know. But the little girls understand ..."[16]

Die Stimme von Jim Morrison dröhnt aus den voll aufgedrehten Lautsprechern ihrer vorsintflutlichen Marantz-Anlage; einem Heiligtum, das bewundert, aber von niemandem außer Miranda berührt werden darf. Nur ein einziges Mal ist Georg ihr „back door man" gewesen. Wenn es nach ihr gegangen wäre, hätte er diese Rolle öfter besetzen können. Doch ihr Wunsch ist unerfüllt geblieben. Klaus Kreuzer muss trotz aller Versprechungen nach ihrer romantischen Versöhnung unter dem fürstlichen Baldachin immer öfter geschäftlich unterwegs sein: manchmal tagelang, manchmal länger als eine Woche. Um in seinem Beruf Erfolg zu haben, gibt es für ihn angeblich keine andere Wahl. Schließlich profitiert sie von seinem Wohlstand und seinem beachtlichen Renommee in der Eibenstädter Gesellschaft. Als er sich im benachbarten Ausland aufhält, telefonieren sie anfangs völlig unbekümmert stundenlang miteinander, ohne an die horrenden Gebühren zu denken. Später beschränken sie ihre Anrufe auf das Allernötigste. In den langen, einsamen Nächten hat sie oft das Gefühl, dass die Blüte ihres Lebens sinnlos verwelkt.

Mit Georg Sex zu haben, ist einfach toll gewesen. Damals wirkte er wie ausgehungert, was sie genüsslich ausgekostet hat. Aber ihn plagen danach sofort Gewissensbisse. Wenn sein alter Kumpel Klaus Kreutzer überhaupt mal etwas in Eibenstädt unternimmt, hängt er gerne bei den Marongs herum, bei Philipp und Juliane. Dann ist Miranda immer mit von der Partie. Ebenso Philipps Jugendfreund Georg, der in dieser Zeit schon fast zum Inventar bei den Marongs gehört. Er hat Angst, dass die anderen etwas merken können. Also baut er in deren Gegenwart eine gewisse Distanz zu Miranda auf und unterhält sich immer sehr intensiv mit Mary Ann, die meistens auch zu den Gästen gehört. Manchmal könnte sie ihr deswegen vor Eifersucht an die Gurgel springen. Ihre Clique ist in Eibenstädt bekannt, weil sie oft im Stadtpark Pétanque spielen, allerdings meistens ohne Klaus, für den sie wegen seiner ständigen Geschäftsreisen inzwischen einen Ersatz gefunden haben. Mehr als die verträumten Blicke, die Georg Miranda gelegentlich klammheimlich zuwirft und die sie stets eindeutig erwidert, ist von ihrem Abenteuer nichts übrig geblieben. Trotz beharrlicher, vorsichtiger Versuche gelingt es ihr nicht, seine Skrupel zu zerstreuen. Obwohl sie genau weiß, wie sehr er sie begehrt. Leider!

„Übertrieben loyal", denkt sie verbittert. „Spielt plötzlich den Moralapostel. Oder ist er einfach nur feige? Wenn er sich um Klaus so viele Gedanken gemacht hat, warum setzt er bei mir auf einmal ganz andere Maßstäbe an? Da hat er keine Angst, dass sein unbekümmertes Gequatsche auf mich zurückfällt. Gut, dass er es endlich ausgespuckt hat. Wahrscheinlich kapiert er immer noch nicht die gesamte Tragweite seines schändlichen

Verrats: Er hat mich ans Messer geliefert, damit sein Chef ihn in Ruhe lässt. Wie undankbar. In einem einzigen Augenblick hat er das Schöne, was immer zwischen uns war, aufs Spiel gesetzt. Alles zerstört!"

Mit seiner infamen Preisgabe der Vertraulichkeiten, in die Miranda ihn eingeweiht hat, ist er genauso durch die Hintertür gekommen wie bei seinem Besuch zum Schäferstündchen: Der „backdoor man" hat zwei Gesichter. Georg beherrscht beide Rollen perfekt. Neben der grenzenlosen Enttäuschung, die er Miranda bereitet hat, ist sie trotzdem davon überzeugt, dass ihr bislang engster Freund in seiner Jugend mit Hans Lichtenstein und diesem lächerlichen Pfadfinderquatsch, der sie nicht im Mindesten interessiert, einiges durchgemacht haben muss.

Aber weshalb ist es ihm danach nicht gelungen, seine Vergangenheit zu bewältigen? Es gibt Hilfe von psychologischer Seite, wenn er damit nicht allein zurechtkommt und sich scheut, mit Freunden über diese Probleme zu reden. Er schleppt sein Trauma bis heute mit sich herum und überlässt es unkontrollierten Affekten, gelegentlich eine Portion Frust abzureagieren. Die Art und Weise, wie er Lichtenstein mit dessen eigenartiger Sexualität konfrontiert hat, ist irrational. Belästigungen durch Vorgesetzte lassen sich sachlicher abwehren. Das alles ist ihr ein Rätsel und widerspricht Georgs ansonsten so hervorragenden Umgangsformen und seinem ausgezeichneten Scharfsinn in jeder Hinsicht:

Warum hat er Lichtensteins Belästigungen nicht an die große Glocke gehängt? Es hätten sich genug Verbündete gefunden, um ihm beizustehen. Schließlich war Georg im Eibenstädter Rathaus bei den meisten Kolleginnen und Kollegen ziemlich beliebt. Bei den Älteren hatte der ewige Junggeselle sogar so etwas wie einen zeitlich unbegrenzten Welpenschutz. Außerdem stand er damals sowieso vor dem Sprung nach Clausburg. Alles wurde schon von langer Hand eingefädelt. Bis zu seinem Wechsel hätte er solche Provokationen auch ignorieren können. Taktisch war die Bloßstellung von Lichtenstein sicher voll daneben.

Anscheinend versteckt Georg jede Menge Altlasten im stillen Kämmerlein. Was mag sich da nur alles in ihm aufgestaut haben, von dem sie nicht das Geringste auch nur ahnt? Je länger sie darüber nachdenkt, wird ihr klar, dass sie herzlich wenig über ihn weiß. Sie fängt an, Georg mit ganz anderen Augen zu sehen.

„Er ist ein ziemlich abgedrehter Einzelkämpfer geworden. Und das macht mir inzwischen ein bisschen Angst. Jedenfalls ist er nicht der biedere Junggeselle, den er so gerne nach außen kehrt. Damit blendet er nur alle, mit denen er etwas zu tun hat. Die Wahrheit ist, dass er mit allen Wassern gewaschen ist. Und er hat jede Menge Leichen im Keller."

Die Aufnahmen sind bei „Light My Fire"[17] angekommen. Gerade setzt Ray Manzareks grandioses Solo auf der elektronischen Orgel ein, ohne dass das antike Akai-Tonband auch nur eine hundertstel Sekunde eiert. Eine ganze Weile lässt sie sich von der Melodie entführen, bis sie wieder von der düsteren Realität eingeholt wird. Tränen stehen ihr in den Augen. Langsam zieht sie ein Papiertaschentuch aus dem Päckchen, das auf der zitronengelben Tischdecke liegt. Sie fühlt sich von Georg so alleingelassen. Voller Bitterkeit denkt sie:

„Er hat das Feuer für immer gelöscht. Seinen Vertrauensbruch werde ich ihm niemals verzeihen. Auch wenn er mich noch so oft darum anfleht. Was gewesen ist, ist gewesen!"

Die Songs, die jetzt abgespult werden, rauschen an ihr vorbei.

Die Musik ist ihr völlig gleichgültig, sie hat die Anlage sogar leiser gestellt. Sie wird von einer Welle bleiernen Selbstmitleids erfasst. Wie gelähmt kauert sie bewegungslos auf ihrem Stuhl. Nach ein paar Minuten, die ihr wie eine Ewigkeit vorkommen, hört sie Klaus in die Garage fahren. Blitzartig springt sie auf, schaltet die Anlage aus und wirft die Taschentücher in den Papierkorb. Mirandas Tränen sind augenblicklich versiegt. Wie gut, dass sie sich heute früh nicht geschminkt hat! Sie will ihrem Mann auf keinen Fall wie ein Zombie mit zerlaufenem Kajal im Gesicht gegenübertreten. Ein letzter prüfender Blick in den Spiegel im Flur, und schon eilt sie beglückt dem freudig überraschten Gatten entgegen und fällt ihm im Treppenhaus stürmisch um den Hals. Endlich ist wieder jemand in ihrer Nähe, auf den sie sich bedingungslos verlassen kann. Der ihr Vertrauen nicht missbraucht. Der ihre Geheimnisse nicht achtlos in alle Welt hinausposaunt. Fieberhaft überlegt sie, ob ihre „bessere Hälfte" jemals auch nur einen Funken Verdacht geschöpft hat. Was Georg und sie anbelangt. Wie unendlich peinlich wäre ihr das!

Während sie mit dem arglosen Klaus voller Vorfreude empfehlenswerte Restaurants in der näheren Umgebung durchgeht, strapaziert sie parallel dazu ihr Erinnerungsvermögen. Wenn er jemals etwas gewusst hat, wäre ihr das todsicher nicht entgangen. Er kann ihr nichts vorgaukeln, dafür kennt sie ihn doch zu gut. Oder macht sie sich das nur vor? Jedenfalls fällt ihr keine einzige Szene ein, die dafür spricht, dass er auch nur im Entferntesten misstrauisch gewesen ist. Sie muss endlich aufhören, sich mit diesen blödsinnigen Gewissensbissen zu stressen. Es gibt nicht den geringsten Grund dafür. Innerlich lacht sie schon wieder über ihre Torheit:

„Wie albern ist das denn?"

Erleichtert schlägt sie Klaus den alteingesessenen Italiener „Da Mauricio" vor. In der rustikalen Trattoria wählen sie beide besonders gerne Fenchel-Orangensalat als Vorspeise. Die Primo Piatto besteht entweder aus einem kleinen Nudelgericht oder einer Suppe. Für den zweiten Hauptgang bestellen sie grundsätzlich „Fegato alla Veneziana" mit gebackenen Kartoffelscheiben. Auf Mauricio ist genau so viel Verlass wie auf ihren Mann: Er zaubert ihnen immer einen erlesenen Prosecco zu der zarten Kalbsleber auf den Tisch. Mauricio wirft ihr gelegentlich einen eindeutigen Blick zu: wenn Klaus andächtig die Innerei mit dem scharfen Messer in kleine Stückchen zerteilt, während sie das Glas gerade absetzt. Dann hält sie jedes Mal seinem Blick stand.

Für alle Fälle.

2008

Es ist Donnerstagabend nach Ostern. Abgekämpft von einem hektischen Arbeitstag sitzt Georg auf dem bequemen Sofa im Wohnzimmer. Träge blättert er in der Wochenendausgabe des Hochwald-Kuriers herum. Von den meisten Artikeln liest er nur die Überschrift, gelegentlich überfliegt er den Inhalt, ohne sich in Details zu vertiefen. Mehrmals fallen ihm die Augen zu, aber er rafft sich immer wieder auf, um die oberflächliche Lektüre fortzusetzen. Als unter den zahlreichen Todesanzeigen plötzlich der Name seines Onkels auftaucht, will er im ersten Moment seinen Augen nicht trauen. Dann fängt er an zu begreifen: Darum sind also während seiner Abwesenheit an den Feiertagen so viele Anrufe von seiner Cousine Elvira bei ihm eingegangen. Er ist am Mittwoch kurz vor Mitternacht von einem Kurzurlaub aus Prag zurückgekommen. Komisch, warum hat ihm seine Cousine keine Nachricht auf dem AB hinterlassen? Eigentlich wollte er sich noch eine Weile ausruhen. Jetzt ruft er sie natürlich umgehend zurück. Sie erkennt die Festnetznummer im Display und nimmt das Gespräch nach dem ersten Klingeln an.

„Hallo Georg, lange nichts mehr voneinander gehört. Du ahnst sicher, warum ich so oft versucht habe, dich anzurufen."

„Ja, die Todesanzeige von Onkel Faustus liegt vor mir auf dem Tisch. Ich habe sie gerade erst entdeckt."

„Wieso hast du nicht abgenommen? Ich hab schon gedacht, dass du umgezogen bist. Oder dass sich deine Telefonnummer geändert hat."

„Nee, das stimmt alles noch. Du konntest mich nicht erreichen, weil ich über Ostern in Prag gewesen bin und noch zwei Tage Urlaub drangehängt habe. Ist wohl besser, wenn du dir nachher meine Handynummer aufschreibst."

„Okay, das wäre gut."

„Also, was soll ich sagen? Ich bin natürlich voll geschockt. Vor allem, weil ich Onkel Faustus schon ein paar Monate nicht mehr gesehen habe. Ich wollte ihn demnächst in der Senioren-Residenz besuchen. Deswegen hätte ich mich sowieso bei dir gemeldet. Jetzt ist es leider zu spät. Wie ist er denn gestorben? Ich meine, er ist doch noch ziemlich rüstig gewesen, als ich ihn das letzte Mal besucht habe."

„Die Leiterin des Altenheims sagt, dass er an dem Tag vor Gründonnerstag nach dem Abendessen mit zwei rüstigen Damen ganz vergnügt Mensch-Ärgere-Dich-Nicht gespielt hat. Dann ist er plötzlich hundemüde geworden. Er musste die Partie abbrechen und ist mit dem Rollator in sein Zimmer verschwunden. Eine von den Pflegerinnen hat ihm dabei geholfen, sich für die Nacht fertig zu machen. Entgegen allen Gewohnheiten ist er sofort ins Bett gegangen. Statt die Nachrichten im Fernsehen zu verfolgen oder noch eine Weile in den Illustrierten herumzublättern, die ich ihm jedes Mal mitgebracht habe. Am Gründonnerstag ist er dann bei seinem gewohnten Morgenspaziergang gestolpert und mit dem Kopf auf einem Stein schwer aufgeschlagen. Wir waren am selben Tag dabei, sein Haus auszuräumen, und haben ihn im Seniorenheim angerufen. Da hat man uns an das Krankenhaus verwiesen und dann haben wir von seinem Tod erfahren."

„Wie furchtbar! Das hat ihm keiner gewünscht. Er war so ein toller Mensch", stammelt Georg betreten.

„Ach, übrigens hat er in den letzten Wochen mehrmals nach dir gefragt. Ich habe ihm gesagt, dass du ihn bestimmt sofort besuchen wirst, wenn du bei der Arbeit wieder etwas Luft hast. Das hat ihn einigermaßen beruhigt. Er wusste ja, wie eingespannt du immer bist."

„Leider stimmt das. Jetzt kann ich Onkel Faustus nur noch auf seinem letzten Weg begleiten."

Ihm ist zum Heulen zumute.

„Elvira, brauchst du Hilfe bei den Formalitäten? Oder wickelst du das alles allein ab?"

„Danke, Georg, aber das schaffe ich schon. Onkel Faustus hat mir ja alle Vollmachten übertragen, weil ich für ihn immer erreichbar gewesen bin. Der Gerhard lebt viel zu weit weg von hier. Außerdem hatten die beiden kaum noch Kontakt zueinander. Gerhard ist übrigens Alleinerbe. Abgesehen von meinem

Aufwand, den ich laut Testament in angemessener Höhe in Rechnung stellen soll. Das hat Faustus vor einem halben Jahr noch geändert. Nach der Beerdigung steht der Verkauf des Hauses an. Ich will Gerhard morgen schon mal deswegen anrufen. Damit wird er sich bestimmt nicht befassen wollen. Der ist sicher mit dem zufrieden, was am Ende für ihn übrig bleibt – wenn er deshalb nur keinen Finger rühren muss. Ist schon ein seltsamer Kauz, unser Gerhard. Na ja, mir soll das egal sein. Äh, hast du nicht vor, dort einzuziehen? Ich mach dir ein gutes Angebot."

Georg zögert kurz, bevor er antwortet.

„Also, nee. Danke, das ist lieb von dir. Das Haus will ich auf keinen Fall. Ich habe andere Pläne. Aber die Zeit, die ich dort verbracht habe, wird mir immer in Erinnerung bleiben. Onkel Faustus werde ich nie vergessen."

„So geht es mir auch. Ich hätte ihm noch ein paar schöne Jahre in seinem neuen Domizil gewünscht. Da war er wenigstens immer unter Menschen. Es hat ihm dort von Anfang an gut gefallen. Ach so, nächste Woche erscheint am Montag ein Artikel im Landboten über eine ungeheuerliche Entdeckung, die wir am Gründonnerstag auf dem Dachboden von Onkel Faustus gemacht haben."

Georg fällt fast der Hörer aus der Hand. Vor Schreck lässt er sich aufs Sofa fallen. Solche Hiobsbotschaften hört er sich lieber im Sitzen an. Er hat sofort ein ganz flaues Gefühl im Magen.

„Ungeheuerliche Entdeckung? In der Zeitung? Ich höre wohl nicht recht?"

„Doch, Georg, du hast mich richtig verstanden."

Dann macht sie eine Pause. Offenbar weidet sie sich daran, wie fassungslos er ist. Zumindest lässt sie ihn einen Moment zappeln. Georg sitzt wie auf glühenden Kohlen.

„Da habe ich wohl jede Menge verpasst. Ich bin vollkommen perplex, Elvira. Spann mich jetzt bitte nicht noch länger auf die Folter! Das ist ja nicht auszuhalten."

Sein Puls fängt an zu hämmern. Ist das Schlupfloch am Ende doch noch aufgeflogen? Wie konnte er nur so leichtsinnig sein, die Bodenkammer sich selbst zu überlassen. Nach dem Umzug des Onkels in die Senioren-Residenz hätte er das Versteck sofort auflösen und auch alle anderen Sachen aus der Oase hinausbugsieren müssen. Immerhin besitzt er seit Längerem einen Zweitschlüssel für das Haus. Den hat ihm Faustus vorsorglich „für alle Fälle" zugesteckt.

„Georg, jetzt warte doch mal. Ich muss da ein bisschen ausholen. Weißt du, Okka und ich sind gerade dabei gewesen, das Haus auszuräumen. Wie immer ohne Gerhard, der sich wegen irgendeiner Fachmesse für Digitale Drucktechnik nicht freinehmen konnte. Der Beruf steht bei ihm nun mal an erster Stelle. Die Familie kommt grundsätzlich danach. Zum Schluss haben wir die Bodenklappe geöffnet und sind die Ausziehleiter hochgeklettert. Stell dir mal vor: Da oben ist eine voll eingerichtete Kammer! Die haben Okka und ich gründlich inspiziert. Und dann die Polizei angerufen, weil wir auf etwas gestoßen sind, das uns echt schockiert hat. Na ja, das kannst du am Montag alles in der Zeitungsbeilage lesen. Als ich Gerhard am Telefon danach gefragt habe, wusste er nichts davon: weder von der Kammer noch von unserem grausigen Fund. Er meinte nur, dass sein Vater eben ein schrulliger Sonderling gewesen sei. Dass er manchmal ein bisschen verwirrt wirkte und hinter allem eine Verschwörung witterte. Und ausgerechnet dann ist Onkel Faustus in der Nacht von Gründonnerstag auf Karfreitag gestorben. Wir können ihn nicht mehr fragen, was sich auf seinem Dachboden alles abgespielt hat. Was für ein eigenartiger Zufall! Na ja, wegen dem ganzen Kram hätte ich dich heute auch noch angerufen. Georg, da hört und sieht man sich jahrelang nicht ..."

„Kammer auf dem Dachboden? Echt schockiert? Grausige Funde? Was ist denn da passiert, verdammt noch mal! Mir sträuben sich ja die Haare vor Entsetzen ... Elvira, jetzt komm bitte zur Sache!"

„Gleich, Georg, aber vorher Hand aufs Herz: Hast du etwas von dieser Kammer gewusst? Früher seid ihr doch unzertrennlich gewesen. Du hast ständig bei Faustus übernachtet. Da wäre die Kammer doch ideal für dich gewesen."

Was soll das denn? Jetzt heißt es höllisch aufpassen! Er muss Elvira augenblicklich klarmachen, dass sie auf der falschen Fährte ist.

„Nee, Elvira, ich bin noch nie auf dem Dachboden gewesen. Wie auch? Davon weiß ich überhaupt nichts. Mir ist nie aufgefallen, dass es da oben eine Bodenklappe gibt. Wie habt ihr die denn überhaupt aufbekommen? Das finde ich schon ziemlich seltsam. Der Onkel hat mir gegenüber nie etwas von einer Kammer oder Mansarde da oben erwähnt. Wir haben doch immer im Nähzimmer von Tante Mildred geschlafen, wenn wir bei ihm zu Besuch waren. Hast du das etwa vergessen? Daran hat sich bis zu seinem Auszug auch nichts geändert. Und so oft war ich ja nun auch wieder nicht bei ihm. Aber das spielt ja auch gar keine Rolle. In drei Teufels Namen: Gleich reißt mir aber der Geduldsfaden! Elvira, was sind das denn für grausige Funde? Mir läuft es eiskalt den Rücken hinunter!"

„Ach, Georg, wir waren doch auch völlig durcheinander. Wir hatten wirklich den ganzen Tag wie verrückt geschuftet. Und zum krönenden Abschluss kommt dann so etwas auf uns zu: Erst entdecken wir diese geheimnisvolle Kammer. Und dann lagen da hinter ein paar Brettern vor der Dachschräge auch noch zwei uralte Messer, die höchstwahrscheinlich mit Blut verschmiert sind. Und ein Zettel mit einer verdeckten Morddrohung an jemanden, dessen genauer Name nicht genannt wird. Der Absender ist ebenfalls anonym. Das war zu viel auf einmal."

„Um Gottes willen, Elvira. Das hört sich ja an wie aus einer Räuberpistole. Hoffentlich steckt nichts Ernstes dahinter. Das wäre ja zu schrecklich."

„Georg, das mit den Messern muss doch überhaupt nichts bedeuten. Schließlich hat Onkel Faustus so manches Tier aus einer Falle befreit, wenn er im Forst unterwegs war. Vielleicht hat er sich dabei sogar mal selbst verletzt, das kommt doch öfter vor. Besonders wenn die Tiere noch am Leben sind."

„Und was ist mit der Morddrohung? Hast du denn die Schrift von Onkel Faustus wiedererkannt?"

„Nein, die Buchstaben sind einzeln ausgeschnitten und dann aufgeklebt worden. Wahrscheinlich aus einer Illustrierten oder so. Aber was es mit diesem Zettel auf sich hat: Da waren wir uns nicht so sicher, ob es sich nur um eine Verrücktheit handelt oder um die Androhung eines Gewaltverbrechens. Na ja, sicherheitshalber habe ich die Polizei informiert. Die untersucht jetzt die Gegenstände auf verwertbare Spuren. Leider hat auch die Presse davon Wind bekommen. Du weißt ja, wie die Reporter sind: Die bauschen alles auf. Die Story fanden sie total geeignet für den Landboten. Nach dem Motto: Auf jedem Dachboden schlummert ein Geheimnis. Der Typ vom Hochwald-Kurier sprühte nur so vor Begeisterung. Ist ganz schön pervers, wie die drauf sind. Trotzdem konnten wir ihm ein kurzes Interview nicht abschlagen. Nach dem Schreck war das für Okka sogar eine gute Möglichkeit, sich wieder etwas zu beruhigen."

Das Gespräch kommt kurz ins Stocken. Was soll er dazu sagen? Bestimmt nicht, dass er diesen Zettel höchstpersönlich fabriziert hat. Drei Wochen nach dem Übergriff auf dem Hochstand wollte er Hans Lichtenstein die angedeutete Morddrohung in den Briefkasten werfen. Aus unbändiger Wut. Georg war richtig stolz auf sein Machwerk – und ist es bis heute noch! Aber dann hat er diesen Plan wieder verworfen. Aus Angst vor möglichen Konsequenzen. Deshalb ist der Zettel in dem Versteck gelandet. Wenn er daran denkt, wie viel Arbeit und Zeit in diesem kurzen Text stecken! Seitdem er weiß, dass sein Versteck aufgeflogen ist, hat er nur noch einen Gedanken: Was ist mit dem Brief von Zarßcke und den Notizen zu dem Internatsschüler namens Jorge? Anscheinend haben sie die Plastiktüte nicht entdeckt. Aber sicher ist das nicht. Er könnte sich ohrfeigen für seine Nachlässigkeit.

„Georg, jetzt mal was ganz anderes: Wie geht es dir denn? Ich habe keine Ahnung, was du so machst. Seitdem du in Clausburg arbeitest, sind wir uns nicht mehr über den Weg gelaufen. Absolute Funkstille auf beiden Seiten. Irgendwie schade."

„Das stimmt, Elvira. Aber du weißt ja, wie es ist: Auf meinem Posten wird man nicht geschont. Jedenfalls macht mir die

Arbeit unverändert sehr viel Spaß. Die Hochwälder Kultur ist nun mal mein Herzblut. Dass ich mich beruflich nach Clausburg orientiert habe, war genau die richtige Entscheidung. Diesen Schritt habe ich nie bereut. Und sonst ist auch alles in Ordnung, ich kann nicht klagen. Wie sieht es bei euch aus? Wohnt deine Tochter immer noch zu Hause – oder ist Okka inzwischen ausgezogen? Ich glaube, als wir uns zuletzt gesehen haben, fing sie gerade mit der Ausbildung an. Das weiß ich sogar noch: pharmazeutisch-technische Assistentin."

„Volltreffer, Georg. Okka wohnt seit zwei Jahren mit ihrem Freund zusammen in Ober-Waldheim. Sie arbeitet dort in der Apotheke. Meinem Mann geht's auch bestens. Wir haben uns einen VW-Bus umgebaut und sind oft auf Tour. In alle Himmelsrichtungen. Und du, bist du immer noch zu haben?"

„Klar, ich bin weiterhin ungebunden. Änderung noch nicht in Sicht. Na dann! Wir sehen uns in der Kirche. Grüß deine Familie von mir."

*

Georgs Geschwister haben Beileidskarten an ihren Cousin zweiten Grades geschickt und sind nicht zur Beerdigung gekommen. Die Trauergäste verabschieden sich nach und nach und verlassen das Café gegenüber dem Friedhof. Diejenigen, die den Artikel in der Beilage des Hochwald-Kuriers gelesen haben, klammern das Thema „Mansarde" pietätvoll aus. Jetzt sitzen nur noch Georg, Elviras Familie und Gerhard bei Kaffee und Kuchen zusammen. Es wird viel geredet. Faustus Molenbrick lebt in ihren Erinnerungen immer wieder auf. Sie wollen ihn in bester Erinnerung behalten.

Schließlich kann sich Okka nicht mehr zurückhalten und wirft eine Anmerkung zu den jüngsten Ereignissen in die Runde:

„Sagt mal, was haben diese seltsamen Funde auf dem Dachboden zu bedeuten? Ich dachte immer, da steht nur Gerümpel herum. Von anno Schnee. Habt ihr wirklich nichts davon gewusst, was sich da oben so alles abgespielt hat?"

Dabei sieht sie Gerhard fragend an.

„Nein, Okka, ich habe erst jetzt davon erfahren. Aber mir ist das auch egal. Gegen meinen Vater liegt nichts vor. Der hat immer eine lupenreine Weste gehabt. Wenn er unter dem Dach einem besonderen Hang zur Nostalgie nachgegangen ist, dann geht uns das im Prinzip überhaupt nichts an. Ich verstehe ja eure Bestürzung. Aber man kann sich im ersten Moment in etwas hineinsteigern, das sich nachher als gegenstandslos erweist. Ich glaube nicht, dass die Polizei mit diesen Funden auch nur das Geringste anfangen kann. Oder wie siehst du das, Georg?"

Damit hat er gerechnet. Darauf ist er bestens vorbereitet.

„Genau wie du, Gerhard. Ich habe nicht die leiseste Ahnung, was es mit dem Dachboden auf sich hat. Aber Kaffeesatz lesen und sich wilden Spekulationen hingeben, das will ich jetzt nicht: Das passt für mich ganz einfach nicht zu dem traurigen Anlass von heute. Deswegen sind wir nicht zusammengekommen."

Okka verzichtet darauf, weiter nachzuhaken. Damit ist die Angelegenheit vom Tisch gefegt. Beim Verlassen des Cafés versprechen sie sich, regelmäßiger miteinander in Verbindung zu bleiben. Georg weiß, dass sie das nur so daher sagen. Das gilt natürlich auch für ihn. Es ist bedeutungslos. Immerhin glauben ihm Elvira und die anderen, was er ihnen vorgegaukelt hat. Und das ist das Wichtigste. Mit der Wahrheit können sie sowieso nichts anfangen.

*

Die seltsamen Messerfunde und der Zettel mit der Morddrohung stellen Kommissar Mirko Jägers vor ein Rätsel. Die Mansarde im Hause Molenbrick diente offenkundig als geheimer Rückzugsort. Wozu diese gründliche Abschottung, wenn sich nichts Anrüchiges dahinter verbirgt? Aufgrund solcher Überlegungen ordnet er eine zweite Durchsuchung an. Und tatsächlich werden sie abermals fündig. Im Inneren des Stauraums unter der Dachschräge entdecken sie eine zweimal zusammengefal-

tete Plastiktüte, die neben dem linken Türflügel an den Holz-
latten klebt. Der Inhalt besteht aus einem Kuvert, einem Bogen
Briefpapier und einem weiteren Zettel.

Jägers sitzt gedankenverloren am Schreibtisch. Der leicht
übergewichtige Kriminalbeamte wirkt mit seiner untersetzten
Figur und der rabenschwarz gefärbten Schmalzlocke wie ein
in die Jahre gekommener Rock ‚n‘ Roll-Sänger. Es wird noch
eine Weile dauern, bis er in Pension gehen kann. So lange muss
er durchhalten. Mit weit von sich gestreckten Beinen lehnt er
sich auf dem schlichten Bürostuhl weit zurück und schläft auf
einmal fest ein. Dadurch verpasst er den heißersehnten Feierabend, der ihm seit nunmehr genau neunundzwanzig Minuten
zusteht. Ihm wird nachgesagt, dass er sogar im Stehen schläft,
wenn er sich nur mit dem Rücken irgendwo anlehnen kann.
Als er aufwacht, ist es dunkel um ihn herum. Träge fingert er
auf dem Schreibtisch nach dem Schalter der Designerleuchte
aus seinem Privatbesitz. Sie holt den Beamten mit blendfreiem
Licht schonend ins Hier und Jetzt. Vor ihm liegt der Brief aus
dem Verschlag auf dem Dachboden, dessen Wortlaut ihn noch
eine Weile beschäftigen wird.

Argwöhnisch zieht Jägers den Umschlag zu sich herüber und
betrachtet den Absender auf der Rückseite: „Peter Zarßcke" ist
dort zu lesen. Sonst nichts. Was verbindet er nur mit diesem
Namen? Zweifellos nichts Gutes. Dummerweise kommt er über
die dumpfe Vorahnung nicht hinaus, dass es sich um jemanden
handelt, den er vor Jahrzehnten rigoros aus seinem Gedächtnis
gelöscht hat. Dagegen ist sein Erinnerungsvermögen momentan leider machtlos. Aber dieses Detail lässt sich später klären.
Unter „Zarßcke" gibt es im Telefonbuch und im Einwohnermel-
deamt bestimmt nur wenige Eintragungen. Auf der Vorderseite des Umschlags ist lediglich unten links mit blaugrüner Tin-
te kunstvoll eine Lilie aufgemalt. Name und Adresse fehlen. So
weit ist der Absender nicht gekommen. Nach mehrmaligem Gäh-
nen fingert Jägers mühsam den Briefbogen heraus und faltet
ihn jetzt schon zum dritten Mal an diesem Tage auseinander.
Erneut wundert er sich über den fast niedlichen, auf gewisse

Weise kindlich wirkenden Schriftzug mit den eng untereinander gesetzten Zeilen. Nachdenklich runzelt der Kriminalist beim Lesen die Stirn, wobei er sich gelegentlich die Schmalzlocke aus dem Gesicht schieben muss.

„Mein geliebter Jorge, ich denke immer an Dich. Wie einsam und verlassen fühle ich mich ohne Deine Nähe! Keine Sekunde unserer gemeinsam verbrachten Zeit werde ich je vergessen. Wir haben uns schon über vier Jahre nicht mehr gesehen. Ich habe mich bis jetzt nicht gemeldet, weil ich wusste, wie stark dich der Abschluss zum Bachillerato[18] in Anspruch nimmt. Und ich musste ja auch erstmal wieder Fuß fassen in meiner alten Heimat. Du wolltest mich doch auf dem Laufenden halten, wie Du Dich beruflich orientieren wirst. Ich bin schon so gespannt darauf, für was Du Dich entscheidest. Aber zuerst musst Du ja wohl zum Militärdienst. Dort kannst Du die Weichen für Deine Karriere stellen und Dir Verbindungen für Deine Zukunft aufbauen. Wie ich mich für Dich freue. Jetzt fängt Dein Leben erst richtig an. Wie gerne würde ich – wenigstens ab und zu – daran teilhaben. Dass ich Dich auf Deinem Weg unterstützen möchte, so gut ich nur kann, brauche ich Dir wohl nicht zu sagen. Das weißt Du doch! Vor einer Woche ist es mir endlich gelungen, von Monja Laura Mercedes aus dem Internat Deine neue Anschrift zu bekommen. Du hast ihr Deine Adresse gegeben, damit sie Dir irgendwelche Dokumente nachschickt. Deshalb schreibe ich Dir – endlich ist das möglich geworden! Mir ist zumute, als würde ich auf einer Wolke zu Dir schweben, mein geliebter Jorge. Was machst Du denn in Almeria? Ich möchte Dich so gerne wiedersehen. Über Deine bitteren Vorwürfe mir gegenüber können wir doch noch einmal reden. Ich habe Dich immer nur geliebt, das schwöre ich Dir von ganzem Herzen. Hast Du ...“

Der Text bricht an dieser Stelle ab, kurz bevor die Seite vollgeschrieben ist. Aufdringlicher geht es wirklich nicht! Wer ist denn dieser Jorge? Wie alt ist er genau? Und vor allem: Seit wann ist dieser Zarßcke an dem Burschen dran? Wie lange geht dieses vermutlich sehr einseitige Techtelmechtel schon? Handelt es sich um das Abhängigkeitsverhältnis eines inzwischen erwachsenen Kindes oder minderjährigen Jugendlichen zu einem Pädophilen? Ist der Verfasser ein brutaler Päderast? Ein Vergewaltiger? Immerhin geht es um irgendwelche „bitteren Vorwürfe" seitens des Adressaten gegenüber dem Absender. Ganz in Gedanken dreht Jägers das Blatt um und legt es auf den Schreibtisch. Verwundert beugt er sich vor. Das hat er vorhin völlig übersehen: Auf der Rückseite stehen mit Bleistift geschriebene Notizen des allem Anschein nach liebeskranken Verfassers:

„Anruf von Monja L. – Unterlagen bei J. angekommen – L. hat J. danach noch Mappe mit seinen Federzeichnungen aus dem Internat hinterhergeschickt – Mappe wieder zurückgekommen: weil unzustellbar! Jorges Adresse stimmt nicht mehr. Neuer Aufenthaltsort unbekannt/nicht auffindbar. Detektei einschalten?"

Deshalb hält Jägers nur ein Fragment in der Hand. Damit ist schon mal geklärt, dass sich die Spur dieses geheimnisvollen Jorge im Nichts verloren hat. Zarßcke unternimmt wahrscheinlich keine Anstrengungen mehr, um dessen Adresse ausfindig zu machen. Alle international agierenden Auskunftsbüros, die ihm bekannt sind, verlangen sündhaft hohe Honorare. Jedenfalls im Vergleich zu Jägers eher bescheidenen Einkünften als Polizeibeamter. Der Brief endet offensichtlich zeitgleich mit Zarßckes zweitem Telefonat, das er mit Ordensschwester Laura aus dem spanischen Internat führt. Dann liegt Jägers ja genau richtig: Dem ominösen Absender ist der finanzielle Aufwand zu groß. Vielleicht investiert er bei ungewissen Erfolgsaussichten sein Vermögen lieber in erfolgversprechendere neue „Projekte".

Beiliegend befindet sich in der Plastiktüte noch ein weiterer Zettel, den er jetzt genauer unter die Lupe nimmt. Auf diesem Wisch sind Daten über eine Person aufgelistet: Vor- und Zunamen. Geburtsdatum. Das Feld für den Geburtsort ist nicht ausgefüllt. Ein anderes Datum – acht Jahre nach der Geburt, daneben der Name einer spanischen Schule oder eines Internats – Colegio Corazón de Jesús y sus Ovejas – in Jerez de la Frontera. Die anderen Angaben erscheinen Jägers wenigstens im Augenblick unbedeutend: irgendwelche Eintragungen zu den Versetzungen in die nächsthöhere Klasse und sonstige fachliche Bemerkungen.

So viel versteht er mit seinen fortgeschrittenen Spanischkenntnissen. Diese Person heißt also – seltsamerweise – auch Jorge
mit Vornamen. Warum hat sich jemand diese Informationen aufgeschrieben? Wozu? Aus welchem Grund interessiert sich überhaupt jemand dafür? Der Schriftzug unterscheidet sich erheblich von Zarßckes niedlichem Geschreibsel. Außerdem werden
nur Druckbuchstaben benutzt. Unklar bleibt darüber hinaus,
aus welchem Jahr diese Unterlagen stammen. Umschlag, Brief
und Notizblatt sehen ziemlich frisch aus, allerdings wirkt das
Äußere der Plastikhülle total vergammelt. Immerhin hat sie der
Berührung durch die Spurensicherung Stand gehalten und sich
nicht in tausend Einzelteile aufgelöst. Das Alter der zuvor in dem
Verschlag gefundenen Messer wird gerade im Labor ermittelt.
Als Nächstes kommt der neue Fund an die Reihe. Die Plastiktüte
haben seine Leute schon zur Analyse weitergegeben. Die Schriftstücke werden morgen früh folgen. Jägers geht davon aus, dass
alle Funde Jahrzehnte alt sind. Jemand hat diese Dinge vor unerwünschten Blicken versteckt, statt sie für immer verschwinden zu lassen. Wenn die Polizei es tatsächlich mit einem schwer-
wiegenden Vergehen zu tun hat, ergibt diese Ablage überhaupt
keinen Sinn. Sind sie einem völlig durchgeknallten Straftäter auf
die Spur gekommen, der sich von seinen Trophäen nicht trennen
kann? Der sich immer wieder daran berauschen muss?

„Warum soll ich mich mit dem ganzen Mist befassen, wenn
diese Sachen so alt sind, wie ich vermute? Kein Hahn kräht heute mehr danach! Außer diesen ausgelaugten Lokalredakteuren,
die grundsätzlich aus jeder Mücke einen Elefanten machen. Wegen der Auflage – damit sie ihr abgeschmacktes Käseblatt nicht
doch noch einstellen müssen. Verjährtes ist strafrechtlich oh-
nehin irrelevant. Und mit unserem aktuellen Kram sind wir oh-
nehin mehr als genug ausgelastet.“

Doch dann durchfährt ihn ein neuer Energieschub, er ist
plötzlich hellwach. Er kennt diesen Zarßcke.

„Verdammt, das ist der ‚Schlauchfresser‘!“

Natürlich! Peter Zarßcke: eingefleischter Waidmann und Ein-
peitscher im Lateinunterricht. Warum ist ihm das nicht gleich

eingefallen? Was für ein kapitaler Aussetzer ist das denn? Dieser kranke Spinner hat ihn einmal wegen seines Nachnamens und seines Engagements bei der Freiwilligen Feuerwehr derart hundsgemein hochgenommen, dass ihm das Blut vor Wut ins Gesicht geschossen ist. Auch heute hört er es noch: dieses ausgelassene und schadenfrohe Gelächter fast aller seiner Klassenkameraden. Und das hormonell voll aufgeladene Gequatsche des abartigen Paukers:

„Des Jägers Werkzeug ist das Gewehr und nicht der Wasserschlauch, ha ha ha. Nichts für ungut, aber Sie machen Ihrem Namen wirklich keine Ehre. Tja, mein lieber Jägers. Ein Jäger gehört nun mal nicht zur Brandwache. Mann, ist das komisch! Ha ha ha. Oder wollen Sie mit dem Schlauch Schwarzwild erlegen? Nach dem Motto: Ein Jäger aus Kurpfalz, der saust im Löschwagen durch den Wald. Er schießt das Wild mit dem Wasserstrahl, gleich wie es ihm gefällt. Ha ha ha."

Für Jägers heißt der Pauker von da an nur noch „Schlauchfresser". Sein engstes Umfeld auf dem Gymnasium hat das als Geheimcode übernommen, wenn sie vor ihm warnen wollen: „Vorsicht Schlauchfresser!"

Deshalb ist der Name „Zarßcke" bei ihm völlig in den Hintergrund gerückt.

Früher wird über diesen Mann ständig geredet. Natürlich nicht innerhalb des Kollegiums. Dort hat er volle Rückendeckung. Aber außerhalb des Lehrerzimmers wird so manche Grenze thematisiert, die er sowohl im Unterricht als auch in der Jugendbewegung überschritten haben soll. Das bekommt Jägers aber nur ganz am Rande mit, weil ihn andere Dinge mehr interessieren. Und anscheinend fehlen wirklich verwertbare Beweise, die vor einem Gericht Bestand haben. Keiner hat sich seitdem die Mühe gemacht, die Ereignisse von damals lupenrein aufzudröseln. Mit Zarßckes Freitod klingt das Getratsche vollkommen ab. Üblichen Gepflogenheiten entsprechend – aber überwiegend auch aus tiefer Überzeugung – einigt sich die Lehrerschaft des Christian-Heinrich-Rinck-Gymnasiums darauf, eine Beileidsbekundung in der Eibenstädter Ausgabe des Hochwaldkuriers zu inserieren. Sie trauern um das Ableben des „allseits geschätzten, selbstlos engagierten Kollegen, großartigen Menschen und bei seinen Schülern außerordentlich beliebten Lehrers". Die unscheinbare Todesanzeige aus Zarßckes Familienkreis steht dazu im krassen Gegensatz. Eine vom Dezernenten des Kulturamts und dessen Ehefrau aufgesetzte großflächige Eloge schießt den Vogel ab: Breit umrandet mit schwarzen Balken vermissen sie den engagierten Pfadfinderführer, beherzten Jägersmann und erfolgreichen Pädagogen, der so früh „von unser aller Seite gewichen ist". Damals macht sich jeder seinen eigenen Vers darauf. Und damit ist es dann auch genug des Guten. Es gibt absolut nichts, um Zarßckes Andenken als integre Persönlichkeit in der Öffentlichkeit zu bewahren.

Der seltsame Liebesbrief, der offenkundig aus Zarßckes Feder stammt, ist für Jägers ein starker Hinweis auf dessen pädophile Umtriebe. Deswegen könnte er sich zu den Untaten des Gymnasiallehrers heute eine ausgeprägte Erinnerungskultur vorstellen: gepflegt durch diejenigen, die unter ihm auf die eine oder andere Weise gelitten haben. Das wäre der Hammer!

„Passt so etwas nicht viel besser in unsere Zeit als die damaligen Beileidsbekundungen?"

Jägers sitzt leicht nach vorn gebeugt und mit auf den Knien abgestützten Händen im Stuhl. Wenn er diese Haltung einnimmt, denkt er immer angestrengt nach. Übergangslos springt er wie von der Tarantel gestochen auf. Dann bewegt er sich – begleitet von mehreren gekonnten Hüftschwüngen – mit kurzen Schritten vor und zurück, was Kenner sofort an Tanzfiguren aus dem Repertoire des Jives erinnern muss. Nach ein paar Takten zu einer imaginären Musik bleibt er schwer atmend wie angewurzelt stehen und klopft sich mit der rechten Hand mehrmals an die Schläfe:

„Verdammt, wann hat sich Zarßcke laut ärztlichem Befund das Leben genommen? Das muss genau in der Zeit gewesen sein, als ich ständig diesen abgefahrenen Hit von den ‚Fine Young Cannibals' gehört habe: ‚She Drives Me Crazy'[19]. Oh mein Gott, das war meine superheiße Discophase. Ist schon komisch, was das Gedächtnis manchmal so zum Vorschein bringt."

Was er jetzt braucht, ist Zarßckes genaues Todesdatum. Wahrscheinlich ist er 1989 verschieden, also vor neunzehn Jahren.

„Aber was ist vorher passiert? Vielleicht hängt doch mehr an der Sache dran, als ich zuerst gedacht habe. Ich bin mal gespannt, was die Spezialisten im Labor alles herausfinden werden."

Jägers hat keine Lust, zu dieser Uhrzeit eine Recherche zu starten. Sein Rechner ist längst heruntergefahren. Morgen früh hat er noch genug Zeit dafür. Er schnappt sich die altmodische hellblaue Jeansjacke, verlässt das Polizeigebäude durch einen Nebenausgang und eilt zum Taxistand. Entgegen seiner Gewohnheit verzichtet er auf einen ausgiebigen Nachtspaziergang. Heute braucht er nur noch Schlaf.

*

Mirko Jägers ist vor ein paar Jahren in seine Eigentumswohnung in Clausburg eingezogen. Trotzdem hält er sich regelmäßig in Eibenstädt auf, um Verwandte und Freunde zu besuchen. Auch Georg Molenbrick wohnt in Clausburg, spielt aber weiterhin im Eibenstädter Pétanque-Verein, sodass er während der Saison regelmäßig an Turnieren im Stadtpark teilnimmt. Der Polizeibeamte sieht ihn dort manchmal, wenn er spazieren geht, flüchtig im Vorbeigehen. Er interessiert sich nicht für dieses Spiel. Und nicht für diesen Spieler. Aber er kennt Molenbrick noch aus seiner Schulzeit am Christian-Heinrich-Rinck-Gymnasium. Viel haben sie damals nicht miteinander zu tun gehabt. Er erinnert sich verschwommen an ein sogenanntes Schnupperwochenende bei der „Fahrenden Schar": Georg schafft es mit seinen Überredungskünsten tatsächlich, ihn ins Landheim mitzunehmen. Aber Mirko kann dem Pfadfinderleben schon damals überhaupt nichts abgewinnen. Obwohl er ein ungestümer und unternehmungslustiger Lausbub ist. Für ihn handelt es sich dabei auf der ganzen Linie um vollkommen albernen Firlefanz. Wandern mit Gepäck, Singen im Halbkreis zur wimmernden Klampfe und hektische Geländespiele – ebenso wie Zeltlager und Fahrten – sind nichts für ihn. Vor allem, wenn es ständig im Mittelpunkt aller Aktivitäten steht und alles andere dagegen völlig nebensächlich wird. Ein paar Wochen später tritt er in die Jugendgruppe der freiwilligen Feuerwehr in Lurchheim ein. Da werden sie für wichtige Einsätze vorbereitet. Und führen kein Jungendasein mit Gruppen- und Lagerleben zum Selbstzweck in einem abgehobenen bündischen Zirkel. Von hier bis zur Ausbildung für den Polizeidienst ist es später nur noch ein kleiner Schritt, sozusagen das Naheliegende schlechthin. Im Nachhinein hat er genau die richtige Entscheidung getroffen. Er geht in seinem Beruf voll auf.

Am nächsten Morgen erfährt Jägers, dass Zarßcke tatsächlich 1989 im Alter von sechsundfünfzig Jahren gestorben ist. Im Rahmen der weiteren Ermittlungen bittet Jägers den Großneffen von Faustus Molenbrick schriftlich um eine Unterredung zur Klärung offener Fragen bezüglich der Hinterlassenschaft seines Onkels. Zu diesem Zweck gibt er ihm einen Termin im Polizeirevier vor. Hintergrund dieser Maßnahme: Die Großnichte des Verstorbenen hat in dem Gespräch mit der Polizei am Fundort der seltsamen Gegenstände angegeben, dass ihr Cousin in engem Kontakt mit seinem Patenonkel gestanden habe und deshalb vielleicht mehr zu der Dachkammer sagen könne.

Georg Molenbrick erscheint pünktlich, sitzt inzwischen in seinem Büro und schaut ihm unbekümmert ins Gesicht. Mit dem weinroten Polohemd, der hellgrauen Bundfaltenhose und den dunkelblauen Sneakers wirkt der schlanke Typ lässig bis sportlich, was Jägers einen neidvollen Stich versetzt. Nach einer kurzen Aufwärmphase, in der sie auf ihre gemeinsame Schulzeit Bezug nehmen, schaltet der Kommissar um und kommt ohne weitere Umwege auf sein Anliegen zu sprechen:

„Herr Molenbrick, wie Sie bereits wissen, hängt unsere Befragung mit dem bedauernswerten Ableben des pensionierten Forstbeamten Faustus Molenbrick zusammen. Zunächst mein aufrichtiges Beileid!"

Georg bedankt sich dafür mit belegter Stimme.

„Wenn wir richtig informiert sind, handelt es sich um Ihren Patenonkel."

Der Besucher nickt, drückt ansonsten mit seinem Gesichtsausdruck größte Verwunderung aus und beschließt, vorerst zu schweigen. Aus Vorsicht? Weil er eine Falle wittert? Normalerweise bombardiert jede andere Person Jägers exakt an diesem Punkt mit Besorgnis bekundenden Fragen. Schließlich handelt es sich hier um eine Vorladung der Ordnungsbehörde und nicht um ein Kaffeekränzchen mit irgendwelchen Nachbarn.

„Im Hause Ihres Onkels befindet sich unter dem Dach eine Bodenkammer, die irgendwann mal von einem Kind oder Jugendlichen – vermutlich männlichen Geschlechts – benutzt wurde. Das war jedenfalls unser Eindruck, als wir den Raum untersucht haben. Ihre Cousine und deren Tochter wussten nichts von der Existenz dieser Kammer, die sie erst bei der Auflösung des Haushalts entdeckt haben. Deswegen frage ich Sie:

Waren Sie jemals dort oben? Und vor allem: Was hat es damit auf sich? Helfen Sie mir bitte, dieses Rätsel zu lösen."

Molenbrick antwortet, ohne auch nur eine Zehntelsekunde zu zögern:

„Das habe ich bis dahin auch nicht gewusst. Ich war noch nie auf dem Dachboden. Wenn ich meinen Onkel früher besucht habe, bin ich manchmal auch über Nacht dageblieben. Im Nähzimmer meiner verstorbenen Tante standen so zwei altmodische Klappbetten für Besucher. In einem davon habe ich dann immer geschlafen. War nicht besonders bequem. Aber das hat mir nichts ausgemacht. Onkel Faustus war ein feiner Kerl, der hat immer was mit mir unternommen. Von dem habe ich viel gelernt. Dass ich in Bio ein Ass war, das weißt du … Verzeihung, das wissen Sie doch bestimmt noch. Das habe ich allein ihm zu verdanken. Ach so, Herr Jägers … Ähm, Mirko, wollen wir uns nicht lieber duzen? Sonst muss ich mich andauernd auf dieses verflixte Sie konzentrieren."

Während er seine Version so glaubwürdig wie möglich heruntergebetet hat, ist ihm nicht entgangen, dass sich Jägers seit dem ersten Wort jede Menge Notizen gemacht hat. Das große Blatt Papier, das vor ihm liegt, ist fast beidseitig vollgeschrieben. Jetzt schaut ihm der Kommissar freundlich ins Gesicht.

„Klar, geht in Ordnung, Georg. Aber wenn man sich nach so langer Zeit plötzlich gegenübersteht … Und so viel hatten wir ja auch nicht miteinander zu tun. Als du eben reingekommen bist, habe ich dich kaum wiedererkannt. Na ja, also Georg, wer hätte die Kammer auf dem Dachboden – außer deinem Onkel – denn noch benutzen können? Es gibt doch auch einen Sohn, Gerhard Molenbrick. Was ist denn mit dem?"

„Das kann ich dir beim besten Willen nicht sagen. Gerhard habe ich nur ein- oder zweimal auf irgendeiner Familienfeier gesehen. Der hat nie in dem Haus gewohnt, ich weiß nicht einmal, wo der heute lebt und was er so macht. Moment mal, ach so, Gerhard ist gleich nach der Schule wegen einer Druckerlehre aus Hochwald weggezogen. Da wurde das Haus gerade erst gebaut."

Georg stutzt und klopft mit der flachen Hand auf Jägers Schreibtisch.

„Oh Mann, Mirko, das gibt es doch nicht! Natürlich, vor ein paar Tagen haben wir doch nach der Beerdigung noch zusammengesessen. Also, ich meine die engsten Verwandten von meinem Onkel. Und jetzt habe ich schon wieder vergessen, wie der Ort heißt, wo er sich seit vielen Jahren aufhält. Aus beruflichen Gründen: Er hat dort irgendwas mit digitaler Drucktechnik zu tun. Ist schon verrückt …"

Er bemerkt, dass ihm Jägers um eine Nuance weniger freundlich ins Gesicht schaut. Und da ist diese ungeheure Distanz, die der Polizeibeamte plötzlich ihm gegenüber ausstrahlt. Auch wenn seine Worte noch so entgegenkommend klingen.

„Mein lieber Georg, ich kann mir nur sehr schwer vorstellen, dass du niemals auf den Dachboden geklettert bist, wenn du bei deinem Onkel zu Besuch warst. Wir wissen doch beide nur zu gut, was wir damals für Lausbuben gewesen sind. Durch nichts zu bremsen! Vor unserem Entdeckerdrang gab es kein Erbarmen. Wir haben alles unter die Lupe genommen. Manches fällt einem nicht immer sofort ein. Versuch dich bitte genau zu erinnern."

Jägers baut ihm eine Brücke. Wenn Molenbrick gelogen hat, ist das jetzt die letzte Möglichkeit, dem Beamten die Wahrheit zu sagen, ohne das Gesicht zu verlieren.

Georg entscheidet sich für die Unwahrheit und überhäuft den Beamten mit allerlei Details zu seinen Aufenthalten im Haus des Onkels, um seinem Gegenüber den Wind aus den Segeln zu nehmen:

„Hm, das ist wirklich schon sehr lange her. Aber nein, Mirko, ich bin nie auf dem Dachboden gewesen. Im Keller, klar, da steht ja auch die alte Werkbank, an der wir so oft an irgendetwas herumgebastelt haben. Daneben ist die Waschküche. Und der Vorratsraum mit dem eingeweckten Obst und Gemüse, der Kartoffelkiste und den Getränken. Von dem Apfelsaft durfte ich mir so viele Flaschen nehmen, wie ich wollte. Das war für mich damals wie im Schlaraffenland. Das weiß ich alles noch ganz genau. Aber weiter als bis in den ersten Stock bin ich nie hinaufgegangen. Da war das Schlafzimmer. Und ein Raum, den Onkel Faustus als Büro nutzte. Ach ja, ein Zimmer hatten sie gar nicht richtig eingerichtet. Da stand ziemlich viel Krempel herum, wenn ich mich richtig erinnere. Vielleicht sollte sich Gerhard da ursprünglich einrichten, wenn er öfter zu Besuch kommen würde. Und selbst daran kann ich mich nicht mehr so genau erinnern. Ich hatte da oben echt nix verloren. Wenn unten das Klo besetzt war, bin ich mal hoch ins Badezimmer gerannt. Das war's schon. Und dann weiß ich auch überhaupt nicht, wie man auf den Boden hochsteigen soll. Da ist doch gar keine Treppe. Ganz bestimmt nicht. Das finde ich jetzt selbst ziemlich sonderbar. Gibt es da etwa eine Bodenklappe? Normalerweise wäre mir die doch aufgefallen, oder? Egal, das war nicht meine Baustelle. Vielleicht hat der Onkel da oben alte Erinnerungen aufbewahrt. Ich weiß zwar nicht warum, aber anscheinend brauchte er einen geheimen Ort. Vielleicht hatte er so einen spirituellen Tick? Nachdem seine Frau gestorben war, wurde er von Jahr zu Jahr ein bisschen eigenbrötlerischer. Leider kann ich dir nicht mehr dazu sagen, Mirko. Warum ist das überhaupt so wichtig?"

Das hört sich für den Kommissar zunächst einmal aufrichtig um Aufklärung bemüht an. In dieser Ausführlichkeit wirkt es darüber hinaus aber ein klein wenig zu dienstbeflissen. Was will Molenbrick vertuschen, indem er so üppig am Kern der Angelegenheit vorbeilabert. Also schaltet er einen Gang höher.

„Georg, das liegt doch auf der Hand. Hast du etwa nicht in der Tageszeitung gelesen, was wir da oben gefunden haben? Bei der Beerdigung müssen deine Cousine und ihre Tochter doch davon erzählt haben! Immerhin handelt es sich um zwei Messer, die zum Zeitpunkt ihrer Ablage in der Kammer rasierklingenscharf gewesen sind. Mensch Georg, da kleben Blutspuren drauf. Und außerdem lag da noch ein Drohbrief in dem Verschlag. Genauer gesagt eine anonyme Morddrohung."

Molenbrick ist einfach nicht aus der Ruhe zu bringen.

„Nee, davon hab ich nichts gelesen. Und auch nichts gehört. Ich musste ja erstmal die Nachricht vom Tod meines Großonkels verdauen. Das war doch ein großer Schock für mich! Da habe ich keine anderen Sachen an mich herangelassen. Irgendwelche Stories und Gerüchte über das Haus haben mich in dem Moment überhaupt nicht erreicht."

Er scheint angestrengt nachzudenken. Dann sieht er Mirko mit einem fragenden, fast ungläubigen Blick an:

„Das klingt ja sehr abenteuerlich. Wie soll denn sowas nach da oben gekommen sein? Das sprengt jetzt aber mein Vorstellungsvermögen. Stand das etwa alles im Hochwald-Kurier?"

„Ja, natürlich! Am vergangenen Montag. In der Beilage. Im Landboten. Ich gehe davon aus, dass du den Hochwald-Kurier abonniert hast."

„Klar. Allein schon aus beruflichen Gründen. Ach herrjeh! Die Beilage hab ich ungelesen entsorgt. Mirko, was da normalerweise drinsteht, ist mir dann doch ein bisschen zu folkloristisch. Ich gehe ja auch nicht auf den alljährlichen Viehmarkt in Groß-Moritzhain."

Jägers ignoriert diesen unpassenden Anflug eines Scherzes.

„Und auf der Beerdigung haben wir über ganz andere Dinge geredet. Onkel Faustus war bei allen sehr beliebt. Wir wollen ihn in guter Erinnerung behalten. Wir haben die alten Zeiten wieder aufleben lassen. Als wir mit ihm die wundervollen Ausflüge in Wald und Flur gemacht haben. Er kannte jede Pflanze, jedes Insekt, jeden Pilz, jeden Vogel. Das war für uns ungeheuer spannend. Wir konnten es kaum abwarten, mit ihm loszuziehen."

„Na, dann. Wenn das so ist ..."

Ist dieser Bursche früher auch so cool gewesen? Nie und nimmer! Wahrscheinlich ist er erst während seiner beruflichen Laufbahn zum Meister der zweckbestimmten Gesprächsführung avanciert. Respekt! Jägers steht auf und geht zum Fenster. Molenbrick starrt in seinem Stuhl zusammengesunken vor sich hin. Der Kommissar betrachtet die Lindenbäume auf dem gegenüberliegenden Parkplatz. Bis zur Blüte im Juni gehen noch ein paar Wochen ins Land. Aus den Papierkörben ragen die orangen Schleifen unzähliger zugebundener Hundekotbeutel, die man aus den überall im Stadtgebiet aufgestellten Spende-Boxen ziehen kann. Auch in diesem Punkt hinkt Eibenstädt hinterher: Die Entsorgungstüten in seinem Geburtsort sind ausnahmslos dunkelgrau.

Jägers konzentriert sich wieder auf sein eigentliches Anliegen. Im Schnelldurchgang überschlägt er – immer noch in Gegenwart seines Besuchers – den aktuellen Sachstand. Nachdem er alle gesicherten Fakten durchgecheckt hat, kommt er zu folgendem Ergebnis, das er blitzschnell vor seinem geistigen Auge rekapituliert:

Zwar haben sie im Labor einiges gefunden. Aber das ungefähre Alter der Gegenstände und der Spuren auf ihnen führen zu keinem relevanten Ergebnis. Die Plastiktüte kann von 1989 sein, aber das mögliche Zeitfenster weitet sich bis auf zwei Jahre davor und danach aus. Auch die Blutspuren auf den Messern lassen sich zeitlich nicht genau einordnen, vermutlich sind sie wesentlich älter als der Fund in der Plastiktüte. Vielleicht aus den siebziger Jahren des vorigen Jahrhunderts. Oder noch früher. Auch der Zettel mit der Morddrohung kann aus dieser Zeit stammen. Überdies ist der Abgleich von Fingerabdrücken und DNA mit aktuell polizeilich erfassten Straftätern negativ ausgefallen.

Jägers hat höchstpersönlich das Internat in Spanien angerufen. Fehlanzeige: Der jetzigen Leiterin, Monja Theresita, sind die Daten auf dem gefundenen Zettel in Zarßckes Briefumschlag gänzlich unbekannt. Sie zeigt sich ziemlich entrüstet: Wie komme jemand nur auf die Idee, ihrer ehrwürdigen Einrichtung so etwas anzudichten. Ein Jorge Carlos Mendoza Jimenez mit entsprechendem Geburtsdatum und Eintrittsalter sei nie in ihrer Anstalt gewesen. Es gebe keinerlei Unterlagen über eine solche Person. Er könne gerne zu ihnen nach Spanien kommen, um sich davon vor Ort zu überzeugen. Seine zweite Frage kann sie dagegen positiv beantworten.

„Ja, ganz sicher, ein Herr Peter Zarßcke hat bei uns von September 1973 bis Ende 1975 unterrichtet. Deutsch und Geschichte. Das war noch in der guten Zeit. Wie schön, dass Sie sich nach ihm erkundigen. Wir haben ihn hier alle nur ‚Don Pedro‘ genannt. Das ist ein so wunderbarer Mensch. Außerdem schätzen wir ihn als einen hervorragenden Pädagogen. Unsere Schüler haben ihn wahrhaftig gemocht. Bendito sea el Señor![20] Mir war es vergönnt, ihn wenigstens in seinem letzten Halbjahr bei uns kennenzulernen. Leider hatte er ein zu großes Heimweh und ist dann wieder zurück nach Deutschland gegangen. Das war ein sehr großer Verlust für uns alle.“

Er wundert sich, wie gut er alles verstanden hat – und sie ihn. Obwohl er schon lange nicht mehr auf Spanisch kommuniziert hat, sind seine Sprachkenntnisse immer noch ganz passabel. Von diesen spanischen Katholiken ist also keine Unterstützung zu erwarten. Seit Francos Tod beseitigen viele von ihnen alle Spuren ihrer Komplizenschaft mit der Diktatur. Das läuft immer so, wenn solche Verbrecher nicht mehr am Ruder sind. Aber als Monja Theresita erfährt, dass „Don Pedro“ schon so lange verstorben ist, fängt sie bitterlich an zu weinen und muss das Gespräch abrupt beenden.

Zu dem geladenen Besucher, den er während seiner Überlegungen nicht weiter beachtet hat, sagt er nebenbei:

„Einen kleinen Moment noch, Georg. Ich muss gerade ein paar Dinge bedenken, bevor wir weitermachen können.“

Jägers ist gründlich. Er lässt sich nicht aus der Ruhe bringen, auch wenn er andere damit zur Verzweiflung bringen kann. Gelassen setzt er seine Überlegungen fort:

Schlauchfressers – also Zarßckes – Leiche wurde eine Woche nach seiner plötzlichen Abmeldung vom Unterricht entdeckt. Es entspricht nicht seinem Wesen, einfach mal eine ganze Woche abzutauchen, ohne sich nochmals mit der Schule in Verbindung zu setzen. Niemand rechnet damit, dass er für den familiären Termin länger als angekündigt abwesend ist. Deshalb macht sich das Sekretariat große Sorgen und gibt eine Vermisstenanzeige auf. Jägers kann sich noch gut daran erinnern, wie sein damaliger Vorgesetzter anordnet, in der Wohnung nachzusehen. Mit der flapsigen Begründung, dass Lehrer zu viel Ferien bekommen, um auch noch während des Unterrichts zu schwänzen. Deshalb zieht er in Erwägung, dass dem Mann etwas zugestoßen ist. Der Chef hat sich nicht geirrt. Zarßckes Abgang erweist sich als lupenreiner Suizid. Es wird zwar kein Abschiedsbrief gefunden, dafür aber eine große Ansammlung verschiedenster verschreibungspflichtiger Medikamente, die der Verstorbene anscheinend über einen längeren Zeitraum gesammelt hat. Der Arzt bewertet dies als ein charakteristisches Zeichen für die Planung eines Selbstmordes. Aus Sicht der Polizei ist dies eine Möglichkeit von vielen. Es gibt aber auch andere Gründe, Medikamente auszusetzen: etwa wegen Unverträglichkeit oder schlimmer Nebenwirkungen. Prinzipiell kann es sich also genauso gut um einen ungeplanten Selbstmord handeln, bei dem der Suizidant mangels Alternativen spontan zu den sofort verfügbaren Pillen gegriffen hat. Wie es wirklich war, lässt sich im Nachhinein nicht mehr feststellen und spielt für die Ermittlung auch keine Rolle.

Nach eingehender Untersuchung der Leiche und des Hauses schließt der Mediziner Fremdverschulden rigoros aus. Kurios erscheint Jägers die Tatsache, dass damals die Beamten in ihrem Bericht die erkaltete Asche von Papier und Fotografien im Kamin des Wohnzimmers erwähnen. Das Brennmaterial hat allerdings keinerlei verwertbare Rückstände hinterlassen. Darüber hinaus gibt es einen Vermerk, dass in der Wohnung im Souterrain zahlreiche Klebestreifen die Wand über dem Bett verunzieren. Vermutlich sind damit Bilder oder Fotografien befestigt gewesen, die der Schlauchfresser sicher aus gutem Grund der Nachwelt vorenthalten hat.

Fazit: Die Funde der zwei Inspektionen im Haus von Faustus Molenbrick fördern null Verdachtsmomente auf irgendein konkretes Vergehen zu Tage. Es gibt keinen begründeten Hinweis auf eine Straftat. Es gibt keine Anklage. Es gibt nichts. Selbst wenn Georg ihn anlügt: Der Aufenthalt in der Kammer oder der Besitz der gefundenen Gegenstände ist ohne Hinweise auf ein damit zusammenhängendes Delikt bedeutungslos. Er findet keinen einzigen Grund, um weitere Maßnahmen durch die Staatsanwaltschaft bewilligen zu lassen. Wozu auch?

Der Gast wird angesichts der langandauernden gedanklichen Abwesenheit des Kommissars zusehends unruhiger und fängt an, sich mit den Fingern auf die Oberschenkel zu klopfen. Um seinen akuten Bewegungsdrang zu bewältigen, scheint der sportliche Herr vom Kulturamt ein paar Runden joggen zu müssen. Jägers möchte sich dem nicht länger entgegenstellen:

„Ja, also ich habe gerade nochmal den gesamten Vorgang gedanklich abgehakt. Mir fällt im Augenblick nichts mehr ein, was ich dich fragen könnte. Dann sind wir jetzt mit allem durch. Vielen Dank für deine prompte Hilfe, Georg. Manchmal dauert es ewig, bis sich jemand zu einer konkreten Aussage durchringt. Also, nochmals vielen Dank. Schönen Tag und bis demnächst mal.“

„Keine Ursache, Mirko. Stets zu Diensten. Tschüss!“

„Wenn dir doch noch was einfällt, kannst du mich jederzeit anrufen. Meine Nummer hast du ja auf der Einladung.“

Georg nickt, nimmt seine ultramarinblaue Windjacke vom Garderobenhaken und will sich gerade zur Tür umdrehen.

„Ach so, Moment mal, du musst ja noch das Ergebnisprotokoll von unserem Gespräch unterschreiben. Das hätte ich fast vergessen. Ich zeichne es jetzt gleich auf. Das dauert bestimmt nicht lange. Warte bitte hier in der Sitzecke im Flur. Du wirst dann aufgerufen.“

„Klar, geht in Ordnung.“

*

Nach einer halben Stunde wird er abgeholt. Er folgt der jungen, attraktiven Mitarbeiterin des Verwaltungsdienstes zum anderen Ende des Ganges. Ihr dunkelbrauner Pferdeschwanz hüpft vor seiner Nase hin und her. Die Tür des kleinen Bürozimmers steht weit offen. Interessiert nimmt er das Protokoll in Empfang, das er sofort im Stehen überfliegt. Mirko hat alles korrekt wiedergegeben. Er bittet die Beamtin um einen Kugelschreiber und bestätigt den Inhalt mit seiner Unterschrift.

„Brauchen Sie sonst noch etwas von mir?"

„Nein. Wieso? Sollte ich das?"

Die Frau sieht ihn aus großen schwarzen Augen durchdringend an. Dann lässt sie das Protokoll unter einem Aktendeckel verschwinden, greift in einen am Garderobenhaken baumelnden dunkelroten, schon ein wenig abgewetzten Kunstlederbeutel und kramt eine blecherne Brotdose heraus. Das gleiche Modell, das Papa Julius bis zu seinem letzten Arbeitstag benutzt hat. Vermutlich ein Erbstück. Ganz nebenbei sagt sie:

„Ähm, Sie können jetzt gehen."

In Windeseile stürmt er aus dem Polizeigebäude. Unter freiem Himmel fühlt er sich deutlich wohler. Erlöst steuert er die nächste SB-Bäckerei in der Fußgängerzone an, um sich eine kleine Stärkung zu gönnen.

„Endlich ist es vorbei!"

Die penible Ausfragerei ist ihm voll auf die Nerven gegangen! Er hat sich gewaltig zusammenreißen müssen, um Jägers bei der einen oder anderen Frage nicht doch noch auf den Leim zu gehen. Dieses Herumlavieren widerspricht allerdings seinem starken Verlangen, sich einmal alles von der Seele zu reden, was ihn seit so vielen Jahren bedrückt. Er muss jemanden in eigener Sache ins Vertrauen ziehen. Diesen Schritt kann er nicht ewig hinausschieben. Die Vernehmung wäre eine gute Gelegenheit dafür gewesen. Der Kommissar kennt Zarßcke aus erster Hand. Möglicherweise ist er genau deswegen der ideale Ansprechpartner. Leider bringt Georg gegenüber dem einstigen Schulkameraden nicht das notwendige Vertrauen auf. Einige Details aus seiner Vergangenheit würden Jägers auf jeden Fall schockieren.

Dass er deswegen mit unangenehmen Folgen zu rechnen hat, liegt klar für ihn auf der Hand. Deswegen ist es die richtige Entscheidung gewesen, dem Beamten mitten ins Gesicht zu lügen. Hoffentlich verzichtet er darauf, Elvira während der weiteren Ermittlungen noch einmal auszuquetschen. Schließlich hat sie ihren Cousin über den grausigen Fund und den Zeitungsartikel genauestens in Kenntnis gesetzt.

„Wenn das rauskommt, wird es eng für mich."

Auf dem Weg vom Polizeirevier zu seinem Arbeitsplatz denkt Georg noch einmal darüber nach, ob es im Nachhinein nicht doch besser gewesen wäre, sich auf ein vertrauliches Gespräch mit Mirko Jägers einzulassen. Schließlich ist Georg eindeutig das Opfer eines pädophilen Angriffs und autoritärer Willkür gewesen. Trotzdem will er sich mit dieser Idee nicht recht anfreunden. Das liegt vor allem daran, dass er anfängt, an seiner eigenen Redlichkeit zu zweifeln:

Die Morddrohung tut er als eine Kinderei ab, die nie an den Adressaten abgeschickt worden ist. Aber er tendiert neuerdings immer stärker dazu, sich den Messerstich als eine übertriebene Reaktion vorzuwerfen. Natürlich bleibt die Schuld des zudringlichen Täters davon unberührt. Aber es wäre Georg damals bestimmt gelungen, Lichtenstein zu entkommen, ohne ihn zu verletzen. Außerdem erscheint es ihm nahezu unmöglich, anderen einigermaßen überzeugend zu erklären, warum er sich überhaupt auf das Jagdabenteuer mit Lichtenstein eingelassen hat: angesichts dessen, was er zu diesem Zeitpunkt bereits über die „Fahrende Schar" weiß, vermutet oder befürchtet. In Erwartung des Jagdvergnügens hat er wider besseres Wissen alle Warnzeichen missachtet.

Zudem fragt er sich seit Längerem, ob er für Zarßckes Tod verantwortlich ist. Beziehungsweise verantwortlich gemacht werden kann. Hat er ihn in den Tod getrieben? Damals ist das sein sehnlichster Wunsch gewesen. Dass er in Erfüllung gegangen ist, freut ihn insgeheim kolossal. Doch wer wird dafür jemals Verständnis aufbringen? Auch wenn er noch so schlagkräftige Argumente ins Feld führt. Er hat weder das Recht, in fremde Wohnungen einzudringen, noch andere mit nächtlichen Anrufen und gefälschten Dokumenten zu terrorisieren. Dieser Fehltritt ist durch nichts zu rechtfertigen.

Allerdings ist Georg fest davon überzeugt, dass ihn eine höhere Macht für diesen Weg vorbestimmt hat. Aber das behält er wohl besser für sich.

Andere Details sprechen nicht vollkommen dagegen, sich Jägers doch noch anzuvertrauen.

Zarßcke und Lichtenstein haben immer Kontakt zu einschlägigen Kreisen gehabt. Das weiß er unter anderem von Gerfried. Dieser weitverzweigte Pädophilen-Sumpf existiert wahrscheinlich nach wie vor im Verborgenen. Bei jeder sich bietenden Gelegenheit machen sich solche Leute durch vorgetäuschtes Verständnis und berechnendes Engagement bei den kleinen Rackern und heranwachsenden Jugendlichen beliebt: im Familien- und Bekanntenkreis, im Indoor-Spielparadies, in der Kirchengemeinde, in der Musikschule, im Nachhilfezirkel, im Sportverein, auf dem Schulhof, im Schwimmbad oder wo auch immer. Die Eltern ihrer Zielgruppe blenden sie durch wohldosierte Gefälligkeit. Im Schutz dieser wirkungsvollen Maskerade gehen sie ungestört und hemmungslos ihrer tatsächlichen Passion nach: Sie bringen Kinder und Jugendliche in ihre Abhängigkeit, um sie sexuell zu missbrauchen. Bei manchen Opfern zerstören sie „nur" den kindlichen Übermut und bremsen die jugendliche Zuversicht aus. Meistens gehen sie viel weiter, oft bis zur vollständigen Zerstörung der Seele. Laut einschlägigen Pressemitteilungen kommt es in einzelnen Fällen sogar vor, dass die Beute wollüstig zu Tode gequält wird.

Bei Georg sind sie nicht bis ans Ziel gekommen. Heute empfindet er die Begegnung mit diesem ehrlosen Abschaum wie Einschüsse in die schönen Bilder, die er von der Pfadfinderzeit im Gedächtnis gespeichert hat. Aus diesen Löchern quillt nun ein nebliger Dunst, der alles mit einer milchig-eitergrünen, fast undurchsichtigen Schicht überzieht. Alles, was ihn, den ahnungslosen Wölfling, einmal so begeistert hat.

Zarßckes Reaktion auf die fingierte Todesanzeige lässt eindeutige Schlüsse zu: Jorge gehört zu seinen Opfern. Was hat der arme Kerl alles durchmachen müssen? Was für ein Leben führt er heute?

Vielleicht sollte er mit Jägers genau darüber reden. Vielleicht bringt er dadurch etwas gegen den perversen Sumpf in Gang. Vielleicht entschließt sich die Polizeibehörde dazu, einige Bürger aus alteingesessenen Familien und ihre Verbindungen untereinander genauer unter die Lupe zu nehmen. Vielleicht fördert die Beschlagnahmung von Festplatten und anderen Speichermedien Ungeheuerliches zu Tage. Vielleicht ...

Es gibt noch einen anderen Grund für seine Zurückhaltung. Erst kürzlich hat er den Versuch unternommen, sein einschlägiges Wissen unter die Leute zu bringen:

Am Rande einer Geburtstagsfeier unter Kollegen erwähnt der Gastgeber eine brandneue Meldung aus den letzten Nachrichten. Es handelt sich um die Zerschlagung eines internationalen Netzwerks für Kinderpornographie. Den kurzen Einwurf schließt er mit der Bemerkung:

„Sachen gibt's ...“

Das ist für Georg die Gelegenheit, vor der eigenen Tür zu kehren und auf gewisse Aktivitäten von ehemaligen Jugendführern und verbeamteten Staatsdienern in Eibenstädt hinzuweisen. Seine Gesprächspartner sehen ihn unangenehm berührt an. Sie stellen sich wohl gerade vor, dass einer der „Geschändeten“ vor ihnen steht. Für viele dieser aufgeschlossenen Zeitgenossen haftet nämlich auch denjenigen Schande an, die zu Opfern geworden sind.

Sie weichen ihm sofort aus.

Zuerst kommt die Einschränkung:

„Lassen sich diese Vorwürfe denn überhaupt beweisen? Sonst wäre das ja üble Nachrede.“

Daraufhin sagt er:

„Dem müsste natürlich die Staatsanwaltschaft noch genauer nachgehen.“

Nach dieser Äußerung nimmt die Unterhaltung einen seltsamen Verlauf. Die Reaktionen ähneln sich frappierend:

„Tja, da muss ich leider passen: Solche Typen gab es nicht an unserer Schule. Keinen einzigen. Und da, wo ich bisher gearbeitet habe, schon gar nicht. Das wäre ja noch schöner. Also wirklich!"

„Um Gottes willen! Na ja, in meinem Ruderverein kam sowas natürlich grundsätzlich nicht vor. Wir waren alle vollkommen anders drauf. Ganz normal eben."

„Nee, nicht bei uns. Ich bin ja bei den christlichen Pfadfindern gewesen. Ich kann mir gar nicht vorstellen, dass solche Dinge überhaupt passiert sein sollen. Aber wie es in anderen Vereinen zuging, davon habe ich natürlich null Ahnung."

Georg hat den Eindruck, dass sich seine Gesprächspartner gegenüber dem Thema wider besseres Wissen und aus Bequemlichkeit verschließen. Am verräterischsten wirkt auf ihn die Aussage:

„Damit habe ich nichts zu tun."

Oder:

„Damit haben wir nichts zu tun."

Als ob es darum ginge.

Diese Erfahrung macht Georg noch misstrauischer gegenüber seinen Mitmenschen. Er hat das Gefühl, dass ihn keiner ernsthaft verstehen will. Das ist momentan wohl der entscheidende Grund für seine lähmende Befangenheit gegenüber dem Kommissar. Endlich beendet er den zermürbenden Zustand ausweglosen Zweifelns mit einer überraschend pragmatischen Erkenntnis:

„Offiziell liegt gegen mich rein gar nichts vor."

Und zu seiner Rechtfertigung fügt er noch hinzu:

„Es gab für mich keine andere Wahl. Ich habe immer genau das getan, was ich in der jeweiligen Situation tun musste. Wer will sich anmaßen, darüber zu richten?"

Dann fängt er an, etwas herunterzubeten, das sich wie ein Bekenntnis anhörte:

„Die von langer Hand geplante Vergeltung für Zarßckes Untaten ist nicht für mich allein bestimmt gewesen. Ich habe es auch für all die Glücklosen getan, die – anders als ich – nicht so glimpflich davongekommen sind. Den Wink von Gerfried habe ich zu meiner Mission gemacht."

Für einen Moment ist er ungeheuer stolz auf sich. Energischen Schrittes eilt er die letzten Meter über den Bürgersteig. Die linke Hand steckt zur Faust zusammengeballt in seiner Windjacke. Wenn ihm wirklich jemand an den Karren fahren will, weiß er sich zu wehren. Am Ziel angekommen, verschwindet Georg schnurstracks in seinem Büro im Gebäude der Kulturverwaltung. Hier ist es wesentlich gemütlicher als in den Räumen der Polizeibehörde. Hier bohrt keiner in seiner Vergangenheit herum. Hier stellt er die Fragen, wenn es irgendwelchen Klärungsbedarf gibt.

*

Entgegen seinen Befürchtungen verschont ihn Jägers mit weiteren Befragungen. Großartig, dass der vom Rock ‚n' Roll besessene Gesetzeshüter seinen fiebrigen Wissensdurst vorerst gestillt hat. Deshalb glaubt er, dass sein damaliger Brief an Zarßcke – ein in Maschinenschrift aufgesetztes Sammelsurium bitterster Vorwürfe – niemals aufgetaucht ist. Anderenfalls wird Jägers bestimmt versuchen, dieses Schreiben eines rachsüchtigen Schülers mit dem Fund in der Dachkammer in Beziehung zu setzen. Und dann fällt der Verdacht doch noch auf ihn. Er hört den Schnüffler schon frohlocken:

„Das riecht gewaltig nach Georg!"

Todsicher kommt es dann zu einer weiteren Ladung. Wer Jägers jemals in einem Verhör erlebt hat, weiß, dass er auf Zeit setzt. Je länger er eine Person in die Mangel nimmt, desto tiefer verstrickt sie sich in Widersprüche. Georg ahnt, dass er ihm ein zweites Mal nichts vormachen kann. Die Vorstellung, diesem Mann schlimmstenfalls erneut gegenübersitzen zu müssen, empfindet er als äußerst unangenehm.

Aber allem Anschein nach ist der Kommissar – was ihn anbelangt – leer ausgegangen. Georg hat ihn erfolgreich an der Nase herumgeführt. Hoffentlich stößt er nicht doch noch – vom Zufall begünstigt – auf neue Verdachtsmomente.

*

Georgs lang ersehnter Urlaub geht an diesem ungewöhnlich sonnigen und heißen Freitag in der zweiten Septemberwoche zu Ende. Am kommenden Montag wird er seinem Arbeitgeber wieder zur Verfügung stehen. Das Kulturamt wartet schon sehnlichst auf ihn. Heute Vormittag vergnügt er sich aber am Badestrand des großen Clausburger Sees. Zuerst schwimmt er weit hinaus, bis er das Ufer nur noch als einen flimmernden Strich wahrnimmt. Danach erholt er sich von der enormen Anstrengung durch ausgiebiges Sonnenbaden. Schließlich führt er ein paar Small Talks mit Bekannten vor der Erfrischungsbude. Dabei verschlingt er gierig ein riesiges Himbeer-Softeis. In der Umkleidekabine steckt er die Badesachen in den hellblauen Stoffbeutel, auf dem Neptuns Dreizack in grellem Orange prangt. Sein Wagen steht auf einem Rasenstreifen neben dem Schotterweg zum See. Entspannt fährt er auf einen Parkplatz in der Nähe der Kulturverwaltung und schlendert gut gelaunt über die Hauptgeschäftsstraße von Clausburg. So relaxed wie heute hat er sich schon lange nicht mehr gefühlt. Als Nächstes stehen Mohntorte mit Sahne und ein doppelter Espresso auf dem Plan. Er nähert sich dem altehrwürdigen „Café Güstrow". Dort werden momentan zahlreiche Kunstdrucke von Werken des Malers Georg Friedrich Kersting ausgestellt, der zum Dresdener Freundeskreis des unvergleichlichen Caspar David Friedrich gehört. Die örtliche Kulturszene hat diese Lokalität zu ihrem Treffpunkt auserkoren. Aber um diese Uhrzeit lässt sich von der Stammkundschaft niemand hier blicken. Genau das will Georg jetzt für sich ausnutzen. Er ist gerade im Begriff, sich neben dem Eingang unter einen Sonnenschirm an das kleine Tischchen zu setzen, als er Miranda die Straße überqueren sieht.

Seit seiner verstörenden Bemerkung vor fünf Jahren herrscht absolute Funkstille. Die Treffen bei den Marongs gibt es schon lange nicht mehr. Philipp und Juliane haben sich auf ihren Landsitz zurückgezogen, hängen auf den Kanaren herum oder machen Retro-Urlaub auf einer einsamen dänischen Insel. Es gelingt ihm, ungesehen von Miranda, die er so maßlos enttäuscht hat, in die nächste Querstraße einzubiegen. Am Luxemburger Platz wähnt er sich in Sicherheit. Um sich zu beruhigen, lässt er sich mit zitternden Beinen auf die nächste freie Bank plumpsen. Die riesige Eberesche auf dem Zierstreifen neben dem Bürgersteig taucht ihn in wohltuenden Schatten. Eine leichte Brise streift über sein Gesicht. Georg erblickt gerade das gut besuchte Schnellrestaurant auf der gegenüberliegenden Seite. Dort wird Miranda auf keinen Fall hineingehen – so gut kennt er sie. Der Tag ist bisher so angenehm verlaufen. Aber die ganze Erholung ist plötzlich dahin: Jetzt fängt es wieder an, in seinem Kopf zu rattern. Voller Verbitterung fragt er sich:

„Werde ich denn niemals Ruhe finden?"

Ja, er hat sie geopfert: Miranda versus Lichtenstein. Ja, er hat sie ausgenutzt: Vertrauen versus Verrat. Für ihn war es der einfachste Weg, diesen Blender so unter der Gürtellinie zu treffen, dass er Georg endlich in Ruhe lässt. Gut, Arjona ist seitdem stinksauer auf Miranda. Deren Vertrauensbruch hat unumstößlich das Ende einer bis dahin ungetrübten kollegialen Freundschaft zur Folge. Genauer betrachtet ist es jedoch ganz allein Arjona gewesen, die andere mit den Schilderungen aus ihrem intimsten Privatleben belastet und damit den Stein ins Rollen gebracht hat. Statt die Probleme mit Hans Lichtenstein hinter verschlossenen Türen höchstpersönlich in Angriff zu nehmen. Oder eine Beratungsstelle für Ehepaare aufzusuchen.

Seinen Ärger über Lichtenstein als Vorgesetzten hat Georg permanent in sich hineingefressen. Nichts davon ist vorher jemals nach außen gedrungen. Auch Miranda hat vor ihrem letzten gemeinsamen Treffen im Stadtpark nichts davon gewusst. Deshalb konnte sie in der betreffenden Situation nicht ahnen, dass sie mit ihrem Getratsche über Lichtensteins Sexualleben möglicherweise schlafende Hunde bei ihrem Vertrauten wecken würde. Ahnungslos erwählte sie ihn zum Geheimnisträger der Beziehungsprobleme einer maßlos enttäuschten Ehefrau mit ihrem anscheinend ziemlich verklemmten Ehemann. Warum glaubte Miranda damals, dass er sich dafür interessieren würde? Wollte sie ihn damit etwa an ein anderes Thema heranführen: eine Wiederholung ihres wundervollen Seitensprungs?

Egal: Die Not hat ihn im entscheidenden Augenblick erfinderisch gemacht. Mirandas Mitteilsamkeit verwandelt sich für ihn sofort in eine unverzichtbare Abwehrwaffe. Im richtigen Moment gegen Lichtenstein eingesetzt, bestätigt sich deren grandiose Wirksamkeit. Dafür ist er ihr ewig dankbar.

Aber wozu diese ganzen Überlegungen? Wozu diese Rechtfertigungen? Sie führen zu nichts. Das ist alles längst passé. Außer Georg interessiert sich kein Mensch dafür. Einen Großteil seiner Gedankenwelt verbringt er nach wie vor in der Vergangenheit. Um es genauer zu sagen: in einer sich ständig wiederholenden Vergangenheit. Inzwischen findet er das so ungewöhnlich nun auch wieder nicht. Er weiß von seinen Bekannten, dass sie sich bestimmte Krimi-Staffeln im Fernsehen zum x-ten Mal anschauen. So ergeht es ihm eben mit verschiedenen Episoden aus seinem zurückliegenden Leben. Die letzte Folge seiner Staffel liegt jedoch in der Zukunft. Es gibt sie noch nicht.

Währenddessen überfällt ihn eine leichte Schläfrigkeit. Ein laut kläffender Cockerspaniel schreckt ihn aus dem kurzen Nickerchen auf. Er verspürt absolut keine Lust mehr auf Kaffee und Kuchen. Die Bank, auf der er seit einer halben Stunde sitzt, ist ausgesprochen unbequem. Auf einmal will er lieber nach Hause fahren. Nichts mehr sehen und hören. Sich im verdunkelten Schlafzimmer auf dem Bett ausstrecken und traumlos schlafen. Er hofft inständig, dass dieser Wunsch heute für ihn in Erfüllung geht. Gewissermaßen als krönender Urlaubsabschluss. Das wäre fantastisch.

Plötzlich knurrt ihm der Magen. Nach der sportlichen Einlage am See braucht er jetzt etwas Anständiges zu essen. Langsam erhebt er sich von der Bank und überquert die Straße zum

Schnellrestaurant, um das Angebot an Burgern zu studieren. Seit dem kleinen Frühstück – bestehend aus zwei Tässchen Espresso und einem Buttercroissant – hat er außer dem Himbeereis nichts mehr gegessen. Er entscheidet sich für das vegetarische Tagesangebot mit einem Belag aus Avocado, Aubergine, Mozzarella und Tomate sowie einer pikanten Joghurtsauce mit Kreuzkümmel. Die junge Frau an der Ausgabetheke packt den Burger, eine Plastikflasche Eistee und zwei Servietten zusammen mit dem obligatorischen Werbeprospekt in eine Papiertüte. Nachdem sie ihm das Wechselgeld zurückgegeben hat, tastet er sich vorsichtig auf den grauen Sandsteinplatten über die dicht besetzte Terrasse. Geräuschvoll werden für ihn einige Stühle zur Seite gerückt. Georg bedankt sich. Noch ein paar Meter, und er wird unter den olivgrünen Sonnenschirmen den Nebenausgang über die Terrasse erreichen.

Zufällig erhascht er im Vorbeigehen eine Szene, die ihn veranlasst, am Rande des Gewühls stehen zu bleiben. Um genauer hinzuschauen und hinzuhören. Vor einem üppigen Jasminstrauch flegelt sich der schwabblige, stark transpirierende und reichlich ins Alter gekommene Hans Lichtenstein an einem der hinteren Tische herum. Mit heiß erglühten Wangen, die auch aus dieser Entfernung deutlich zu erkennen sind. Dicht neben ihm sitzt ein etwa zehnjähriger Junge, dem ständig die mittelblonden Locken ins Gesicht fallen. Sein Begleiter streicht sie ihm jetzt zur Seite. Dann legt er einen Arm um die Schulter des Knaben und drückt ihn seitlich an sein völlig durchgeschwitztes T-Shirt. Lichtensteins Augen strahlen schelmischen Übermut aus und verleihen ihm einen Schuss Jugendhaftigkeit, worum er auch mit allem sonstigen Gehabe deutlich bemüht ist. Reichlich genervt rückt das Kind von ihm ab und schaut ihn überrascht an. Die leeren Pappschachteln zeugen davon, dass sie die Mahlzeit schon verspeist haben. Jetzt trinken sie Limonade aus großen Gläsern, mit denen sie sich dauernd zuprosten. Aus Lichtensteins Kehle ertönen drei derbe und derart laute Rülpser, dass sich alle Gäste empört zu ihnen herumdrehen. Genau das hat er wohl bezweckt. Jetzt schneiden die beiden ungleichen Tischgenossen vorwurfsvolle Grimassen, mit denen sie ihre Zuschauer nachäffen. Das belustigt die zwei offenbar derart, dass sie haltlos herumkichern. Wie zufällig legt Lichtenstein währenddessen unter dem Tisch seine Hand auf den Oberschenkel des Jungen. Und fängt an, damit hin und her zu streicheln. Der Kleine scheint das zu ignorieren. Wie aus Versehen klopft der schmierige Fettwanst jetzt mit seinen dicken Fingern gefährlich nah am Schritt des Jungen herum. Der Bedrängte zuckt wie elektrisiert zusammen, errötet heftig und starrt verunsichert vor sich hin. Als ihm sein Begleiter etwas ins Ohr tuschelt, rückte er abermals ein Stück von ihm ab und verzieht für den Bruchteil einer Sekunde ängstlich das Gesicht.

Georg kann es deutlich wahrnehmen. Er hat sich den beiden unauffällig bis fast an den Tisch genähert und steht inzwischen etwas seitlich neben dem üppigen Jasminstrauch.

Lichtenstein ruft den Kellner, zahlt die Rechnung und legt ein großzügiges Trinkgeld obendrauf. Dann beugt er sich wieder zu dem Knaben hinunter und sagt:

„Lass uns von hier verschwinden, Jan-Lucca. Wir machen es uns im Bootshaus gemütlich – da ist es kühler. Weißt du, Siesta im Schatten. Danach fahren wir mit dem Kanu raus."

Jan-Lucca sieht unentschlossen aus:

„Können wir nicht gleich auf den See rausfahren, Hans? Auf Siesta hab ich keinen Bock."

„Na ja, schon klar. Dann machen wir eben nur eine kleine Pause. Ein Mini-Päuschen. Jetzt ist es noch ein bisschen zu heiß."

„Menno, ich hab aber keine Lust. Dann lass uns schwimmen gehen. Bitte."

„Erst die Siesta, dann das Vergnügen. Keine Widerrede Jan-Lucca, sonst erzähl ich deinem Paps, was du gestern alles mit mir angestellt hast. Das willst du doch ganz bestimmt nicht. Außerdem läuft das mit dem Kanu ja nicht weg und schwimmen kannst du später auch noch. Wozu die ganze Hektik?"

Jan-Lucca läuft schon wieder knallrot im Gesicht an und bringt kein Wort mehr über die Lippen. Tränen der Verzweiflung stehen in seinen Augen. Die Drohung ist ihm zutiefst peinlich.

Georg hat alles Wort für Wort mit angehört. Lichtenstein steht eilig auf und bedeutet dem Jungen mit einer kurzen Handbewegung, dasselbe zu tun. Als die beiden gerade den Tisch verlassen wollen, stürzt Georg auf Lichtenstein zu, rüttelt ihn heftig an den Schultern und schreit auf ihn ein:

„Was hast du mit dem armen Kerl vor, du widerlicher, gemeiner Schuft? Vergehst du dich immer noch an kleinen Jungen, Lichtenstein? Oder wie soll ich das verstehen, was hier gerade abläuft?"

Lichtenstein ist wie versteinert und sieht Georg fassungslos an. Sein kleiner Begleiter steht hilflos daneben und fängt an, lauthals zu weinen.

„Ich weiß nicht die Bohne, wovon du redest, Georg. Lass mich sofort los, sonst ..."

Weiter kommt er nicht. Denn Georg hat längst die Imbisstüte fallen gelassen und versetzt ihm mit der rechten Hand eine schallende. Ohrfeige. Und noch eine, gefolgt von einem gewaltigen Kinnhaken und einem weiteren Schlag auf die Wange.

Lichtenstein geht zu Boden.

Inzwischen werden die drei von den anderen Gästen umringt. Eine Frau kümmert sich um den völlig verzweifelten Jan-Lucca. Der Kellner will sich durch die im Chor „Aufhören!" schreienden Zuschauer drängeln; was sich aber als schwierig erweist. Reaktionsschnell greift er stattdessen unter seine olivgrüne Vorbinderschürze, zieht das Handy aus der Hosentasche und wählt die Notrufnummer der Polizei.

Georg tritt mehrmals auf den am Boden liegenden Lichtenstein ein. Es gelingt ihm, seinem Todfeind mit dem rechten Sommerhalbschuh einen so kräftigen Stoß in die Hodengegend zu verpassen, dass dieser jäh aufschreit und sich dann wimmernd zusammenkrümmt.

Endlich stellt sich ein beherzter Gast des Schnellrestaurants dem aufgebrachten Angreifer in den Weg und hält ihn von weiteren Körperverletzungen an seinem Opfer ab. Zeitgleich dreht der Kellner Georg von hinten den Arm herum und nimmt ihn in den Schwitzkasten. In dieser Stellung wird er so lange ruhiggestellt, bis die Polizei eintrifft und ihn mit auf die Wache nimmt. Gleichzeitig kümmert sich das Rettungsteam aus dem herbeigerufenen Krankenwagen um Lichtenstein und liefert ihn nach der medizinischen Notversorgung zur weiteren Behandlung ins nächste Krankenhaus ein. Der Junge wird in den Räumen der Polizeibehörde von der sofort hinzugezogenen Kinderpsychologin betreut, während sich die soeben von dem Vorfall in Kenntnis gesetzten Eltern auf den Weg machen, um ihren Sohn abzuholen.

*

Ein Beamter bringt Georg auf die Wache und lotst ihn direkt in ein karges Vernehmungszimmer, wo Jägers schon auf ihn wartet. Abermals sitzen sie sich in diesem Gebäude gegenüber. Jedoch weht diesmal ein anderer Wind. Der Kommissar ist über die Ereignisse genauestens informiert, sodass er sich gezielt mit dem Vorgeführten befassen kann. Nach bisherigem Ermittlungsstand geht es um ein Vergehen in der Bandbreite von „Körperverletzung" bis „Schwere Körperverletzung". Demzufolge, was er über den Hergang der Tat verstanden hat, besteht die Möglichkeit, dass es sich um einen „Angriff im Affekt" handelt. Dieser Frage wird das Gericht vermutlich einige Bedeutung beimessen. Schließlich ist Georg Molenbrick ein bis zum heutigen Tage absolut unbescholtener Bürger im Staatsdienst. Nach Aktenlage spricht jedenfalls alles dafür.

Als Opfer hat er sich ausgerechnet seinen ehemaligen Vorgesetzten aus dem Eibenstädter Kulturamt auserkoren: am helllichten Tag auf der vollbelebten Terrasse eines Hamburger-Restaurants in der Clausburger Innenstadt. Nicht auszudenken, wie die Angelegenheit ausgegangen wäre, wenn ihn niemand gebremst und von weiteren Tätlichkeiten abgehalten hätte. Jägers ist schockiert. Molenbrick kommt ihm zwar schon seit ihrem letzten Treffen nicht ganz geheuer vor. Seine Äußerungen im Zusammenhang mit den eigenartigen Fundstücken auf dem

191

Dachboden des Onkels haben ihn nicht im Mindesten überzeugen können. Aber der heutige Vorfall stellt alles andere in den Schatten. Das hätte er seinem einstigen Mitschüler nicht zugetraut. Was rumort in Georgs Innerstem herum? Was hat er erlebt und nicht verarbeitet? Was genau treibt ihn zu solch einer Tat? Der Kommissar hat die Hoffnung zur Klärung der verfahrenen Situation noch nicht völlig aufgegeben:

„Vielleicht dringe ich ja heute zu ihm durch."

Jetzt sitzt der vorläufig Festgenommene also vor ihm und macht einen ausgesprochen aufgewühlten Eindruck. Er redet sofort auf Jägers ein. Schon nach den ersten Worten wird er abrupt gestoppt. Noch ist es nicht so weit. Der Kommissar klappt den Notizblock auf, nimmt einen Kugelschreiber zur Hand und fragt die üblichen Daten als Vorspann zu dem eigentlichen Verhör ab. Dann erfolgt der Hinweis, dass Molenbrick sich – rein formal – außer zu seinen Personalien nicht äußern müsse und das Recht habe, für die Vernehmung einen Anwalt hinzuzuziehen. Aber Molenbrick winkt hektisch ab. Dann bricht es aus ihm heraus:

„Mirko, ich kann dir alles ganz genau erklären. Ich bin rein zufällig Zeuge davon geworden, wie ein kleiner Junge vergeblich versucht hat, sich den Belästigungen eines Pädophilen zu entziehen. Und das in aller Öffentlichkeit! Gott sei Dank habe ich mich dem Täter rechtzeitig in den Weg gestellt. Sonst wäre er mit seinem Opfer auf und davon gewesen. Was sollte ich deiner Meinung nach denn sonst machen?"

Er wirft Jägers kurz einen fragenden Blick zu. Aber statt auf eine Antwort zu warten, redet er wie gehetzt weiter:

„Ich hatte wirklich keine andere Wahl. Der Mann ist gefährlich, ihr müsst …"

„Also, jetzt mach mal halblang, Georg. Sei so gut und fang bitte nochmal ganz von vorne an. Erzähl mir alles schön der Reihe nach, was vorhin passiert ist. Was genau hat dazu geführt, dass ausgerechnet jemand wie du derart brutal ausrastet? Keiner, der dich auch nur ein bisschen kennt, würde dir so etwas zutrauen. Im Augenblick sieht es übrigens äußerst düster für dich aus, wenn nicht sogar rabenschwarz. "

Georg schluckt heftig und versucht, sich zusammenzurei-
ßen. Klar, Mirko bestimmt die Gangart. Also bemüht er sich,
haarklein das wiederzugeben, was er vorhin auf der Terrasse des
Schnellrestaurants zufällig beobachtet und belauscht hat. Der
Beamte hört gespannt zu. Er beherrscht die Kunst des Mitschrei-
bens, ohne ständig auf das Papier schauen zu müssen. Während
seine rechte Hand Zeile für Zeile von links nach rechts fliegt,
behält er Georg fest im Blick.

„Lichtenstein dachte wohl, dass niemand sehen kann, wie
er ständig unter dem Tisch an seinem kleinen Begleiter herum-
fummelt. Aber ich hatte mich direkt neben ihm hinter einem
Jasminstrauch versteckt. Deshalb konnte mir auch nichts entgehen. Zuerst fiel mir auf, dass der Widerling mit seiner Hand
auf dem Oberschenkel des Jungen herumtatschte. Der machte
natürlich ein total entsetztes Gesicht, als er spürte, wie sich der
Lüstling immer mehr an sein Geschlechtsteil herantastete. Dann
bedrängte Lichtenstein den hilflosen Knirps auch verbal immer
stärker. Er bestand darauf, mit ihm die Mittagsruhe in einem
Bootshaus zu verbringen. Erst danach würde er mit ihm Boot
fahren oder im See schwimmen. Der Junge wollte sich aber auf
keinen Fall darauf einlassen und rückte mit seinem Stuhl immer weiter von seinem Begleiter ab. Lichtenstein erpresste ihn
dann mit irgendetwas, das er seinem Vater sagen wollte, wenn
er ihn nicht dorthin begleiten würde. Zu einer sogenannten Siesta. Wortwörtlich sagte er: ‚Erst die Siesta, dann das Vergnügen.' Das hättest du sehen müssen, Mirko! Wie der Kleine auf
einmal riesige Angst bekam und knallrot im Gesicht anlief. Tränen standen ihm in den Augen! Ich habe nur eins und eins zu-
sammengezählt. Dann bin ich explodiert. Das ist mir noch nie
passiert, aber dieser Schuft hat es wirklich verdient."

Dann muss er eine Pause einlegen. Ihm ist die Luft ausgegangen. Er sieht Jägers an, als bitte er ihn um Zustimmung. Der
Kommissar zeigt keinerlei Regung. Zwischendurch wird er wegen eines Anrufs aus dem Vernehmungszimmer geholt. Als er
zurückkommt, sieht er Georg besorgt an und setzt sich wortlos
an seinen Platz. Dann klappert er noch einen Moment mit dem

Kugelschreiber auf der Tischplatte herum. Das fünfte Blatt ist fast vollgeschrieben. Schließlich sagt er gereizt:

„Wer was verdient, entscheidet in unserem Staat immer noch die Justiz. Und nicht ein Herr Molenbrick im Affekt. Übrigens ist Lichtenstein der Patenonkel von diesem Jungen, von Jan-Lucca Andov, dem Sohn des Bruders von Lichtensteins Ehefrau. Die Eltern heißen Leander und Janina Andov. Sie sind erschüttert und völlig von der Rolle, wie ich gerade gehört habe. Einen besseren Patenonkel können sie sich für Jan-Lucca nicht vorstellen. Ihr Sohn und Lichtenstein sind wohl ganz dicke Freunde, die ständig etwas zusammen unternehmen. Deine Beschuldigungen bezeichnen sie als absolut lächerlich, unverschämt und völlig aus der Luft gegriffen. Für sie ist das Ganze unfassbar. Sie vergehen fast vor Sorge um ihren Sohn. Jetzt wollen sie sich mit ihrem Anwalt besprechen, um eine Strafanzeige gegen dich zu stellen. Sie werfen dir vor, durch deine Attacke das Wohl ihres Kindes gefährdet zu haben."

Jägers fährt sich mit der Hand über die pechschwarze, auch heute in reichlich Pomade getränkte Schmachtlocke. Diese Geste wirkt wie einstudiert, aber äußerst kunstvoll. Lässig öffnet er den zweiten Knopf des viel zu engen Hemdkragens und lehnt sich auf dem Stuhl weit zurück. Wobei die Lehne – wie gewohnt – unter seinem Gewicht gefährlich laut zu knarren beginnt.

„Der Junge steht weiterhin unter psychologischer Betreuung. Er hat einen Nervenzusammenbruch erlitten. Dein gewalttätiger Auftritt muss ihn regelrecht traumatisiert haben. Der Besucher des Burger-Restaurants und der Kellner, die dich in deiner blinden Wut gerade noch vom Allerschlimmsten abhalten konnten, sind über die hemmungslose Härte deines Angriffs zutiefst erschüttert. Wie auch alle weiteren Augenzeugen. Sie alle haben befürchtet, du könntest dein Opfer umbringen!"

Jägers lässt seine Worte auf Georg einwirken. Aufmerksam beobachtet er dessen zerknirschte Gesichtszüge und wie er mehrmals den Kopf schüttelt.

„Nein, ich wollte ihn nicht umbringen. Ich wollte ihn nur stoppen. Er sollte den Jungen in Ruhe lassen. Mirko, ich bring doch niemanden um. Was denkst du denn von mir?"

Nachdem er auch diese Aussage in Kurzform protokolliert hat, lässt Jägers die offene Frage unbeantwortet im Raum stehen, verdreht die Augen und schnauzt ihn regelrecht an:

„Normalerweise muss ich gegenüber jemandem wie dir nicht so genau ins Detail gehen. Ich tue das jetzt nur, damit du endlich kapierst, was die Stunde geschlagen hat. Damit du endlich mit der ganzen Wahrheit herausrückst, verdammte Scheiße nochmal! Sonst ziehe ich hier andere Seiten auf! Nur damit du schon mal Bescheid weißt."

Jägers steckt den Kugelschreiber langsam in die Brusttasche seines Hemdes. Dann klopft er mit beiden Händen so heftig auf die Tischplatte, dass der Schreibblock gefährlich nah an den Rand rutscht. Behutsam schiebt er ihn wieder ganz in die Mitte zurück und kommt zur Sache:

„Also Georg: Die beiden waren grade im Begriff, zu Lichtensteins Bootshaus am See aufzubrechen, als du zugeschlagen hast. An sommerlichen Tagen sind sie da anscheinend sehr oft zu finden. Das ist überhaupt kein Geheimnis. Ganz im Gegenteil: Die Andovs sind sehr froh, wenn sich der pensionierte Onkel ihren Sohn ab und zu mal gleich nach der Schule schnappt. Dann kann sich seine Mutter intensiver um die kleine Schwester kümmern, die in diesem Jahr ständig krank ist. Übrigens: Manchmal sollen auch ein paar Freunde von Jan-Lucca dabei sein, wenn sie zum See losziehen. So viel dazu. Lichtenstein ist in der Notaufnahme verarztet worden und muss noch ein paar Tage zur Beobachtung im Krankenhaus bleiben. Sie haben ihn mit starken Schmerzmitteln ruhiggestellt. Ein Wangenknochen ist angeknackst. Du musst sehr fest zugetreten haben. Sei froh, dass du mit deinen Tritten seine Hoden nur stark geprellt hast. Lichtensteins Anwalt wird Anklage gegen dich erheben."

Georg starrt den Kommissar immer entsetzter an. Im Augenblick will er sich lieber nicht vorstellen, was da alles auf ihn zurollt. Das ist sowieso nicht mehr aufzuhalten. In Gedanken schlägt er dreimal ein Kreuz vor seiner Brust. Dann gibt er sich einen Ruck:

„Mirko, hast du Zeit? Was ich dir sagen will, ist nicht mit drei Sätzen erzählt."

Na also! Die Phase der Geheimniskrämerei ist endlich vorbei. Die Schleuse öffnet sich. Jägers geht hinaus, um etwas mit der Kollegin auf dem Flur zu klären. Was genau, kann Georg nicht hören, da sie sich im Flüsterton verständigen. Nach kurzem Hin und Her eilt er zurück ins Zimmer, setzt sich wieder an den Vernehmungstisch, rückt den Stuhl unter erneutem Knarren ein Stück zurück, faltet seine Hände über dem Bauchnabel zusammen, schließt für ein paar Sekunden die Augen und sagt endlich vollkommen entspannt:

„Wir haben alle Zeit der Welt, Georg. Ich bin ganz Ohr."

Jägers beschränkt sich jetzt darauf, genau zuzuhören. Der Kugelschreiber bleibt vorerst auf dem Block liegen. Später wird er die wichtigsten Punkte mit Georgs Hilfe zusammenfassen. Was er jetzt zu hören bekommt, rückt den Fall in ein anderes Licht. Von wegen Pfadfindertum als romantisches Idyll! Na ja, er ist gegenüber dieser Bündischen Jugend mit ihrem seltsamen Gehabe schon immer sehr skeptisch gewesen. Und jetzt bekommen seine Vorbehalte neue Nahrung: Massenhafte Hinweise auf mehr oder weniger starke sexuelle Übergriffe durchziehen den ausführlichen Bericht seines Gegenübers. Es fängt beim Zwang zum Nacktbaden auf „Großer Fahrt" an. Die Beschreibung der Schlafstätte des Bandenführers – damals Hans Lichtenstein – lässt eindeutige Schlüsse zu. Die seltsamen Gepflogenheiten und Rituale im Landheim der „Fahrenden Schar" verdichten auch bei dem Beamten den Eindruck, dass dort mächtig was im Busch gewesen sein muss. Sofern ihm Molenbrick keinen Bullshit erzählt. Aber diesen Eindruck macht er nicht auf ihn: Was er sagt, klingt vollkommen authentisch. Zum Schluss schildert er Jägers, der sich inzwischen doch wieder einige Notizen macht, in aller Ausführlichkeit die sexuelle Nötigung auf dem Hochstand.

„Daher stammen also die Messer auf dem Dachboden", folgert der Kommissar in Gedanken. An Georg gerichtet sagt er:

„Dann ist der Drohbrief wohl auch von dir, Georg?"

„Ja, das stimmt. Aber den habe ich ja nie abgeschickt."

„Was hat es denn mit den anderen Sachen auf sich, die wir in der Plastiktüte gefunden haben?"

„Du meinst Zarßckes Brief und den Notizzettel?"

„Genau."

„Darauf komme ich gleich zurück. Aber vorher gebe ich dir noch ein paar Informationen zur Person."

Molenbrick holt zunächst weit aus, indem er auf Zarßckes Terror im Unterricht eingeht. Als davon ebenfalls Betroffener kann Jägers das in jedem Punkt bestätigen. Zum Glück hat er – im Gegensatz zu Georg – nie in der direkten Schusslinie des Despoten gestanden. Er ist ein unscheinbarer Schüler gewesen, der sich mit einer glatten Vier in Latein zufriedengegeben hat und dem Lehrer möglichst immer aus dem Weg gegangen ist. Trotz der niederträchtigen Hänselei wegen seines Namens interessiert sich Zarßcke ansonsten kein bisschen für ihn: Mirko ist nicht sein Typ. Und der interessiert sich nicht sonderlich für das gelegentliche Schulhofgetuschel über den „Schlauchfresser". Völlig überraschend ist für ihn jetzt allerdings Georgs Hinweis auf Zarßckes schlüpfriges Nachhilfe-Studio im Souterrain des elterlichen Hauses. Daran kann er sich überhaupt nicht mehr erinnern. Vielleicht hat er das damals nur mal ganz am Rande mitbekommen und dann wieder schnell vergessen. Aber dafür gibt es ja – laut Molenbrick – mindestens einen Zeugen.

Besonders interessant sind für Jägers außerdem die weiteren Aufschlüsselungen zu Jorge. Monja Theresita hat ihn rundherum angelogen! Langsam setzt sich das Mosaik zusammen. Er blättert eine neue Seite auf und versucht weiterhin, einigermaßen lesbare Aufzeichnungen zu machen. Leider ist es immer noch verboten, solche Gespräche aufzunehmen. Bis zu seiner Pensionierung wird sich daran auch nichts ändern. Allmählich verkrampfen sich die Finger der rechten Hand. Lange wird er nicht mehr durchhalten.

Molenbrick beichtet zunächst seinen nächtlichen Anruf bei dem verhassten Lehrer. Dann erwähnt er den hinterhergeschickten Brief, der aber bisher nirgendwo aufgetaucht ist; ebenso wenig wie die gefälschte Todesanzeige. Schließlich gesteht er noch, dass er mit dem Schlüssel von Gerfried in Zarßckes Wohnung eingedrungen sei.

Im Falle des Anrufs und der beiden Schriftstücke handelt es sich um spezielle Formen von Psychoterror, allerdings nicht im Sinne von Stalking. Dafür fehlt es an regelmäßiger, länger andauernder Belästigung. Aber diese Überlegung ist wertlos: Denn was Molenbrick dem Lehrer tatsächlich gesagt und geschrieben hat, ist nicht mehr nachvollziehbar. Noch zumal der noble Herr Studienrat keine Anzeige wegen Belästigung, Bedrohung oder Nötigung gegen den ehemaligen Schüler als vermuteten Verfasser erstattet hat. Aus Sicht des Kriminalbeamten gibt es nicht den geringsten Grund, dem erneut nachzugehen. Das Eindringen in Zarßckes Haus ist längst verjährt. Einen Einbruch und die damit einhergehende Entwendung eines Schriftstückes hat der Lehrer im Übrigen ebenfalls nicht gemeldet.

Wenn ihm die ganze Angelegenheit zu brenzlig wird, kann Georg außerdem seine Aussage jederzeit widerrufen und eine neue Version zu Protokoll geben. Dass er durch die Arbeit im Kunst- und Kultursektor über eine ausgeprägte Fantasie verfügt, nehmen ihm sicher alle sofort ab. Darüber hinaus sind Molenbricks Rachespielchen bestimmt nicht die einzige Reaktion, die der Lehrer durch sein Verhalten mutwillig auf sich gezogen hat. Jedes seiner Opfer hätte ihn stark unter Druck setzen können. Kurzum: Das einzig Verwertbare sind aus Jägers Sicht der Inhalt der Schriftstücke in der vergammelten Plastiktüte, weil sie einen Ausschnitt der pädophilen Umtriebe Zarßckes dokumentieren. Und von hier führt eine Spur zu Lichtenstein. Zweifellos ist er mit Zarßcke aufs Engste miteinander befreundet gewesen. Die aufgeblähte Beileidsbekundung der Lichtensteins zu dessen Ableben im Hochwald Kurier bestätigt diesen Eindruck eindeutig. Außerdem haben die „alten Kameraden" laut Georg während des damaligen Jagdausflugs mächtig miteinander geschäkert. Aber ob Jägers jemals auf diese Informationen zurückgreifen wird, das steht für ihn in den Sternen.

Lichtensteins ständige Belästigungen im Rathaus legen die Vermutung nahe, dass sich der Amtsleiter mit Molenbricks

Widerstand auf dem Hochstand nicht ohne Weiteres abfinden konnte. Gleichzeitig befürchtete er sicherlich, dass am Ende doch noch etwas von diesem Vorfall nach außen dringt. Laut Molenbrick hat er deswegen sein Opfer so lange wie nur irgend möglich unter Druck gesetzt. Um das – auch aus Jägers Sicht – mutmaßliche pädophile System zu schützen.

Der Vorgeführte gibt an, seinen Ausführungen nichts mehr hinzuzufügen zu wollen. Der Kommissar legt den Kugelschreiber beiseite. Erleichtert spreizt er die Finger auseinander und seufzt auf. Molenbricks „Beichte" ist längst fällig gewesen. Schade, dass er so lange damit gezögert hat. Dann öffnet er die Tür, um frische Luft in den fensterlosen Raum zu lassen. Er lauscht nach draußen. Auf dem dämmrigen Flur herrscht Grabesstille. Manchmal ist hier die Hölle los. Das Neonlicht geht ihm auf die Nerven. Molenbrick wirkt erlöst und harrt geduldig des Kommenden. Jägers steht an der Wand, lässt ein paar Minuten verstreichen und zieht die Tür sicherheitshalber wieder zu. Er redet im Stehen weiter. Was er jetzt sagt, ist streng vertraulich:

„Das sind sehr schwere Anschuldigungen, Georg. Vielleicht hast du dich ja doch nicht getäuscht und die Situation auf der Terrasse richtig eingeschätzt. Wärst du nur gleich damit zu mir gekommen, ohne dich Lichtenstein in den Weg zu stellen. Was ich dir jetzt sage, bleibt unter uns. Nimm dir besser einen Anwalt. Da kommt einiges auf dich zu. Was du erzählt hast, muss sich jetzt erstmal bei mir setzen. Du vermutest also, dass Lichtenstein sein Patenkind sexuell missbraucht?"

„Da bin ich mir hundertprozentig sicher. Ich habe jedes Wort von ihrem Gespräch hier oben abgespeichert. Und die Reaktionen des Jungen."

Während er das sagt, klopft sich Molenbrick energisch mit der Kuppe seines Zeigefingers über der Schläfe auf die Stirn. In gewisser Weise wirkt er durch diese Gestik ein wenig überheblich. Wenn er wollte, könnte Jägers das so auslegen, als habe ihm sein Gegenüber gerade einen Vogel gezeigt. Aber er weiß, dass der Mann mit seinen Nerven am Ende ist.

„Mirko, solche Auffälligkeiten habe ich wirklich genug beobachten können. Diesen Druck, mit dem Lichtenstein arbeitet, kenne ich leider Gottes nur zu gut. In dem Augenblick, als ich das heute beobachtet habe, brannte bei mir eine Sicherung durch. Es war so, als wäre die Zeit stehen geblieben. Als wäre alles wieder genauso wie damals. Lichtenstein hat sich diesbezüglich nie wirklich geändert. Seine Bekennung zur Heterosexualität mit einer erwachsenen Frau war und ist reine Schauspielerei, um uns alle zu täuschen. Ich konnte leider nicht anders, als dazwischenzugehen. Aber es tut mir nicht im Geringsten leid. Du glaubst gar nicht, wie unbeschreiblich befreiend das ist. Auch jetzt noch."

Molenbrick sieht ihn fast herausfordernd an.

„Ich sage es dir nur noch dieses eine Mal: Behalte solche Anwandlungen lieber für dich, Georg. Sonst kommst du noch in Teufels Küche! Das meine ich sehr, sehr ernst. So, und jetzt gehen wir in mein Büro, damit ich das Protokoll von unserem Gespräch in den Computer eingeben kann."

Jägers zeichnet Molenbricks Aussagen zum eigentlichen Tathergang in aller Ausführlichkeit auf. Dann folgen die verschiedenen Ereignisse im Vorfeld der heutigen Eskalation, beginnend bei der „Fahrenden Schar" bis zu Zarßckes Freitod. Satz für Satz lässt er sich seine Aufzeichnungen durch Lichtensteins Angreifer bestätigen. Notfalls formuliert er etwas um. Dass er sich – wenn auch höchst unwahrscheinlich – in einigen wenigen Punkten selbst belasten kann, dessen ist sich Molenbrick voll bewusst. Trotzdem will er kein Blatt vor den Mund nehmen. Nach einer Dreiviertelstunde sind sie mit allem durch. Georg unterschreibt den Ausdruck, ohne ihn noch einmal zu überfliegen. Alles, was dort steht, entspricht den Tatsachen. Aus seiner Sicht. Aus der Sicht des Vorgeführten. Das hat Mirko jedes Mal deutlich dazugeschrieben. Jetzt sind Staatsanwaltschaft und Polizei gefordert, den Wahrheitsgehalt dieser Aussagen zu überprüfen und die entsprechenden Schlussfolgerungen daraus zu ziehen. Der Kommissar legt das Protokoll auf eine Ablage und bringt Georg zum Fahrstuhl. Während sie den Flur durchqueren, ermahnt er ihn noch einmal eindringlich:

„Du bekommst demnächst eine Vorladung vom Gericht. In der Zwischenzeit verhältst du dich bitte vollkommen ruhig und redest mit niemandem außer deinem Anwalt über diesen Vorfall. Mit keinem sonst!"

Als sie auf den Aufzug warten, sieht er seinen einstigen Klassenkameraden eine Spur wohlwollender an:

„Auch wenn ich dein Verhalten auf keinen Fall billigen kann: Ich versuche dem, was du mir eben gerade berichtet hast, genauer auf den Grund zu gehen. Halt dich für eventuelle Nachfragen unsererseits bereit. Das ist im Augenblick alles, was ich für dich tun kann."

Georg bedankt sich und ist heilfroh, das Polizeirevier endlich verlassen zu dürfen.

*

Sein Ford 17 M Coupé steht immer noch auf dem Parkplatz neben dem Kulturamtsgebäude. Den weißen Oldtimer – Baujahr 1968 – hat er vor drei Jahren auf einer Auktion ersteigert. Natürlich mit nachträglich eingebauten Sicherheitsgurten. Das ist aus einer Laune heraus geschehen: wegen Kindheitserinnerungen. Ein ehemaliger Kommilitone von Papa Julius besaß auch so ein Modell und nahm ihn und seine Geschwister einmal mit auf eine Spritztour durch Hochwald. Damals war das etwas absolut Besonderes. Er konnte sein Glück kaum fassen. Zumal er vorne sitzen durfte. Jedenfalls ist der Kauf ein Volltreffer gewesen. Bis jetzt kommt er ohne nennenswerte Reparaturen aus. Der Wagen läuft und läuft, auch wenn die Startautomatik gelegentlich etwas schwächelt. Aber damit kennt er sich aus. Größere Strecken fährt er grundsätzlich mit der Bahn. Für den Heimweg ist es heute genau das richtige Fahrzeug. Erleichtert schließt er die Tür auf und steigt ein. Er ist hundemüde und muss endlich wieder zur Ruhe kommen. Niedergeschlagen murmelt er vor sich hin:

„Das ist also mein letzter Urlaubstag gewesen."

Er klappt die Sonnenblende hoch und dreht den Zündschlüssel herum. Kurz bevor er den Gang einlegen will, bemerkt er die Abschürfungen und blauen Flecken auf dem rechten Handrücken. In dem Fuß, mit dem er zugetreten hat, spürt er plötzlich einen stechenden Schmerz. Wahrscheinlich ist er verstaucht. Hat er das die ganze Zeit über verdrängt? Wenn er die Zähne zusammenbeißt, kann er das Gaspedal und die Bremse einigermaßen gut bedienen.

„Bis nach Hause schaffe ich es auf jeden Fall."

Mehr hat er also nicht abbekommen. Diese im Grunde genommen unscheinbaren Blessuren nimmt er gerne in Kauf. Der Überraschungseffekt hat den widerlichen Feigling dermaßen paralysiert, dass jegliche Gegenwehr ausgeblieben ist. Sonst wäre Georg nicht so glimpflich davongekommen. Trotzdem beschließt er, den Wagen doch lieber stehen zu lassen und zu laufen. So weit ist es nun auch wieder nicht bis zu seiner Wohnung. Die Bewegung wird dem Fuß bestimmt guttun. Nach einer Weile spürt er tatsächlich, wie der Schmerz langsam geringer wird. Er hört auf, zu humpeln. Irgendwann kann er ganz normal auftreten und im gewohnten Tempo weitergehen.

Der Knoten ist geplatzt – wenn auch viel zu spät. Endlich hat er sich jemandem anvertraut und sich alles von der Seele geredet. Das ist einfacher gewesen als befürchtet. Die Genugtuung über die brachiale Zurechtweisung des ehemaligen Bundesführers der „Fahrenden Schar" durchströmt ihn wie ein stark wirkendes Elixier: Erlösung pur! Statt abzuschwellen, nimmt dieses Gefühl immer stärker von ihm Besitz. Es ist das dritte Mal gewesen, dass er sich diesem Scheusal impulsiv in den Weg gestellt hat. Doch diesmal sieht die Bilanz seiner Aktion ganz anders aus:

Zum einen hat die Auseinandersetzung mit Lichtenstein nicht mehr im Verborgenen stattgefunden, sondern in aller Öffentlichkeit. Zum anderen fängt die Polizei an, sich für Hans Lichtenstein zu interessieren. Wenn er die Vernehmung unter diesem Gesichtspunkt betrachtet, ist es verhältnismäßig gut gelaufen. Ohne die heutige Kurzschlussreaktion müsste er die ganze Last weiter mit sich herumschleppen.

„Mirko hat Lunte gerochen, das habe ich ihm an der Nasenspitze abgelesen. Er gehört zu meiner Generation. Wir sprechen die gleiche Sprache. Das ist ein unschätzbarer Vorteil. Aber er ist nie mit Lichtenstein in Berührung gekommen. Da steht ihm noch einiges bevor. Kann mir nicht vorstellen, dass sich Mirko von seinen Redekünsten beeindrucken lässt. Dazu ist er zu abgebrüht. Ich schätze mal, dass er bald zur Hochform auflaufen wird."

Womöglich hat Georg den allerbesten Zeitpunkt für die Offenlegung seiner Geheimnisse gewählt. Der Preis dafür ist verdammt hoch: Er ist straffällig geworden. Ungeachtet aller künftigen Beweise gegen Lichtenstein sieht er die Konsequenzen der ungeplanten – aber umso heftigeren – Aktion in aller Nüchternheit auf sich zukommen: Gefängnis, Schmerzensgeld, Bewährungsauflagen nach der Haft, Verlust des geliebten Arbeitsplatzes. Ist es das wirklich wert gewesen?

„Auf jeden Fall. So konnte es nicht weitergehen. Endlich bin ich aus meinem Schneckenhaus herausgekrochen. Ohne Deckung fühle ich mich freier. Am Ende werden die Tatsachen Lichtenstein überführen. Eine Lawine aus Indizien und Paragraphen wird ihn unter sich begraben. Dann ist Schluss mit diesem elenden Doppelleben. Nichts und niemand wird ihn davor retten können, unter ewigem Verdacht zu stehen. Die Buße für seine Untaten wird ihn vernichten."

Noch ist Georg sein eigener Herr. Morgen beabsichtigt er nach der Arbeit zu Abdulla Angelovski zu gehen, einem sehr renommierten Rechtsanwalt, der schon für seinen Vater tätig gewesen ist. Philipp Marong hat Georg einmal in einem ganz anderen Zusammenhang davor gewarnt, sich auf keinen Fall von einer gewissen Galina Miller vertreten zu lassen.[21] Diese Frau, eine von mehreren Partnern der Kanzlei Angelovski, könne man in der Pfeife rauchen. Sie stehe auf attraktive Richter, denen sie sich nicht immer vorbehaltlos im Sinne ihrer Mandanten entgegenstelle. Das hat er sich bis heute gemerkt. Sicherheitshalber will er nur dem Chef persönlich seine Verteidigung anvertrauen. Die Rechtsschutzversicherung hakt er ab, die greift nur im Falle eines Geschädigten. Er geht davon aus, dass sein Verhalten mindestens als grob fahrlässig eingestuft wird. Sein völlig ungezügeltes Ausrasten überlagert alles.

Wenn sich Georgs Verdacht vor Gericht als begründet erweist, hat er Jan-Lucca aus der Abhängigkeit eines Sexualverbrechers befreit. Ob und wie sich das auf den Prozess gegen ihn auswirken kann, muss er von Angelovski prüfen lassen. Wahrscheinlich kommen jetzt sowieso Kosten in ungeahnter Höhe auf ihn zu. Dessen ungeachtet will er alle Register ziehen. Entgegen seinen bisherigen Zweifeln hat er diesmal nicht die geringsten Schuldgefühle. Glücklicherweise besitzt er beträchtliche Rücklagen, die aus dem Erbteil vom Vermögen seiner Eltern und den vom Gehalt abgezweigten Spareinlagen stammen. Eigentlich sind sie für eine Weltreise und den späteren Aufenthalt in einer komfortablen Senioren-Residenz gedacht. Jetzt ist er froh, dass er sich einen ausgewiesenen Staranwalt leisten kann. Zu Hause angekommen, fühlt er sich ungewohnt ruhig, fast gelassen.

„Ich habe nur den Anstoß gegeben. Jetzt soll das Schicksal seinen Lauf nehmen."

Mit diesen Worten erhebt er sich von dem heute karg ausgefallenen Abendessen. Nach all dem, was vorgefallen ist, hält sich sein Appetit in Grenzen. Inzwischen hat er seine Straßenkleidung abgelegt und sich den bequemen Hausanzug angezogen. Die dicken Stricksocken, die noch von Mama Christa stammen, wärmen ihm die Füße. In seinen uralten, aber irre bequemen Filzpantoffeln schlurft er bedächtig in das kleine Arbeitszimmer und bleibt vor einem Regal stehen, in dem er außer den Unterlagen für die Einkommensteuer noch alles Mögliche aufbewahrt. Neben einigen Fotoalben findet er endlich den unscheinbaren Karton, den er schon lange nicht mehr beachtet hat. Er stellt ihn auf den Tisch, nimmt bedächtig den Deckel ab und breitet den gesamten Inhalt auf der großen Massivholzplatte aus. Unter den Andenken aus der Pfadfinderzeit, die er nach dem

Auszug aus seinem Elternhaus immer mit sich führt, befinden sich einige Kleinodien, deren wahre Bestimmung er nun in aller Schärfe erkennt.

Vor Georg liegt eine Unmenge von Schwarz-Weiß-Fotos, geknipst mit einer Rollei 35 s, die ihm Onkel Faustus zum zehnten Geburtstag geschenkt hat. Von diesen Aufnahmen sind noch sämtliche Negative in ausgezeichneter Qualität vorhanden, weil sie zum Schutz in Hüllen stecken und in einem speziellen Kasten aufbewahrt werden. Georg betrachtet nacheinander jeden einzelnen Abzug mit größter Aufmerksamkeit, um ihn anschließend auf einen der verschiedenen Stapel zu legen, die er nach und nach auf dem Tisch nebeneinander angehäuft hat. Bevor er hundemüde ins Bett fällt, versieht er jeden Stapel mit einer kleinen Karte, die er am nächsten Tag noch beschriften will.

*

Endlich kommt der Stein ins Rollen. Georg macht im Rahmen der gegen ihn erhobenen Anklage wegen schwerer Körperverletzung eine umfassende Aussage vor dem Staatsanwalt; unter Hinzuziehung von Kommissar Jägers, der diesen außerordentlichen Termin angeregt hat. Begleitet wird er von Abdullah Angelovski, seinem Rechtsbeistand. Die während dieser Unterredung vorgelegten Fotografien zeigen Hans Lichtenstein und Peter Zarßcke bei verschiedenen Gelegenheiten des bündischen Lebens immer wieder in eindeutigen Posen im Umgang mit auserwählten Knaben. Georg hat solche Aufnahmen eher zufällig gemacht. Bei genauerer Analyse dokumentieren sie jedoch grenzwertige bis übergriffige Formen des Körperkontaktes, die er damals unter der Kategorie „fröhliche Geselligkeit" abgelegt hat. Dazu gehören etwa die gemütlichen Zusammenkünfte vor dem Zelt, im Landheim, am Lagerfeuer oder auf Fahrt. Geländespiele und sportliche Wettkämpfe bilden weitere Kulissen für den einen oder anderen Schnappschuss. Lichtensteins und Zarßckes Blicke, Gesten und Berührungen gegenüber einzelnen

Jungen wirken immer wieder gierig, hemmungslos und besitzergreifend. Die davon betroffenen Knirpse reagieren überwiegend verschämt und überrascht – manchmal gleichen sie aber auch verliebten Mondkälbern, die nicht wissen, wie ihnen gerade geschieht. In anderen Fällen ist es grenzenlose Bewunderung, die den kleinen Kerlen ins Gesicht geschrieben steht.

Das sind beileibe keine Beweise. Es handelt sich um ungewöhnliche Zeugnisse einer bei den Erwachsenen offensichtlich drängenden erotischen Spannung und einer bei den Jungen zart diffusen Zuneigung. Sie unterstützen Georgs Aussagen in drastischer Weise. Zumal eine Reihe anderer Aufnahmen aus dem gleichen Milieu nicht diese seltsamen Eindrücke vermitteln. Die Fotos von den „Fledermäusen" mit Wolfgang Pahlmann als Gruppenführer wirken dagegen so, wie man es von einer aufgeweckten und abenteuerlustigen Pfadfindergruppe erwartet. Übergänge ins Schlüpfrige oder etwa aufreizende Andeutungen seitens der Mimik und Gestik des Gruppenführers und seiner Schutzbefohlenen fehlen völlig. Bei Aufnahmen vom Baden in Wildgewässern sind alle bis zum Oberkörper ins Wasser eingetaucht. Niemand hätte sich damals nackt fotografieren lassen. Georg stellt in Aussicht, wenigstens einen Zeugen benennen zu können, der in die Fänge von Zarßcke und Lichtenstein geraten sei und heute wahrscheinlich darüber aussagen werde. Abzuwarten bleibe, ob die betreffende Person darüber hinaus die Möglichkeit habe, Zugang zu weiteren Opfern herzustellen.

Während der Unterredung bemüht sich Herr Angelovski, den Angriff auf Lichtenstein als einen unausweichlichen Affekt zu begründen. Der ihm eigene mazedonische Akzent ist beeindruckend. Er beherrscht die Kunst, sein Anliegen genau damit – zusätzlich der aufgeführten Fakten – drastisch zu unterstreichen. Der Angriff sei genau in dem Augenblick erfolgt, als sich sein Mandant beim Anblick des in die Enge getriebenen Minderjährigen an die schlimmen Vorfälle aus seiner eigenen Jugend erinnert habe. Der Staatsanwalt weist ihn freundlich, aber unbeirrt darauf hin, dass dieser Punkt Gegenstand der Gerichtsverhandlung sein werde. Angelovski antwortet mit dankbarer, fast untertäniger Miene, wobei seine Hände jedes Wort mit packenden Gebärden unterstreichen:

„Aber natürlich, verehrter Herr Staatsanwalt. Selbstverständlich gehört das ganz und gar nicht hierher. Auf keinen Fall. Aber es wird zur Sprache kommen müssen! Herr Molenbrick ist so ein guter Mensch. Das versichere ich Ihnen hoch und heilig! Er hat in diesem Moment die Gefahr, die von Herrn Lichtenstein für den kleinen Jungen ausging, in aller Deutlichkeit gespürt. In seiner Verzweiflung hat er nur noch rotgesehen. Und dann sind ihm die Pferde durchgegangen, wie man so schön sagen möchte."

Am Ende dieses Termins wird Mirko Jägers durch einen gerichtlichen Beschluss damit beauftragt, vor dem Prozessbeginn in der Sache „Lichtenstein gegen Molenbrick" im Eilverfahren noch am gleichen Tage – also direkt nach Georgs Anhörung – das Bootshaus zu durchsuchen. Gleichzeitig ordnet der Staatsanwalt die Befragung von Jan-Lucca Andov durch eine Gerichtspsychologin an, natürlich in Gegenwart der Eltern und auf Wunsch in Begleitung deren juristischer Vertretung. Mehr hat sich Georg wirklich nicht zu erhoffen gewagt. Wie Angelovski vor Gericht agiert, überzeugt ihn. Jeder Schachzug des Experten verwandelt sich in einen Volltreffer. Sein ehemaliger Pfadfinderkamerad Philipp Marong hat durchaus recht: Es ist ermutigend, einen Anwalt wie diesen an seiner Seite zu haben.

*

Jägers ist ein Freund unangekündigter Überraschungsbesuche. Sofern rechtlich nichts dagegenspricht. Die moderne Villa befindet sich in bester Wohnlage oberhalb der Altstadt von Eibenstädt. Arjona Andov-Lichtenstein räumt gerade die Spülmaschine neben dem Küchenfenster aus und lässt hin und wieder einen Blick nach draußen schweifen. Sie versteht die Welt nicht mehr, als ein VW-Bus direkt vor ihrem Haus parkt, ein Team von Polizisten aussteigt und mehrmals auf die Klingel gedrückt wird.

„Das hat bestimmt mit dem Angriff auf Hans zu tun. Dann muss die Polizei eben später nochmal wiederkommen. Oder wollen die etwa zu mir? Warum sind die mit solch einem Aufgebot hier?"

Widerwillig und neugierig zugleich öffnet sie die Haustür. Bevor sie überhaupt danach verlangen kann, hält ihr ein dicklicher älterer Beamter seinen Dienstausweis unter die Nase. Der Mann schmückt sein Haupt mit einer angedeuteten Rockabilly-Frisur, die extrem peinlich auf sie wirkt.

„Kommissar Jägers, Kripo Eibenstädt. Guten Tag, Frau Andov-Lichtenstein. Ich komme mit einem richterlichen Durchsuchungsbeschluss zu Ihnen. Für das in Ihrem Besitz befindliche Bootshaus am Clausburger See. Wir brauchen die Schlüssel. Ach so, ist Ihr Mann denn auch zu Hause? Wir haben einige Fragen an ihn."

Jetzt liegt die Überraschung bei ihm. Begreiflicherweise erwartet Jägers den pensionierten Amtsleiter und nicht – wie es der Zufall so will – die berufstätige Ehefrau an ihrem Urlaubstag.

„Um Gottes willen, Herr Kommissar, was ist denn überhaupt los? Das ist ja wie im Kino. Ein Rollkommando, wie ich es mir schlimmer nicht vorstellen kann. Haben Sie etwa auch noch eine Spezialeinheit zur Terrorbekämpfung im Schlepptau? Also, jetzt mal alles schön der Reihe nach. Erstens: Was wollen Sie in unserem Bootshaus? Zweitens: Was soll das Ganze überhaupt? Drittens: Mein Mann ist zur Nachbehandlung seiner schweren Verletzungen beim Hausarzt. Morgen fährt er nach Bad Laubenroth zu einer vierwöchigen Kur. Er ist völlig runter mit den Nerven. Kein Wunder, oder?"

Jägers hat nicht mit einer derart resoluten Gattin gerechnet. Normalerweise sind die Leute in solch einer Situation ausgesprochen nervös und müssen sich erstmal sammeln, bevor sie sich zu etwas äußern. Außerdem wundert er sich grundsätzlich darüber, dass Lichtenstein immer noch mit dieser attraktiven Frau zusammenlebt – nach allem, was ihm zwischenzeitlich zu Ohren gekommen ist. Es sei denn, er tut es aus eiskalter Berechnung.

„Ganz wie Sie wünschen, gnädige Frau", sagt er mit einem gespielt devoten Unterton. „Zu erstens und zweitens: Ja, das verflixte Bootshaus. Worum geht es dabei? Der Angeklagte erhebt schwere Anschuldigungen gegen ihren Mann, die wir natürlich gerne ausräumen möchten. Deshalb müssen wir uns Zutritt zu dem Schuppen am See verschaffen. Also, beim besten Willen, aber mehr darf ich Ihnen dazu im Augenblick wirklich nicht sagen. So leid es mir auch tut, gnädige Frau. Zu drittens: Ihr Mann braucht ein ärztliches Attest, wenn er zum Zeitpunkt der Gerichtsverhandlung gegen Herrn Molenbrick nicht anwesend sein kann. Richten Sie ihm das bitte aus. Sie können auch gerne mitkommen, wenn wir das Objekt untersuchen."

„Vielen Dank, kein Bedarf. Ich bin wirklich keine Wasserratte. Und in so ein wackliges Boot setzte ich mich schon mal gar nicht. Ich glaube, ich war noch nie in dem ollen Verschlag da unten am See. Den besaß Hans doch schon vor meiner Zeit. Das ist einzig und allein das Hobby meines Mannes. Früher ist er ja auch noch auf die Jagd gegangen. Aber das hat er seit unserer Hochzeit vollkommen eingestellt. Ich kümmere mich lieber um unseren großen Ziergarten. Was sind das denn für mysteriöse Anschuldigungen? Das hört sich ja grotesk an. Wer sitzt denn jetzt auf der Anklagebank? Etwa das Opfer?"

„Wie schon gesagt, verehrte Dame, dazu kann ich Ihnen leider nichts sagen. Das ist dann schlussendlich die Entscheidung des Gerichts. Nachdem wir unsere Ermittlungen nach allen Seiten abgeschlossen haben. Aber beruhigen Sie sich bitte! Noch ist Herr Molenbrick der Angeklagte. Frau Andov-Lichtenstein, die Zeit läuft uns davon. Wir müssen jetzt los. Bitte geben Sie uns den Schlüssel, das wäre sehr liebenswürdig von Ihnen."

Sie verschwindet kurz im Hausflur und reicht einem seiner Mitarbeiter ein ledernes Futteral.

„Der mit dem grünen Kopf ist für die Eingangstür zum Bootshaus. Dass weiß ich ganz sicher. Die anderen sind wahrscheinlich für irgendwelche Schränke und für die Kette, mit der die Boote befestigt werden. Ich weiß es aber nicht mehr so genau. Mein Mann hat mich mal in diese Dinge eingeweiht, falls etwas in seiner Abwesenheit passieren sollte. Das liegt aber schon ein paar Jahre zurück. Na ja, ich bin da wirklich noch nie gewesen. Nicht ein einziges Mal. Wozu auch?"

Das wirkt mittlerweile schon penetrant, wie sie sich für ihr Fernbleiben vom Bootshaus zu rechtfertigen versucht. Jägers registriert dies skeptisch, wobei er ihr einsichtig zunickt. Dann bedankt er sich knapp und geht ein paar Schritte in Richtung Bus. Auf einmal bleibt er abrupt stehen, dreht sich um – als sei er der berühmte „Colombo" – und kehrt zu Andov-Lichtenstein zurück. Sie steht immer noch in der offenen Haustür. Anscheinend möchte sie sich über das endgültige Abrücken seiner Truppe mit eigenen Augen vergewissern.

„Gnädige Frau, ich habe nur noch eine klitzekleine Frage an Sie: Wie steht es denn um Ihr Verhältnis zu Ihrem Neffen, zu Jan-Lucca?"

Sie sieht ihm für den Bruchteil einer Sekunde mit einem stumpfen, eisigen Blick in die Augen. Dann reißt sie sich zusammen, lächelt schwach und sagt mit leicht belegter Stimme:

„Ich mag ihn sehr, aber leider haben wir nur wenig miteinander zu tun. Manchmal ist er bei meiner Schwägerin, wenn ich sie besuche. Hierher kommt er so gut wie nie. Wenn, dann ist er auf der Stelle mit meinem Mann wieder verschwunden. Die beiden sind oft unterwegs. Wissen Sie, die Männer in unserer Familie unternehmen ausgesprochen viel zusammen. Ich habe dafür mehr mit meiner Schwägerin zu tun. Wie das eben so ist. Also, wie in den meisten Familien, oder?"

„Jaja, völlig klar. Das verstehe ich sehr gut. Ist ja wirklich fast überall so. Völlig normal, meine ich. Männer unter sich, sozusagen. Bei mir zu Hause hängen wir auch immer zusammen ab. Das ist vermutlich genetisch bedingt."

Sie strahlt ihn dankbar an. So viel Gehirnschmalz hat sie diesem Retro-Spießer gar nicht zugetraut. Als er anfängt, weiterzureden, verfinstert sich ihre Miene augenblicklich.

„Dann ist Ihr Bruder auch öfters mit dabei. Ich meine, wenn Ihr Ehemann und Jan-Lucca am See sind."

Jetzt muss sie fürchterlich aufpassen. Mit jedem weiteren Wort kann sie sich urplötzlich in eine heikle Lage manövrieren. Dieser Kommissar hat es in sich.

„Mit zum See kommt er eher nicht. Ich wollte damit nur sagen, dass Leander bei Familienfesten immer mit Hans und Jan-Lucca zusammensitzt. Meistens spielen sie dann ja Karten – Mau-Mau oder Uno. Manchmal auch Rummikub. Sowas eben."

Sie legt eine winzige Pause ein und schaut hoch zu den dunklen Wolken, die sich am Himmel zusammenziehen. Jägers spürt, dass sie Zeit gewinnen will.

„Ach ja, hm, also ansonsten hat mein Bruder einen aufreibenden Job als Versicherungsmakler. An normalen Wochentagen kommt er meist erst nach neunzehn Uhr aus der Filiale – oder noch später. Wenn er abends Termine bei Kunden hat. Meine Schwägerin jammert mir deswegen oft genug die Ohren voll. Und es kommt noch schlimmer: Manchmal ist er zwei, drei Tage auf Geschäftsreise, wenn er außerhalb von Eibenstädt nicht alles an einem Tag erledigen kann. Er hat eben anspruchsvolle Kunden und betreut ein ziemlich großes Gebiet. Natürlich sind die beiden dann heilfroh, wenn sich Hans als Patenonkel immer so rührend um Jan-Lucca kümmert. Wissen Sie, da ist ja noch seine kleine Schwester. Mit ihren vier Jahren hält die meine Schwägerin ganz schön auf Trab. Und das rund um die Uhr."

Genau das hat Jägers schon die ganze Zeit vermutet: dass Lichtenstein vor allem allein mit dem Jungen zugange ist. Von wegen familiäre Männergemeinschaft! Damit versucht sie nur, ihn zu bluffen. Und das nimmt er ihr übel. Jägers kann sehr empfindlich sein. Ihm ist auch nicht entgangen, dass sie das eine oder andere Mal belustigt seine Frisur gemustert hat. Was ihr drei zusätzliche Minuspunkte auf der Liste der in diesem Fall befragten Personen einbringt.

„Okay. Dann vielen Dank, verehrte Frau Andov-Lichtenstein. Den Schlüssel bringen wir Ihnen selbstverständlich so schnell wie möglich wieder zurück. Ach so, jetzt bekommen Sie bitte bloß keinen Schreck: Warum soll ich Ihnen das denn vorenthalten? Im Grunde sind Sie ja genauso davon betroffen wie Jan-Luccas Eltern."

Während er sich kurz zu seinen Mitarbeitern umsieht, die schon im VW-Bus sitzen und ungeduldig auf ihn warten, wird sie plötzlich ganz blass im Gesicht. Wie die Oberfläche einer mattweiß gestrichenen Schranktür.

„Was soll denn das jetzt? Sie sprechen in Rätseln, Herr Jägers. Kommen Sie bitte zur Sache!"

„Es ist nämlich so: Wir müssen leider auch Ihren Neffen befragen, der ist schließlich Zeuge des schrecklichen Angriffs auf Ihren Mann gewesen. Das übernimmt eine Kinder- und Jugendpsychologin, das ist so üblich. Natürlich können die Eltern mit dabei sein. Sogar ihr Anwalt darf sie zu diesem Termin begleiten. Ist bestimmt besser so. Aber das ist ja eher eine reine Formsache. Nur damit wir kein Detail vernachlässigen, das Jan-Lucca vielleicht aufgefallen ist. Trotz des Schocks."

Sie hat sich wieder vollkommen im Griff.

„Ach herrje, das ist ja furchtbar. Obwohl wahrscheinlich nichts daran vorbeiführt. Aber wenn seine Eltern dabei sind, wird es bestimmt nicht so schlimm für ihn werden. Vielleicht ist das ja auch ganz gut für Jan-Lucca, um diesen schrecklichen Vorfall zu verarbeiten. Wahrscheinlich fühlt er sich sogar ungeheuer wichtig, wenn sich die Polizei für seine Beobachtungen interessiert."

Jägers ist überrascht. Mit so viel Einfühlungsvermögen in die Psyche ihres Neffen hat er nach dem bisherigen Gesprächsverlauf nicht gerechnet.

„So sehe ich das auch, Frau Andov-Lichtenstein. Wir müssen jetzt leider los. Bis später. Nochmals vielen Dank für die kostbare Zeit, die Sie für uns geopfert haben."

Sie nickt kurz und geht ins Haus. Die Tür fällt ein wenig zu laut ins Schloss. Zumindest nach Jägers Auffassung. Diese Frau scheint einiges durchzumachen. Gleichzeitig strahlt sie eine ungeheure Kraft aus. Ihm ist schnell klar geworden, dass wesentlich mehr als heute aufgeboten werden muss, um Frau Andov-Lichtenstein aus dem Gleichgewicht zu bringen. Sie und ihr Mann gehen getrennte Wege. Das hat sie ihm unmissverständ-

lich zu erkennen gegeben. Leben sie obendrein auch in völlig
verschiedenen Welten?

*

Vom nahegelegenen Wanderparkplatz führt ein schmaler Pfad
durch meterhohes Schilfgras. Der kleine Holzschuppen steht
an einer einsamen Stelle auf Pfählen im Wasser. Man kann aus
dem Bootshaus direkt auf den See paddeln. Aufgeregt und in Erwartung belastender Details verschaffen sich Jägers und sein
Team mit dem vorübergehend beschlagnahmten Schlüssel Einlass. Zur selben Zeit fährt Lichtenstein in einem Taxi vor seiner
Villa vor. Arjona hilft ihm beim Aussteigen. Im Hausflur fragt
sie nach dem Befund des Arztes.

„Es wird schon wieder. Dr. Bromsfelder hat mir ans Herz gelegt, jeglichen Stress zu vermeiden. Das ist anscheinend für das
Ausheilen meiner Verletzungen besonders wichtig. Steht quasi an
erster Stelle. Das hat ab jetzt alleroberste Priorität, mein Schatz.
Schließlich bin ich nicht mehr der Jüngste. Ich soll mich in der
Kur um nichts weiter kümmern als um mich selbst. Schatzi, ich
glaube, ich brauche das jetzt wirklich. Ich habe mir in all den
Jahren nicht eine einzige Auszeit gegönnt. Stell dir das mal vor:
nur für mich allein! Ohne auf irgendwen und irgendwas Rücksicht nehmen zu müssen. Na gut, das war ja bisher auch nicht
nötig, oder? Aber kannst du mich denn so einfach entbehren?
Über solch einen ewig langen Zeitraum hinweg? Dr. Bromsfelder meint doch tatsächlich, ich soll in den vier Wochen keinen
Besuch bekommen. Auch nicht von dir, Schatzi. Kriegen wir das
denn überhaupt hin?"

„Na klar, Hansilein. Vier Wochen sind schneller rum, als du
denkst. Außerdem ist bei uns in der Abteilung zurzeit der Teufel los. Uns steht eine Revision ins Haus. Da muss ich eine Menge Überstunden einplanen, um jeden einzelnen Beleg viermal
umzudrehen. Dass ich heute meinen freien Tag habe, das ist

nur die Ruhe vor dem Sturm. Wann immer wir wollen, können wir ja miteinander telefonieren. Und wenn es brennt, komme ich zu dir. Egal, was der Arzt dazu meint. Bad Laubenroth ist nicht aus der Welt. In knapp zwei Stunden bin ich bei dir. Ach so, eben war die Polizei bei uns, die haben sich doch tatsächlich die Schlüssel für dein Bootshaus geholt, und in dem …"

Mit übergangslos aschgrau verfärbtem Gesicht und wie von Tollwut getrieben schreit Lichtenstein seine Ehefrau an:

„Wie bitte? Hab ich mich da gerade verhört? Arjona, was haben die geholt? Den Schlüssel? Das ist ja allerhand! Und du sagst mir das so beiläufig, als wäre es das Normalste auf der Welt. Ich fasse es nicht!"

Dann zieht er sich sein speckiges, erdbraunes Feincord-Sakko aus und hängt es an die Garderobe. Er wundert sich, wie ruhig ihm seine Hände Folge leisten, während sein gesamter Körper innerlich vibriert. In etwas gesetzterem Ton fährt er fort:

„Schatzi, was wollen diese vorwitzigen Knallköpfe denn auf einmal von mir? Wie kommt die Polizei dazu, in meinem Bootshaus herumzuschnüffeln? Statt mich vor solchen Zeitbomben wie Georg Molenbrick zu beschützen. Der Kerl hätte mich beinahe umgebracht, wenn mir keiner zu Hilfe gekommen wäre. Warum gibst du denen so einfach meine Schlüssel heraus, ohne mich vorher zu fragen? Ich war doch die ganze Zeit auf dem Handy zu erreichen. Schatzi, was ist das nur für eine kranke Scheiße!"

So aufgebracht hat sie ihn selten erlebt. Eigentlich nur ein einziges Mal: wegen Mirandas Indiskretion in Sachen Eheprobleme. Ihm scheint speiübel zu sein, so stark verzieht er das Gesicht. Seine Beine knicken ein. Er droht hinzufallen, fängt sich aber im letzten Moment. Mühsam stützt er sich auf der rustikalen Schuhkommode ab und tastet sich vorsichtig bis zu dem Stuhl neben dem Flurspiegel voran. Mit einem Seufzer der Erleichterung nimmt er dort Platz. Sein theatralisch kränkelndes Getue ist ihr sattsam bekannt. Aber dass ihr eloquenter Gatte sich zu einer derart abstoßenden Wortwahl hinreißen lässt, erscheint ihr suspekt. Was hat er denn schon zu befürchten? So, wie sie ihn kennt, liegt doch von seinen Sachen bestimmt nirgendwo etwas herum, das nicht dort hingehört. Was wäre gewesen, wenn sie sich selbst in dem Verschlag am See mal ganz spontan umgesehen hätte? Aus reiner Neugier. Wäre er dann genauso ausgerastet wie jetzt?

„Mensch, jetzt beruhige dich doch wieder. Hansi, was ist denn plötzlich los mit dir? Die Beamten wollen sich nur davon überzeugen, dass dort alles mit rechten Dingen zugeht. Außerdem waren mir die Hände gebunden. Die haben immerhin einen Durchsuchungsbefehl dabeigehabt. Was sollte ich denn dagegen tun? Den Wisch einfach zerreißen, oder was? Du tickst doch nicht richtig. Dieser Herr Jäger – oder so ähnlich heißt der blöde Kommissar –, der hat etwas von konkreten Anschuldigungen gegen dich gefaselt, denen sie nachgehen müssen."

„Das kann nur der abscheuliche Georg Molenbrick gewesen sein. Was für ein missratener Rüpel ist bloß aus dem einst so vielversprechenden Knaben geworden! Aber der Kerl bekam als Wölfling schon seine ersten Macken. In vielen Dingen war der einfach zu überempfindlich. Das Burschenleben ist nun manchmal etwas derber. Seine Eltern hatten es wohl auch nicht leicht mit ihm. Wahrscheinlich macht er die Polizei ganz verrückt mit seinem paranoiden Gelalle. Davon lassen die sich beirren? Von einem eindeutig überführten Gewalttäter? Kaum zu glauben!"

Sie stutzt. Was meint er mit „etwas derber"? Davon hat er ihr bisher nichts erzählt. Ihre Neugier ist entfacht. Aber jetzt ist nicht der richtige Zeitpunkt, dies zu hinterfragen. Das würde ihn nur noch mehr in Rage bringen. Deshalb schießt sie sich auf Molenbricks Schlechtigkeit ein:

„Angeblich durfte mir der eitle Herr Kommissar Jäger – oder Jägers? – nichts zu den genaueren Hintergründen dieser Verdächtigungen sagen. Ich war auch erstmal ziemlich perplex – aber das habe ich natürlich nicht bis zu ihm durchdringen lassen. Nach außen hin war ich die Ruhe selbst. Ganz nach dem Motto: Bei uns gibt es nichts zu holen. Basta! Aber wir kennen diesen affigen Molenbrick doch zur Genüge. Ich weiß genauso gut wie du, was das für ein hirnverbrannter Spinner ist. Mit dem musstest du dich doch schon immer ständig nur herumärgern.

Daran kann ich mich noch ganz genau erinnern, mein Lieber. Aber da siehst du es mal wieder: Was habe ich dir damals gesagt? Dass du ihn stoppen sollst! Stattdessen ist dieses Miststück in Clausburg so mir nichts, dir nichts die Karriereleiter hinaufgeklettert. Jetzt hast du den Salat. Trotzdem: Kopf hoch, Hansilein! Der Kommissar meinte, sie wollen die Anschuldigungen gegen dich aus dem Weg räumen."

Sie hat sich diesen Vorwurf einfach nicht verkneifen können. Und erreicht damit das Gegenteil von dem, was sie ursprünglich bezweckt hat. Lichtenstein kommt noch mehr in Fahrt:

„Träum weiter, Arjona! Ich wusste gar nicht, wie naiv du bist. Wie kannst du nur der Clausbuger Polizei vertrauen? Du hättest wenigstens unseren Anwalt informieren müssen. Der würde diesen Herren nämlich genau auf die Finger schauen. Das ist wirklich absolut dämlich gelaufen. Mega-dämlich! Nee, gigadämlich! Ein bisschen mehr Sturheit gegenüber diesen spießigen Ordnungshütern hätte ich dir schon zugetraut. Du hättest dich dumm stellen können. Woher sollst du denn wissen, was mit meinen Schlüsseln ist. Jeder würde dir glauben, dass du das nach so vielen Jahren nicht mehr weißt. Nicht mehr wissen kannst! Du bist ja nie da unten am See gewesen. Kein einziges Mal."

„Was soll das denn jetzt? Hallo! Es gab einen Durchsuchungsbefehl. Die hätten sich auch anders Zugang zu dem blöden Schuppen verschaffen können. Das habe ich dir doch klar und deutlich gesagt. Ich habe mit denen kooperiert, damit kein schlechtes Licht auf dich fällt. Damit sie uns vertrauen. Nach dem Motto: ‚Mein lieber Mann hat nichts zu verbergen.' Jedenfalls gehe ich davon aus. Hans, hörst du mir überhaupt noch zu?"

Von Lichtensteins gewohnter Vitalität ist nichts mehr zu spüren. Der Mann mit der strammen Körperfülle wirkt jetzt schwer angeschlagen. Sein üblicherweise ölig glänzendes, aufgedunsenes Gesicht sieht jetzt leichenblass, eingefallen und ausgemergelt aus. Er ist nicht wiederzuerkennen. Was Arjona sagt, geht vollkommen an ihm vorbei. Seine Augen starren durch sie hindurch. Grenzenloses Entsetzen breitet sich in ihm aus.

„Was ist denn nur los mit dir, mein kleines Hänschen? Du machst mir regelrecht Angst, so wie du auf dem Stuhl herumkauerst. Gibt es etwas, das ich wissen müsste?"

Keine Reaktion.

„Muss ich mir ernsthaft Sorgen um dich machen? Ist mit dem Bootshaus etwas nicht in Ordnung? Ach so, das hätte ich ja fast vergessen: Du brauchst ein ärztliches Attest, wenn sich deine Kur mit dem Gerichtsprozess gegen Molenbrick überschneiden sollte. Hans, wo bist du denn gerade mit deinen Gedanken?"

Keine Antwort.

„Ich flehe dich an: Mach endlich wieder den Mund auf."

Erbarmungsloses Schweigen.

„Wenn ich etwas Falsches getan habe, dann tut es mir wirklich leid. Aber ab jetzt sollten wir an einem Strang ziehen."

Keine Reaktion.

„Hans, du hörst mir ja gar nicht zu!"

Sie kommt nicht an ihn heran. Lichtenstein erhebt sich mühselig, ohne ihr jedwede Beachtung zu schenken. Er fängt an, ziellos im Haus herumzulaufen. Irgendwann verschwindet er durch die Verandatür, setzt sich in den extravaganten Strandkorb „Modell Ameland" und stiert in regungsloser Haltung auf den riesigen Bambusstrauch am Ende des sorgfältig kurzgehaltenen Zierrasens. Als sie ihn später während eines Rundgangs durch den Garten aus größerer Entfernung betrachtet, denkt sie unangenehm berührt:

„Er sieht aus wie eine makabre Schaufensterpuppe, die jemand am falschen Ort entsorgt hat."

*

Zum Bootshaus gehört ein Schuppen, der als überdachte Anlegestelle für das Motorboot und den Kanadier dient, die dort zur Sicherheit angekettet im See liegen. An einer der Seitenwände ist eine Holzleiter waagerecht an zwei Haken aufgehängt. Direkt daneben befindet sich eine kleine fensterlose

Hütte, die ebenfalls auf Holzpfählen steht und zu der man auf einem gut begehbaren Steg aus Aluminiumgittern gelangt, der über das Wasser am Ufer führt. Der Schlüssel mit dem grünen Kopf passt in das massive Vorhängeschloss. Mühelos öffnet Jägers die Tür. In dem mithilfe von Teerpappe abgedichteten Dach ist ein Glasfenster eingelassen, das auffällig sauber aussieht. Jemand hat es vor Kurzem so blitzblank geputzt, dass selbst bei bedecktem Himmel Licht in den Innenraum dringt. Für eine Inspektion reicht das natürlich nicht aus, der Kommissar schaltet zusätzlich seine Taschenlampe ein. Auf den ersten Blick erzeugen die gelbbraunen Bretter mit den vielen schwarzen Astlöchern eine warme, beinahe gemütliche Atmosphäre in dem ansonsten stickigen Raum. An einer Seite steht ein breites Bettgestell aus weiß beschichtetem Pressholz. Die darauf liegende Schaumstoffmatratze ist mit einem lindgrünen Spannbetttuch aus Baumwolle bezogen. Der Stoff ist – im Gegensatz zu den Rändern – in der Mitte hochgradig mit Flecken übersät. Der Besitzer hat das Tuch wohl nur notdürftig abgewischt und über einen längeren Zeitraum nicht mehr gewaschen. Hygiene spielt an diesem Ort – dem ersten Anschein nach – keine besondere Rolle. Das unterstreicht auch der säuerliche Geruch, den er am Anfang noch nicht wahrgenommen hat. Jetzt hängt er wie Gift in der Luft.

„Schweiß, Sperma und Blut, was sonst? Leute, kommt mal bitte her und sichert diese Spuren."

Jägers geht hinaus. Für alle auf einmal ist es zu eng in dieser Hütte. Den Rest wird er sich später genauestens ansehen.

Nachdem ihm die Spurensicherung den Raum wieder überlassen hat, setzt der Kommissar seine Untersuchung fort. Die anderen freuen sich über die Möglichkeit, in der Zwischenzeit eine Pause zu machen. Sie wollen es sich so lange am Wasser gemütlich machen und hinunter zu einer kleinen Bucht an dem steinigen Ufer gehen. Auf dem Weg dorthin entdecken sie – ein ganzes Stück abseits vom Ufer – das zwischen Erlen versteckte Plumpsklo. Sie vermuten, dass es zum Bootshaus gehört. Die Tür ist ebenfalls mit einem Vorhängeschloss verriegelt. Gut, dass sie den Schlüsselbund mitgenommen haben. Wie erwartet finden sie schnell den richtigen Schlüssel. Innen sieht alles ganz normal aus, keine Hinweise auf weiterführende Indizien wie in die Holzbretter eingeritzte Namen oder Symbole. Auf der Sitzbank liegt neben dem kreisförmigen Loch lediglich eine fast volle Rolle Toilettenpapier. Das ist alles. Wenn überhaupt, dann muss ihr Chef die in dem festen Waldboden ausgehobene Grube durchwühlen lassen. Also setzen sie sich auf einen Grashügel oberhalb des Ufers, beobachten das Wellenspiel auf dem See, lauschen dem Gezwitscher der Vögel und harren der Dinge.

Außer dem Bett steht in dem Verschlag nicht viel herum: ein wackliger, rechteckiger Tisch, vier Stühle und ein zweitüriger Schrank. An der Wand gegenüber dem Bett hängen allerlei angestaubte Jagdtrophäen: Hirschgeweihe, Rehgehörne und ein Fuchsfell. Darunter thront ein ausgestopfter Dachs auf einem Holzsockel. Einen Stromanschluss gibt es nicht. Keine Süßigkeiten, Lebensmittel oder Speisereste. Kein anderer Müll. Kein Geschirr, kein Besteck, keine Gläser oder Becher. Absolut nichts, noch nicht mal ein Kescher oder eine Angelrute. Keine Bilder oder Plakate an der Wand. Auf dem Tisch liegt eine Schachtel mit weißen Haushaltskerzen, von denen zwei halb abgebrannte Exemplare in einfachen Ständern aus grauglasiertem Ton stecken. Jägers ist doch einigermaßen überrascht. Wie kann man kleine Jungs in diesen Raum locken? Womit?

„Dann bleibt nur noch der Schrank übrig."

Die beiden Türen sind abgeschlossen. Mist, seine Leute haben den Schlüsselbund mitgenommen.

„Langsam steigt die Spannung. Das ist ja wie in einem echten Fernseh-Krimi."

Diesen wohltuenden Hang zur Ironie bewahrt sich Jägers in allen Lebenslagen. Das hilft ihm über viele Stresssituationen hinweg. Allerdings steigert sich seine Nervosität sofort wieder, als er an den Jungen und das Bettlaken denkt. Umgehend ruft er Berni Mjolc an, einen engagierten jungen Mann aus ihrem Kommissariat, der heute mit vor Ort ist.

Er kennt Berni seit einer Aufsehen erregenden Inspektion. Ein verwirrter Biologie-Professor hat auf seinem Anwesen eine besondere Art von kleinwüchsigen Hyänen gezüchtet. Weil der hoch dotierte und inzwischen emeritierte Wissenschaftler mit dem Nachwuchs zunehmend überfordert gewesen ist, hat er einen Großteil der Tiere kurzerhand vergiftet. Die Entsorgung der Kadaver ist nur schleppend verlaufen. Damit einhergehend sind die Anwohner durch einen immer bestialischeren Gestank extrem belästigt worden, der vom Grundstück des obskuren Nachbarn auf ihre Veranden und durch ihre geöffneten Fenster gedrungen ist. Jahrelang haben sie sich auch regelmäßig über den Höllenlärm beschwert, der immer wieder von dem Grundstück zu vernehmen gewesen ist. Die Tiere sind regelmäßig zum Auslauf in einen riesigen Zwinger gelassen worden. Was die Beamten dann in den Kellerräumen des Bungalows vorgefunden haben, ist mit Worten kaum zu beschreiben gewesen. Aber Berni hat das ziemlich locker weggesteckt. Als sei er so abgebrüht wie ein alter Hase zwei Tage vor der Pensionierung. Ein Vollprofi, der sich mit Hingabe auf die sachdienlichen Aspekte seines Jobs konzentriert. Seitdem darf Berni den Chef duzen. Und der ihn.

„Hör mal, Berni, ich sitze hier auf dem Trockenen. Einer von euch muss vorhin aus Versehen den Schlüsselbund eingesteckt haben. Oder etwa nicht?"

„Ich nicht, Mirko. Aber der Kollege neben mir hält es in der Hand und spielt damit herum."

„Na also. Bring mir die Schlüssel bitte sofort rüber. Außerdem brauche ich deine Hilfe. Es eilt!"

„Geht in Ordnung, Mirko. Wir sind gerade auf das Plumpsklo für die lauschige Absteige gestoßen. War aber fürs Erste auch nichts Bahnbrechendes. Also, bei oberflächlicher Betrachtung. Na ja, bis gleich."

Jägers setzt sich auf einen der Stühle und wäre fast – wie so oft – in einen tiefen Schlaf versunken. Aber ihm gehen zu viele Gedanken durch den Kopf. Frau Andov-Lichtenstein hat ihn so dreist angelogen, dass sich die Balken biegen. Dieser Blick, als er sie nach Jan-Lucca gefragt hat, ist schwer zu interpretieren. Wenn er sich auf sein Bauchgefühl verlässt, drückt sie damit nicht nur Kälte aus, sondern auch Gleichgültigkeit. Gibt es eine Emotion, die man am treffendsten als „brutale Zufriedenheit" beschreibt? Er glaubt, genau dieses Signal von ihr empfangen zu haben: dass es ihr vollkommen egal ist, was sich zwischen ihrem Mann und dem Sohn ihres Bruders abspielt. Lichtenstein und seine Frau scheinen sich gegenseitig nichts in den Weg zu stellen. Aber was ist Arjonas Faible? Bei was drückt er für sie die Augen zu?

Endlich kommt Berni mit den Schlüsseln und reißt ihn aus seinen Überlegungen heraus. Umsonst, denn der massive Schrank aus Lärchenholz lässt sich nicht aufschließen.

„Zu dumm! Was machen wir jetzt?"

Bevor Jägers eine Antwort bekommt, fummelt Berni mit einem speziellen Draht so lange in den Schlössern herum, bis beide Türen aufspringen. Außer einem roten Transistorradio in der mittleren Ablage und zwei unangebrochenen 6er Packs Apfelsaftschorle sind die übrigen Fächer der linken Schrankseite komplett leer. Das batteriebetriebene Gerät hat einen guten Empfang – auch ohne herausgezogene Antenne. Der Schlitz zum Einwerfen von Musik-CDs ist leer. Sie vermissen irgendwelche bespielten oder unbespielten Tonträger. Aber die können Lichtenstein oder seine Besucher ja nach Bedarf mitbringen. Die beiden oberen Fächer auf der rechten Schrankseite platzen dagegen fast aus allen Nähten. Sie sind prall gefüllt mit einer unglaublichen Sammlung klassischer Comic-Hefte: Asterix und Obelix, Batman, Die Schlümpfe, Isnogut, Ivanhoe, Lucky Luke, Sigurd, Silberpfeil, Superman sowie Tim und Struppi. Eine beeindruckende Auswahl in einem außergewöhnlich guten Zustand. Was sie hier vorfinden, ist in Sammlerkreisen bestimmt ein Vermögen wert. Und Jungen in dem richtigen Alter verschlingen diesen Stoff immer noch mit großer Begeisterung. PC, Internet und Smartphone schaffen es nicht, den Reiz dieser meist farbenfrohen, abenteuerlichen, spannenden, frechen und teilweise auch sehr lustigen Heftchen zu schmälern.

Aus dem unteren Fach ziehen sie einen größeren Karton hervor. Darin befindet sich eine tragbare Tischlampe, die mit einem Akku betrieben wird, den Lichtenstein vermutlich jedes Mal zuhause auflädt, bevor er sich auf den Weg zum Bootshaus macht. Jedenfalls steckt der Akku nicht im Gehäuse. Jägers weiß, dass die Leuchtdauer solcher Geräte bei Normalbetrieb problemlos über dreißig Stunden betragen kann. Hält sich der Patenonkel mit Jan-Lucca manchmal über Nacht bis zum nächsten Tag hier auf? Eigenartig, dass er den Raum so ungemütlich eingerichtet hat. Warum verzichtet der Eigentümer auf alle üblichen Accessoires, die man mit einer Wochenend- oder Freizeitbehausung verbindet. Wenigstens einen Zugang zur öffentlichen Stromversorgung und einen Wasseranschluss hätte Jägers auf dem Anwesen des Amtsleiters erwartet. Egal, immerhin können die Comics auch dann gelesen werden, wenn wenig oder kein Licht durch das Dachfenster fällt. Diese Möglichkeit ist sicher von großer Bedeutung für Lichtenstein, oder vielmehr für seinen minderjährigen Besuch.

Mjolc kniet sich vor dem Schrank auf den Boden und erspäht noch einen Stoffbeutel in der hintersten Ecke des Faches, dessen Inhalt er auf dem Tisch ausbreitet: eine Schachtel Kleenex-Tücher, eine Dose Vaseline und ein zusammengeschobenes Stativ für Videokameras. Für sich allein betrachtet, handelte es sich bei dieser Entdeckung um die harmlosesten Dinge, die man sich in einem Bootsschuppen vorstellen kann. Für sich betrachtet – aber nicht im Zusammenhang mit dem fleckigen Spannbetttuch.

„Warten wir auf die Ergebnisse aus dem Labor. Die nehmen das Laken morgen früh unter die Lupe. Was hat das alles zu bedeuten? Für mich ist es der reinste Horror, wenn ich mir ganz konkret vorstelle, was Lichtenstein mit dem Jungen an diesem seltsamen Ort alles anstellen könnte. Ich habe eine unbändige Wut im Bauch. Aber erst kommt die Überführung, dann die Strafe. Welche Chancen haben wir, um an das Schwein heranzukommen? Was meinst du dazu, Mirko?“

Jägers sieht den jungen Kollegen betreten an. Er fühlt sich nicht wohl in diesem miefigen Stall.

„Wahrscheinlich denke ich gerade dasselbe wie du, Bernie: Wenn unsere Spezialisten auf dem Laken das finden, was wir beide befürchten, dann haben wir hier die Köder, mit denen Lichtenstein die Jungs angelockt hat."

Er zeigt auf die Hefte.

„Die wirken anscheinend wie Magneten. Wenigstens am Anfang. Später dienen sie wahrscheinlich als Belohnung. Oder als Ablenkung von dem, was vorher passiert ist. Wie das im Einzelnen funktioniert, entzieht sich meiner Vorstellungskraft. Aber die Hefte werden von Lichtenstein als Mittel zum Zweck eingesetzt. Darüber hinaus hat er sich im Laufe der Jahre bestimmt eine Menge subtiler Tricks angeeignet, um seine Opfer zu manipulieren und in seine Abhängigkeit zu zwingen."

Der Kommissar denkt fieberhaft nach. Er spürt, dass sie kurz vor dem Durchbruch stehen. Sie dürfen nichts übersehen. Obwohl er die Antwort weiß, fragt er sicherheitshalber:

„Habt ihr vorhin etwas Brauchbares in den Booten entdeckt? Auch wenn es noch so unscheinbar ist."

„Nein. Wir haben wirklich alles auf den Kopf gestellt. Aber da ist absolut nichts zu finden. Nichts, was da nicht hingehört. Lichtenstein hat gründlich für Ordnung gesorgt. Oder er benutzt das Kanu und das Motorboot überhaupt nicht."

„Dann sollten wir unbedingt nochmal mit dem Staatsanwalt reden. Wir brauchen Lichtensteins Videokamera oder Camcorder. Und vor allem bespielte Videokassetten. Die natürlich an erster Stelle! Er hat in dieser Kammer Aufnahmen gemacht, das liegt doch auf der Hand. Und bestimmt hat er die nicht nur für den Eigenbedarf gemacht, sondern auch um seine Opfer damit zu erpressen. Die tragbare Tischleuchte kann für diesen kleinen Raum genug Licht ausstrahlen. Bei niedrigster Helligkeitsstufe reicht der Akku bei manchen Modellen sogar bis zu zweiundsiebzig Stunden. Natürlich ist er bei der höchsten Lichtstrahlung schneller verbraucht. Aber für ein kürzeres Video und zum Lesen der Comics reicht es allemal. Außerdem gibt es ja auch noch die Haushaltskerzen, um in dem Raum für ein wenig Licht zu sorgen."

Berni verzieht das Gesicht, als müsse er sich übergeben. Dann schaut er auf seine Armbanduhr.

„Mirko, wir müssen uns beeilen."

*

Jägers bekommt den zweiten richterlichen Durchsuchungsbeschluss zugefaxt. Vier Stunden sind seit dem letzten Besuch vergangen. Um halb fünf nachmittags steht er mit seinem Trupp schon wieder vor dieser Haustür. Frau Lichtenstein sieht mit stoischer Miene zu, wie sie ihrer Arbeit nachgehen. Es gibt nichts, womit sie den penetranten Schnüfflern Einhalt gebieten kann. Der pensionierte Kulturdezernent kauert weiterhin regungslos in die linke Hälfte des protzigen Luxus-Strandkorbs gequetscht und stiert stumm ins Grüne.

„Ich werde noch wahnsinnig! So apathisch sitzt er nun schon seit Stunden da draußen herum. Wenn ich es nicht besser wüsste, könnte man ihn für einen extrem stupiden Ölgötzen halten: in sich versunken für alle Ewigkeit. Er würdigt mich keines Blickes. Als wäre ich Luft für ihn. Aber vielleicht redet er ja mit Ihnen, Herr Kommissar. Bei meinem Mann ist nichts unmöglich. "

„Das werden wir ja gleich sehen. Waren Sie die ganze Zeit im Haus? Ich meine, während unserer Abwesenheit?"

„Fast. Ich bin nur mal kurz zu dem kleinen Lebensmittelladen vorne an der Kreuzung gegangen. Durfte ich das nicht? Bis jetzt stehe ich doch nicht unter Hausarrest, oder etwa doch, Herr Kommissar?"

Als er darauf nicht reagiert, holt sie tief Luft und setzt eine Spur verträglicher hinzu:

„Nach zwanzig Minuten war ich schon wieder zurück."

Jägers nimmt das regungslos zur Kenntnis. Dann wagt er einen Versuch und tritt hinaus auf die Veranda.

„Guten Tag, Herr Lichtenstein. Mein Name ist Jägers, Kripo Clausburg. Hier ist der neue Durchsuchungsbefehl für ihr Eigenheim und das Grundstück, auf dem es steht. Um es kurz zu machen: Wir haben in der zu Ihrem Bootsschuppen gehörenden Hütte Dinge gefunden, die wir uns nicht erklären können. Wir wissen, dass Sie zumindest Ihren Neffen dorthin mitgenommen haben. Auf ihrem Bett sind Flecken, die ich als Blut, Schweiß und Sperma charakterisieren würde. Sie werden im Augenblick noch untersucht. Was möchten Sie mir dazu sagen?"

Lichtensteins Gesicht belebt sich. Mit einem Ruck schwingt er sich einigermaßen sportlich – soweit dies angesichts seiner Blessuren möglich ist – aus dem Strandkorb und baut sich vor dem Ordnungshüter auf. Er überragt den ein Meter neunundsiebzig großen Mann – kaum wahrnehmbar – um drei Zentimeter.

„Nicht viel, Herr Jägers. Selbstverständlich nehme ich Jan-Lucca häufig mit ins Bootshaus. Er ist immerhin mein Patensohn. Der Junge stöbert für sein Leben gern in der Comic-Sammlung herum. Ach, daran habe ich überhaupt nicht gedacht: Der Schrank ist ja abgeschlossen."

Nervös kramt er in seiner Hosentasche herum, holt den Schlüssel aus dem Kleingeldfach seines Portemonnaies und überreicht ihn bereitwillig an Jägers.

„Oder haben Sie die Türen etwa schon aufgebrochen?"

Der Kommissar sieht den Verdächtigen ausdruckslos an, ergreift mit der rechten, durch einen Plastikhandschuh geschützten Hand den Schlüssel und wartet darauf, was als Nächstes passiert.

„Also, wenn wir nicht gerade mit einem der Boote unterwegs sind oder im See schwimmen, dann stürzt sich Jan-Lucca am liebsten auf die Comics. Mein lieber Herr Gesangsverein, der Bengel tobt da draußen manchmal wie ein Verrückter herum. Das soll er ja auch. Sie wissen schon: kindlicher Bewegungsdrang, um es pädagogisch auf den Punkt zu bringen. Da holt man sich schon mal einen kleinen Kratzer. Wenn man mit den wackeligen Booten zugange ist, kann man sich zum Beispiel beim Anlegen am Steg verletzen. Oder man stolpert im Schuppen über eine Leine oder ein Paddel. So viel zu den ominösen Blutspuren, die dann zufällig auch mal auf das Betttuch geraten könnten. Und, wie ich bereits gesagt habe, lümmelt Jan-Lucca manchmal einfach nur auf dem Bett herum und schmökert in den Heften.

Dass er dann hin und wieder vollkommen durchgeschwitzt ist, würde mich nicht wundern. Aber darauf habe ich noch nie geachtet. Ich sitze nicht die ganze Zeit daneben und halte Händchen. Ich gehe lieber am Ufer spazieren oder setze mich auf einen Felsen ans Wasser. Natürlich immer in Hörweite. Habe ja die Aufsichtspflicht."

Er versucht es mit einem leicht spöttischen Grinsen, prallt damit aber an Jägers undurchdringlichem Blick ab.

„Na ja, und zu dem Sperma. Herr Kommissar, was weiß ich denn, was der Junge da so alles treibt? Das ist doch ganz normal in seinem Alter. Es ist doch nicht mehr wie früher, als den Kindern verboten wurde, sich mit ihrem eigenen Körper zu beschäftigen!"

Jetzt wirkt seine Miene einen Moment voll entrüstet. Dann wirft er Jägers einen entwaffnenden Blick zu:

„Kann sein, dass es mich, wenn ich allein im Bootshaus bin, auch mal überkommt."

Für einen Siebenundsechzigjährigen gibt er sich reichlich triebhaft. Aber das ist weder unnormal noch verboten. Jägers ermahnt sich zu mehr Sachlichkeit. Also verkneift er sich die anzügliche Bemerkung, die ihm schon auf der Zunge liegt. Stattdessen starrt er Lichtenstein weiterhin völlig leidenschaftslos an, bis ihn dieser in einem leicht anklagenden Tonfall fragt:

„Kann ich mich damit verdächtig machen? Muss ich denn wegen jedem kleinen Flecken auf dem Betttuch in die Reinigung gehen, damit Sie mir nicht mehr auf die Schliche kommen? Aber nee, mein verehrter Herr Kommissar, so ein Sauberkeitsfanatiker bin ich nun wirklich nicht. Schließlich war ich als Pfadfinder jahrelang immer wieder auf Fahrt: Mehr als Katzenwäsche ist da meistens nicht drin. Da streifen sie mit Rucksack und allem, was sonst noch dazugehört, durch die freie Natur. Je weiter weg von der Zivilisation, desto besser. Ich bin ja mal gespannt, was ihre KTU mir alles unterjubeln will. Dem sehen mein Anwalt und ich selbstverständlich ganz gelassen entgegen. Also, was wollen Sie denn wirklich von mir?"

Jetzt macht er tatsächlich eine Pause. Jägers ist fasziniert vom Redefluss dieses Mannes. Zudem er seine Ausführungen trotz aller Stimmungsschwankungen mit einer gefährlich sympathischen Stimme vorträgt. Den Inhalt findet er dagegen eher dürftig. Das ist leicht durchschaubares Schönreden mit ironischen Einlagen. Damit wird Lichtenstein seinen Kopf nicht aus der Schlinge ziehen. Auch wenn er noch so sehr auf die Kraft seiner Worte setzt.

„Wofür brauchen Sie denn das Stativ in Ihrem Bootshaus?"

„Ach, daher weht der Wind. Das habe ich im Schrank verstaut. Irgendwann wollte ich damit Bilder von uns beiden machen. Am Seeufer. Und Jan-Lucca beim Schwimmen aufnehmen. Wie er aus dem Motorboot ins Wasser springt. Aber bisher bin ich nicht dazu gekommen. Leider."

Dann grinst er amüsiert, sieht Jägers von oben bis unten an, als wolle er Maß nehmen, und sagt ein klein wenig vorwurfsvoll:

„Aber Herr Kommissar! Was für eine rabenschwarze Fantasie haben Sie denn? Sie meinen, ich betreibe da unten am See ein geheimes Studio, wo ich Videofilme von kleinen Jungs und mir drehe. Aber ich bitte Sie! Die Videokamera benutze ich im Urlaub. Auf Reisen mit meiner Frau. Landschaften, Kulturelles und so. Hin und wieder auch mal auf einer Geburtstagsfeier. Oder sonst einem Fest. Das aber eher selten. Natürlich sind da auch Aufnahmen von Jan-Lucca und seiner Familie mit dabei. Die können Sie sich gerne im Polizeipräsidium ansehen. Nehmen Sie ruhig alles mit. Ach so, wegen dem Stativ ... Wenn ich auf irgendwelchen Aufnahmen auch zu sehen sein sollte ... Verstehen Sie, dann habe ich das Stativ benutzt. Ins Bootshaus habe ich es ohne besonderen Grund mitgenommen. Das übliche Zubehör eben. Die Idee mit den Bildern von Jan-Lucca und mir im Bootshaus bot sich dann ja geradezu an. Aber wie gesagt, das steht noch aus."

Postwendend entgegnet der Kommissar:

„Danke für Ihr Entgegenkommen. Die Videokassetten haben wir uns schon geholt. Und auch die Kamera, die danebenlag."

Dann druckst Jägers einen Moment nervös herum. Das folgende Anliegen ist ihm etwas peinlich. Zumindest tut er so.

„Herr Lichtenstein, ich sag es jetzt mal etwas salopp. Wir können den ganzen Rummel hier erheblich verkürzen, wenn wir uns Ihren Laptop und den PC mitnehmen dürfen, um die Festplatten von unseren Fachleuten aus der IT-Sparte überprüfen zu lassen. Vorausgesetzt, dass Sie damit auch wirklich einverstanden sind."

Das ist reine Taktik: von einem Punkt zum anderen hin und her springen. Natürlich können sie diese Gegenstände auch ohne seine Einwilligung beschlagnahmen. Zum anderen erwartet Jägers nicht viel von der Überprüfung dieser Datenträger. Ihm ist klar, dass Lichtenstein auf andere Medien setzt.

„Tun Sie, was Sie nicht lassen können, Herr Wachtmeister. Äh, Verzeihung, das tut mir jetzt aber wirklich leid! Herr Kommissar, meinte ich natürlich."

Jägers lässt diesen Blödsinn an sich abprallen. Im nächsten Augenblick gebärdet sich Lichtenstein als kooperatives Unschuldslamm:

„Also: Herr Kommissar, ich habe nicht das Geringste zu verbergen. Vergessen Sie meine gesammelten USB-Sticks nicht."

Um sein grenzenloses Entgegenkommen doppelt zu unterstreichen, diktiert er Jägers verschiedene Zugangsdaten für die Geräte.

„Wo haben Sie denn Ihre anderen Videokassetten gelagert? Die, die nicht in dem Regal neben dem Fernseher im Wohnzimmer liegen. Genauer gesagt: Wo bewahren Sie die Videokassetten vom Bootshaus auf."

Lichtenstein sieht Jägers voller Mitleid an.

„Dann eben auf ein Neues: Ich bin noch nicht dazu gekommen, Videos am See zu drehen. Das Stativ habe ich neulich schon mal mit ins Bootshaus genommen. Für alle Fälle. Weil ich es hier im Augenblick nicht brauche. Aber so kann ich Jan-Lucca und mich am Seeufer auch mal zusammen aufnehmen. Das ist alles. Auch wenn Ihnen das nicht in den Kram passt, Herr Kommissar."

„Na, wenn das so ist. Dann bedanke ich mich für das ausführliche Gespräch. Wir melden uns in Kürze wieder bei Ihnen."

„Lassen Sie sich ruhig Zeit, Herr Kommissar. Bis dann."

Dann kriecht Lichtenstein wieder in den Strandkorb zurück und starrt aufs Neue mit gelangweilter, fast beleidigter Miene bewegungslos auf einen Punkt im Ziergarten seiner Frau. Jägers ist überrascht von der Wandlungsfähigkeit dieses Menschen. Während zwei Mitarbeiter die Geräte zum Polizeibus tragen, wendet er sich an Mjolc, den er im Keller vorfindet.

„Wie sieht es aus, gibt es neue Beweismittel?"

„Chef, wir haben das ganze Haus von oben bis unten umgekrempelt. Da ist nichts. Die Lichtensteins sagen beide, dass der Junge so gut wie nie hierherkommt. Und wenn, dann scheint er sich bei ihnen nicht länger aufgehalten zu haben. Auf jeden Fall gibt es keine Dinge, die ihm gehören oder die für ihn bestimmt sind. Was weiß ich, einen besonderen Becher, Hausschuhe oder Spiele – sowas eben."

Berni hat sich wie immer die größte Mühe gegeben. Aber er sieht Jägers resigniert an, weil er mit seinem Latein am Ende ist. Zerknirscht setzt er den Bericht über den Stand der Durchsuchung fort:

„Außer den üblichen Familienfotos haben wir nichts gefunden, was auf die Existenz von Jan-Lucca oder anderen Kindern oder Jugendlichen hinweist. Ein dickes Album ist gespickt mit Aufnahmen aus Lichtensteins glorreicher Pfadfinderzeit. Aber die sind im Vergleich zu den Fotos von Molenbrick absolut unverfänglich. Die Videokassetten müssen wir uns ja noch anschauen, aber auch hier erwarte ich keinen Durchbruch. Die sind bestimmt völlig harmlos. Ansonsten herrscht in dem ganzen Haus eine akribische Ordnung. Und es steht wenig Zeugs herum, nur das Notwendigste. Elegant schlicht. Nicht so viel Nippes und Plüschkrams, wie wir das in den meisten Fällen vorfinden. Ich würde sagen: zweckrationale Einrichtung. Minimalistisch. Im Gegensatz zum Bootshaus ist es in der Villa bis in den kleinsten Winkel fast schon übertrieben sauber. Hier werden wir nicht fündig. Wir sollten jetzt abbrechen. Ach ja, den Akku für die Tischlampe haben wir auch nicht gefunden. Leider. Immerhin weiß Lichtenstein, dass wir an ihm dran sind.

Und darauf hoffen, dass er einen Fehler macht – auch wenn er noch so vorausschauend agiert."

„Na gut, Berni, dann war's das eben für heute. Zu den Flecken auf dem Spannbetttuch hat er sich völlig unbeeindruckt geäußert. Wenn er seine Version weiterhin so glaubhaft vertritt, laufen wir mit den Ergebnissen aus dem Labor ins Leere."

„Ach so, Mirko, es gibt doch noch was. Das ist mir vorhin aufgefallen. Lass uns mal runtergehen. Da musst du unbedingt mal einen Blick drauf werfen."

Mjolc geht in den Kellerraum, der als Bügelzimmer genutzt wird. Er schaltet die Neonlampe an der Decke ein. Nachdem sie sich an das grelle Licht gewöhnt haben, deutet er mit dem rechten Zeigefinger auf einen weißen Kleiderschrank.

„Sieh dir mal die Laken da drinnen an."

Jägers öffnet die Türen und stößt in einem der Fächer auf einen beachtlichen Stapel frisch gewaschener, gebügelter und akkurat zusammengelegter Spannbetttücher. Zwei davon haben den gleichen Farbton wie das im Bootshaus. Als er ihm einen fragenden Blick zuwirft, klärt ihn Mjolc über ein möglicherweise wichtiges Detail auf:

„Die Bettwäsche, die sie für sich benutzen, liegt oben im Schlafzimmerschrank. Das hier unten läuft offenbar unter ‚Bootshaus'. Vielleicht verstaut er ja selbst diese Laken hier. Gehört ja irgendwie zu seinem Hobby."

Jägers wirkt zuerst etwas unschlüssig. Dann nickt er Berni zu.

„Das kann schon sein. Nimm bitte das ganze Zeugs mit, Berni. Wer weiß, wofür wir das noch brauchen."

Als Mjolc den Stapel Tücher aus dem Fach herausnimmt, liegt dahinter versteckt eine schwarze Sammeltasche für CDs, die darin ohne Hülle und Booklet aufbewahrt werden. Sie ist bis zur letzten Einsteckfolie mit Hörbüchern für Acht- bis Zwölfjährige bestückt. Das Übliche: „Die drei ???", „Gregs Tagebuch", „Fünf Freunde" und ähnlicher Stoff.

„Warum versteckt er das hier?", fragt Jägers.

„Diese CDs sind absolut normal für jemanden, der Kinder in der Verwandtschaft hat. An und für sich. Nur werden sie am falschen Ort aufbewahrt. Lichtenstein verbindet noch etwas anderes damit, das niemand wissen darf. Und da kommen die Bettlaken wieder ins Spiel ... Na ja, vielleicht sehe ich schon überall Gespenster, Chef."

„Auf keinen Fall! Das hängt schon alles irgendwie zusammen. Ohne Grund macht dieser Mensch nichts, dafür kommt er mir zu berechnend vor. Gut, dass wir nochmal runtergegangen sind. Du hast den richtigen Riecher gehabt, Berni! Wie schon so oft. Übrigens: Im Bootshaus steht doch das knallrote Transistorradio mit kombinierter CD-Funktion. Da sind die Hörbücher bestimmt zum Einsatz gekommen. Warum hat er sie nicht zusammen mit den Comics im Schrank aufbewahrt? Aus Sicherheitsgründen? Wohl kaum. Oder hat er sie dem Jungen auch im Auto vorgespielt, wenn sie unterwegs waren? Dann macht die Ablage im Keller Sinn. Aber warum sollte niemand was davon mitbekommen? Na ja, alles werden wir wohl nie ergründen."

Sie packen die Sammeltasche in eine Plastiktüte.

Jägers händigt Arjona Andov-Lichtenstein auf Wunsch ein Sicherstellungsprotokoll mit den beschlagnahmten Gegenständen aus. Sie wirkt angespannt, sagt kein Wort mehr und ist sichtlich erleichtert, dass die Beamten endlich abrauschen. Bevor sie die Haustür schließt, wirft sie einen Blick zu den Nachbarhäusern. Das erneute Polizeiaufgebot ist ihr wohl ausgesprochen peinlich. Nachdem sie im Haus verschwunden ist, steigen die Beamten mit den überschaubaren Asservaten in den Bus. Jägers bittet den Fahrer, in die nächste Seitenstraße einzubiegen und dort anzuhalten. Zusammen mit Mjolc und einer weiteren Mitarbeiterin aus der kriminaltechnischen Abteilung gehen sie zurück und schleichen ungesehen zu dem Abstellplatz für die Mülltonnen neben Lichtensteins Garage. Als Erstes kippen sie die grüne Tonne möglichst leise um und schütten einen großen Haufen Thuja- und Eibenzweige auf den Bürgersteig. Jägers steht eine Weile daneben und scheint angestrengt nachzudenken. Dann sieht er seine Mitarbeiter vielsagend an, die nicht wissen, was gerade in ihm vorgeht.

„Hat lange gedauert, aber jetzt dämmert es mir doch noch: Thuja-Sträucher werden grundsätzlich nur im Frühjahr geschnitten. Niemals im September. Dafür verbürge ich mich als passionierter Kleingärtner. Frau Andov-Lichtenstein müsste es besser wissen. Schließlich kümmert sie sich hier um die Pflanzen. Seltsam, nicht wahr? Hat etwa ihr Mann bei diesem Fehlschnitt die Finger mit im Spiel?"

Er kniet sich auf den Boden, um zu beobachten, ob sein Team doch noch neue Beweismittel an Land zieht. Bislang haben sie leider keinen dicken Fisch an der Angel. Nachdem sie noch eine Weile in dem satten Heckenschnitt herumgestöbert haben, sehen sie endlich etwas Schwarzes durchschimmern:

Drei unscheinbare Videokassetten. Keine besonderen Etiketten. Vollkommen unbeschriftet. Aber mit Sicherheit bespielt, denn sie befinden sich ja nicht mehr in den Originalverpackungen.

Mjolc begutachtet sie für einen kurzen Augenblick wie in Trance von allen Seiten. Als habe er einen Rohdiamanten zutage gefördert. Dann reißt er sich von ihrem Anblick los und lässt sie in einer Plastiktüte verschwinden, die er aus seiner Jackentasche hervorzaubert. Gehetzt wie ein Dieb, der Angst davor hat, ertappt zu werden, sagt er zu den anderen:

„Diese Fundstücke sacken wir hiermit ein. Volltreffer! Jetzt müssen wir die Zweige aber wieder zurück in die Tonne stecken! Und dann verschwinden wir von hier. Vorerst lassen wir Lichtenstein in dem Glauben, nichts gefunden zu haben. Was er macht, wenn er doch noch feststellen sollte, dass die Videokassetten nicht mehr in ihrem Versteck sind, ist nicht unser Problem."

Jägers wird klar, dass die Ehefrau den Verdächtigen vorhin mit ihrer Aussage ihm gegenüber schützen wollte:

„Klarer Fall: Lichtenstein hat so lange gewartet, bis Arjona zum Tante-Emma-Laden gegangen ist. Mir wollte sie weismachen, dass ihr Mann die ganze Zeit apathisch im Strandkorb herumgehangen hat – also während ihrer Abwesenheit. Von wegen!"

Die Kollegin ist gerade damit beschäftigt, zusammen mit Mjolc das Grünzeug einzusammeln, und will die ersten Zweige in die Tonne werfen.

„Warte mal, Berni", sagt sie plötzlich ganz aufgeregt. „Herr Jägers, da ist noch was. Weiß. Bestimmt Pappe oder Papier. Moment mal. Nee, das ist Kunststoff."

Sie ziehen einen weißen Akku aus genau dem Berg Gestrüpp hervor, den Mjolc gerade wieder dem Bio-Müll zuführen will. Es handelt sich um das vermisste Ladegerät für die Tischleuchte im Bootshaus. Jägers ist begeistert.

„Prima, Leute, noch ein Volltreffer. Zwei auf einen Schlag! Ihr seid ja heute in absoluter Bestform. Bin stolz auf euch, ehrlich. Also, schnell zurück mit dem ganzen Grünzeug. Muss vorerst ja keiner wissen, dass wir hier fündig geworden sind."

Der Chef ist sich bei solchen Aktionen nie zu schade, selbst Hand mit anzulegen. Weniger aus Hilfsbereitschaft, sondern um sich fit zu halten. Am Samstag ist es nämlich wieder so weit: Dann geht er mit seiner Angebeteten zum Tanzen in den Rock ,n' Roll-Klub. Spätestens bei „Happy Time" von „Johnny and The Hurricanes"[22] wird er wieder voll in Fahrt kommen und alles aus sich rausholen. Wie beim letzten Mal, als die zehn Jahre jüngere Amelia seinen Hüftschwung anerkennend mit einem verführerischen Blick belohnt hat.

Nicht ein einziger Zweig ist von den Sträuchern auf dem Bürgersteig liegen geblieben. Sie stellen den Müllbehälter zurück an seinen angestammten Platz und fahren los. Jägers verschwendet keine Zeit damit, in den restlichen Abfalltonnen herumzuwühlen. Sie haben alles, was sie brauchen. Davon ist er genauso überzeugt wie von Georgs Mitschuld an Zarßckes Selbstmord.

*

Am nächsten Tag überschlagen sich die Ereignisse. Frühmorgens liegen die sehnlichst erwarteten Ergebnisse aus dem Labor vor: Tatsächlich handelt es sich um Spuren von Blut, Sperma und Schweiß. Hinzu kommen jede Menge Hautschuppen und Haare, die sich unterschiedlichen DNAs zuordnen lassen. Auffällig ist, dass die Untersuchung der wenigen Blutflecken mittels eines neuartigen Verfahrens ergibt, dass einige von einem Erwachsenen und andere von einem Minderjährigen stammen.

Jan-Lucca soll um 14:00 Uhr mit seinen Eltern die Psychologin im Polizeirevier aufsuchen. Um zwölf Uhr erfahren die Eheleute Andov durch einen Anruf der Kripo, dass ihr Sohn nun doch nicht vernommen wird. Stattdessen bittet man sie, ohne den Jungen zu diesem Termin im Revier zu erscheinen, um weitere Einzelheiten zu erfahren. Es wird ihnen nahegelegt, sich vorher mit dem Kind zur örtlichen Beratungsstelle für Missbrauchsopfer zu begeben. Während des Gesprächs in der Polizeibehörde befinde er sich dort bis zu ihrer Rückkehr in guten Händen. Also fahren sie umgehend zu dieser Einrichtung. Dort werden sie von einer Mitarbeiterin empfangen, die sich als Frau Conradi vorstellt. Nach den Aufnahmeformalitäten bringt sie Jan-Lucca in den Aufenthaltsraum. Dort sitzen schon zwei andere Kinder auf dem Teppichboden, die damit beschäftigt sind, Puzzleteile zusammenzusetzen. Der Neuankömmling vertieft sich sofort in die Lektüre eines Abenteuerromans, den er in einem der Regale findet: „Wolfsblut" von Jack London. Die Mitarbeiterin stellt drei Gläser und eine Flasche Organgen-Limonade auf den Tisch. Alle drei Kinder sehen kurz auf und wenden sich prompt wieder ihren Beschäftigungen zu. Anscheinend haben sie momentan keinen Durst. Im Flur warten die Andovs mit gemischten Gefühlen. Frau Conradi bittet sie, ihr in das Büro zu folgen. Sie nehmen an einem kleinen Besprechungstisch Platz. Janina fragt besorgt:

„Können wir Jan-Lucca wirklich zwei bis drei Stunden hier bei Ihnen zurücklassen? Jetzt, wo er uns doch mehr braucht als jemals zuvor."

Frau Conradi versucht, ihre Zweifel zu zerstreuen:

„Ihr Sohn muss erstmal bei uns ankommen. Das ist ja alles vollkommen fremd für ihn. Ich habe ihm erklärt, dass er mich jederzeit ansprechen kann, wenn er etwas braucht oder etwas auf dem Herzen hat. Er sieht mich ja durch die offenen Türen in meinem Büro. Toll, dass er sich sofort mit etwas beschäftigt. Wenn Sie mir versprechen, dass Sie uns das Buch später wieder zurückgeben, darf er es auch gern mit nach Hause nehmen. Machen Sie sich keine Sorgen, hier ist er gut aufgehoben. Und Jan-Lucca kann Sie natürlich jederzeit anrufen. Ich habe ja Ihre Mobilnummer – und die Durchwahl von der betreffenden Dienststelle im Polizeirevier."

Leander hört nur halbherzig zu. Janinas letzte Worte gehen ihm nicht aus dem Kopf. Verbittert denkt er:

„Was meint sie denn mit ‚jetzt‘? Vorher hat Jan-Lucca uns doch noch viel mehr gebraucht. Wenn wir bloß gewusst hätten, in was für eine furchtbare Misere er hineingeraten ist."

Als sich seine Eltern von ihm verabschieden, blickt er sie ausdruckslos an. Wie Fremde. Dann vergräbt er sich wieder in die spannende Lektüre. Die ist ihm im Moment anscheinend viel wichtiger. Als sie ihm vom Flur aus „Wir beeilen uns! Dauert bestimmt nicht lange!" zurufen und mit den Händen winken, blättert er ohne aufzusehen eine Seite um. Sie sind froh, ihn hier in guten Händen zu wissen.

Von Jägers ist weit und breit nichts zu sehen. Er beauftragt eine Mitarbeiterin damit, das Ehepaar Andov zu informieren, weil er zu einer Besprechung mit dem Dienststellenleiter gerufen wird. Die Beamtin klärt das Ehepaar Andov darüber auf, dass sich ihr Schwager – also der Onkel – an seinem Patensohn mehrfach sexuell vergangen habe. Die Analyse der Videoaufnahmen belege dies – in erschütternder Weise – ganz eindeutig. Die Beweislage gegen Hans Lichtenstein sei absolut erdrückend. Deswegen befinde er sich seit heute Vormittag in Untersuchungshaft. Ob die Freunde ihres Sohnes, die ihn dann und wann zum Bootshaus begleitet haben, ebenfalls Opfer von Übergriffen seien, stehe noch nicht fest, werde aber momentan intensiv ermittelt. Vielleicht müsse man Jan-Lucca später doch noch diesbezüglich befragen, vorerst aber nicht.

Janina und Leander Andov fallen nicht aus allen Wolken, als sie diese schrecklichen Nachrichten erfahren. Von der Psychologin, die ihren Jungen seit Molenbricks Attacke auf den Patenonkel betreut, haben sie bereits erfahren, dass Jan-Luccas Verhalten auf mögliche sexuelle Übergriffe hindeutet. Seitdem vermeiden sie jeden Kontakt mit den Lichtensteins. Wenn Arjona anruft, nehmen sie einfach nicht ab. Egal, wie oft sie es versucht. Auf ihre E-Mails und SMS reagieren sie ebenso wenig wie auf Nachrichten, die der AB anzeigt. Sie löschen alles umgehend. Der geschwächte Onkel meldet sich zu ihrer Erleichterung momentan sowieso nicht. Wie sollte er auch? Schließlich sitzt er im Gefängnis. Außerdem hat er bestimmt riesige Angst davor, ihnen jemals wieder unter die Augen zu treten. Mit dem Gerichtsverfahren gegen Molenbrick wollen sie nichts mehr zu tun haben. Sie ziehen die Anzeige gegen ihn zurück und behalten sich vor, mit ihrem Anwalt als Nebenkläger im Prozess gegen Lichtenstein aufzutreten. Das bekunden sie fortan bei jeder sich bietenden Gelegenheit. Gefragt oder ungefragt. Als liege es ihnen sehr am Herzen, diese Information so breit wie möglich zu streuen.

*

Molenbrick wird wegen gefährlicher Körperverletzung angeklagt. Das beeindruckende Plädoyer von Abdullah Angelovski verfehlt seine Wirkung nicht. Einzigartig gelungen ist seine Interpretation diverser Fotografien aus Georgs Sammlung, die er im Gerichtssaal auf eine Leinwand beamt. Anschließend schildert der engagierte Anwalt ergreifend plastisch einschlägige Begebenheiten aus Georgs Pfadfinderzeit und spart auch die Belästigungen durch Lichtenstein während seiner Dienstzeit in Eibenstädt nicht aus. Diese überzeugende Darstellung sich anhäufender traumatisierender Erlebnisse verfehlt ihre Wirkung nicht: Die Tat wird nicht als seit Langem geplant und bei sich bietender Gelegenheit endlich ausgeführt bewertet. Obwohl dies dem ersten Eindruck aller Augenzeugen widerspricht, sind sich alle Beteiligten schnell darüber einig, dass Molenbrick „nicht vorsätzlich" gehandelt hat. Stattdessen stellt das Gericht fest, dass der Täter während der Beobachtung von Lichtenstein und

Jan-Lucca aufgrund seiner umfangreichen Insiderkenntnisse „Gefahr im Verzug" befürchtet haben muss. Die Richter kommen einhellig zu der Einschätzung, dass der Angeklagte das Opfer durch eine als „Notwehr" zu charakterisierende Handlung impulsiv schützen wollte. Beide Punkte werden durch die erschütternden Beweise auf den Videokassetten untermauert, die auch während der nichtöffentlichen Verhandlung verständlicherweise unter Verschluss bleiben. Die Aufnahmen belegen, dass sich Lichtenstein bis dato durchaus in einer sehr potenten sexuellen Verfassung befindet. Die schriftliche Expertise hierzu ist allen Beteiligten zugekommen. Angelovski zeigt sich erschüttert und beeindruckt zugleich:

„Dieser Mann wirkt auf mich so, als hätte er sich gerade im Jungbrunnen gebadet. Was ihn umso gefährlicher macht."

Im Fall Georg Molenbrick entscheidet das Gericht auf Freispruch, allerdings mit der Auflage, dass sich der Täter einer therapeutischen Behandlung unterziehen muss, um die Spätfolgen seiner Traumata zu bewältigen. Statt Schmerzensgeld an Lichtenstein zu zahlen, wird Molenbrick dazu verurteilt, eine Spende in angemessener Höhe an den Hochwälder Kinder- und Jugendschutzbund anzuweisen. Während Georg durch den Freispruch weiterhin in der Clausburger Kulturverwaltung verbeamtet bleibt, gehen Lichtenstein und dessen Anwalt in dieser Runde leer aus.

Der ehemalige Führer der „Fahrenden Schar" wartet mit Schrecken auf den Tag, an dem er aus der Untersuchungshaft in den normalen Strafvollzug überführt wird. Die auf den Videokassetten aufgezeichneten Szenen präsentieren Details strafbarer sexueller Handlungen an einem Minderjährigen in mehrfachen Fällen. Andere Aufnahmen zeigen, wie der Minderjährige zu sexuellen Handlungen am Körper des Täters genötigt wird. Lichtenstein rechnet mit einer langjährigen Haftstrafe. Gegen die vorherrschenden – aus seiner Sicht völlig überholten – Moralvorstellungen kommt er niemals an. Selbst wenn ein Richter oder Staatsanwalt mit seinem damaligen Netzwerk in irgendeiner Verbindung steht, kann er das heutzutage nicht mehr für sich nutzen. Niemand ist bereit, sich öffentlich für ihn einzusetzen und sich damit selbst zu gefährden. Was er gut verstehen kann. Natürlich wird er bei seinem nahenden Prozess alles in die Waagschale werfen, um das Strafmaß zu mildern. Schon allein deshalb, weil er sich in keinster Weise schuldig fühlt:

„Das war eine fantastische Zeit, die ich niemals vergessen werde. Wir hatten beide unseren Spaß, jeder auf seine Weise. Eine typische ‚Win-win-Situation‘.“

Aber das will – außer seinesgleichen – niemand verstehen. Selbst Jan-Lucca nicht – obwohl es so schön war. In Gedanken hört er die Wellen an die Boote klatschen. Und das hilflose Stöhnen und Wimmern des Jungen. Er sehnt sich zurück zum Bootshaus.

„Arjona findet bestimmt keine Verwendung dafür. Sie wird alles so lassen, wie es jetzt ist. Irgendwann bin ich wieder frei.“

Ein zarter Hoffnungsschimmer bemächtigt sich seiner.

2009

Seit dem Freispruch ist Georg Molenbrick nicht mehr der Alte. Als Erstes sucht er sich eine neue Bleibe im beschaulichen Clausburger Vorort Marienhain. In einem ruhigen Mehrfamilienhaus aus den zwanziger Jahren des vorigen Jahrhunderts findet er die ideal auf ihn zugeschnittene Parterrewohnung: hohe Räume mit Stuckdecke, große Fenster, nach Norden ausgerichtetes Arbeitszimmer, nach Osten ausgerichtetes Schlafzimmer sowie eine nach Süden ausgerichtete eigene Veranda, die vom Wohnzimmer aus zu betreten ist. Den Freisitz umgibt eine dichte Ligusterhecke, die ihn vor den Blicken der Nachbarn abschottet. Die creme-farbene Markise bietet Schutz vor zu viel Sonne. Ende April zieht er ein. Ansonsten geht er ganz in der Arbeit auf und vernachlässigt zunehmend alle privaten Verbindungen. Er genießt es in vollen Zügen, wenn er abends seine Ruhe hat. Und das ist selten genug, angesichts der vielen kulturellen

Veranstaltungen, bei denen er persönlich anwesend sein muss. Im Gegensatz zu früher erfüllt er in diesem Rahmen lediglich seine Pflicht. Wann immer sich eine Gelegenheit bietet, verabschiedet er sich möglichst frühzeitig, um endlich in die anheimelnde Marienhainer Wohnung abzutauchen.

Allerdings achtet er darauf, dass sein zunehmendes Desinteresse an Geselligkeit nicht allzu sehr auffällt. Aber in die einschlägigen Szenekneipen und Bars kommt er nicht mehr mit. Das überlässt er dem beruflichen Nachwuchs und denen, die auf „ewig jung" machen: die sich notorisch herumtreiben und immer am längsten durchhalten. Inzwischen schafft er jedes Mal rechtzeitig den Absprung. Mit der Zeit haben sich alle daran gewöhnt. Man gönnt ihm den Rückzug in seine vier Wände. Niemand fordert ihn mehr auf, bei einem exzessiven Zug durch die Gemeinde mitzumachen. Er gehört jetzt zu den ins Alter gekommenen Kollegen, deren Erlebnishunger weitgehend gestillt ist. Vor einem Jahr hätte ihm dieses Image nicht gefallen. Vor einem Jahr hätte ihm niemand aus der Kulturverwaltung diese Rolle zugestanden. Vor einem Jahr hätte es nicht diese vielen Stolpersteine gegeben.

Denn das eine oder andere Detail über seine Rolle im Fall Lichtenstein ist bestimmt nach außen gesickert. Obwohl die Zeitungsberichte direkt nach der Tat Molenbricks Angriff vor dem Burger-Restaurant erstaunlicher Weise nicht voll ausgeschlachtet, sondern eher knapp erwähnt haben.

In der Eibenstädter Ausgabe des Hochwald-Kuriers und in einigen anderen regionalen Blättern stand dann später:

„Von städtischem Beamten verprügelter mutmaßlicher Pädophiler seit gestern in Untersuchungshaft. Eibenstädt: Ein den Strafverfolgungsbehörden bisher vollkommen unbekannter Mitarbeiter der öffentlichen Verwaltung (54) hat in einem heftigen Gewaltakt den Gast (68) eines Schnellrestaurants im Beisein von dessen Neffen (12) schwer verletzt. Der Angegriffene befindet sich seitdem in stationärer Behandlung. Die Hintergründe der Tat sind zurzeit noch nicht vollständig aufgeklärt. Der Täter gibt an, dass es sich um einen ihm bekannten Pädophilen handelt, der mit seinem Opfer gerade aufbrechen wollte."

Auch über die Einstellung des Verfahrens gegen ihn wird nur knapp berichtet. Was er dem Gericht an belastendem Material zugeschanzt hat, wird in allgemeiner Form erwähnt. Sein Name tauch nirgends auf. Aber die Alteingesessenen können eins und eins zusammenzählen. Im Kulturamt bleibt das Thema, so gut es geht, unter Verschluss. Es ist tabu, wenigstens in seiner Gegenwart. Manche wirken auf ihn ganz offensichtlich erleichtert, wenn er seit seinem Ausraster die Kontakte mit ihnen auf rein Dienstliches beschränkt. Viele gehen allem Anschein nach dazu über, ihn nach Möglichkeit zu meiden. Es gibt sogar einige Kollegen und Kolleginnen, die ihm schon lange überhaupt nicht mehr über den Weg laufen. Als seien sie für immer aus dem Rathaus verschwunden. Ein bisschen gebrandmarkt fühlt er sich schon. Oder bildet er sich das alles nur ein? Nimmt dieses Gefühl, immer stärker von seinen Mitmenschen gemieden zu werden, krankhafte Züge an? Vielleicht braucht er ja auch nur jemanden, der ihm mal auf die Schulter klopft oder ihn ganz fest in den Arm nimmt. Aber wer soll das sein? Dass er anfängt, seinen Mitmenschen bei allen sich bietenden Gelegenheiten auszuweichen, geschieht wie aus einem unbewussten Reflex heraus.

Am meisten beschäftigt ihn jedoch die Therapie, die er zunächst als Auflage des Gerichts im vergangenen Jahr mit einer gewissen Skepsis begonnen hat. Nach fünfundzwanzig Sitzungen bescheinigt seine Therapeutin, eine Frau Brenda Weber-Langrit, dem Gericht, dass die intensive Bearbeitung der traumatischen Erlebnisse des Herrn Molenbrick erfolgreich abgeschlossen sei. Sollte er nochmals solch belastenden Situationen wie in dem Burger-Restaurant ausgesetzt sein, würde er sich sofort an die zuständigen Stellen wie Polizei und Jugendamt wenden. Inzwischen sei er in der Lage, auf diese sachliche Ebene zu wechseln. Auch wenn er gefühlsmäßig unter extrem starkem Druck stehe. Das habe sie unter Anwendung einschlägiger Methoden sehr intensiv mit ihm trainiert.

Heute steht der vierzigste Termin bei der Psychologin in Georgs Kalender. Er ist nach der Kurzzeit- auf eine Langzeittherapie umgestiegen, die er privat finanziert. Zu viel liegt aus seiner

Sicht noch im Verborgenen. Jedes Mal kommen neue Erinnerungen auf den Tisch: Dinge, von denen er jahrzehntelang nichts geahnt hat. Wenn es nach ihm ginge, würde er sogar zweimal pro Woche die Praxis aufsuchen. Aber Weber-Langrit lehnt dies mit der Begründung ab, dass er einen größeren Abstand zwischen den Sitzungen brauche. Sonst könne sie nicht garantieren, dass die in der Behandlung angewandten Prozeduren ihre Wirkung entfalten.

Wie immer schwirrt ihm kurz vor einem Termin alles Mögliche durch den Kopf. In den anderthalb Stunden bis zum Feierabend gelingt es ihm nicht, sich auf die Arbeit zu konzentrieren. Dafür ist er viel zu aufgeregt. Was hat sie ihn am Ende der letzten Sitzung nochmal gefragt? Wie es ihm gelungen sei, während seiner Pfadfinderzeit – abgesehen von der Episode auf dem Hochstand – von Übergriffen verschont zu bleiben. Dazu ist ihm – so einfach aus der Lamäng heraus – nichts eingefallen. Deshalb hat sie ihm diese Fragestellung als Hausaufgabe für die nächste Sitzung mit auf den Weg gegeben. Sie bezweckt damit, verborgene „Ressourcen" aufzudecken. Damit meint sie die Tricks und Kniffe, mit denen er sich damals geschützt hat.

Was soll das gewesen sein? Sosehr er sich auch bemüht, verläuft seine Rückblende im Nichts. Es ist wie mit den weißen Flecken auf der Landkarte. Das erfolglose Zermartern seines Gedächtnisses strengt ihn enorm an. Ihm wird immer schwermütiger zumute.

Dann kommen die Erinnerungen zurück:

Unterschwellig sehnt er sich damals ständig danach, nicht mehr zu den Pfadfindertreffen gehen zu müssen. Auch wenn er die Kameradschaft mit seinen Altersgenossen sehr vermissen wird. Vielleicht gibt es ja einen anderen Rahmen, um sich wenigstens mit einigen von ihnen nach der Schule mal zu treffen. Aber er findet nie einen wirklich schlagkräftigen Grund, um seine Eltern davon zu überzeugen. Alles, was er ins Feld führt, zerpflücken sie geschickt in Windeseile, sodass er schnell aufgibt. Dann loben sie ihn lächelnd, wobei sie ihm meistens auch noch über den Kopf tätscheln:

„Na siehst du, Georglein. Manchmal verrennt man sich in solch finstere Gedanken. Aber jetzt scheint wieder die Sonne, oder? Du weißt doch, wie die goldene Regel heißt: Lob gibt es nicht dafür, etwas anzufangen, sondern dafür, es durchzuhalten. Sonst hat es dir doch immer bei den Pfadis gefallen."

Um seine Ruhe zu haben und um ihnen eine Freude zu machen, sagt er dann großzügig:

„Na gut, irgendwie habt ihr ja recht. Meistens macht es ja auch Spaß bei den Fledermäusen, besonders auf Fahrt."

Schlagartig fällt ihm ein, dass er ihnen die Sache mit dem Nacktbaden erst gar nicht erzählt hat. Bei den späteren, sehr seltenen Gelegenheiten täuscht er nämlich immer irgendeinen Grund vor, weshalb er nicht ins Wasser gehen kann. Heftige Magenschmerzen gehen problemlos durch. Einmal redet er sich damit heraus, dass er zu lange in der prallen Sonne gesessen habe und ihm entsetzlich schwindlig sei. Im Ausreden finden ist er sowieso Weltmeister. Außerdem fällt die „Nudistennummer", wie er es heimlich nennt, an belebten Stränden und im Freibad grundsätzlich aus.

Als er aus seinen Gedanken aufschreckt, sieht er besorgt auf das Ziffernblatt des Chronometers, das sein linkes Handgelenk schmückt.

„In fünf Minuten ist Feierabend."

Georg beeilt sich, den Schreibtisch aufzuräumen und ein paar Akten im Rollschrank wegzuschließen. Mit der Bürotasche aus dunkelbraunem Leder in der einen Hand und dem taubenblauen Mantel über den anderen Arm gehängt stürzt er aus seinem Zimmer auf den Flur. Die dicke Eichentür stößt er kräftig mit dem Fuß zurück, sodass sie krachend ins Schloss fällt. In Windeseile überholt er auf der breiten Treppe kurz vorm Ausgang zwei Kolleginnen, denen er hektisch zuruft:

„Bis morgen, ihr beiden. Hab einen wichtigen Termin. Schönen Feierabend.",Tschüss Georg. Bist du auf der Flucht?"

Aber die letzten drei Worte hört er nicht mehr, er rennt schon den Gehweg zum Fahrradständer entlang, entsperrt hektisch das Schloss und tritt kräftig in die Pedalen. Wie damals, als er zu spät zum Unterricht gekommen ist. Als sich der neue Lateinlehrer seiner Klasse präsentiert hat. Einziger Unterschied: Damals trug er einen sportlichen Anorak, heute flattert der offene Mantel im Wind. Sieben Minuten später stellt er das Rad im Treppenhaus des historistischen Altbaus aus der Gründerzeit ab, in dem seine Therapeutin ihre Praxis betreibt. Während er die Stufen hinaufgeht, muss er an etwas denken, das ihn in letzter Zeit schon des Öfteren beschäftigt hat:

„Die Architektur des Biedermeier wird zwar immer in den Vordergrund gestellt. Aber sie ist eben nur ein Teil von Clausburg. Die Prachtstücke aus anderen Stilepochen finden in der öffentlichen Wahrnehmung viel zu wenig Beachtung."

Georg plant einen Stadtführer herauszugeben, der genau diese Lücke schließen soll. Übergangslos schaltet er wieder um auf „Therapie" und klingelt an der Praxistür. Die Spannung steigt. Heute ist er noch viel aufgeregter als bei den vorhergehenden Sitzungen.

*

Arjona Andov-Lichtenstein ist beruhigt. So seltsam das für Außenstehende auch klingen mag. Der Anwalt, der Hans vertritt, hat ihr reinen Wein eingeschenkt. Eine Gefängnisstrafe ist grundsätzlich nicht mehr abzuwenden. Wegen der Filme auf den Videokassetten, die dem Gericht als Beweis vorliegen. Sie zeigen ihren Ehemann in überdeutlichen Positionen, die seine abscheulichen sexuellen Straftaten an Jan-Lucca unumstößlich dokumentieren. Hinzu kommen Szenen, in denen er sich von dem Jungen manuell und oral befriedigen lässt. Bei einigen Tonaufnahmen wird deutlich, wie er den Jungen permanent manipuliert. Seine Mittel reichen von bettelndem Winseln bis zu in brutaler Schärfe ausgestoßenen Befehlen. Oft in einem schnell aufeinanderfolgenden Wechsel. Er besitzt die vollständige Kontrolle über sein Opfer. Warum er die belastenden Videos nach der Durchsuchung des Bootshauses nicht vernichtet hat, will Lichtenstein nach Aussage seines Verteidigers nicht kommentieren. Möglicherweise hat er das deshalb nicht getan, weil es ihm zur Gewohnheit geworden ist, sich zu Hause – in Abwesenheit seiner Ehefrau – daran zu ergötzen. Lichtenstein verweigert grundsätzlich jede Aussage zu den gegen ihn erhobenen Beschuldigungen. Das ist sein gutes Recht. Gerfried Feldkämpens Aussagen hingegen – und seine gesammelten Beweismittel – belegen die Eindrücke, die durch Molenbricks Fotos aus der Pfadfinderzeit hervorgerufen werden. Allerdings sind die lang zurückliegenden Straftaten inzwischen verjährt. Trotzdem erzeugen sie ein Bild, durch das die aktuellen Vergehen des Angeklagten an das Ende einer abscheulichen Tradition gestellt werden.

Jedenfalls erklärt der beflissene Rechtsbeistand dieser ungewöhnlich gefassten Ehefrau, dass er Lichtensteins Abhängigkeit von Peter Zarßcke zwar zum Aufbau einer Opferrolle ausspielen könne, dass dies aber kaum zur Verringerung der Höchststrafe von zehn Jahren führen werde. Der Jurist redet jetzt schon gute zehn Minuten auf sie ein. Andov-Lichtenstein kommt es so vor, als habe er ein schlechtes Gewissen ihr gegenüber. Um die Situation zu entspannen, unterbricht sie seinen Redefluss:

„Was kommt auf mich zu?"

„Man wird Sie dazu befragen, inwieweit Sie Anzeichen auf die Straftaten Ihres Mannes bemerkt haben. Sowohl in der Vergangenheit als auch bezüglich des aktuellen Vergehens."

Darauf ist sie bestens vorbereitet. Statt die Aussage zu verweigern, wird sie die Ahnungslose spielen.

Zu keinem Zeitpunkt habe sie auch nur den Hauch eines Verdachtes gehabt, was die Freizeitaktivitäten ihres Mannes mit Jan-Lucca anbelangt. Sie könne auch heute noch keine Risse in der perfekten Fassade ihres Mannes als engagierter und vergötterter Patenonkel entdecken. Was sich tatsächlich dahinter verbirgt, sei ihr gänzlich verschlossen geblieben. Es gebe für sie als Außenstehende nicht einen einzigen Anhaltspunkt, der auf die furchtbaren Vorfälle hinweist.

Sie geht davon aus, dass sie diese Version vor Gericht überzeugend abspulen kann. An rhetorischem Geschick mangelt es ihr mitnichten.

„Dazu werde ich gern Rede und Antwort stehen. Aber dafür brauche ich Sie nicht mehr, Herr Rechtsanwalt. Kümmern Sie sich um meinen Mann, auch wenn leider wenig Hoffnung für ihn besteht. Ach, was ich Sie unbedingt noch fragen wollte: Können Sie mir einen Kollegen oder eine Kollegin für die Scheidung empfehlen?"

Der vollkommen irritierte Verteidiger muss heftig schlucken. Nach kurzer Überlegung nennt er ihr eine Clausburger Kanzlei. Andov-Lichtenstein bedankt sich und schreibt den Namen auf den Rand der Titelseite des Hochwald-Kuriers, bevor sie aufsteht und ihm den Weg zur Haustür zeigt.

Sie sichert sich nach allen Seiten ab. Sie darf sich nicht den kleinsten Versprecher erlauben. Sie will die Rolle der naiven, nichtsahnenden Ehefrau bis zur Perfektion einüben. Bis sie selbst restlos davon überzeugt ist.

„Wie reagiere ich, wenn sie mich zu unserer Beziehung und speziell zu unserem Sexualleben ausfragen?"

Sie würde sich Wort für Wort an folgende Variante halten:

„Im Laufe der Jahre haben wir uns emotional voneinander entfernt. Unsere Ehe glich irgendwann einer sogenannten Zweckgemeinschaft, in der ich mich aber immer noch ausgesprochen geborgen gefühlt habe. Schließlich bin ich von meinem Ehemann oft genug verwöhnt und immer liebevoll behandelt worden. In unserem Bekanntenkreis gibt es einige Lebensgemeinschaften, die wesentlich zerrütteter als unsere sind. Wir arrangieren uns eben, so gut es geht. Das Thema ‚Trennung' ist von beiden Seiten mal angesprochen worden. Wir haben das aber sofort wieder fallengelassen. Aus reiner Bequemlichkeit. Gegen die Routine des Alltags sind wir machtlos. Außerdem habe ich keinerlei Verdachtsmomente für die jetzt bekannt gewordenen sexuellen Vorlieben und Straftaten meines Mannes gehabt. Zumindest nicht, was die Zeitspanne unseres Zusammenlebens betrifft.

Den hier und da kursierenden Gerüchten über die ‚Fahrende Schar' habe ich überhaupt keine Bedeutung geschenkt. Das ist doch kalter Kaffee gewesen. Hans Lichtenstein ist mir zuerst als hochgeschätzter Vorgesetzter und gestandener Mann begegnet. Dann hat er sich mir als verlockender Liebhaber präsentiert. Ohne auch nur einen Augenblick zu zögern, habe ich seinen Heiratsantrag angenommen."

Basta!

Genau so wird sie argumentieren und allseits auf Verständnis stoßen – daran zweifelt sie nicht eine Sekunde. Im nächsten Moment verfinstert sich ihre Miene. Nervös spielt sie mit den dunkelrot gefärbten Locken, die in schönem Kontrast zu ihrem hellen Teint und den grünblauen Augen stehen. Sie streckt ihren schlanken, mittelgroßen Körper und ballt entschlossen die Hände zu Fäusten. Als wolle sie den Schatten, der auf sie fällt, mit aller Kraft wegboxen.

„Miranda ist der einzige schwache Punkt. Wem hat sie damals die Intimitäten über mein Eheleben ausgeplaudert?"

Hans hat ihr nie gesagt, von wem er das erfahren hat. Nur, dass es eine männliche Person aus seinem Bekanntenkreis gewesen ist, die ihn damit unter Druck gesetzt hat.

„Ich muss mir unbedingt diese blöde Kuh vornehmen. Gleich morgen früh!"

Sie tauscht Decke und Kissen aus und macht es sich im Strandkorb auf der Veranda bequem. Auf seinem Stammplatz. Über ihr breitet sich ein rotgoldener Abendhimmel aus. In gehobener Stimmung beschließ sie, diesen Abschnitt ihres Lebens mit einer Flasche Champagner ausklingen zu lassen, und eilt kurz in den Keller. Ein Korken knallt laut, die Glastür der Vitrine scheppert. Sie stellt Flasche und Glas auf den Beistelltisch aus Kirschbaum und schenkt sich so voll ein, dass das kostbare Labsal über den Rand läuft. Dadurch entstehen unschöne Flecken auf dem empfindlichen Furnier. Was sie heute ausnahmsweise ignoriert. Diese Gleichgültigkeit angesichts ihrer ansonsten tadellosen Haushaltsführung, die auf einem extremen Putzfimmel basiert, ist dem besonderen Anlass geschuldet.

„Einlauf in die Zielgerade. Endlich bin ich ihn los."

Bis er den Knast wieder verlassen kann, ist all das hier um sie herum verschwunden. Ihr Plan ist perfekt. Sie trinkt den ersten prickelnden Schluck und blickte in eine wonnige Zukunft. Es wird langsam Zeit, dass sie mal wieder den „Begleitservice" anruft. Die neuen Modelle auf der Homepage hat sie schon inspiziert. Sie muss nur zugreifen.

*

Georg betritt die Praxis von Brenda Weber-Langrit. Den heutigen Termin hat sie für ein Screening[23] vorgesehen. Die Sitzung soll in dem achtzehn Quadratmeter großen Nebenzimmer des Besprechungsraums stattfinden. An der Wand rechts von der Durchgangstür steht ein Sofa. Kein Tisch. Auf der gegenüberliegenden Seite – mit Blick auf die leere Wand über dem Sofa – bieten ihnen zwei einfache Stühle mit Armlehnen Platz. Normalerweise hängen dort zwei gerahmte Kunstdrucke mit ländlichen Idyllen aus der Biedermeierzeit. Sogar Weber-Langrit schwimmt auf der Hochwälder Welle der Verklärung dieser Epoche mit. Obwohl sie noch gar nicht so lange in der Region ansässig ist.

Das eine Bild zeigt Menschen bei der Hanfernte in der Nähe eines kleinen Orts, der in einem weitläufigen, von hohen Bergen gesäumten Tal angesiedelt ist.[24] Das andere entführt die Betrachtenden in eine einsame, dünn bewaldete Gebirgslandschaft, wo im Vordergrund eine Mutter mit ihrem Sohn Reisig sammelt.[25]

Die Therapeutin hat die Bilder vor der Sitzung abgenommen und hinter das Sofa gestellt. Jetzt setzen sie sich nebeneinander auf die Stühle und blicken die gegenüberliegende Wand an. Oberhalb der Lehne des Sitzmöbels starren sie auf eine vollkommen weiße Fläche. Währenddessen erklärt ihm Weber-Langrit, wie das Screening ablaufen soll. Dann schweigen sie eine Weile vor sich hin. Georg stiert weiterhin konzentriert auf die Wand. Er wartet gespannt darauf, wann sein inneres Vorführgerät endlich anfängt, Szenen aus fernster Vergangenheit auf den hellen

Glattputz vor ihm zu projizieren. Auf einmal spricht die Psychologin mit einer leicht distanziert klingenden Stimme zu ihm:

„Herr Molenbrick, Sie wollen eine Szene aus dem Landheim abspielen lassen. Was ist da gerade los? Bitte beschreiben Sie mir, was Sie sehen und empfinden."

Georg versteht genau, was sie sagt. Ihre Worte scheinen ihn näher an die Wand heranzuschieben. Ohne seinen Blick auch nur eine Sekunde von der leeren Fläche abzuwenden, hat er das Gefühl, dass die Frau immer weiter von ihm abrückt. Sie sind wie durch eine unsichtbare Nabelschnur miteinander verbunden, die den Schall ihrer Worte hin und her transportiert. Er weiß, dass sie ihn von der Seite beobachtet. Egal aus welcher Distanz heraus. Wie vorher besprochen, hört er nicht auf, die vermeintliche Leinwand anzustarren. Bis er das Gefühl hat, mitten in das unendliche Weiß hineingezogen zu werden. Plötzlich läuft vor ihm ein Farbfilm ab. In einer Intensität und Deutlichkeit, die er bisher in keinem Kino erlebt hat.

Sie sitzen auf der Wiese vor dem Landheim.

„Das bin ich. Noch nicht mal zwölf Jahre alt. Strohblondes Haar. Ich fühle mich saumäßig gut – so mitten unter den Jungs, ganz ohne irgendeinen Gruppenführer. Kaum zu fassen: Ich bin gerade mit denen da draußen. Frau Weber-Langrit, ich sehe mich mit anderen Jungen im Gras sitzen. Wir tragen Lederhosen mit Hosenträgern und das dunkelblaue Pfadfinderhemd mit Schulterklappen und Brusttaschen. Alle in der Runde sind Halstuchträger: schwarz mit gelbem Randstreifen. Neben mir sitzt mein Freund Philipp. Wir fachsimpeln darüber, wie man mit nassem Holz aus dem Wald ein Feuer entfachen kann. Um Gottes willen, ich bin wieder zurück. Das ist jetzt!"

Fasziniert starrt Georg die Wand an. Darauf findet seine Kindheit statt. Eins zu eins. Ganz in Weiß. Von oben bis unten. Aber nicht für ihn. Nur für die Therapeutin. Die schaut ihn unentwegt von der Seite an. Aber das nimmt Georg jetzt nicht mehr wahr.

„Wir einigen uns gerade darauf, dass als Erstes ein paar Späne von den Ästen geschnitzt werden müssen. ‚Die sind nur außen nass', sage ich zu Philipp, der anerkennend grinst. ‚Die nächste Schicht ist dann schon ganz trocken', sagt er und ich klopfe ihm zustimmend auf die Schulter. Wir sind total albern. Ich sehe saftiges grünes Gras und in der Ferne die riesige Hecke, die das Grundstück umschließt. Wir lassen uns auf den Rücken fallen. Der Himmel ist strahlend blau, ein paar weiße Wolken ziehen vorbei. Ich könnte die ganze Welt umarmen. Die anderen lachen. Ich weiß nicht, worüber. Aber es ist, als würde ich durch die Luft fliegen. Immer höher, das Landheim im Rücken, die weiten Wiesen und Wälder unter mir."

Georg stoppt kurz, der Film bleibt mit der letzten Einstellung stehen. Er atmet tief durch und hat die starke Empfindung, wirklich auf der Wiese zu liegen. Als hätte ihn ein Magnet vom Stuhl mitten in die Szene hineinkatapultiert. Unglaublich. Mit einem kurzen Seitenblick stellt er fest, dass Weber-Langrit ihn mit weit aufgerissenen Augen ansieht. Georg wendet den Blick wieder von ihr ab. Der Film läuft weiter. Als er seine Schilderung fortsetzt, lässt sie ihre angespannten Schultern nach unten fallen und wirkt beruhigter. Das kann er aus dem Augenwinkel checken und trotzdem den Film verfolgen. Er spürt, dass sie ihm konzentriert zuhört. Sie sieht nicht, was er sieht. Er macht es für sie sichtbar. Mit jedem Wort.

„Um uns herum sitzen andere Jungs, die sich auch unterhalten oder mit irgendetwas beschäftigt sind: Figuren schnitzen, Einträge ins Logbuch ihrer Gruppe schreiben, Liedertexte lernen, Seilknoten üben. Flavus[26] – das ist der Spitzname, den ihm seine Kameraden verliehen haben – zieht gerade neue Saiten auf seiner Gitarre auf. Krass, das ist voll echt. Zum Anfassen nah! Jedes Gesicht ist mir bekannt. Ich weiß von allen die Namen. Weit und breit kein Gruppenführer in Sicht."

Georg wird auf einmal unruhig. Er zappelt aufgeregt auf seinem Stuhl herum und umklammert mit beiden Händen die Armlehnen.

„Moment mal! Wer ist denn das da vorne? Habe ich den die ganze Zeit nicht gesehen? Das ist Flori. Der gehört zu Gerfrieds Gruppe. Aber den kenne ich so gut wie gar nicht. Der ist neu. Noch nicht lange dabei. Und zum ersten Mal mit uns im Landheim. Das ist jetzt. Danach habe ich ihn nie wiedergesehen. Der Grünschnabel wirkt linkisch. Ist total unsicher. Kommt auf Philipp und mich zu. Was will Flori denn von uns? Gegenüber Neuen sind wir immer etwas abweisend und großtuerisch. Das ist so. Da müssen die Neuen durch. Wie der aussieht: rabenschwarze Haare, Bürstenschnitt mit Seitenscheitel, keine Kluft – sondern gelbe Bermuda-Shorts und schwarz-rot-kariertes Hemd, knöchelhohe Turnschuhe. Wie ein waschechtes Yankee-Kind. Echt schlimm! Er sieht verlegen aus, unsicher. Dann erzählt er uns, dass er Hans allein im Keller getroffen habe. Er ist als Letzter mit dem Küchendienst fertig gewesen, weil die anderen ihm die großen Töpfe überlassen haben. ‚Na und‘, sagen wir. ‚Hans schnüffelt doch überall herum.‘ Jetzt Flori: ‚Schon klar. Aber der war so komisch zu mir. Der hat mich gefragt, ob ich abends mit ihm Schach spielen will. Ich bin nämlich im Schachclub, das hat er von irgendjemand gehört. Und weil das ja spät werden kann, darf ich in seinem Zimmer schlafen. Macht der das öfter so?‘ – Philipp hört kaum hin, weil er in seinem Baden-Powell-Buch[27] herumstöbert. Er sucht einen Tipp, wie man ein Feuer ohne Zündhölzer in Gang setzen kann. – Ah, jetzt weiß ich es wieder. Glasklar. Das ist kurz vor meinem Erlebnis auf dem Hochstand, ein paar Wochen vor meinem Austritt. – Ich sage zu Flori: ‚Oft genug. Wie denn auch sonst? Hast du etwa eine bessere Idee?‘ Und zu den anderen Jungs auf der Wiese: ‚Ist doch prima. Dann weckt uns Flori wenigstens nicht mitten in der Nacht auf, wenn er bei Hans pennt. Statt um Mitternacht noch ins Etagenbett zu steigen. Das macht nämlich immer einen Höllenlärm. Irgendwie praktisch, diese Lösung.‘ Jetzt wieder zu Flori: ‚Hans spielt gut, aber ein paar haben schon mal gegen ihn gewonnen. Wenn du im Club bist, hast du eine echte Chance.‘ Einer von den Jungs, na klar, das ist Edwin, also der sagt verwundert: ‚Hans kann doch auch heute Nachmittag mit Flori eine Partie Schach spielen.‘ Ich: ‚Na ja, Edwin, der Hans hat bestimmt eine Menge um die Ohren. Aber später wird es dann umso gemütlicher.‘ Edwin: ‚Stimmt auch wieder.‘ Ich bin heilfroh, weil mir Hans heute nicht nachstellen wird. Ich bin raus. Das Glücksrad meint es gut mit mir. Der Zeiger ist woanders stehen geblieben. Philipp zwinkert mir zu. Was meint er? ,Georg, wir fragen Wolfgang, ob wir heute zusammen mit ihm und Gerfried eine Nachtwanderung machen können. Die anderen in den Gruppen sind auch dafür. Und du?' Ich: ,Natürlich, von Haus aus. Nachtwanderung geht bei mir immer. Dann haben die Schachmeister ihre Ruhe.' Jetzt zwinkere ich Philipp zu und grinse über das ganze Gesicht. Flori sagt nichts mehr, setzt sich auf die Wiese und rupft nervös Grashalme ab. Er wirkt bedrückt. Tränen laufen ihm über die Wangen. Jetzt wischt er sie mit der Hand aus dem Gesicht."

Der Film verschwindet.

Georg sieht jetzt wieder auf die weiße Wand. Er ist noch ganz benommen. Es fällt ihm schwer, sich auf die nüchterne Gegenwart einzustellen. Außerdem hat er ein ganz schales Gefühl in der Magengegend. Die Therapeutin klopft ihm auf die Schulter.

„Beim nächsten Mal reden wir ausführlich darüber. Sie haben heute eine Strategie wiederbelebt, mit der sie sich auf Kosten eines anderen Jungen schützen konnten. Es geht nicht um Schuld. Herr Molenbrick. Sie waren damals nicht schuldfähig. Schuldig sind die Täter. Nicht die Opfer, die von diesen Verbrechern auch noch gegeneinander ausgespielt worden sind."

*

Die Beklommenheit wegen seines unsolidarischen Verhaltens gegenüber Flori nimmt er trotzdem mit nach Hause. Nach dem Screening fühlt sich Georg total ausgelaugt und entspannt sich bei klassischer Musik aus dem Radio. Er schläft auf dem Sofa ein. Plötzlich klingelt ihn das Telefon wach. Als er im Flur den Hörer abnimmt, meldet sich eine Frauenstimme, die ihm bekannt vorkommt:

„Hallo Herr Molenbrick, entschuldigen Sie bitte, dass ich Sie um kurz vor zehn noch anrufe. Ich bin Janina Andov, die Schwägerin von Hans Lichtenstein. Wir sind uns neulich im Gericht begegnet. Sie haben als Zeuge ausgesagt. Außerdem wissen Sie ja, dass mein Mann und ich keine Anklage mehr gegen Sie erheben."

Auf ein betuliches Geplauder mit der Mutter des Opfers ist Georg nicht vorbereitet. Damit hätte er niemals gerechnet.

„Frau Andov, es ist wirklich schon ziemlich spät. Verzeihen Sie mir bitte meine Direktheit, aber kommen Sie möglichst ohne große Umschweife zur Sache. Ich hatte heute einen sehr anstrengenden Tag. Oder Sie rufen mich morgen Abend nochmal an. Eigentlich würde mir das viel besser passen. Ist das auch okay?"

„Ja, schon … Das geht auch. Aber ich verspreche Ihnen, dass ich mich ganz kurzfassen werde. So, wie Sie es wollen: auf dem direktesten Weg. Sind Sie damit einverstanden?"

Inzwischen ist er viel zu neugierig, um aufzulegen.

„Na gut, dann schießen Sie mal los."

„Herr Molenbrick, es geht nur um Folgendes: Uns schwirren so viele Dinge im Kopf herum, die wir überhaupt nicht verstehen. Mein Mann und ich können vieles nicht so richtig einordnen, was wir in den letzten Jahren mit diesem Kinderschänder und seiner Frau – also meiner Schwägerin – so alles erlebt haben. Das klingt vielleicht sonderbar. Aber wir wissen, dass Sie früher eine Menge mit ihm zu tun hatten. Es wäre für uns eine große Erleichterung, wenn wir mit Ihnen mal darüber reden dürften. Vielleicht sehen wir danach klarer."

„Wie geht es Jan-Lucca?"

„Den Umständen entsprechend. Er ist in psychologischer Behandlung. Morgen besucht er seine Cousinen in Lurchheim. Meine Schwägerin und ihr Mann haben dort eine Gärtnerei. Die Kinder dürfen manchmal beim Umtopfen und Gießen mithelfen, manchmal sogar beim Binden der Blumensträuße und Kränze. Die Schulferien haben ja schon angefangen. Wir bringen ihn mit unserem Wagen dahin. Sonst fährt er ja immer mit dem Bus. Aber das halten wir im Augenblick für keine gute Idee. Am Sonntag nächster Woche holen wir ihn wieder ab und fahren gleich weiter in den Urlaub ans Meer. Das wird ihn etwas ablenken, hoffen wir. Also, deshalb wäre es ideal, wenn Sie uns während seiner Abwesenheit besuchen. Wie wäre es denn mit morgen Abend um sieben?"

Georg überlegt einen Moment. Auch ihm gehen eine Menge Ungereimtheiten durch den Kopf, die Lichtenstein und seine Ehefrau betreffen. Vielleicht bringen sie zu dritt mehr Licht ins Dunkel.

„Mitten in der Woche ist das ausgesprochen schwierig, Frau Andov. Dann bleibt also nur noch der Samstag übrig. Wäre das denn für Sie und Ihren Mann überhaupt möglich?"

„Doch, das können wir so einrichten. Wenn das für Sie in Ordnung ist, treffen wir uns am Samstag um neunzehn Uhr bei uns. Das passt uns sogar sehr gut, Herr Molenbrick."

„Dann steht einem Treffen ja nichts mehr im Wege. Ich weiß allerdings nicht, wo Sie wohnen."

Sie nennt ihm eine Eibenstädter Adresse und bedankt sich.

Nachts wälzt sich Georg ständig von einer Seite auf die andere. Immer wieder taucht das Gesicht von Arjona Andov in seinen Träumen auf. Gegen drei Uhr in der Früh fällt er in einen ruhigen Schlaf und fühlt sich beim Frühstücken so fit, als könne er Bäume ausreißen. Seine Neugier hält ihn auf Trab. Am liebsten würde er sofort zu den Andovs gehen. Aber am Samstagabend kann er sich – frei von allem beruflichen Stress – besser auf das Gespräch konzentrieren.

*

Georg ist pünktlich. Um neunzehn Uhr betritt er das Reihenhaus, in dem Jan-Lucca wohnt. Die Eltern halten sich nicht mit dem üblichen Vorgeplänkel auf. Sie bitten ihn ins Wohnzimmer und setzen sich mit ihm an den runden Tisch. Die Mutter fingert nervös an einem Knopf ihrer Blusenmanschette herum. Leander Andov legt beide Hände auf die Tischdecke und sieht Georg hilflos an. Dann kommt er sofort zur Sache:

„Herr Molenbrick, wir können uns nicht vorstellen, dass meine Schwester von all dem nichts mitbekommen haben will. Wie ist das möglich, wenn man mit so einem Monster zusammenlebt? Die beiden führen zwar schon lange eine Art Scheinehe. Sie gehen unterschiedliche Wege und traten nur noch bei bestimmten feierlichen oder offiziellen Anlässen zusammen auf. Seit vielen Jahren hat sie niemand mehr gemeinsam beim Shoppen in der Altstadt gesehen. Oder in der Eisdiele. Auch nicht im Theater oder im Kino. Ganz früher sind sie dagegen regelmäßig ausgegangen. Gerade das spricht doch dafür, dass sie inzwischen etwas von seinen Neigungen gewusst haben muss. Sie hätte uns vor ihm warnen müssen. Daran geht kein Weg vorbei."

Janina Andov führt ein Taschentuch zu ihren Augen, begleitet von einem herzzerreißenden Schluchzen.

„Der Kleine tut mir so unendlich leid."

Leander macht einen verzweifelten Eindruck. Er kann nicht mit ansehen, wie sehr seine Frau leidet. Janina muss sich die Nase schnäuzen. Dann gibt sie sich einen Ruck und legt los:

„Obwohl Arjona selbst keine Kinder hat, ist ihr Jan-Lucca immer ziemlich egal gewesen. Sie wollte auch nicht seine Patentante werden, obwohl wir uns das so gewünscht haben. Sie meinte, dass sie und ihr Mann sich dabei in die Quere kommen würden. Das haben wir so akzeptiert und nicht weiter hinterfragt. Außerdem hatte Hans einfach mehr Zeit für den Jungen. Wegen des überraschenden Vorruhestands. Damit hatten wir gar nicht gerechnet. Aber aus heutiger Sicht macht uns das total stutzig. Eine Patenschaft ablehnen? Da steckt mehr dahinter. Mein Mann fragt sich inzwischen, ob seine Schwester irgendwie in die Sache verwickelt ist."

Georg ist wie vom Donner gerührt.

Die Andovs verdächtigen allen Ernstes Lichtensteins Frau zumindest der Mitwisserschaft, wenn nicht sogar der Beihilfe. Nebenher beschäftigt auch ihn dieses Rätsel seit Tagen: Wie ist es möglich, so ahnungslos zu sein, wenn man nicht absichtlich wegschaut? Leider führen seine Überlegungen zu keinem Ergebnis. Er findet bis jetzt keine Auflösung, die ihn zufriedenstellt. Arjonas Anhörung vor Gericht steht ja noch bevor.

Janina Andov sieht, wie sich die Stirn ihres Besuchers in tiefe Falten legt. Er ist ganz bei der Sache. Darauf haben sie gehofft. Wenn sie ihn weiter mit Informationen füttern, wird er immer zutraulicher werden. Weiß er etwas, das sie nicht wissen? Sie bearbeitet ihn weiter. Um ihr Ziel zu erreichen, muss sie weit ausholen:

„Herr Molenbrick, ich fange mal ganz von vorne an: Leander ist der jüngere Bruder von Arjona. Sie stammt aus der ersten Ehe ihres Vaters und ist fünf Jahre älter als ihr Bruder. Die Familie ist 1975 nach Eibenstädt umgezogen. Der Vater hatte hier eine Stelle als Einkäufer in dem neuen Baumarkt bekommen. Wie es sich eben manchmal so ergibt. Arjona war dreiundzwanzig Jahre alt. Sie lebte noch mit der Familie zusammen und hatte eine Ausbildung zur Verwaltungsangestellten absolviert. Leander wurde gerade achtzehn und wollte nach dem Abitur in der Versicherungsbranche einsteigen. Arjona ist heute siebenundfünfzig Jahre alt, mein Mann zweiundfünfzig. Von Anfang an hat sie meinen Bruder wie ihren persönlichen Besitz behandelt und ihn ständig bevormundet. Tanzte er nach ihrer Pfeife, opferte sie sich regelrecht auf für ihn. Widersetzte er sich ihren Plänen, machte sie ihm schreckliche Vorwürfe. Das löste bei Leander immer enorme Schuldgefühle aus. Außerdem legte sie ihm dann alle möglichen Steine in den Weg, sodass er meistens klein beigab. Mit fünfzehn hat er sich dann aus dieser Umklammerung zu befreien versucht. Irgendwie kam es zum Bruch zwischen den beiden. Da konnten auch die verzweifelten Wiedergutmachungsversuche ihrer Eltern nichts mehr dran ändern. Kurz vor unserer Hochzeit im Frühjahr 1983 haben sie dann plötzlich die Friedenspfeife geraucht. Im gleichen Jahr hat auch Arjona geheiratet. Das muss im Herbst gewesen sein. Auf unserer Hochzeitsfeier war sie schon mit Lichtenstein im Schlepptau erschienen. Wir hatten ein rauschendes Fest in dem wundervollen Hochwälder Schloss Nachtigallenau. Leander und ich waren von Kopf bis Fuß nach der Mode des Biedermeier gekleidet! Das war der schönste Tag in meinem Leben."

Bevor sie weiterredet, wirft Janina ihrem Ehemann einen zärtlichen Blick zu, den dieser dankbar erwidert.

„Als Schwägerin bin ich mit ihr prima zurechtgekommen. Wir mochten uns. Wurden echte Freundinnen. Als Jan-Lucca

1997 auf die Welt kam, also vor zwölf Jahren, war mein Mann vierzig und ich dreiunddreißig. Wir haben uns eben mit dem Kinderkriegen Zeit gelassen. Aber dann war es endlich doch so weit. Wir waren überglücklich! Arjona und Hans sind dagegen kinderlos geblieben, wie Sie wissen. Und seit dieser Zeit, also seit Jan-Luccas Geburt, war sie irgendwie anders. Deswegen haben wir sie später nicht nochmal gefragt, ob sie bei unserer Tochter Patentante werden will. Ach, das habe ich Ihnen noch gar nicht gesagt: Ich bin doch tatsächlich mit vierzig nochmal schwanger geworden. Jan-Lucca hat ein Schwesterchen bekommen, als er gerade sieben wurde. Sie schläft momentan tief und fest. Sonst hätten Sie sie längst gesehen."

Georg hat große Mühe, ihr zu folgen. Das sind zu viele Details für ihn. Worauf wollen die beiden eigentlich hinaus?

„Entschuldigung, was meinen Sie mit ‚irgendwie anders‘? Wie soll ich das verstehen?"

Die Andovs sehen sich kurz an, dann erklärt Leander:

„Sie ging nach kurzer Zeit, ich glaube schon nach den ersten sechs Monaten, auf große Distanz zu ihrem Neffen. Das war das Erste, was uns auffiel. Dann kam die Sache mit der Taufe, als sie das Amt der Patin ablehnte. Da war Jan-Lucca gerade ein Jahr alt geworden. Später ging sie wegen dem Kleinen immer schnell an die Decke. Also, ich will damit sagen, dass sie sich über jede Kleinigkeit maßlos aufregte. Egal, was es war. Einmal hatte Jan-Lucca seinen Kakaobecher umgestoßen. Etwas von der ausgelaufenen Flüssigkeit ist vom Tisch auf ihre weiße Jeans getropft. Da war er vielleicht dreieinhalb. Das ist ein gutes Beispiel für das, was ich meine. Sie hat den Jungen deswegen angeschrien. Jan-Lucca hat sofort fürchterlich geheult. Arjona war so aufgebracht, dass sie Hals über Kopf mit ihren Siebensachen aus dem Haus gestürmt ist. Beinahe wäre unser Garderobenständer zu Bruch gegangen, als sie in ihrer Hektik dagegenstieß und ihn zu Boden riss. Und Hans hat sich seinen Neffen geschnappt, auf den Schoß gesetzt und Hoppe-Hoppe-Reiter mit ihm gespielt, bis er wieder lachte. Damals dachten wir, dass sie beruflichen Stress hat. Als Hans ihr eine Stunde später folgte, fanden wir nichts dabei. Aber heute ist uns wieder eingefallen, dass er in den Jahren davor, wenn Arjona mal wieder eine ihrer zickigen Anwandlungen bekam, also, dass er sie dann immer in den Arm genommen hat, um sie zu beruhigen. Damals wäre er mit ihr gegangen und hätte noch ein paar verständnisvolle Worte bei den Gastgebern für sie eingelegt. Das war plötzlich so total anders: Aus heutiger Sicht würden wir beide sagen, dass sich Hans schon damals übermäßig um Jan-Lucca gekümmert hat. Tatsache ist, dass er seit Langem nur noch Augen für den Jungen hatte. Und wir standen die ganze Zeit daneben und wollten einfach nicht wahrhaben, dass das so absolut nicht in Ordnung war."

Georg ist sich dessen bewusst, dass er heute Abend den zweiten Verrat an Miranda begehen wird. Aber das ist ihm egal. Bei dem, was er soeben hört, beschleicht ihn ein eigenartiges Gefühl. Was stimmt hier nicht?

„Als ich Ihren Schwager zusammen mit Jan-Lucca in dem Burger-Restaurant gesehen habe, war ich wirklich geschockt. Ich bin davon ausgegangen, dass er inzwischen die Finger von solchen Schweinereien lässt. Deshalb hat er doch versucht, mit einer Frau zusammenzuleben. Nach allem, was ich weiß, hat das bei seinen abartigen Veranlagungen aber nicht so gut geklappt; um es vorsichtig auszudrücken. Eine Kollegin erzählte mir mal ganz im Vertrauen davon, dass Arjona sich bei ihr darüber ausgeheult hatte, wie sehr ihre sexuellen Vorlieben voneinander abweichen würden."

Georg sieht die beiden plötzlich besorgt an. Wie werden sie darauf reagieren?

Hat er gerade eine Grenze überschritten? Kann er ihnen überhaupt vertrauen? Eindringlich sagt er:

„Das bleibt aber bitte wirklich nur unter uns."

Janina antwortet für sich und ihren Mann:

„Darauf können Sie Gift nehmen. Wir beide werden in dieser Sache schweigen wie ein Grab. Das schwören wir Ihnen hoch und heilig. Herr Molenbrick, Sie können uns in jeder Hinsicht vertrauen."

Beruhigt setzt er seine Überlegungen fort:

„Ihre Schwester muss am Anfang ganz schön verblendet gewesen sein, Herr Andov. Aber irgendwann war es doch vorbei mit dem Märchenprinzen. Ich frage mich die ganze Zeit, warum sie sich nicht umgehend von Lichtenstein getrennt hat, als seine leuchtende Aura Löcher und Risse bekam. Das wäre ohne größere Probleme möglich gewesen. Jeder Eingeweihte hätte das verstanden. Wahrscheinlich sogar Lichtenstein selbst. Was hat Arjona nur davon abgehalten? Im Umkehrschluss hätte sich Lichtenstein genauso von ihr scheiden lassen können, nachdem das Experiment einer heterosexuellen Partnerschaft und Ehe gescheitert war. Für die Öffentlichkeit wären sie eins von den vielen Paaren gewesen, die nach ein paar Monaten oder Jahren wieder auseinandergegangen sind. Das ist doch heutzutage das Normalste auf der Welt. Mir ist vollkommen schleierhaft, was sie überhaupt noch zusammengehalten hat?"

„Sehen Sie, lieber Herr Molenbrick, genau das beschäftigt uns ja auch", sagt Janina Andov und wirkt erleichtert. „Fakt ist, sie haben sich nicht getrennt. Manchmal beschlich uns das Gefühl, dass sie eine ganz besondere Art von Beziehung miteinander verbinden würde. Was immer das auch gewesen sein mag. Aber darüber haben die beiden nicht mit uns geredet. Das ging uns ja auch nichts an. Wir wollten uns auf keinen Fall in deren Angelegenheiten einmischen. Heute bin ich fest davon überzeugt, dass Arjona bei allem Schrecklichen, das mit Jan-Lucca passiert ist, irgendwie ihre Finger mit im Spiel hatte. Dass sie nicht nur, wie ich vorhin gesagt habe, darin verwickelt ist. Sondern dass sie von sich aus tätig geworden ist. Damit sich die Dinge wirklich so entwickeln, wie es dann ja auch gekommen ist. So verrückt dieser Verdacht im ersten Moment auch klingen mag."

Georg runzelt wieder die Stirn und trinkt einen kräftigen Schluck Chianti aus dem Glas, das vor ihm auf dem Tisch steht. Vielerlei verdichtet sich momentan in seinem Kopf. Aber es ist noch nicht so weit, dass er es wirklich kapiert. Als er weiterredet, spürt er ganz leicht die Wirkung des Alkohols.

„Ich weiß nur über die Insiderinformationen meines Anwalts, dass es außer den Spuren von Jan-Lucca keine Hinweise auf den Missbrauch an anderen Minderjährigen gibt. Das wird durch die Analyse der Beweismittel aus dem Bootshaus eindeutig bestätigt. Ich vermute, dass sich Lichtenstein in den Jahren davor zurückgehalten hat. Aus reiner Berechnung."

Plötzlich fängt Georg an zu dozieren:

„Die Thematik der Kinderschändung durch obskure Jugendführer wird von den herrschenden Kreisen mittlerweile nicht mehr durchgängig tabuisiert. Die Opfer gehen zunehmend an die Öffentlichkeit, organisieren sich in Interessengruppen und finden eine immer stärkere Lobby in Politik, Kirchen, Vereinen und Verbänden. Auch wenn die Straftaten Jahrzehnte zurückliegen. So mancher Täter weiß nicht, wie ihm geschieht, wenn er sein Bild unter skandalösen Schlagzeilen in der Presse sieht. Viele verlieren ihre Posten und trauen sich nicht mehr aus dem Haus. Sie verbarrikadieren sich in den übelriechenden Heimstätten ihrer jämmerlichen Existenzen."

Georg sprüht vor Verachtung.

Er muss seinen Wortschwall bremsen, sonst wird er noch übers Ziel hinausschießen und einen Erstickungsanfall bekommen. Bisher hören ihm die Andovs andächtig zu. Wie lange kann er ihre Aufmerksamkeit strapazieren? Es gibt noch so viele Dinge, die er unbedingt loswerden will. Mit einem beschwörenden Blick setzt er seinen Monolog fort:

„Trotzdem sind die Probleme damit nicht aus der Welt geschafft. Die Dunkelziffer bleibt hoch. Zum einen gibt es genug Opfer, die ihre traumatischen Erlebnisse verdrängen und für immer von den schrecklichen Erinnerungen verschont bleiben wollen. Zum anderen gibt es die Schweigepflicht der Ärzte und Psychologen. Und der Beichtväter. Mit einer gehörigen Portion Glück ist es Lichtenstein bis vor Kurzem tatsächlich gelungen, vollkommen ungeschoren davonzukommen. Bei seiner Vergangenheit muss er natürlich damit rechnen, dass ihm ein großes Misstrauen entgegengebracht wird. Ihm ist klar, dass er unter öffentlicher Beobachtung steht. Auch wenn er über noch so wertvolle Beziehungen zur Eibenstädter Crème de la Crème verfügt. Unabhängig davon präsentiert er sich mit seiner herausragenden Beredsamkeit überall als imposante Erscheinung. Solange er sich am Riemen reißt, wird er von allen Seiten respektiert. Die Schatten der Vergangenheit können das nicht verhindern. Sie sind allmählich verblasst und zersetzen sich bis zur Unkenntlichkeit. Warum soll sich Lichtenstein diesen mühsam aufgebauten Status aus freien Stücken wieder kaputt machen? Er hat sich über viele Jahre voll im Griff. Er schwört seinen wahren Begierden offenbar rigoros ab. Also, er ist immer auf der Hut. Jedenfalls, was den Umgang mit Minderjährigen betrifft. Da ist absolut nichts bekannt geworden."

Georg hält einen improvisierten Vortrag. Sein Hang zu dramatischen Schilderungen schlägt jetzt voll durch. Im Gegensatz zu seiner späten Beichte bei Mirko Jägers öffnet er diesmal sofort das Ventil, um seinen Gedankensturm ungehemmt ausströmen zu lassen. In Verbindung mit dem Wein, von dem er sich einen weiteren Schluck gönnt, spürt er eine unbeschreibliche Erleichterung. Die Worte purzeln nur so aus ihm heraus:

„Als mein Vorgesetzter hat mich Lichtenstein mit seinen Anspielungen auf die ‚gute alte Zeit' tierisch genervt. Manchmal versuchte er, mich mit irgendwelchen alten Kamellen aus meiner frühsten Jugend unter Druck zu setzen. Vermutlich, damit ich Erinnerungen, die ihn belasten können, schön für mich behalte. Als ich in Jan-Luccas Alter war, hat er doch tatsächlich versucht, mich sexuell zu missbrauchen. Allerdings ohne Erfolg: Ich konnte ihm im allerletzten Augenblick entwischen. Aber das alles steht in keinem Verhältnis zu dem, was er Ihrem Sohn angetan hat. Was hat ihn im fortgeschrittenen Alter nochmal so aus der Spur geworfen? Etwas muss geschehen sein, dass seine alten Muster wieder voll durchgebrochen sind. Aber das sind nur meine persönlichen Vermutungen. Dafür habe ich keinerlei Beweise."

Die Andovs kleben bis hierhin regungslos an seinen Lippen, als dürfe ihnen kein einziges Wort von Georgs Darlegungen entgehen. So wirkt es jedenfalls auf den Gast. Dann erhebt sich Leander überraschend schnell, stürzt wie gehetzt auf das Wohnzimmerfenster zu und blickt – den Kopf unruhig hin und her bewegend – hinaus in die Dunkelheit. Ohne sich zu ihnen umzudrehen, bringt er in einem klagenden, verzweifelt klingenden Ton die Situation auf den Punkt:

„Wir wissen inzwischen von der Psychologin, dass mein Schwager unseren Jungen auch psychisch gequält und fremdbestimmt hat. Nach dem ersten Missbrauch konnte er ihn damit erpressen. Jan-Lucca befand sich seitdem in einer Sackgasse: kein Ausgang! Dieser widerliche Sadist muss ihn mit Schuldgefühlen nur so vollgepumpt und sein Selbstvertrauen ausgelöscht haben. Sonst hätte er sich uns doch anvertraut."

Dann dreht er sich wieder zu ihnen um und starrt seinen Besucher mit einem düsteren Blick an.

„Dafür bekommt dieses Ungeheuer hoffentlich eine gerechte, angemessene Strafe. Die Höchststrafe! Aber wir werden ein Auge auf meine Schwester werfen und ihr mal auf den Zahn fühlen. Herzlichen Dank dafür, dass Sie sich die Mühe gemacht haben, hier – in unseren vier Wänden – mit uns zu reden! Herr Molenbrick, Sie haben uns wirklich sehr geholfen."

Georg ist schon aufgestanden.

„Keine Ursache, ich bin gern zu Ihnen gekommen. Ist doch gut, mal mit anderen zu reden, statt ständig über diese schrecklichen Dinge alleine herum zu grübeln. Gute Nacht."

Angesichts der Tatsache, dass es weit nach Mitternacht ist, verabschieden sie sich zügig im Flur. Sie versichern sich gegenseitig, dass sie weiter in Verbindung bleiben wollen. Leander hat die Haustür bereits einen Spalt geöffnet. Georg bleibt unvermittelt stehen und dreht sich noch einmal zu Janina um:

„Ach ja, was ich noch fragen wollte: Frau Andov, Sie sind doch gebürtige Eibenstädterin. Wenn ich mich recht erinnere eine geborene Kronberg?"

Sie beantwortet seine Frage mit einem verblüfften Nicken. Georg setzt nach:

„Das Modehaus Kronberg, wer kennt das nicht? Haben Sie denn früher nie etwas über die dubiose Vergangenheit Ihres Schwagers mitbekommen?"

Janina blickt kurz zu ihrem Mann herüber, der aber nur auf das Muster des terrakottafarbenen Läufers starrt, als habe er gar nicht zugehört. Dann wendet sie sich wieder Georg zu und erwidert unverfänglich:

„Nein. Gar nichts. Also, Herr Molenbrick, bei uns zuhause wurde natürlich immer viel geredet. Das können Sie sich ja sicher vorstellen: In einem Modehaus läuft viel zusammen. Die Gerüchteküche brummt immer mächtig. Das ging bei mir alles in das eine Ohr hinein und zum anderen wieder hinaus. Vieles habe ich auch nicht verstanden. Als sich die ‚Fahrende Schar' auflöste, war ich gerade mal neun Jahre alt. Ein wohlbehütetes Mädchen, das in seiner heilen Welt aufging: Barbie-Puppe, Berge von Puzzlespielen, Mädchenbücher. Ach, und ich war immer mit meiner Rollschuh-Gang auf dem Parkplatz hinter dem Theater zugange. Fünf Freundinnen, alle im gleichen Alter. Wir hatten andere Dinge im Kopf."

„Logisch, das kann ich gut nachvollziehen. Na ja, da gebe ich Ihnen Recht. Das waren wirklich keine Themen für Sie und Ihre Clique. Also tschüss und bis bald."

Er hört, wie der Haustürschlüssel von innen umgedreht wird. Eigentlich dürfte er nach den beiden Gläsern Rotwein nicht mehr fahren. Aber der kleine Anflug eines Rausches ist wieder verflogen und er fühlt sich absolut fit. Als er den Oldtimer gemächlich über die Landstraße in Richtung Clausburg nach Hause steuert, denkt Georg mit gemischten Gefühlen über das nach, was er heute Abend von Jan-Luccas Eltern erfahren hat:

„Die Angelegenheit ist noch nicht ausgestanden. Um das Übel an der Wurzel zu packen, muss das fehlende Glied in der Kette aufgespürt werden. Ich sollte Mirko über dieses Gespräch informieren. Was wird er dazu sagen? Wahrscheinlich hat er auch schon in diese Richtung gedacht."

Bevor er einschläft, erinnert sich Georg unwillkürlich daran, wie ihn die Andovs zwischendurch bewirtet haben. Das exzellente Rumpsteak zu den gedünsteten Rosmarin-Kirschtomaten und die mit einem umwerfend fruchtigen Olivenöl beträufelten, leicht angerösteten Ciabatta-Scheiben sind für ihn ein beeindruckendes kulinarisches Erlebnis gewesen. Seit geraumer Zeit leidet er nämlich unter einer schleichenden Appetitlosigkeit. Eigenartig, dass er davon heute Abend überhaupt nichts gespürt hat. Was würde er seinen Gästen in einer derart bedrückenden Situation anbieten – an ihrer Stelle? Leitungswasser aus der Glaskaraffe? Oder Baldriantee? Vielleicht noch einen kleinen Teller mit Zwieback. Letzteres muss er sofort wieder verwerfen. Das laute Krachen beim Hineinbeißen hätte den Rahmen ihrer Zusammenkunft gesprengt und das Gebot der Pietät verletzt. Schließlich wäre es den geladenen Eltern um den Missbrauch ihres Sohnes gegangen.

*

Arjona Andov-Lichtenstein hält im Augenblick alle Fäden fest in der Hand. Sie ist überrascht, dass ihr dieses Spiel so leicht von der Hand geht. Umso besser! Endlich kann sie ihren Rachedurst gierig und rücksichtslos stillen. Der ist so extrem zügellos, dass sie bei ihren schändlichen Umtrieben von keinerlei Gewissensbissen geplagt wird. Ganz im Gegenteil: Sie blüht regelrecht auf. Ihre Zellen scheinen sich von Grund auf zu verjüngen. Ist das der „zweite Frühling", der sich ihrer bemächtigt? Warum ausgerechnet jetzt? Voller Unternehmungslust beschließt sie, in den nahegelegenen Botanischen Garten zu gehen. Etwas Bewegung in der frischen Luft wird ihr sicher guttun. Beschwingt schlüpft sie in die neuen Turnschuhe. Dann schließt sie die Verandatür von innen zu und hält kurz inne. Seit dem Aufstehen quält sie trotz aller geballten Euphorie ein Gedanke, der sie schier zur Verzweiflung bringt:

„Hoffentlich sind mir auf der Strecke bis zur Verhaftung meines lieben Ehemannes keine Fehler unterlaufen."

Streng genommen darf sie nicht einen Millimeter von der eingeschlagenen Richtung abweichen, um ihren Plan erfolgreich abzuschließen. Aber wird ihr das auch dann gelingen, wenn sie urplötzlich und ohne Vorwarnung improvisieren muss? Das

Unvorhersehbare kann an jeder Ecke auf sie lauern. Warum ermahnt sie sich ständig zu größtmöglicher Vorsicht, obwohl bisher alles erstaunlich gut gelaufen ist? Es ist, als könne sie ihr Glück nicht fassen. Ihr Glück im Unglück.

Bevor sie endlich aufbricht, schüttet sie einen Berg Brotkrümel in den dunkelgrünen Stoffbeutel mit dem weißen Aufdruck „Internationales Clausburger Musikfestival für Atonalität" und einer darunter gesetzten, für Zwölftonmusik repräsentativen Notenzeile. Ebenfalls in Weiß gehalten. Das ist ihr Protest gegen die unerträgliche Tümelei rund um das Thema „Biedermeier" in der Region Hochwald. Mit den Brosamen will sie die Eichhörnchen füttern, die in der Anlage herumstreifen. Zuerst dreht sie eine Runde durch den oval angelegten Gartenpark, begutachtet das eine oder andere exotische Gewächs und setzt sich dann auf die Bank unter dem riesigen Blauglockenbaum. Sie schließt ihre Augen. Erinnerungen an eine längst vergangene Zeit erfüllen sie mit großer Wehmut:

Sie sitzen den ganzen Vormittag zufällig nebeneinander. Außer der kurzen Unterbrechung, in der Hans Lichtenstein als Redner an die Reihe kommt. Thema: „Das Kulturamt als Motor der Vermarktung unserer Stadt". Sein brillanter, von innovativen Ideen nur so strotzender Vortrag erntet stürmischen Applaus. Nach der Mitarbeiterversammlung im Rathaus fragt er sie, ob sie ihn in der Mittagspause in ein nahegelegenes Restaurant begleiten will. Statt in die Kantine zu gehen. So charmant und locker wie an diesem Vormittag kennt sie ihn noch gar nicht. Sie willigt sofort ein. Punkt eins treffen sie sich in der Eingangshalle. Natürlich wird mehr daraus. Sie verliebt sich haltlos in ihn. Schnell verabreden sie sich regelmäßig. Dass auch er ganz vernarrt in sie ist, spürt sie mit jeder Pore ihrer Haut.

Anfangs begegnet er ihr als ein ziemlich stürmischer Liebhaber. Der Sex mit ihm ist nicht von schlechten Eltern. Auch im Vergleich zu seinen Vorgängern. Trotzdem wirkt er zunehmend von etwas abgelenkt, wenn sie zusammen sind. Anfangs, in den Wochen direkt nach der Trauung, versucht sie das in ihrer Verliebtheit auszublenden. Bis zum Jawort vor dem Standesbeamten haben sie sich nur mit größter Mühe zurückgehalten: echt altmodisch und total romantisch zugleich. Klar, dass danach der Staudamm mit voller Wucht einbricht. Aber nach einem Vierteljahr muss sie sich eingestehen, dass davon so gut wie nichts mehr übrig geblieben ist. Sein Interesse am Geschlechtsverkehr versiegt mehr und mehr. Während er sie hin und wieder voll befriedigt, bleiben seine Entladungen aus. Manchmal macht er ihr Vorschläge, was anders sein könnte. Unterm Strich solle sie sich wie ein kleiner Junge aufführen. Wie in einem Rollenspiel. Das stimuliere ihn. Aber dafür ist sie sich als Frau zu schade, auch für bestimmte Praktiken, die er plötzlich ganz überraschend vorschlägt. Was er will, braucht sie auf keinen Fall. Das ekelt sie an. Ab diesem Punkt gehen sie sich, was gemeinsamen Sex anbelangt, aus dem Weg. Sie holen beide erstmal tief Luft, um mit dieser Situation klarzukommen. Arjona ist heilfroh, dass sie bis dato verhütet haben. Am Ende arrangieren sie sich, so gut es geht. Gelegentliche zärtliche Anwandlungen seinerseits erwidert sie gern, weiß aber genau, dass es damit nicht viel auf sich hat. Außer diesem wunden Punkt in ihrer Beziehung kommen sie gut miteinander aus. Wie auch immer, sie mögen sich auf ihre Weise.

Diese Ehe bringt beiden eine Menge Vorteile, besonders in beruflicher Hinsicht. Wie sehr sie trotzdem darunter leidet, bindet sie ihm vorerst lieber nicht auf die Nase. Richtig unangenehm wird es aber für sie, als Hans von einem Kollegen erfährt, dass sie intimste und zugleich prekäre Vertraulichkeiten aus ihrem Eheleben an Dritte weitergibt. Ausgerechnet Miranda Kreuzer hat sie das zu verdanken! Warum musste sie ihr Vertrauen derart missbrauchen? Nach der ersten Entrüstung über ihre unerträgliche Indiskretion bietet Lichtenstein Arjona die Trennung an. Für sie bedeutet dieser Schritt einen unzumutbaren Gesichtsverlust. Die meisten ihrer Kolleginnen beneiden sie um die gute Partie.

Hätte sie sich damals von Hans getrennt, wäre es nie dazu gekommen, dass er sie noch rechtzeitig vor seiner Pensionierung zur Abteilungsleiterin befördert. Sie genießt diesen Aufstieg in vollen Zügen und verschafft sich von allen den nötigen Respekt. Die neue Position mit dem unschätzbaren Zuwachs an Macht ist für sie wie maßgeschneidert.

Sie hatten sich also darauf geeinigt, nach außen weiterhin das glückliche Ehepaar zu spielen, sich ansonsten gegenseitig zu akzeptieren und eine platonische Liebe zu praktizieren. Über einen längeren Zeitraum hat das ja auch ganz gut geklappt. Sie weiß, dass er seinen Drang mitunter bei jungen, knabenhaft wirkenden Männern – meist käuflich – notdürftig befriedigt. Er weiß, dass sie sich mit dem einen oder anderen Liebhaber bestmöglich versorgt. Eine Zeitlang ist dieser Kompromiss für Arjona in Ordnung: ein sicherer, angenehmer Hafen mit Abenteuern nebenbei. Mit einem Hauch von Melancholie sagt sie zu sich selbst:

„Warum ist es nicht ewig so weitergegangen?"

Ein paar hungrige Eichhörnchen klettern den Stamm des Blauglockenbaums herunter und nähern sich erwartungsvoll ihrer Bank. Arjona kramt ein paar Krumen aus ihrem avantgardistischen Beutel und wirft sie den Tieren zu, die sofort herbeispringen. An jedem anderen Tag würde sie sich ausgiebig daran erfreuen. Aber nicht heute! Ihr Gesicht verfinstert sich.

„Doch dann erwarten Leander und Janina plötzlich ein Baby."

Das klingt wie ein bitterer Vorwurf.

In der Abgeschiedenheit des idyllischen Gartens gibt sie sich ungehemmt ihren Rückblicken hin. Wieder einmal dringt sie in eine Phase ihres Lebens ein, die düsterer nicht sein könnte und die sie immer noch nicht verarbeitet hat:

Hans ahnt bis heute nicht, was sie in dem Augenblick der Bekanntgabe von Janinas Schwangerschaft durchgemacht hat. Seitdem vergeht sie fast vor Neid. Sie hat sich so sehr ein Kind von ihm gewünscht. Nicht sofort. Aber spätestens ein halbes Jahr nach der Hochzeit will sie es darauf ankommen lassen. Mit vierunddreißig muss sie sich ranhalten. Drei Monate nach dem Jawort zerplatzt dieser Wunsch unwiederbringlich. Für sie ist es unmöglich, mit Hans ein Kind zu haben. Sicher, er kann sich zusammenreißen und sie befruchten. Wahrscheinlich klappt es schon beim ersten Versuch. Aber was dann? Wenn es ein Junge wird, braucht ihr Mann niemanden mehr zu Rollenspielen animieren. Sie müsste ihren Sohn rund um die Uhr vor seinem Vater beschützen. Aus Angst davor, dass er zum Objekt von dessen grauenhafter Begierde wird. Diese Vorstellung ist so abartig, dass es ihr das Herz bricht.

Daran hat sich bis heute nichts geändert. Wie auch?

Aber wie sie es ganz in sich versunken auf der Parkbank auch dreht und wendet: Es zeichnet sich für sie immer klarer ab, dass weder Hans noch sie die Schuld für diese verfahrene Situation trifft. Nein! Leander, ihr undankbarer Bruder, ist schuld. Und Janina, ihre berechnende Schwägerin. Sie tragen zu gleichen Teilen eine schwere Last: die Verantwortung für Arjonas Dilemma.

Die Ehefrau ihres Bruders stammt aus einer spießigen Eibenstädter Familie, die sich mächtig etwas auf ihr „Traditions-Modehaus" einbildet. Der Mief vieler Generationen lastet auf dem Unternehmen. Die Auslage könnte langweiliger nicht sein. Resistent gegen alles Ausgefallene. Erstaunlicherweise schwört ein Großteil der Alteingesessenen auch heutzutage genau auf diesen Laden. Man liebt es klassisch.

„Unglaublich!", entfährt es ihr derart laut, dass die Schar Eichhörnchen zurück in die Baumkrone flüchtet. Ein Teil der Krümel liegt noch unberührt auf dem Gehweg herum. Sie ist so sehr mit sich beschäftigt, dass sie keine Augen dafür hat.

Janina ist zweifellos bestens darüber informiert, was früher über die „Fahrende Schar" und speziell über ihren Mann geredet worden ist. Sie lebte damals schließlich im Epizentrum des Tratschs: Jede im Flüsterton und mit hochgezogenen Augenbrauen vorgebrachte Nachrede über die lieben Mitbürger nimmt ihren Weg zuerst über die Verkaufstheke der Eltern, bevor die Buschtrommeln sie in ganz Eibenstädt verbreiten. Deshalb geht Arjona davon aus, dass Janina das eine oder andere Gerücht über Lichtenstein im Zuge der Auflösung des Jungenbundes beim Mittagstisch zu Ohren kommt. Daran ändert auch ihr damaliges Alter von neun Jahren nichts. Da lauschen Kinder schon gespannt den Erzählungen der Erwachsenen – auch wenn man nicht immer alles so genau versteht und nicht auf alle Fragen eine Antwort bekommt. Außerdem wird der Tratsch über dieses Thema über die Jahre hinweg immer wieder mal aufgekocht worden sein. Arjona dagegen ist vollkommen ahnungslos. Ihre drei Kolleginnen in der Rechnungsabteilung des Kulturamtes haben völlig andere Gesprächsthemen. Schließlich sind sie – außer Miranda – auch nicht hier aufgewachsen, sondern kommen von außerhalb.

Erst im Laufe der Jahre rutscht Hans ihr gegenüber die eine oder andere Erinnerung an die „herrliche Pfadfinderzeit" heraus. Vermutlich aufgrund des Vertrauensverhältnisses, das sie inzwischen zueinander aufgebaut haben. Er zeigt ihr unter anderem Bilder von Zarßcke, Gerfried, Flori und sogar von diesem Georg Molenbrick. Außerdem erzählt er ihr von den üblen Verleumdungen, die schließlich zur Auflösung seines geliebten Jungenbundes geführt haben. Er scheint froh zu sein, mit ihr darüber reden zu können. Auch wenn er nie mit der ganzen Wahrheit herausrückt, sieht sie zunehmend schärfer, was ihn damals umgetrieben hat. Aber schon zum Zeitpunkt ihrer Heiratsvorbereitungen – als er bereits eine renommierte Position im Rathaus einnimmt – wird man sich bestimmt so manche Anekdote über seine Jugendsünden erzählt haben. Natürlich hinter vorgehaltener Hand. Nicht ohne aus Opportunitätsgründen gleichzeitig zu betonen, dass er sich längst die Hörner abgestoßen habe. Was ja die anstehende Heirat mit der schönen Arjona eindeutig beweise. Das Schlimme daran ist nur, dass sie selbst am Tag ihrer Trauung von alldem nicht die geringste Ahnung hat.

Als ihr fünf Jahre jüngerer Bruder zusammen mit der Familie in Eibenstädt ankommt, hat er gerade das Abi in der Tasche. Nach dem Start seiner beruflichen Laufbahn bei einer großen Versicherungsgesellschaft hat er zu zahlreichen Auszubildenden Kontakt. Der eine oder andere ist bestimmt bei den Pfadfindern auch mal mit Lichtenstein in Berührung gekommen. Oder hat einen Freund, der in der „Fahrenden Schar" gewesen ist. Jedenfalls wird ihm das eine oder andere Gerücht nicht entgangen sein, wenn er sich mit seinen Kollegen auf einer der zahlreichen After-Work-Partys herumgetrieben hat.

Den nächsten Gedanken spricht sie wieder vor sich hin. Nur diesmal noch lauter. Aus Vorsicht vor einer erneuten Schallattacke sind die Eichhörnchen wohlweislich nicht mehr aus ihrem Refugium hervorgekommen und harren der Dinge. Vielleicht können sie ja später noch ein paar Brotkrümel ergattern.

„Als die beiden mitbekommen haben, dass ich mich mit Lichtenstein zusammentun will, sind ihnen todsicher einige pikante Details in Erinnerung gekommen, über die eigentlich schon längst Gras gewachsen war. Daran gibt es für mich überhaupt keinen Zweifel! Und genau darüber haben sie nicht mit mir geredet."

Ein zufälliger Passant könnte den Eindruck bekommen, Arjona unterhalte sich mit dem verblühten Holunderbusch, der sich gegenüber ihrer Bank auftürmt.

Sie selbst aber hat in Hans immer nur den erfolgreichen Amtsleiter gesehen, den sie als ihren Vorgesetzten voll respektiert. Als der sich für sie zu interessieren beginnt, kommt das einem Glücksrausch gleich. Sie ist völlig aus dem Häuschen. Leander bestärkt sie mehrmals vehement darin, sich an ihn zu binden. Heute ist ihr klar, warum: Ihr Bruder befindet sich damals am Anfang seiner Karriere als Versicherungsmakler. Hans kann ihm die entscheidenden Kontakte zu den oberen Kreisen in der Region verschaffen. Diesen Zugang benötigt er dringend, um für seine neueröffnete Filiale einen solventen Kundenstamm aufzubauen. Janina und Leander halten mit dem, was sie über Lichtenstein wissen, ganz bewusst hinter dem Berg. Voller Wut zischt sie:

„Welch ausgeprägter Familiensinn."

Ihre Gedanken drehen sich im Kreis:

„Vor den wissenden Augen des eigenen Bruders und seiner Angetrauten bin ich einem ehemaligen Knabenliebhaber auf den Leim gegangen. Über meine grenzenlose Naivität müsste ich mich ja in Grund und Boden schämen. Aber wofür? Weil mir alle etwas vorgemacht haben? Als Jan-Lucca auf die Welt kommt, beschleicht mich mit aller Wucht das Gefühl, von seinen Eltern um genau dieses Glück betrogen worden zu sein: Ich bin mit einem Mann verheiratet, von dem ich kein Kind mehr haben will. Genauer gesagt, von dem ich aus Vernunftsgründen kein Kind bekommen darf. Leander und Janina hätten mich darüber aufklären müssen, was es bedeutet, sich an jemanden wie Hans Lichtenstein zu binden. Welche Schwierigkeiten es nach sich zieht, mit jemandem wie ihm bis ans Ende aller Tage zusammenzuleben."

Sosehr sie sich auch bemüht, es gelingt ihr nicht, das Baby ihres Bruders auch nur ein kleines bisschen gern zu haben. Wenn sie dem properen Stammhalter begegnet, fällt bei ihr jedes Mal die Klappe herunter:

„Wegen Jan-Luccas Eltern konnte sich mein Kinderwunsch nicht erfüllen. Wenn ich sehe, mit welcher Hingabe sie ihren Spross abgöttisch lieben, dreht sich mir der Magen um. Tut mir leid, aber dagegen bin ich machtlos."

Sie fühlt sich wie besessen von diesen Gedanken. Und schon setzt auch ein unangenehmes Ziehen oberhalb ihres Bauchnabels ein. Plötzlich wird ihr so übel, dass sie kurz davor ist, sich zu übergeben. Gott sei Dank hat sie Wasser mitgenommen. Erleichtert zieht sie die kleine Flasche aus dem Beutel und trinkt sie langsam aus. Danach geht es ihr sofort besser.

„Vielleicht würde ich jetzt glücklich mit einem anderen Partner zusammenleben. Unser Kind wäre inzwischen schon dreizehn. Wenn Janina und Leander aus ihren Herzen keine Mördergrube gemacht hätten."

Statt allmählich zu verrauchen, steigert sich Arjonas Drang nach Vergeltung für dieses an ihr begangene Unrecht von Jahr zu Jahr mehr. Wie besessen sinnt sie nach Rache, hat aber keine Ahnung, wie sie das anstellen soll. Obwohl es die ganze Zeit offen auf der Hand liegt.

Eines Tages fällt bei ihr endlich der Groschen. Sie beschließt, aus der Not eine Tugend zu machen. Ihr bleibt nicht verborgen, dass Hans immer noch ganz verrückt nach kleinen Jungen ist. Sicher, er hat sich in den letzten Jahren eisern zurückgehalten.

Ihre Hochzeit ist wirklich der beste Beweis dafür, dass er seiner schändlichen Vergangenheit für immer den Rücken zukehren möchte. Arjona ist die Einzige, die um seine über die Jahre hinweg nicht nachlassende extreme innere Bedrängnis Bescheid weiß. Es bedarf nur eines kleinen Anstoßes, um den Stein ins Rollen zu bringen. Es ist für ihn nur eine Frage der Zeit, diesen vermeintlich ehernen Vorsatz zu brechen. Wann, das steht in ihrem Ermessen. Ab jetzt führt sie Regie. Sie wird Janina und Leander am eigenen Leibe spüren lassen, was für ein schändliches Wesen sich hinter dem allseits verehrten Herrn Kulturdezernenten verbirgt. Sie ist im Begriff, die perfekte Fassade seiner alle faszinierenden und alle täuschenden Selbstdarstellung zu zertrümmern.

Irgendwann fängt sie damit an, Hans zu ermuntern, sich mehr mit seinem Patensohn zu beschäftigen. Anfangs beschränkt er seinen Kontakt nämlich auf die üblichen Familienfeiern. Wann immer es sich ergibt, schlägt sie ihm nun vor, den Jungen vom Kindergarten abzuholen, mit ihm auf den Abenteuerspielplatz zu gehen oder die Kinderaufführung im Zirkus zu besuchen. Wann immer es sich ergibt, soll er die Eltern entlasten. Sie kommt sich vor, als betreibe sie einen Vermittlungspool für ehrenamtliche Dienstleistungen. Sie ist die Agentin ihres Mannes. Dann kommt Jan-Lucca in die Schule. Also kann ihm Hans bei den Schulaufgaben helfen, ihn zum Turnverein bringen und abholen oder mit ihm im Stadtbad schwimmen üben. Alles, was sie einfädelt, nimmt er willig an. Seit Jan-Lucca ein Schwesterchen hat, wird immer öfter nach dem Patenonkel verlangt.

Der finanzielle Background von Hans ist seit dem Antritt der elterlichen Erbschaft recht üppig. Deshalb beschließt er, schon mit achtundfünfzig in den Vorruhestand zu gehen, um sich verstärkt seinen Aktivitäten in diversen kulturellen Vereinen zu widmen, in denen er teilweise als Mitglied im Vorstand sitzt. Jan-Lucca ist zu diesem Zeitpunkt erst zwei. Inzwischen feiert er schon den zwölften Geburtstag. Der rührige Patenonkel ist heute nicht mehr aus seiner Nähe wegzudenken. Anfangs ist es pure Begeisterung, die Lichtenstein für die Betreuung des Kleinen empfindet. Es macht ihm einfach nur Spaß, viel Zeit mit ihm zu verbringen. Deswegen fährt er sogar sein kulturelles Engagement zurück. Hans ist außerordentlich stolz darauf, dass ihn der Heranwachsende als Bezugsperson unverändert akzeptiert. Seinen Eltern soll das nur recht sein. Sie sind überglücklich, dass er ihnen den Jungen so oft wie möglich abnimmt. Dabei entgeht den unbekümmerten Eltern in ihrer eigennützigen Verblendung, dass andere Jungen seines Jahrgangs mehr Zeit miteinander – ohne Erwachsene – verbringen, anstatt ständig mit solch einem alten Sack abzuhängen.

Arjona kann sich noch genau daran erinnern:

Einmal sagt Hans zu ihr, als sie abends bei einem Gläschen Wein gemütlich auf der Veranda sitzen, gegrillte Lammspieße verzehren und sich von den letzten Sonnenstrahlen bescheinen lassen:

„Beruf Patenonkel. Was gibt es Schöneres?"

Sie freut sich mit ihm. Seit etwa einem Jahr, sein Patensohn ist gerade elf geworden, bemerkt sie eine starke Veränderung an ihrem Mann. Er wird schnell sehr unruhig und fahrig. Kann es kaum erwarten, den Jungen zu treffen. Einmal kommt ihm etwas dazwischen: Janina nimmt ihren Sohn spontan zu einem Stadtbummel mit. Hans muss seinen schon seit Langem geplanten Ausflug mit Jan-Lucca zur Sommerrodelbahn aufschieben. Abends macht er ihr die Hölle heiß. Es interessiert ihn nicht, dass sie völlig geschafft aus dem Rathaus zu Hause angekommen ist. Dass sie unbedingt ein wenig Ruhe und Erholung für sich braucht. Nein, er lässt seinen Frust gnadenlos an ihr aus:

„Der Junge will überhaupt nicht shoppen gehen, das ist doch vollkommen blöder Mädchenkram. Arjona, du solltest uns mal sehen, wenn wir ganz fest aneinandergeklammert mit unserem Schlitten auf den kurvigen Schienen die Rodelbahn runtersausen. Dann quietscht und johlt der Bursche nur so vor Freude. Mit Janina wird sich der Ärmste nur langweilen. Sonst nichts. Er ist bestimmt stinksauer, dass ich ihn da nicht rausgehauen habe. Aber gegen deine Schwägerin bin ich machtlos. Wenn ich es mir mit der verscherze, sehe ich meinen Sportsfreund nie wieder. Janina geht mir manchmal schrecklich auf die Nerven. Kannst du ihr nicht mal, so von Frau zu Frau, ordentlich die Leviten lesen? Ich hatte alles so schön vorbereitet. Jan-Lucca war ganz verrückt nach der Sommerrodelbahn."

Er wirkt geradezu krankhaft eifersüchtig auf Janina. Geistesgegenwärtig findet sie einen Ausweg, um seine Qual zu lindern:

„Mensch Hans, dann freut sich Jan-Lucca doch umso mehr, wenn ihr euch das nächste Mal trefft. Nach dem super langweiligen Shoppen mit Mama bist du doch wieder ganz vorne im Rennen. Außerdem kannst du sicher sein, dass Leander und Janina spätestens morgen sowieso bei dir auf der Matte stehen. Und dir die Füße küssen, wenn du als Retter in der Not für sie einspringst."

Das beruhigt ihn. Sein Ärger verzieht sich. Er lächelt sie sogar an und streichelt ihr über den Rücken.

Im letzten Sommer hat er das vergammelte Bootshaus, in dem er sich seit Jahren nur selten aufhält, auf Vordermann gebracht. Das Kanu und das kleine Motorboot liegen startbereit an der Kette. Sogar den Steg hat er erneuert. Sie ist noch nie dort gewesen. Obwohl er sie manchmal dazu überreden will. Sie macht auf wasserscheu.

„Ich bin keine zwanzig mehr. Wenn ich nur daran denke, in den See zu springen, bekomme ich Schüttelfrost."

Das ist gelogen. Aber ihr Plan verlangt es so. Er weiß nichts davon, dass sie den Jugendschwimmschein besitzt. Dass sie früher eine echte Wasserratte gewesen ist. Als sie sich kennengelernt haben, sind sie lieber im Park spazieren gegangen oder durch das Hochwälder Mittelgebirge gewandert. Zu dieser Zeit stand Schwimmen nicht auf ihrem Plan. Warum auch immer. Wenn überhaupt, haben sie mal zur Entspannung im Blubberbecken eines Thermalbades herumgeplantscht. In offene Gewässer sind sie nie gegangen. Dagegen ist das strahlende Traumpaar regelmäßig in Ausstellungen und im Theater zu sehen gewesen.

Momentan kommt ihr sehr zustatten, dass sie ihm diese Nummer immer noch vorspielen kann, ohne ihn misstrauisch zu machen. Außerdem steht für Arjona fest, dass er sie sowieso nicht dabeihaben will. Sie ist sich zu hundert Prozent sicher: Im Fall des Falles wird er versuchen, sie mit einer Kanufahrt auf bewegten Wellen oder mit einer rasanten Achterschleife im Motorboot grundsätzlich davon abzuhalten, noch einmal dorthin mitzukommen. Aber so weit muss sie es ja erst gar nicht kommen lassen. Das hat sie in der letzten Zeit schon ein paar Mal durchexerziert. Er fragt sie nur zur Tarnung.

„Schatz, das Wetter ist heute so herrlich schön. Komm doch mit an den See. Jan-Lucca nehmen wir mit dazu. Das wird doch ein toller Ausflug, oder?"

Oder so ähnlich.

Und rechnet felsenfest mit ihrer Antwort:

„Hansi, geh du nur in dein Bootshaus. Du weißt doch, dass ich mir nichts aus Wassersport mache. Ich will mich heute um den Garten kümmern. Das ist eben meine Passion. So haben wir beide unseren Spaß. Ahoi, Herr Kapitän."

Oder so ähnlich.

Dann gibt er ihr ganz hektisch einen Kuss und schnappt sich die Autoschlüssel. Bevor er wie ein Rennpferd zu seinem Wagen davongaloppiert, wiehert er ihr freudig etwas zu:

„Danke, mein Schatz. Ich bin abends wieder zurück. Um halb acht. Du kannst schon mal den Grill anwerfen, ich bringe uns was Leckers mit. Ach so, im Keller hab ich ein paar Flaschen Schampus kaltgestellt. Jetzt muss ich mich aber beeilen. Jan-Lucca soll nicht so lange vor der Schule warten."

Oder so ähnlich.

Wenn er mit dem Jungen ins Bootshaus losziehen darf, sieht er so verliebt aus wie damals. Als er sie zum Mittagessen eingeladen hat. Sie ist am Ziel.

„Mein Gott, was ist das für eine lange Durststrecke gewesen. Bis ich ihn endlich dahin gebracht habe, wo er jetzt ist."

Sie streut die restlichen Krümel aus. Die Eichhörnchen verstehen das als Einladung. Sofort stürzen die gefräßigen Tiere aus allen Richtungen auf das Naschwerk zu. In Windeseile wird alles restlos verzehrt. Als Arjona den Botanischen Garten durch das Südtor wieder verlässt, ist gerade die Mittagszeit vorüber.

Sie nutzt die Gelegenheit, um in aller Ruhe ein paar Einkäufe in der City zu machen. Deswegen hat sie ja heute den Rest-Urlaub genommen.

„Mairegen bringt Segen", sinniert sie überschwänglich.

Die ersten Tropfen prasseln auf den weißen, mit lila Punkten übersäten Taschenschirm. Ein klein wenig Mitleid empfindet sie schon für „ihr Hänschen". Seine glühende Leidenschaft hat ihn von Tag zu Tag leichtsinniger gemacht. Mit einem zufriedenen Lächeln betritt sie die erstbeste Boutique.

*

Am Montag nach seinem Besuch bei Janina und Leander Andov erscheint Georg als einer der Ersten in der Clausburger Kulturverwaltung. Im Büro stellt er zunächst die schwere Arbeitsmappe neben dem Aktenschrank ab. Der Mantel landet auf dem Parkettboden, weil er den Garderobenhaken verfehlt. Das ist ihm schon lange nicht mehr passiert. Auf dem Schreibtisch stapeln sich wie gewohnt massenhaft zu bearbeitende Vorgänge. Zu seinem Verdruss befinden sich darunter auch einige mit dem Vermerk: „eilt!". Nach kurzer Sichtung verlässt er kurzentschlossen seinen Arbeitsplatz und verzieht sich in die gedämpft beleuchtete Kantine. Um diese Uhrzeit hält sich dort kaum jemand auf. Trotzdem setzt er sich vorsorglich an einen der leeren Tische in der hintersten Ecke. Hin und wieder nickt ihm von Weitem eine Kollegin oder ein Kollege zu. Er grüßt knapp zurück. Es ist nicht zu verkennen, dass Herr Molenbrick seine Ruhe haben möchte. Genüsslich verspeist er ein dick mit Butter bestrichenes und mit rohem Schinken belegtes Mohnbrötchen. Dazu trinkt er eine große Tasse Kaffee Crema, was seine Lebensgeister wohltuend belebt. Wie gebannt starrt er über die wenigen Köpfe hinweg auf die hohen, gotisch anmutenden Fenster des großen Saales und versucht, sich den Gesprächsverlauf mit den Eltern von Jan-Lucca in allen Einzelheiten vor Augen zu führen. Mit dem krachenden Geräusch, das sein nächster Biss in das knusprige Backwerk verursacht, kommt ihm die Erinnerung rasiermesserscharf zurück. Es ist nur ein winzig kleines Detail dieser Begegnung, das ihn stutzig macht:

„Wahrscheinlich hat man sich bei Janina Andov zu Hause so manche Anekdote erzählt, wenn Lichtenstein aufgrund seiner Funktion im Kulturamt in irgendwelchen Lokalnachrichten erwähnt wurde. Sie wusste genau, wann der Spuk mit der ‚Fahrenden Schar‘ zu Ende ging. Obwohl sie damals erst neun Jahre alt war, wie sie bei meinem Besuch angegeben hat. Wie seltsam ist das denn? Es gibt nur eine einzige Erklärung dafür: Sie ist über die Angelegenheit bestens informiert. Egal, ob ihr die Gerüchte um den Pfadfinderbund schon mit neun oder später zugetragen worden sind. Ob Janina und ihr Mann bemerkt haben, was ihr da zum Schluss unseres Gesprächs aus Versehen herausgerutscht ist?"

Was hat das zu bedeuten?

Er wird das Gefühl nicht los, dass die beiden versuchen, ihn an der Nase herumzuführen. Dass ihre Offenheit gespielt ist. Wie können Eltern nach solch einer Katastrophe nur so berechnend sein? Für was, verdammt noch mal, wollen sie ihn benutzen?

Die Pflicht ruft ihn an den Schreibtisch zurück.

Als er später eine kleine Verschnaufpause einlegt, denkt er wieder – wie so oft in den letzten Wochen – an seine Eltern. In einer Zeitschrift für Psychologie hat er gelesen, dass es möglich sei, unangenehme Erinnerungen willentlich zu unterdrücken und auszulöschen. Warum funktioniert das nicht auch in seinem Fall? Doch schnell beruhigt er sich wieder:

„Im Augenblick hängt das bestimmt mit meinen Sitzungen bei Frau Weber-Langrit zusammen. Vielleicht ist es ja nur gut so. Anscheinend muss ich die Dinge noch eine Weile unter verschiedenen Aspekten drehen und wenden, bis ich die Schublade endlich zuschieben kann."

Von dieser Seite hat er es noch nie betrachtet: dass seine Eltern in erster Linie aus Bequemlichkeit nie darauf eingegangen sind, wenn er sie mit seinem Wunsch konfrontiert hat, bei den Pfadfindern auszutreten. In seinen Gedanken kehrt er noch einmal zu den Anfängen zurück:

Seit seinem Eintritt in den Pfadfinderbund gibt es genügend Situationen, in denen er viel lieber etwas mit seiner Familie oder mit anderen Freunden unternehmen will, als zu den Gruppentreffen zu gehen oder das Wochenende im Landheim zu verbringen. Die „Fahrende Schar" vereinnahmt fast seine gesamte Freizeit. Und je länger man bei diesem Haufen ist, desto schwieriger wird es, wieder abzuspringen. Die Führer und alle Gruppenmitglieder üben einen ungeheuren Druck auf potentielle Aussteiger aus. Ist man aber erstmal draußen, geht das Leben trotzdem weiter. Dann stehen eben andere Dinge im Vordergrund. Das hat er bei einigen Kameraden beobachtet, die diesen Weg gegangen sind. Die diesen Schritt trotz aller Unkenrufe gewagt haben.

Allerdings geht Georg damals davon aus, dass sein Austritt zwangsläufig unangenehme Fragen aufwerfen wird. Auch das weiß er von Kameraden, die ausgetreten sind. Die Anführer lassen bei Mitgliederschwund nicht locker. Mit Sicherheit kreuzt irgendwann Hans Lichtenstein bei ihnen zu Hause auf, womöglich auch Peter Zarßcke. Georg kann sich gut ausmalen, wie sie das in seinem Fall anstellen:

Als Erstes werden sie seinen Eltern bestimmt den erfahrenen und engagierten Wolfgang Pahlmann ans Herz legen und ihnen dessen Sorgen um ihren geliebten Sohn vor Augen führen: Der arme Gruppenführer sei in letzter Zeit wegen Georgs Aufsässigkeit reichlich gefordert. Weil der Wölfling ununterbrochen dagegen ankämpfe, sich dem zünftigen Gruppenleben anzupassen. Ständig tanze er aus der Reihe.

Mit solch perfiden Methoden sind sie bestens vertraut. Sie beherrschen sie aus dem Effeff. Und wissen, dass sie damit in den meisten Fällen Erfolg haben. Er sieht Zarßcke vor sich, wie er als Förderer des Pfadfindervereins die Erziehungsberechtigten des Abtrünnigen mit sanfter, vor Verständnis und Anteilnahme triefender Stimme einzulullen versucht:

„Ein Kollege am Gymnasium hat mir mal so ganz nebenbei zugesteckt, dass ihr lieber Georg sicher ein sehr aufgeweckter Schüler ist, aber momentan leider einen Hang dazu hat, alles und jedes in Frage zu stellen. Für die anderen Klassenkameraden handelt es sich immer um die selbstverständlichsten Angelegenheiten, aber eben nicht für ihren Sohn. Sein ständiges Aufbegehren geht allen schrecklich auf die Nerven. Ich kann Ihnen das nur so wiedergeben. Leider habe ich Georg ja noch nicht im Unterricht. Sonst könnte ich mich stärker um ihn kümmern und ihn konstruktiv in die jeweilige Thematik einbinden. Dieses Alter ist bei manchen Jungen wirklich eine sehr heikle Phase. Manchmal wirken sie regelrecht hilflos, wenn ihre Hormone verrücktspielen. Aber deswegen müssen Sie sich nicht allzu große Sorgen machen, das geht auch bei Georg bestimmt wieder schnell vorüber. Einsicht statt Zwang: Das ist unser bewährtes Motto. Aber ein bisschen Druck durch die Kameraden in der Gruppe, natürlich nur im angemessenen Rahmen, kann in dieser Situation wirklich sehr viel Gutes bewirken. Das beobachten wir in der ‚Fahrenden Schar‘ schon seit vielen, vielen Jahren. Herr Lichtenstein berichtet uns im Förderkreis immer wieder darüber.“

Und so weiter …

Zum einen würden sich Mama Christa und Papa Julius dann noch mehr über ihren widerspenstigen Sohn ärgern. Zum anderen wären sie Zarßcke und seinen Kumpanen auch noch dankbar für deren pädagogisches Feingefühl.

„Damals habe ich voll in der Zwickmühle gesessen!“

Wenn er nicht aufhört, sie mit seiner Unzufriedenheit über die „doofe Pfadfinderei“ zu nerven, bedenken ihn seine Eltern stundenlang mit sorgenvollen Blicken. Dann bekommt er ein schlechtes Gewissen und fühlt sich so undankbar, dass er Mitleid mit ihnen bekommt.

In dieser Situation gibt es kaum Spielräume, die er für sich nutzen kann. Andere fällen die Entscheidungen, entweder aus Ignoranz oder aus Gleichgültigkeit. Erst nachdem seine Eltern von der Sache auf dem Hochstand erfahren haben, kommen sie endlich doch noch in die Gänge. Seitdem unterstützen sie ihn bei einem möglichst diskreten Rückzug aus dem „ganzen bündischen Quatsch“, wie es Papa Julius auf einmal nennt.

„Hätten sie meinen Bedenken von Anfang an mehr Beachtung geschenkt, wäre es erst gar nicht so weit gekommen!"

In einem Punkt ist er sich plötzlich ganz sicher: Seine Eltern haben ihn in diesen entscheidenden Jahren seiner persönlichen Entwicklung wirklich aus reiner Bequemlichkeit davon abgehalten, einen anderen Weg einzuschlagen. Komisch, dass er ihr Verhalten erst heute unter diesem Aspekt betrachtet. Wie erbärmlich das ist, kann er kaum fassen. Wahrscheinlich haben sie sich vorgemacht, dass es für einen Jungen in seinem Alter nichts Besseres gebe, als möglichst oft ihre Gesellschaft zu meiden. Sie meinten aber sich selbst: dass es für sie so am praktischsten sei. Deshalb lassen sie keinen Zweifel an der Integrität der Aufsichtspersonen aufkommen, denen sie ihren Sohn anvertrauen. Sie schießen sich auf diesen Weg fest ein, statt Alternativen zuzulassen. Obwohl sie immer gespürt haben müssen, dass in diesem Pfadfinderverein etwas vor sich geht, was ihren Sohn verunsichert. Genauer gesagt, was ihn stark belastet.

Dann machen seine Gedanken einen großen Sprung: Wenn Georg sich die Bedingungen vorstellt, denen der kleine Jorge im Internat ausgeliefert gewesen ist, dankt er seinem Schöpfer voller Inbrunst, dass es ihn nicht schlimmer getroffen hat.

„Auch dafür, lieber Gott, bin ich dir ewig dankbar: dass Onkel Faustus immer so ein feiner Kerl gewesen ist."

Gerade blendet wieder die Szene mit Jan-Lucca und Lichtenstein auf der Terrasse des Burger-Restaurants vor ihm auf. Es trifft ihn wie ein Schlag mit dem Hammer.

Jemand klopft an die Zimmertür. Die neue Kollegin holt ihn zu einer wichtigen Besprechung ab. Alle im Haus wissen, dass er manchmal die Zeit vergisst. Die Eröffnung des „Hochwälder Museums für kleinstaatliche Alltagskultur im ausgehenden 17. Jahrhundert" mit Sitz in Groß-Moritzhain wird ihn als Hauptreferenten voll in Beschlag nehmen.

*

Für seinen Vortrag erhält Georg stehende Ovationen. Nachdem er einige Fragen aus dem Publikum beantwortet hat, verabschiedet er sich mit dem Hinweis auf einen leider nicht aufzuschiebenden Termin. Morgen sei er zu den gewohnten Zeiten in seinem Büro erreichbar. Dann tritt er unverzüglich die Rückfahrt mit einem Angestellten des Fahrdienstes der Clausburger Verwaltung an. Der Chauffeur setzt ihn direkt vor der Praxis von Frau Weber-Langrit ab. Sie haben es gerade noch geschafft. Die nächste Sitzung beginnt in fünf Minuten. Georg bedankt sich bei dem Fahrer, gibt ihm ein ordentliches Trinkgeld und bewegt sich langsam auf die Haustür zu. Als er auf die Klingel drückt, springt das Schloss sofort auf. Er wird erwartet. Um diese Uhrzeit hat ihre Angestellte längst Feierabend. Im Besprechungszimmer konfrontiert er die Therapeutin sofort mit seinen Fragen:

„Warum hat Leander Andov, der Vater des missbrauchten Jungen, seine Schwester nicht über die Gerüchte informiert, die lange Zeit bezüglich Hans Lichtenstein im Umlauf waren? Seine Frau muss ihm davon erzählt haben."

Brenda Weber-Langrit zuckt mit den Schultern.

„Das ist für mich schwer zu verstehen. Vielleicht haben sie das auf die leichte Schulter genommen. Menschen können sich ändern. Es gab keine einzige Anklage, geschweige denn eine Verurteilung. Herr Lichtenstein war bis dato ein geachteter Mann. Selbst sein vordergründig selbstloses Wirken im Pfadfinderverein findet auch heute noch bei vielen Menschen große Anerkennung. Herr Molenbrick, Sie glauben ja gar nicht, wie unvorstellbar groß die Verdrängungsleistung auch von ehemals Betroffenen sein kann – bevor die nur schlecht verheilten Narben wieder aufreißen und sie dann vor jemandem wie mir sitzen. Ich meine, wenn sie überhaupt professionelle Hilfe in Anspruch nehmen."

„Okay. Aber warum haben die Andovs ihren Sohn ausgerechnet diesem Mann so bedenkenlos anvertraut?"

„Weil sie für die Signale, die von ihrem Sohn ausgingen, genauso blind gewesen sind wie für das grenzenlose Interesse Lichtensteins an seinem Patensohn. Wer will sich schon eingestehen, dass aus dem engsten Kreis der Familie Gefahr droht? Hans Lichtenstein muss ein Perfektionist sein, was Manipulation betriff. Dagegen anzukommen ist äußerst schwierig, Herr Molenbrick. Wir beide waren nicht dabei. Wir haben keine klare Vorstellung davon, wie das familiäre Muster dieser Leute funktioniert. Aus dem, was wir wissen, können wir ein paar Rückschlüsse ziehen, wie es gewesen sein könnte. Mehr nicht. Aber kommen wir wieder zu Ihnen ..."

Georg erzählt von seinen Eltern. Das ist eine Parallele zu den Andovs. Weber-Langrit bemüht sich, ihm die Mechanismen zu erklären, die das Warnsystem auch dann blockieren können, wenn es ernsthafte Anzeichen dafür gibt, dass sich jemand in einem bestimmten Umfeld nicht mehr wohlfühlt.

„Weil man in eine Person Idealvorstellungen hineininterpretiert, die dieser Mensch ganz bewusst – manchmal aber auch vollkommen unbewusst – in uns heraufbeschwört. Dann ersticken wir gegenläufige Anhaltspunkte mit unseren positiven Projektionen, die aus schöngefärbten Erinnerungen an manipulierte Situationen genährt werden."

Was auch immer Weber-Langrit damit gemeint hat, es bleibt Georg verschlossen, weil er am Ende dieses Tages zu müde ist, um nochmal nachzufragen. Aber in der nächsten Sitzung will er sie darum bitten, ihm genauer zu erklären, wie es zu diesen Projektionen kommt. Heute Abend verspürt er jedoch nur noch den starken Wunsch, sich mit Miranda zu treffen. Er vermisst die Gespräche mit ihr. Er sehnt sich danach, ihr in einem Café oder Restaurant gegenüberzusitzen. Er kann sich auf einmal sogar vorstellen, sie auf einen Sprung zu sich nach Hause einzuladen. Vielleicht auch für länger. Über Nacht. Wann würde das jemals möglich sein?

„Bestimmt nicht in diesem Leben."

Als er die Tür zu seiner Wohnung aufschließt, wird ihm noch einmal bewusst, dass die Andovs den offenkundigen Vorzügen einer familiären Verbindung mit Lichtenstein größere Bedeutung geschenkt haben als allen Zweifeln. Also ignorieren sie die zunehmenden Auffälligkeiten im Verhalten ihres Schwagers. Diese Veränderungen wollen sie schlichtweg nicht wahrhaben. Die passen einfach nicht ins Programm. Punktum! Von dieser Beziehung scheint besonders Leander profitiert zu haben. Georg geht davon aus, dass Lichtenstein den jungen Versicherungsmakler mit seinen hervorragenden Verbindungen großzügig gesponsert hat. Ohne diese Unterstützung hätte er sich als Neueinsteiger niemals gegen die Konkurrenz auf dem stark umkämpften Markt durchgesetzt. Und als Ausgleich hat sich der liebe Patenonkel dann eine eiskalte Berechnung über die Rentabilität seiner Dienste aufgestellt. Den exakten Gegenwert ermittelt Lichtenstein im Handumdrehen. Er hat einen Namen: Jan-Lucca. Janina dagegen lässt sich fortwährend davon verblenden, ihren Sohn gut behütet zu wissen, ohne einen Finger dafür krümmen zu müssen. Schließlich hat sie noch seine Schwester zu versorgen. Die ist ja noch so klein und darf auf keinen Fall vernachlässigt werden.

„Wie furchtbar muss nun die Erkenntnis sein, dass sie dafür den eigenen Sohn geopfert haben. Das war es bestimmt nicht wert. Na ja, hinterher ist man immer klüger. Wenn es längst zu spät ist …"

Während er die Schuhe auszieht und in seine bequemen Patschen schlüpft, fasst er das Ergebnis seiner Überlegungen nüchtern zusammen: Alle Andovs haben sich schuldig gemacht. Janina und Leander, ohne es zu wollen. Bei Arjona besteht für ihn der starke Verdacht, dass sie Jan-Lucca dazu benutzt, eine offene Rechnung mit ihrem Bruder und ihrer Schwägerin zu begleichen. So unvorstellbar grausam sich das auch anhört.

Georg hat keine Ahnung, wie es weitergeht. Die Vernehmung der Zeugen im Prozess gegen Hans Lichtenstein ist weitgehend abgeschlossen. Lediglich die Auswertung der Befragung von Jan-Luccas Freunden, die ihn gelegentlich während der Treffen mit seinem Onkel begleitet haben, steht noch aus. Die Ausführungen der psychologischen Gutachterin sollen noch angehört werden. In Kürze wird der Angeklagte von der Untersuchungshaft in den normalen Strafvollzug überführt. Daran lässt sich nicht mehr rütteln. Gebrandmarkt als Pädophiler steht ihm in der Hierarchie unter den Gefangenen nur der niedrigste Rang zu. Und dieser Ruf eilt ihm voraus. Denn irgendjemand von anwaltlicher Seite, von den Justizvollzugsbeamten oder von den Besuchern wird seinen Mitinsassen einen Hinweis geben. Oder sie ziehen aus der Lektüre einer von Besuchern mitgebrachten oder von einer gemeinnützigen Organisation gespendeten Zeitung die richtigen Schlüsse. Die Elite der Insassen wird sich zuerst an ihm austoben. Dann kommen die anderen Häftlinge zum Zug.

Aber was geschieht mit denen, die Lichtenstein nach so vielen Jahren der Zurückhaltung von seinem erneuten Weg in den Abgrund perversester Obsessionen nicht abbringen konnten: Sind sie nicht genauso schuldig?

„Morgen früh rufe ich Mirko an."

Nach diesem Beschluss zieht er sich den Schlafanzug an, gießt sprudelndes Mineralwasser in ein Glas, schluckt zwei hochwirksame Schlaftabletten hinunter und schafft es noch rechtzeitig bis ins Bett. Bevor er ins erlösende Nichts abgleitet.

*

Arjona hört es stürmisch klingeln. Unangekündigter Besuch an einem Samstagvormittag? Das kommt schon mal vor. Allerdings äußerst selten. Um elf Uhr bummeln die meisten Nachbarn durch die belebte Altstadt. Wenn sie nicht schon am Freitagnachmittag zu einem Wochenendtrip irgendwohin gestartet sind. Sie wirft einen Blick durch den Spion in der massiven Holztür. Ein eiskalter Schauer läuft ihr den Rücken hinunter. Da draußen steht ihr Bruder mit seiner Frau. Was wollen die denn von ihr? Es herrscht doch Funkstille zwischen ihnen, seit die Sache mit Hans und Jan-Lucca aufgeflogen ist. Wozu soll sie sich mit denen noch abgeben? Normalerweise müssen die beiden Arjona doch hassen wie die Pest. Statt ihnen Einlass zu gewähren, geht sie in die Hocke und ruft vorsichtshalber durch den Briefschlitz:

„Was wollt ihr denn um diese Zeit bei mir? Ich bin erst vor ein paar Minuten aufgestanden."

„Arjona, wir müssen unbedingt mit dir reden. Es ist wichtig. Zu wichtig, um es auf die lange Bank zu schieben."

Das ist Leander. Sie öffnet ihm die Tür nur einen winzigen Spalt breit und fragt scheinheilig:

„Um Gottes willen, ist es wegen Jan-Lucca? Bisher war der Kleine so tapfer. Ist ihm etwas Schlimmes passiert? Jetzt sagt schon was, sonst sterbe ich vor Aufregung."

Janina schiebt sie recht grob zur Seite und betritt den Flur. Leander klebt ihr auf den Fersen. Dann überholt er Arjona und seine Angetraute. Er steuert auf das Wohnzimmer zu. Die Schwägerin winkt wie zur Beruhigung ab:

„Nein, nein, ist schon gut, Arjona. Du musst dir wirklich keine Sorgen machen. Der Junge wird Tag und Nacht betreut. Im Augenblick nur von Personen, denen wir uneingeschränkt vertrauen können. Auch unsere Tochter ist in besten Händen. Sonst wären wir ja wohl nicht hier."

Ihr Tonfall wird jetzt deutlich schärfer:

„Klar ist Jan-Lucca etwas Schlimmes passiert, du blöde Kuh. Durch deinen widerlichen Mann. Und was heißt hier überhaupt ‚tapfer'? Bist du denn vollkommen übergeschnappt? Du hast doch sowieso keine Vorstellung davon, was unser Sohn im Augenblick durchmacht. Wir gehen jetzt in dein Wohnzimmer und dann reden wir drei Hübschen mal gründlich über die ganze Sache. Dein Bruder wartet schon auf uns."

Janina sieht sie streng und auffordernd zugleich an. Leander hat es sich bereits in einem der Sessel bequem gemacht.

„Hallo? Ihr spinnt wohl. Ist das ein Überfall? Da habe ich ja wohl auch noch ein Wörtchen mitzureden. Scheiße, mir passt euer Besuch überhaupt nicht. Mal abgesehen davon, dass ich so ein unverschämtes Verhalten in meinen vier Wänden nicht dulde. Also, schleicht euch von dannen, meine Lieben. Hausverbot. Lebenslänglich. Ich wollte gerade eine alte Freundin anrufen, um mich mit ihr auf dem Markt zu treffen."

Janina setzt sich unbeirrt auf die Armlehne von Leanders Sessel. In dieser Kombination sehen sie aus wie ein Kampfgeschwader. Ihrer Schwägerin hängt ein lächerlich plumper Einkaufsbeutel aus hellbraunem Baumwollstoff um die Schulter. Von einem dieser neumodischen Bio-Discounter. Viel ist da bestimmt nicht drin. Das erkennt sie deutlich durch das dünne Gewebe. Dann erhält ihre aufgeblasene Überheblichkeit einen vollen Dämpfer.

„Jetzt pass mal schön auf, du widerliches Miststück ..."

Leander redet plötzlich mit schneidender Stimme auf sie ein. Bei diesem Klang gefriert ihr das Blut. So hat sie ihn noch nie erlebt. Das ist nicht ihr Bruder! Vor ihr sitzt eine andere Person. Diese Seite von seinem Ich ist ihr bisher zum Glück erspart geblieben. Sein Verhalten während ihrer früheren Querelen vor Arjonas Hochzeit wirkt fast domestiziert dagegen: geradezu sanftmütig im Vergleich zu jetzt.

„... du hast die ganze Zeit gewusst, was mit Hans los ist. Warum bist du nicht dazwischengegangen, wenn er sich mit Jan-Lucca treffen wollte? Selbst so ein Schwachkopf wie du muss von Anfang an gemerkt haben, was los ist: dass mit deinem Hänschen etwas nicht stimmt. Er muss zum Schluss wegen Jan-Lucca ganz aus dem Häuschen gewesen sein. Dieser Molenbrick hat vor Gericht beschrieben, wie dein widerlicher Fettwanst mit unserem Jungen herumgeschäkert hat. Diese abartige Verliebtheit kann dir nicht entgangen sein. Du hast im Gericht alle angelogen. Aber bei uns zieht deine Masche nicht. Also, denk mir zuliebe noch einmal genau nach: Seit wann genau weißt du schon, dass er sich auf seine abnorme Art in unseren Sohn verschossen hat? Na los, Schwesterherz, steh deinem kleinen Brüderchen auf der Stelle Rede und Antwort. Sonst kann ich leider für nichts garantieren."

Arjona lässt normalerweise nicht in diesem Ton mit sich reden. Egal, wen sie vor sich hat. Aber Janina hält Leander ihren blöden Einkaufsbeutel hin. Er holt einen Gegenstand heraus, der einem Steakmesser ähnelt. Inzwischen trägt er Handschuhe. Seit wann? Das ist ihr völlig entgangen. Das Messer in seiner Faust hält er auf sie gerichtet. Die Klinge sieht scharf aus. Derart massiv durch den eigenen Bruder bedroht, versucht sie sich verzweifelt von aller Schuld reinzuwaschen.

„Leander, glaub mir bitte! Es gab nie irgendwelche Klagen, wenn ich Jan-Lucca hier bei uns mal gesehen habe. Aber das war sowieso immer nur ganz kurz. Die sind ja ständig zusammen unterwegs gewesen. Der Junge war immer so begeistert, wenn …“

Janina ist aufgesprungen und stellt sich direkt vor sie.

„Halt deine erbärmliche Fresse, du falsche Hexe! Wir glauben nämlich, dass du an allem schuld bist. Dass du elende Satansbraut dein Hänschen ganz scharfgemacht hast auf unseren armen Jungen. Sonst wäre das alles bestimmt nicht passiert. Lichtenstein soll sich doch schon seit Jahrzehnten vollkommen abstinent in dieser Hinsicht verhalten haben. Nach allem, was man so hört, gab es während seiner gesamten Dienstzeit nicht einen einzigen Vorfall. Alle Achtung! Er hatte es wirklich hundertprozentig geschafft. Als Amtsleiter und später als Dezernent konnte er sich solche Fehltritte auch gar nicht mehr leisten. Irgendjemand hat mir mal zugeflüstert, dass er gelegentlich intime Kontakte zu gewissen Männern unterhielt. Na und? Da wäre er ja nicht der Erste, der sich so arrangiert. Parallel zu einer ganz normalen, spießigen Ehe mit einer zum Erbrechen langweiligen Frau. Warum soll das auf einmal nicht mehr funktioniert haben? Es sei denn, jemand hat ihn ganz gezielt und mit aller Raffinesse zu Dingen verleitet, mit denen er schon lange nichts mehr zu tun hatte.“

Plötzlich verfällt Arjona in eine weinerliche Stimmung. Sie krümmt sich auf dem kürzlich bei eBay erworbenen Thonet-Stuhl zusammen und wimmert lauthals vor sich hin. Währenddessen schafft sie es sogar, in ihrer aufgeladenen Emotionalität ein paar echte Tränen aus den Augen kullern zu lassen. Das wirkt – oberflächlich betrachtet – sehr überzeugend. Aber nicht auf ihren Besuch, der sie kopfschüttelnd mit einem spöttischen Schuss künstlich aufgetragener Besorgnis angrinst. Im Handumdrehen spielt sie eine andere Platte ab:

„Warum habt ihr mich nicht vor Hans gewarnt? Am Anfang war ich so verliebt in ihn! Als ich erfahren habe, was mit ihm los ist, wollte ich natürlich kein Kind mehr von ihm bekommen. Und bis ich eine verlässliche neue Beziehung gefunden hätte, wäre ich bestimmt zu alt zum Kinderkriegen gewesen. Also konnte ich auch weiter mit ihm zusammenleben, um den Schein nach außen zu wahren. Aber du, Janina, du hättest mich vor dem Risiko einer Ehe mit ihm warnen müssen – vor allen anderen, die etwas über ihn gewusst haben. In deiner Familie wurde über alles geredet, was an Tratsch über den Ladentisch ging. Du warst genau darüber im Bilde, was mit ihm los ist. Das werde ich dir nie verzeihen."

Janina sitzt wieder auf Leanders Sessellehne. Ihr Mann verfolgt das Geschehen, als sähe er sich eine Family-Soap an. Das Steakmesser hält er weiterhin fest in der Hand und zielt damit unbeirrt und ohne den geringsten Anflug von Ermüdungserscheinungen auf seine Schwester.

„Vielleicht hätte ich das wirklich tun sollen, Arjona", sagt Janina scheinbar nachdenklich. „Aber ob ich es wirklich hätte tun müssen? Das gibt dir noch lange nicht das Recht, meinen Sohn zu verkuppeln. Und ob du mir etwas verzeihst oder nicht: Das geht mir voll am Arsch vorbei, du verhinderte Puffmutter."

Ordinärer geht es nicht mehr. Arjona wundert sich, wie leicht Janina diese Worte über die Lippen gehen. In ihrer ohnmächtigen Wut steigert sich die Eibenstädter Tochter „aus gutem Haus" plötzlich in eine eigenartige Theatralik, die beinahe wahnhafte Züge annimmt:

„Für deine grausame Mitschuld wartet Satans Schwefelpfuhl auf dich. Dort wirst du in den Klagechor des Sünderheeres einstimmen. Bis in alle Ewigkeit. Auf dieser Erde hast du nichts mehr verloren!"

Das geht hart auf hart. Auch wenn Janinas linkischer Bezug auf die Offenbarung des Johannes eher peinlich wirkt. Ihre Augen glühen vor grenzenloser Wut. Sie führt sich auf, als würde sie mit Leander als Scharfrichter an ihrer Seite über die Schwägerin zu Gericht sitzen. Um dann das Urteil direkt nach der Verkündung vollstrecken zu lassen. Die beiden sind in der Überzahl. Auch wenn ihrem Verhalten etwas Aufgesetztes anhaftet, hat Arjona ein ungutes Gefühl, was den Ausgang dieser Auseinandersetzung anbelangt. Ihr Bruder und seine Frau sind imstande weiterzugehen, als sie es sich jemals hätte vorstellen können. Die Andovs scheinen entschlossen zu sein, ihr etwas anzutun. Diese Kaltblütigkeit in ihren Augen ist vollkommen neu. Der elterliche Instinkt hat sie auf die richtige Fährte gesetzt, sie sind ihr auf der Spur. Arjona fühlt sich in jeder Hinsicht durchschaut. Gleichzeitig ist den Andovs voll bewusst, dass sie ihren Sohn dem „lieben Onkel Hans" zu leichtfertig anvertraut haben. Und das macht alles noch schlimmer: Arjona muss als Sündenbock für Janinas und Leanders Versagen herhalten. In ihrer Todesangst beschließt sie, ihnen einen Deal anzubieten. Sie hat nur einen einzigen Trumpf. Und den spielt sie jetzt aus.

*

Wie immer, wenn er niesen muss, greift Georg in die linke Außentasche seines Jacketts. Neuerdings trägt er ständig das mattgrüne, silberfarbene Exemplar, das er von seinem Kurzurlaub in Prag mitgebracht hat. Normalerweise steckt darin ein fein säuberlich zusammengefaltetes Stofftaschentuch. Zu seinem maßlosen Erstaunen befindet es sich aber nicht mehr dort. Er würde dieses Utensil niemals in den Wäschekorb werfen, ohne es durch ein neues auszutauschen. Denn er besitzt einen ganzen Stapel davon. Mama Christa hat sich aus unerfindlichen Gründen die Mühe gemacht, auf jedes dieser Tücher kunstvoll den Vornamen ihres Sohnes zu sticken. Und aus noch unerfindlicheren Gründen hängt er an diesen Relikten einer heilen Welt, die es nie gegeben hat. Vielleicht ist es ihm gestern Abend herausgerutscht, als er nach dem Einkaufen den Haustürschlüssel gesucht hat. Schließlich entdeckt er eine angebrochene Packung Tempos im Seitenfach der Aktenmappe.

Unterdessen befindet er sich heute Morgen auf dem Weg zu Mirko Jägers Dienststelle. Dank der Gleitarbeitszeit in der Clausburger Kulturverwaltung lässt sich das ohne Weiteres einrichten. Um Punkt acht Uhr steht er vor der leicht angelehnten Milchglastür in der dritten Etage. Ein längst vergessener

Rhythm & Blues Song von Dr. Feelgood aus der Mitte der siebziger Jahre dröhnt ihm entgegen: „She Does It Right.“[28] Georg klopft an und tritt gleichzeitig ein. Der Kommissar wippt auf seinem Stuhl hin und her. Als er Georg sieht, hört er abrupt auf. Mit einem Blick tiefen Bedauerns dreht er das kleine Radio aus, das neben der mondänen Schreibtischleuchte steht. Zwischen seinen leicht auseinanderliegenden Augen klatscht ihm die heute besonders ölige Schmachtlocke auf die Nase.

„Hallo Molenbrick. Anscheinend kannst du nicht genug von mir und meiner Behörde bekommen. Der Fall Lichtenstein ist so gut wie abgeschlossen. Offizieller Sachstand: Die befragten Freunde von Jan-Lucca haben den Mann eindeutig entlastet. In ihrer Gegenwart hat er sich zurückgehalten.“

Georg sieht Jägers überrascht an.

„Dann hat er die anderen Jungs als Alibi benutzt?“

„Ganz genau, Georg, so sehe ich das auch. Das lässt sein Vorgehen gegenüber dem Opfer nur noch berechnender erscheinen. Zwanghaft: ja. Krankhaft: ja. Schuldfähig: ja. Weil er seit Langem weiß, dass er in der Lage ist, seinen Drang zu kompensieren. Als er nach langer Askese wieder auf die andere Seite gerät, plant er vollkommen rational durch, wie er sich des Opfers Schritt für Schritt bemächtigen kann. Meistens ist er dabei sehr vorsichtig vorgegangen. Aber alles konnte er anscheinend auch nicht unter Kontrolle halten. Bestimmt hat Lichtenstein nie und nimmer damit gerechnet, dass jemand in einem Burger-Restaurant auf ihn aufmerksam wird und in seinem Verhalten eindeutige Anzeichen auf einen pädophilen Hintergrund sieht. Lichtenstein wird nicht unter zehn Jahren davonkommen, wahrscheinlich mit anschließender Sicherheitsverwahrung in einer psychiatrischen Anstalt. Wenn er sich bis dahin nicht mächtig berappelt. Das ist meine bescheidene Sichtweise. Warten wir es ab, wie die Sache ausgeht. Na denn, Georg, was genau – um Himmels willen – treibt dich ausgerechnet hierher?“

Georg hat die ganze Zeit geduldig zugehört. Jägers ahnt nicht, weswegen er vor ihm sitzt. Woher auch? Der Kommissar wirkt plötzlich ein wenig verunsichert. Vielleicht bemerkt er gerade, wie vorschnell er seinem Besucher alle möglichen dienstlichen Details im Rahmen seines kriminalistischen Rundschlags aufgetischt hat.

„Du wirst es nicht glauben, Mirko, aber die Andovs haben mich am Samstagabend zu sich nach Hause eingeladen. Sie wollten sich meine Einschätzung dazu anhören, wie es überhaupt so weit kommen konnte. Dass es so lange gedauert hat, bis die Sache ans Licht gekommen ist. Um es kurz zu machen: Sie befürchten, dass Lichtensteins Frau indirekt für die Übergriffe mit verantwortlich ist. So in der Richtung: Sie hat ihn zu dem Verbrechen eher ermutigt, statt ihn zu stoppen. Aus Sicht von Jan-Luccas Eltern ist das nicht nur sehr wahrscheinlich, sondern sie sind von dieser Vorstellung geradezu wie besessen. Weil sie sich partout nicht vorstellen können, dass Arjona übersehen haben soll, was in ihrem Mann vorgegangen ist. Seit er Jan-Lucca in die Finger bekommen hat, muss vor Arjonas Augen eine Metamorphose stattgefunden haben: Vom kontrollierten Patenonkel zum triebgesteuerten Vergewaltiger, der sich mehrmals in der Woche mit dem Jungen getroffen hat. Oder besser gesagt: sich mit ihm treffen musste, weil er seinem Trieb wieder freien Lauf gelassen hat. Ohne ihre Duldung wäre Lichtenstein vermutlich nie so weit gegangen."

Georg macht eine winzige Pause und verdreht die Augen.

„Jetzt haben die Andovs mich also dazu auserkoren, mir ihr Herz auszuschütten. Was bezwecken sie damit? Ich meine, was steckt wirklich dahinter?"

Jägers kämmt die Stirnlocke streng nach hinten. Dann wirft er die goldfarbene Plastikbürste, deren Borsten mit silbernem Glitter überzogen sind, wieder lässig in das Schubfach des Schreibtischs zurück, aus dem er sie wenige Sekunden zuvor herausgefischt hat. Es handelt sich um ein Souvenir von ihrem gemeinsamen Urlaub in Kalifornien. Als Erstes ist er mit Amelia nach „Graceland" gepilgert, noch bevor sie sich in der Nähe von Malibu in die Fluten des Pazifiks gestürzt haben. Er reißt sich nur ungern von diesen Erinnerungen los und schaut Georg mit stoischer Miene an. Damit erweckt er den fälschlichen Anschein, dass er seinem Besucher stundenlang zuhören könnte. Aber erstmal will er die Dinge auf sich zukommen lassen und hindert seinen Besucher nicht daran, ungehemmt fortzufahren. War ja nicht immer so, dass sich Georg ausgerechnet bei ihm das Herz ausgeschüttet hat.

„Mirko, mir ist während des Gesprächs mit den beiden klar geworden, dass dieser Verdacht genauso gut gegen Janina und Leander Andov gerichtet werden kann. Sie werfen sich zwar reumütig vor, blind daneben gestanden zu haben, als Lichtenstein ihren Jungen immer stärker vereinnahmte. Aber sie sagen nicht die ganze Wahrheit. Durch einen dummen Zufall habe ich erst zum Schluss erfahren, dass sie – allen anderslautenden Beteuerungen entgegen – sehr wohl über Lichtensteins Vergangenheit informiert waren. Janina hat angeblich nie irgendwelche Gerüchte über ihren Schwager mitbekommen. Jedenfalls betont sie das ausdrücklich. Trotzdem weiß sie haargenau, wann die ‚Fahrende Schar' aufgelöst wurde: Das geschah, als sie neun Jahre alt war. Das ist ihr dummerweise so rausgerutscht. Mit dieser Aussage wollte sie klarstellen, dass sie damals viel zu klein war, um von diesen Dingen etwas zu verstehen. Klar. Aber sie hat später genauer kapiert, was mit Lichtenstein los war. Was das zu bedeuten hatte, was über ihn im Zusammenhang mit dem Untergang des Pfadfinderbundes so alles gemunkelt wurde. Die Gerüchteküche hat noch ziemlich lange gebrodelt. Wahrscheinlich ist ihr entgangen, wie verräterisch sich das für mich angehört hat. Deswegen bin ich bei dir vorbeigekommen, Mirko. Ich blicke nicht mehr durch. Was hat das alles zu bedeuten?"

Wie bei einem Reptil, das durch einen plötzlichen Sonneneinfall aus der Kältestarre geholt wird, kommt wieder Bewegung in Jägers Mimik. Er strahlt eine Spur Wohlwollen gegenüber dem Besucher aus.

„Ist schon mal gut, Georg, dass du mir deine Beobachtungen anvertraust. Das alles hört sich wirklich ausgesprochen seltsam an. Ich habe die Andov-Lichtenstein natürlich auch gefragt, ob sie nicht wenigstens den Hauch eines Verdachts gegen ihren Mann hatte. Ob ihr im Nachhinein noch etwas aufgefallen ist. Dazu wurde sie auch im Gericht befragt. Aber sie weist das strikt von sich. Wenn man ihr Glauben schenkt, dann haben ihr Ehemann und sie zu der Zeit, als das mit Jan-Lucca passiert ist, in einer Zweckgemeinschaft gelebt. Der Schein wurde nach außen gewahrt. Ansonsten ist jeder seine eigenen Wege gegangen. Außerdem ist ihr Kontakt zu dem Jungen wohl eher spärlich gewesen. Sie selbst habe fast immer nur mit Janina und deren kleiner Tochter etwas unternommen. Frau Andov-Lichtenstein bezeichnet diese Situation als ‚typische Rollenteilung' in ihrer Familie. Ich wette, dass der Junge ihre Aussage bestätigt. Was soll er auch anderes sagen? Also gibt es nichts und niemanden, der diese Frau belasten kann. Was wissen wir denn schon, wie es bei denen wirklich zuging. Worüber sie so geredet haben. Vielleicht hat sie ihren Mann in seinem abartigen Tun – auf welche Art und Weise auch immer – tatsächlich unterstützt. Aber wir stellen nur Vermutungen an. Damit fahren wir gegen eine Wand. Wir kriegen sie nicht dran! Und wer interessiert sich schon dafür? Jetzt, wo der Täter hinter Schloss und Riegel sitzt. Sie beabsichtigt, die Scheidung einzureichen. Jedenfalls hat sie das mir gegenüber und am Rande der Gerichtsverhandlung verkündet. Letztendlich geht sie gerade in die Opferrolle über. Wie schlimm muss es für die arme Frau gewesen sein, als sie mit der Wahrheit konfrontiert wurde: Ihr weit über die Grenzen Hochwalds hinaus geachteter Mann ist auf einmal ein Sexualstraftäter. Was für ein Schicksalsschlag! So läuft das eben. Ihr eine konkrete Mitschuld nachzuweisen, ist – wie schon gesagt – aus meiner Sicht unmöglich. Außerdem glaube ich nicht, dass von ihr heute irgendeine Gefahr ausgeht."

Georg weiß es nicht. Er hat keine Ahnung, was Leute wie Arjona in Zukunft umtreiben wird. Außer, dass es nichts Gutes ist. Stattdessen fragt er seinen ehemaligen Mitschüler:

„Und was ist mit dem, was ich dir von Jan-Luccas Eltern erzählt habe? Wie denkst du darüber?"

„Wie wollen wir den beiden nachweisen, dass sie die Verbrechen Lichtensteins an ihrem Jungen wissentlich in Kauf genommen haben? Wenn überhaupt, dann geht es um Fahrlässigkeit, um Vernachlässigung der Aufsichtspflicht. Aber das werden sie vor Gericht nur bedingt zugeben. Auch wenn sie den einen oder anderen Fehler großzügig einräumen, werden sie die Schuld natürlich anderen zuweisen und vor allem sagen, dass Lichtenstein und seine Frau ihre naive Gutgläubigkeit und ihr blindes Vertrauen skrupellos ausgenutzt haben. Und was dann? Wie oft haben wir damit zu tun, dass der Täter oder die Täterin aus dem engsten Familien- oder Freundeskreis stammt. Dass die anderen Angehörigen dadurch in ihrer Wahrnehmung eingeschränkt sind. Darauf können sich die Andovs immer zurückziehen. Sie werden sich damit rausreden, dass die alten Gerüchte für sie nur Schnee von gestern gewesen seien: Verfehlungen in jungen Jahren, gegen die keine einzige Anzeige gestellt worden ist. Warum sonst hätte sich Lichtenstein in solch einer herausragenden Position bewähren können? Und ich sage dir, Georg, damit kommen sie durch. Auch in diesem Fall haben wir nicht das geringste Beweismittel in der Hand. Wir können ihnen allenfalls vorwerfen, schwerwiegende Fehler begangen zu haben. Aber keine Straftaten.“

Georg begreift, dass er nichts Verwertbares in den Händen hält. Er fühlt sich wie ein Maulwurf, der nach stundenlangem Graben in seinem Gang unter der Erde genau dort wieder herauskommt, wo er angefangen hat.

„Da kann man nichts machen. Für alle Fälle weißt du aber von meinem seltsamen Gespräch mit diesem Ehepaar.“

Jägers ist schon aufgestanden und führt Georg durch den Gang zum Fahrstuhl.

„Dafür bin ich dir auch sehr dankbar. Du hast einige Details erwähnt, die ich bisher nicht so deutlich gesehen habe. Wer weiß, wozu es gut ist. Manchmal dreht sich der Wind und alles sieht wieder ganz anders aus.“

Sie verabschieden sich mit Handschlag. Jägers klopft Georg anerkennend auf die Schulter, bevor sich die Fahrstuhltür langsam aufschiebt. Dann eilt er zurück in sein Büro und schaltet das Radio wieder ein. Die Sendung aus der Sparte Rhythm & Blues ist längst vorbei. Die schrille Stimme einer Opernsängerin quält sein Gehör. Er stellt sich Lichtensteins Frau in dieser Rolle vor. Wie sie das Publikum aus smaragdgrünen Augen mit glühenden Blitzen durchbohrt. Leicht benommen dreht er das Radio wieder aus. Ihm ist nicht danach, einen anderen Sender zu suchen.

*

Leander erhebt sich und geht auf Arjona zu. Sie befürchtet, dass er zustechen will, und springt auf. Ihre wahnsinnige Angst steigert sich ins Gigantische. Sie ist kurz davor, sich zu übergeben. Er steht jetzt so nah vor ihr, dass sie seinen unangenehmen Atem riecht. Die rechte Hand hält er so hoch, dass er sie mit dem Messer am Hals treffen kann. Ihr Mund ist wie ausgetrocknet, die Zunge klebt am Gaumen. Mit letzter Kraft reißt sie sich zusammen und versucht, ein Wort herauszubekommen.

„Halt, ich ...“

Mehr bekommt sie nicht zustande. Leander geht ein paar Schritte zurück und nickt ihr verständig zu. Ohne den Blick von Arjona auch nur eine Nanosekunde abzuwenden, gibt er seiner Frau eine Anweisung:

„Janina, ich glaube, meine große Schwester will uns etwas sagen. Gib ihr mal ein Glas Leitungswasser.“

Nachdem Arjona mit zitternden Händen ausgetrunken hat, kommen ihr die Worte leichter über die Lippen:

„Warum müssen wir uns gegenseitig zerfleischen?“

Leander lacht schallend.

„Wir? Bis du blind? Gegenseitig? Wenn einer wen zerfleischt, dann ja wohl ich dich, verehrte Schwester.“

Er geht wieder näher auf sie zu und bleibt wenige Zentimeter vor ihr stehen. Arjona spürt, dass sie im nächsten Augenblick in Ohnmacht fallen könnte. Mit aller Entschlossenheit kämpft sie dagegen an. Sie zwingt sich, mehrmals tief durchzuatmen. Gott sei Dank fängt sie sich gleich wieder. Sie räuspert sich kurz, dann bekommt sie ihre Stimme wieder unter Kontrolle:

„Okay. Jetzt hört mir mal genau zu! Seit meinem platonischen Arrangement mit Hans habe ich von seinem nicht geringen Gehalt jede Menge Geld abgezweigt. An die Rücklagen aus der Erbschaft von seinen Eltern komme ich leider nicht ran."

Leander tritt erneut einen Schritt zurück und sieht sie verblüfft an. Janina steht plötzlich direkt neben ihm. Wie aus einem Mund sagen sie:

„Eine Menge?"

Die Gier in ihren Augen ist nicht zu übersehen.

„Ja, eine Menge. Also, um es genau zu sagen, hundertsiebzigtausend Euro."

Leander pfeift durch die Zähne.

„Donnerwetter! Wie hast du das denn gedreht, dass er nichts davon gemerkt hat?"

Arjona wird ruhiger. Ihr Puls schlägt fast wieder normal. Sie setzt sich zurück auf den komfortablen Thonet-Stuhl.

„Ganz einfach: Ich besitze ein geheimes Sparbuch. Davon weiß Hans natürlich nichts. Von unserem Familienkonto habe ich immer so viel Geld abgehoben, dass ich die alltäglichen Einkäufe grundsätzlich bar bezahlen konnte. Wenn ich zum Beispiel von einem Hunderter sechzig Euro ausgegeben hatte, zweigte ich zwei Zwanziger in mein geheimes Sparschwein ab. Wie sollte Hans jemals bemerken, dass ich nicht das gesamte Bargeld verbraucht habe? Nach Kassenzetteln hat er grundsätzlich nicht gefragt. Für ihn wäre das kleinliche Erbsenzählerei gewesen: absolut unter seiner Würde. Wenn ein paar Hunderter voll waren, habe ich sie auf ein Sparkonto eingezahlt. Das habe ich mindestens über zwei Jahrzehnte so gehandhabt. Bis vor ein paar Jahren kamen noch ordentlich Zinsen dazu. Und so ist es immer mehr geworden. Alles in allem eine hübsche Summe! Als Fachkraft im Rechnungswesen habe ich natürlich auch unseren ganzen Steuerkram erledigt. Hans hat nicht die Bohne von meinen Transaktionen mitbekommen. Wir sorgten ja beide dafür, dass auf dem Familienkonto immer eine ausreichende Summe bereitstand. Ansonsten war er froh, dass ich ihm die Einkäufe abgenommen habe, wann immer es ging. Auch jetzt noch, wo er doch schon so lange in Pension ist. Wie wir alle wissen, hat mein Mann seine Zeit mit anderen Dingen verbracht."

Janina sieht ihre Schwägerin noch bitterböser an als bisher. Bevor sie den Mund aufbekommt, redet Arjona weiter.

„Trotz meiner speziellen Entnahmen war unser Lebensstandard bis heute immer recht üppig. Hinzu kommt, dass Hans das Geld von seinem eigenen Konto wohl auch mit beiden Händen ausgegeben hat; außer dem Abtrag und den Rücklagen für unser Haus. Er spielte nämlich zu gern den großzügigen Gönner, schließlich hatte er ja auch was bei mir gutzumachen. Außerdem ..."

Janina schneidet ihr abrupt das Wort ab.

„Das reicht. Wieso erzählst du uns das alles? Glaubst du, mit deinem Gewäsch kannst du deine Haut retten, oder was?"

Ihr Mann wirft ihr einen eindringlichen Blick zu und schüttelt kaum wahrnehmbar den Kopf. Leander hat den Dolch nicht mehr auf seine Schwester gerichtet. Sein Arm hängt wie leblos an der Schulter hinunter. Keine Spur mehr von einem Angriff. Arjona gewinnt langsam Oberhand.

„Also, wenn ihr bereit seid, mit mir Frieden zu schließen, können wir ins Geschäft kommen. Schließlich geht es um sehr viel Geld. Aber dann müssen diese dämlichen Vorwürfe ein für alle Mal begraben werden."

Es ist nicht zu übersehen, dass Leander und Janina von einer Sekunde zur anderen ganz aufgeregt werden. Ihr Atem geht schneller und ihre Hände zittern leicht. Die Raffgier packt sie mit aller Macht. Genau das ist Arjonas Plan. Sie schätzt die beiden richtig ein. Für Geld tun sie alles.

„Ich bin allein schon durch mein Gehalt als Abteilungsleiterin gut abgesichert. Wie das bei Hans in Zukunft sein wird, weiß ich nicht. Seine Pension wird in eine wesentlich niedrigere Rente umgewandelt. Was er davon als Knastbruder überhaupt noch für irgendwelche Annehmlichkeiten verwenden darf? Woher soll ich das denn wissen? Das Haus gehört uns zu gleichen Teilen. Was daraus nach meiner Scheidung von Hans wird, steht in den Sternen. Mein Rechtsanwalt kümmert sich darum. Wie gut, dass ich nach dreiundzwanzig Jahren diesen irren Batzen Geld von einhundertsiebzigtausend Euro auf meinem Sparkonto liegen habe. Na ja, ich bin bereit, euch davon hundertzwanzigtausend Euro zu geben. In vier Raten á dreißigtausend, im halbjährigen Turnus. Allerdings müsst ihr mir das quittieren. Nur für den Fall, dass ihr mir juristisch an den Kragen wollt. Dann weise ich nach, dass ihr mich erpresst habt und ihr hängt genauso mit drin. Halten sich alle an unsere Vereinbarung, dann geht jeder seiner Wege und alles ist gut. Ich mache euch dieses Angebot auch angesichts dessen, was euer Sohn alles erlitten hat. Und was ihr selbst alles durchgemacht habt."

Leander sitzt wieder im Sessel, Janina wieder auf der Lehne. Damit haben sie nicht gerechnet. Ihre Rachsucht ist verflogen. Diese Finanzspritze kommt ihnen gerade recht. Das ist die Lösung eines ihrer momentanen Probleme. Eines Problems, das sie nicht ewig mit sich herumschleppen, sondern – so schnell es nur irgend geht – loswerden wollen. Leander zieht ein gebügeltes Taschentuch aus dem Stoffbeutel seiner Frau, in dem er bereits vor zwei Minuten das Steakmesser versenkt hat. Er faltet das weiße Stück Baumwollstoff auseinander und wedelte damit herum. Unverkennbar imitiert er damit das Schwenken der Friedensfahne. Auf das Taschentuch ist der Name „Georg" eingestickt. Aber das kann Arjona nicht lesen. Sie atmet erleichtert auf. Nachdem Leander das Taschentuch wieder eingesteckt hat, zieht er den Handschuh aus und lässt ihn ebenfalls in Janinas Beutel verschwinden.

Wenig später haben sie es sich bei Kaffee und Kuchen am Esstisch im Wohnzimmer bequem gemacht und handeln alle Modalitäten ihres Deals aus. Einverträglicher geht es nicht. Sie verhalten sich, als würden sie verbindliche Absprachen nach einer erfolgreichen Mediation treffen. Um vierzehn Uhr dreißig verlässt Arjonas Besuch das Haus.

Mehrere Phasen in dieser dreieinhalbstündigen Zeitspanne wiederholen sich beharrlich vor ihren Augen. Die gefährlichsten Stunden ihres Lebens sind endlich verstrichen. Trotz des anfänglichen Schocks über das einschüchternde und lebensbedrohende Auftreten ihres Besuchs hat sie die Situation mit Bravour überraschend gut gemeistert. Draußen ist es schon dunkel. Das Licht brennt im Wohnzimmer. Arjona starrt auf das Muster der zugezogenen Gardine. In der Stille ihres Hauses kommt sie sich ganz verloren vor. Sie stürzt in eine gähnende Leere. Ist das ihre Zukunft? Sie versucht, sich vorzustellen, was ihr das Leben alles geboten hätte, wenn sie nicht auf Hans hereingefallen wäre. Und umgekehrt: Wohin es ihn ohne sie verschlagen hätte. Was ist ihr geblieben? Außer der eigenen Erbärmlichkeit.

*

An diesem Samstagnachmittag ist die kleine Ebereschen-Allee in der Nähe der Eibenstädter Stadthalle wie ausgestorben. Die prachtvollen Villen aus der Gründerzeit verstecken sich hinter hohen Hecken und Mauern. Ihre prachtvollen Stilelemente der Neorenaissance und des Neubarock bleiben den Passanten bis auf wenige Durchblicke verborgen. Leander schaut zur Sicherheit noch einmal die Straße in beide Richtungen hinauf und hinunter.

„Die Luft ist rein!"

Janina nimmt den hellbraunen Einkaufsbeutel von der Schulter und hält ihn Leander entgegen.

„Zieh dir lieber die Handschuhe an."

Er tut, wie ihm geheißen. Sie stehen vor einem Gullygitter. Nur mit großer Mühe ziehen sie es ein paar Zentimeter aus der Einfassung am Straßenrand heraus, Gerade so viel, dass das Messer durchfallen kann. Sie hören ein dumpfes Scheppern im Gullysieb. Zufrieden schlendern sie Arm in Arm bis zur nächsten Bushaltestelle. Leander zupft die „Friedensfahne" aus seiner Hosentasche und steckt sie in den Papierkorb.

Die entsorgten Gegenstände werden nicht mehr benötigt. Anders als ursprünglich geplant, ist es nicht zu einem lebensgefährlichen Angriff auf Arjona gekommen. Sonst würden sie jetzt neben dem schwerverletzten oder getöteten Opfer auf dem Fußboden liegen. Georg Molenbrick hat während des Besuchs in ihrem Haus seine Fingerabdrücke auf dem Steakmesser hinterlassen. Überdies ist Janina so geistesgegenwärtig gewesen, dem Beschützer ihres Sohnes das Taschentuch unbemerkt – und ohne fettige Fingerabdrücke oder sonstige Spuren darauf zu hinterlassen – aus dem Jackett zu ziehen. Mit dem aufgestickten Namen hätten sie im Bedarfsfall den Verdacht auf diesen Mann gelenkt. Aufgrund seiner Vorgeschichte ist er verdächtig genug, um wiederholt im Affekt zu handeln. Sie wären sogar bereitwillig als Zeugen aufgetreten:

„Ja, natürlich ist uns bekannt, dass Herr Molenbrick einiges durchgemacht hat. Das hat er uns ja Punkt für Punkt in aller Eindringlichkeit erzählt. Nachdem er neulich ganz spontan vor unserer Haustür aufgekreuzt ist. Wissen Sie, Herr Jägers, der Mann weiß allerlei unschöne Dinge über den Peiniger von Jan-Lucca. Er kannte Lichtenstein schon als kleiner Junge von den Pfadfindern. Und dann hat er auf einmal angefangen, die arme Arjona zu beschuldigen. Quasi als Mittäterin. Meiner Frau und mir ist nicht entgangen, dass Molenbrick von einer Art Verfolgungswahn angetrieben wird. Nachdem er unser Haus wieder verlassen hat, ist uns ganz mulmig zu Mute gewesen. Und jetzt, wo wir diese entsetzliche Nachricht vom Mord an meiner Schwester erhalten haben … Na ja, wir denken, dass es besser ist, wenn wir Ihnen das sagen. Auch wenn wir nicht beweisen können, dass er mit dem Tod von Arjona etwas zu tun hat. Aber vieles spricht vielleicht dafür, zum Beispiel dieses Taschentuch, von dem sie uns erzählt haben, Herr Jägers. Haben Sie eigentlich schon die Tatwaffe gefunden?"

Diese Aussage haben sie bis zum Erbrechen geprobt.

Überflüssigerweise. Denn das Blatt hat sich unerwartet zu ihren Gunsten gewendet. Sie werden das Geld, das sie so dringend benötigen, bar in den Händen halten. Es kommt ihnen vor wie im Märchen: Ihr einstiger Sündenbock hat sich in einen wahren Goldesel verwandelt.

„Leander, wir müssen jetzt sofort unsere Süße abholen. Steffi kann nicht so lange auf sie aufpassen. Sie hat heute noch etwas vor."

„Stimmt! Wir haben ihr versprochen, nicht länger als anderthalb Stunden wegzubleiben. Okay, dann gehen wir jetzt mal schnell zum Parkplatz zurück."

Der Wagen steht gut getarnt auf dem Vorplatz der Stadthalle, die seit ein paar Monaten renoviert wird. Sie haben ihn hinter zwei riesigen Bauschuttcontainern abgestellt. Im absoluten Halteverbot. Aber unsichtbar für die wenigen Vorbeifahrenden, die heute auf dieser Allee unterwegs sind. Sie konnten keinen besseren Ort und Zeitpunkt wählen, um die Spuren zu beseitigen. Am Montag wird hier wieder das absolute Chaos ausbrechen.

„Morgen holen wir Jan-Lucca von seiner Tante ab", sagt Janina. „Dann ist Schluss mit Gärtnern. Endlich Urlaub! Ich kann es kaum erwarten, bis wir alle zusammen den ersten Sonnenuntergang am Meer genießen. Lass uns den Jungen diesmal ordentlich verwöhnen. Dann fällt es ihm mit all den schönen Erinnerungen leichter, sich im kirchlichen Internat von Eichbrunn einzuleben. Auch deshalb, weil er sich schon auf die nächsten Ferien mit uns freut."

Leander fährt zügig durch die Stadt, bis er vor dem Mehrfamilienhaus hält, in dem Steffi wohnt. Die Studentin betreut gelegentlich ihre Tochter und hat sich als sehr zuverlässig erwiesen. Die Kleine geht gerne zu ihr. Bevor sie aussteigen, wendet er sich mit einem treuherzigen Blick an die Mutter seiner Kinder:

„Jan-Lucca bekommt in dem Internat doch wirklich alles, was er braucht."

„Keine Frage, Leander. Das haben wir alles schon hundertmal durchgekaut. Ihm wird es dort sehr gut gehen."

Sie verliert langsam die Geduld. Ständig spielt er diese Platte ab. Als habe er ein schlechtes Gewissen. Obwohl sie für Jan-Lucca nur das Beste tun. Er geht ihr mit seinem Geschwafel gehörig auf die Nerven. Aber sie lässt sich nichts anmerken, sondern mimt die verständige Zuhörerin.

„Ist ja ein gemischtes Internat für Jungen und Mädchen. Nicht so wie früher, wo die Geschlechter getrennt unterrichtet wurden. Janina, das kennst du doch von deiner Schule, wie beknackt das damals war. Natürlich sind sie weiterhin in unterschiedlichen Gebäuden untergebracht. Aber in den Schulklassen sitzen die Schüler und Schülerinnen zusammen – manche bestimmt sogar nebeneinander. Außerdem sind sie mit einem hervorragenden Lehrpersonal ausgestattet. Das toppt wirklich alle Schulen im weiteren Umkreis. Und das Gymnasium kann prima Referenzen vorweisen. Sogar unser Bürgermeister hat dort sein Abi gebaut. Es ist genau der richtige Rahmen für unseren Jungen. Damit er sich in aller Ruhe auf seine zukünftige Karriere vorbereitet. Es wird sogar eine psychologische Krisenbetreuung angeboten. Na ja, wenn das überhaupt jemals nötig sein sollte. Ist wohl eher unwahrscheinlich."

Leander verstummt. Sie sieht die Besorgnis in seinen Augen. Dann platzt es aus ihm heraus:

„Janina, wenn ich ganz ehrlich bin, hat uns das Theater mit Jan-Lucca in der letzten Zeit maßlos überfordert. So darf es nicht weitergehen. Wir müssen schleunigst die Notbremse ziehen, um endlich wieder zu uns selbst zu kommen."

Sie lächelt ihn dankbar an.

„Genau, mein Lieber. Das müssen wir unter allen Umständen tun. Und uns wieder mehr mit unserer Kleinen beschäftigen. Die Kosten für das Internat spielen ja keine Rolle mehr. Die tausendneunhundert Euro pro Monat zuzüglich aller Sonderausgaben hätten wir alleine niemals aufbringen können. Ich hab es mal überschlagen: Wenn Jan-Lucca noch sechs Jahre bis zum Abi ins Internat geht, dann bedeutet die großzügige Spende von Arjona eine monatliche Entlastung von knapp 1.400 Euro. Damit sind wir aus dem Schneider. Ist doch alles super gelaufen, mein Herzblatt. Und für unsere Süße habe ich bei dieser Kalkulation schon mal zwanzigtausend Euro beiseitegeschoben."

Leander fühlt sich mal wieder grenzenlos wohl. Janina ist uneingeschränkt die Richtige für ihn. Die Verbindung mit ihr bewährt sich Tag für Tag aufs Neue. In seinem Glücksrausch setzt er gedankenvoll nach:

„Im Großen und Ganzen war das mit Hans doch gar nicht so schlecht. Der hat uns zeitweise ganz schön den Rücken freigehalten. Wenn bloß das andere nicht gewesen wäre. Ich verstehe bis heute nicht, warum der Junge nie auch nur den kleinsten Mucks gemacht hat. Ein einziges Wort hätte schon gereicht, und wir wären dazwischengegangen. Ohne auch nur eine einzige Sekunde mit der Wimper zu zucken! Den Mistkerl hätte ich mir gründlich vorgenommen. Der wäre seines Lebens nicht mehr froh geworden. Wenn er das überlebt hätte. Zu schade, dass ich nicht zum Zug gekommen bin. Egal! Was geschehen ist, können wir nicht mehr rückgängig machen. Außerdem geht es ihm im Knast jetzt richtig dreckig. Da kannst du sicher sein."

Sie sieht das genauso. Sie sind wahrlich keine Hellseher. Deshalb trifft sie ja auch keinerlei Schuld. Bevor sie endlich aus dem Auto steigen, um ihre Tochter abzuholen, zieht Janina ein vorläufiges Resümee:

„Mit Arjona haben wir einen Kompromiss ausgehandelt. Oder lass uns besser von einem Konsens sprechen. Das trifft den Sachverhalt genauer. Im Prinzip ziehen wir mit ihr an einem Strang. Als Nächstes müssen wir uns stärker um unsere Rolle als Nebenkläger kümmern. Das dürfen wir auf keinen Fall vernachlässigen. Vielleicht schaffen wir es, aus dem Vermögen von Lichtenstein eine Entschädigung für Jan-Lucca rauszuholen. So eine Art Schmerzensgeld. Dann ist unsere süße Kleine später noch besser versorgt. Und für den Jungen fällt natürlich auch wieder was ab. Er soll ja nicht zu kurz kommen."

Beschwingt ob all der positiven Zukunftsoptionen springen sie zeitgleich aus dem Wagen. Leander wird von seinem Optimismus derart durchdrungen, dass er nicht aufpasst und sich an der Bordkante des Bürgersteigs den Fuß verknackst. Schwerfällig humpelt er hinter seiner Frau her. Janina lässt ihn jammernd vor dem Eingang stehen. Sie hat im Augenblick anderes im Sinn. Sie stürmt die Treppe hinauf. Zu ihrem Liebling.

III

2009

Mit Vergnügen folgen sie seiner schriftlichen Einladung: Die ehemalige Clique vom Fachbereich Germanistik der Universidad Complutense de Madrid tritt heute Abend geschlossen an. Früher haben sie sich hauptsächlich mit Fragen des Studiums beschäftigt, sich gegenseitig Tipps gegeben und Erfahrungen ausgetauscht. Seitdem alle das Studium erfolgreich abgeschlossen haben, treffen sie sich hin und wieder in der urigen Bar „La Libélula" im Zentrum der Hauptstadt. Umringt von den vertrauten Freunden und Freundinnen feiert Jorge Carlos Mendoza Jimenez dort seinen achtundvierzigsten Geburtstag. Die Stimmung kann ausgelassener nicht sein. Wie gewohnt reden sie zu siebt bis um zwei Uhr morgens bei Tapas und Wein haltlos durcheinander. Sie alle sind begeisterte Anhänger des kommunikativen Chaos. Später geht er von der U-Bahn-Station gutgelaunt durch den „Parque de Retiro" bis zu seiner kleinen, aber vorteilhaft geschnittenen Altbauwohnung in der Nähe der „Plaza Mayor". Zu Hause angekommen füllt er in der Kochnische die Aluminiumkanne für den café solo mit gemahlenen Bohnen und Wasser und stellt sie auf die kleine Flamme vom Gasherd. Anschließend öffnet er im Wohnzimmer die Glastür zu dem winzigen Freitritt und lässt die kühle Nachtluft hineinströmen. Dann setzt er sich an den Computertisch, klappt den Deckel des Laptops auf, fährt das Betriebssystem hoch und sucht im Internet nach einer günstigen Verbindung zu einem Flughafen, von dem Clausburg gut zu erreichen ist. Gleichzeitig bucht er einen Mietwagen. Er will unabhängig sein, auch wenn Eibenstädt nicht weit von Clausburg entfernt ist.

Am Samstag, den 7. September steigt er morgens um sechs Uhr dreißig in eine Maschine der Fluglinie Iberia. Wie angekündigt landet sie drei Stunden später in Prag. Von hier fährt er direkt mit dem Mietwagen über die Grenze nach Clausburg und checkt schon am frühen Nachmittag im eleganten City-Ressort „Zur Hochwälder Gemütlichkeit" ein. Unter den zahlreichen ausländischen Gästen wird er kaum auffallen. Das ist genau die Operationsbasis, die er sucht. Endlich besteht die Möglichkeit, wenigstens eine von den zwei über all die Jahre hinweg offengebliebenen Rechnungen zu begleichen. Der Portier holt sein Gepäck aus dem Kofferraum. Energischen Schrittes zieht er den Trolley laut klackernd über das Kopfsteinpflaster hinter sich her und steuert auf den überdachten Eingang des Hotels zu. Jorge folgt ihm angenehm überrascht und betritt das Foyer.

Vom weit geöffneten Fenster seines dezent rustikal eingerichteten und zeitgemäß ausgestatteten Zimmers blickt er auf einen großen See. Zahlreiche Segelboote kreuzen in der mäßigen Brise hin und her. Während er sich ganz der Beobachtung des munteren Treibens hingibt, holt ihn – durchaus nicht unerwartet – die Vergangenheit ein. Er denkt daran, wie er damals angetreten ist, um den ersten der beiden Schuldner in die Zange zu nehmen:

Im Alter von neunundzwanzig Jahren bricht Jorge 1990 als frisch gebackener Doktor der Philologie endlich nach Eibenstädt auf, um seinen ehemaligen Peiniger – den von den Nonnen so verehrten Internatslehrer – hart zu bestrafen. Jorge hat eine ganz persönliche Vorstellung von Vergeltung, die nicht unbedingt in ein Schema staatlich definierter Rechtsgültigkeit passt. Er nennt es „Spiegeln". Er will den Täter mit sich selbst bestrafen, indem er ihn dazu zwingt, sich seine Untaten immer wieder in allen nur erdenklichen Details vor Augen zu führen und sie ihm Wort für Wort mitzuteilen. Auf die Adresse des Delinquenten ist er schon als Jugendlicher gestoßen. In einem günstigen Moment, als er in dessen Brieftasche herumwühlte und seinen deutschen Personalausweis herauszog. In Jerez de la Frontera erwähnte Zarßcke des Öfteren das Haus seiner Eltern. Nicht ohne einen gewaltigen Anflug von Heimweh. Für einen Mann in seinem Alter schien er sich merkwürdiger Weise immer noch nicht davon loslösen zu können:

„Dort wartet meine arme Mutter sehnsüchtigen auf ihren verlorenen Sohn. Meine geliebte Mameli."

Darauf folgte sofort:

„Aber dich möchte ich auch nicht alleinlassen."

Und schließlich:

„Manchmal bin ich wirklich hin- und hergerissen."

Was ihn aber nicht davon abhielt, sich im nächsten Augenblick intensiv dem hilflosen Objekt seiner Lüste zuzuwenden.

Als Jorge dann so viele Jahre später vor Zarßckes Anwesen steht, traut er seinen Augen nicht. Er liest einen anderen Namen auf dem Klingelschild. Hat er sich in der Hausnummer geirrt? Unsinn, die auf der Rückseite einer Visitenkarte aus seinem Portemonnaie notierte Adresse stammt von Zarßckes Personalausweis. Er klingelt und fragt nach. Die neuen Bewohner kennen den oder die vorherigen Eigentümer nicht persönlich. Sie haben die Immobilie über ein bevollmächtigtes Maklerbüro erworben. In der kleinen Pension in Eibenstädt, in der er während dieses ersten Aufenthalts übernachtet, stellt er nachträglich fest, dass Zarßcke im aktuellen Telefonbuch nicht mehr aufzufinden ist. Warum hat er nicht vorher in Madrid danach recherchiert? Heutzutage ist doch nichts einfacher als das.

„Verdammt, ich habe mich zu stark auf die süße Rache eingeschworen, statt mir dafür im Vorfeld die notwendigen Informationen zu besorgen. Natürlich hätte ich meinen Datenbestand nach so langer Zeit aktualisieren müssen. "

Wegen seiner Nachlässigkeit macht er sich zunächst die größten Vorwürfe. Er könnte vor Wut in tausend Stücke zerspringen. Was aber nichts hilft. Trotzdem soll diese Reise nicht umsonst gewesen sein. Nachdem er sich einigermaßen beruhigt hat, beschließt er, den Aufenthalt sinnvoll zu nutzen. Bis zur örtlichen Niederlassung des „Hochwald Kuriers" sind es von seiner Unterkunft nur ein paar Schritte. Er erkundigt sich nach den Öffnungszeiten für das Archiv. Nach der Mittagspause geht er hinüber zum Gebäude der Lokalredaktion. Beim mühseligen Durchgehen des Jahrgangs von 1989 stolpert er schließlich über die Anzeigen zu Zarßckes Ableben. Davon fertigt er sich am hauseigenen Kopierer Duplikate an, die er beim Empfang bezahlt. Weitere Informationen zu den Hintergründen von Zarßckes Ableben bringt er leider nicht in Erfahrung.

Immerhin gelingt es ihm, in der Friedhofsverwaltung die genaue Lage des Grabes auszukundschaften. Leider bleibt ihm nur der mehr als schwache Trost, auf den schlichten Grabstein des Knabenvergewaltigers zu spucken und ihn anschließend mit einem kräftigen Strahl vollzupinkeln.

Nachdem er sich derart abreagiert hat, vergegenwärtigt sich Jorge voll Abscheu, dass ihm unter den scheinheiligen, verlogenen Beileidsbekundungen in der Zeitung der Name „Hans Lichtenstein" sofort ins Auge gefallen ist. Es kann sich nur um Zarßckes „geliebtes Hänschen" handeln, von dem er ihm ständig vorgeschwärmt und mit dem er in einem innigen Briefkontakt gestanden hat – nicht ohne sich bitter darüber zu beklagen, dass Briefe kein Ersatz für persönliche Begegnungen seien. Sein Peiniger hat sehr darunter gelitten, dass dieser Freund nur ein einziges Mal zu Besuch nach Spanien gekommen ist. Um ihn bei Laune zu halten, hat Zarßcke ihm damals eine Nacht mit Jorge geschenkt.

Auf einmal muss sich Jorge übergeben. Er steht immer noch vor dem Grabstein und bekleckert ihn dermaßen, dass die Inschrift nicht mehr zu lesen ist. Nach dieser seinen Magen erleichternden und seine Psyche befreienden Aktion kehrt er zurück in seine Pension. Die nette Dame in der Friedhofsverwaltung wird möglicherweise Rückschlüsse auf ihn als Verursacher der Störung der Totenruhe ziehen. Aber sie kennt weder seinen richtigen Namen, noch weiß sie, wo er sich aufhält. Und Jorge wird sich definitiv an dieser Begräbnisstätte nie wieder blicken lassen.

Stattdessen stellt er vor seiner damaligen Abreise noch einige Nachforschungen über Hans Lichtenstein in der Städtischen Bibliothek an: Die Adresse ist in allen öffentlichen Verzeichnissen leicht zu finden. In einer Broschüre aus dem Rathaus ist sein

Name samt Funktionsbezeichnung, Telefondurchwahl, Sprechzeiten und Zimmernummer aufgeführt. Jorge weiß von Lichtensteins Tätigkeit im Kulturamt. Bei seinem Besuch in Cádiz hat Zarßckes Busenfreund davon erzählt und mächtig damit angegeben. Diese Informationen reichen ihm fürs Erste. Lichtenstein ist ja noch so jung, gerade mal neunundvierzig. In ein paar Jahren wird er es noch viel weniger als heute erwarten: dass sein Aufenthalt als Gast in Zarßckes spanischem Internat nicht in Vergessenheit geraten ist. Dass ihm sein widerwärtiges Verhalten gegenüber einem wehrlosen Schüler zum Verhängnis wird. Dass seine Verbrechen an einem zwölfjährigen Waisenkind gesühnt werden müssen.

Am nächsten Tag tritt Jorge mit zwiespältigen Gefühlen die Rückreise nach Madrid an. Seit diesem Zeitpunkt steht für den verhinderten Racheengel unumstößlich fest, dass er diese Stadt noch einmal aufsuchen muss.

Nun denn, jetzt ist es geschehen.

„Warum hat es so lange gedauert, bis ich wieder hierher aufgebrochen bin, obwohl ich es anfangs kaum erwarten konnte, mir die verdiente Genugtuung zu verschaffen. Das war einzig und allein wegen Esmeralda, sonst wäre ich viel eher hier gewesen. Aber seltsamerweise ist erst jetzt der richtige Zeitpunkt gekommen. Das spüre ich in meinen Fingern. Ich fühle es in meinen Zähnen. Etwas liegt in der Luft. Ein Geschmack wie Eisen oder wie Blut. Besser geht es gar nicht.“

Jorge schaut weiterhin aus dem Fenster des Hotelzimmers. Sein Blick verliert sich irgendwo am Horizont über den Wäldern, die das gegenüberliegende Ufer des Sees säumen. Das Kreuzen und Wenden der Boote auf dem See nimmt er schon lange nicht mehr wahr. Er ist zu sehr versunken in all die melancholischen Betrachtungen. In die Rückschau seiner großen Liebe.

Nach der Promotion hat er die Stelle bei dem renommierten Fachverlag für Veröffentlichungen deutschsprachiger Literatur ins Spanische angenommen. Dort lernt er seine künftige Ehefrau kennen. Sie ist ein sehr weiblicher Typ von eher kleiner Statur und trägt ihre glatten schwarzen Haare schulterlang und strahlt ihn aus dunklen Augen an. Während der Zusammenarbeit in einem Übersetzungsprojekt kommen sie sich näher. Jorge fällt aus allen Wolken, als es ihn voll erwischt. Dass er sich einmal so verlieben könnte, damit hat er nicht gerechnet. Esmeralda ist als Einzelkind von ihren Eltern sehr gefördert und unterstützt worden. Sie haben sie zur Selbständigkeit erzogen. Als beide relativ früh sterben, steht sie schon lange auf eigenen Beinen. Jorge erzählt Esmeralda, dass er in einem kirchlichen Internat aufgewachsen ist. Ansonsten will er nicht über Einzelheiten aus seiner Kindheit und Jugend reden:

„Bitte verschon mich mit der Vergangenheit! Lass uns das Heute und das Morgen in vollen Zügen genießen."

Ihr soll es recht sein. Sie verstehen sich persönlich und beruflich so gut, dass ihm ihr Zusammenleben jeden Tag aufs Neue wie ein großes Glück erscheint. In ihrer Freizeit besuchen sie gerne die fantastischen botanischen Gärten, die sich über die gesamte iberische Halbinsel verteilen. Sei es in Córdoba, Valencia oder Málaga, um nur einige zu nennen. Einmal besuchen sie sogar den weltberühmten „Jardin de Cactus" von César Manrique auf Lanzarote. In solch beschaulichen Oasen lassen sie sich dahintreiben. Manchmal einen ganzen Tag lang, ohne zu spüren, wie die Zeit vergeht. Gleichzeitig lernen sie die verschiedenen Regionen und Städte mit ihren kulturellen Highlights kennen. Das nimmt sie neben der Arbeit voll in Anspruch. Die immer engere Verbundenheit zueinander und die Begeisterung für das gemeinsame Steckenpferd erfüllen sie mit großer Freude. Manchmal fühlt es sich wie ewige Flitterwochen an.

Vor anderthalb Jahren erfährt Esmeralda bei einer Routineuntersuchung, dass sie an einer unheilbaren Krankheit mit zu erwartender Todesfolge leidet. Als sie in dem Patientenbett eines Hospizes in seinen Armen stirbt, will er ihr folgen. Mit ihr zusammen die letzte Reise antreten. Aber er hat ihr mehrmals versprechen müssen, sich nicht aufzugeben und Kraft aus dem Gedenken an ihre gemeinsame Zeit zu schöpfen. Ihre Ehe ist kinderlos geblieben. Jorge widmet sich nach der Beerdigung und einer zweimonatigen Trauer- und Besinnungsphase schnell wieder seinen Aufgaben im Verlag und versucht ein ruhiges, beschauliches Leben zu führen.

Seit der ersten Begegnung mit Esmeralda hat er sich dazu gezwungen, die regelmäßig auftauchenden Bilder aus seiner Schulzeit zu verbannen. Sie sollen ihn nie wieder in Panik versetzen. Und tatsächlich gelingt ihm dies überraschenderweise. Ihre Beziehung ist so intensiv und dabei gleichzeitig so schwerelos, dass es dafür gar keinen Raum gibt. Selbst nachts wird er weitgehend verschont. Nur ein einziges Mal wacht er schreiend aus einem dieser Alpträume auf, die ihn seit seinem zwölften Lebensjahr verfolgt haben. Esmeralda ist sofort hellwach und macht sich große Sorgen um ihn. Er versucht, sie einigermaßen zu beruhigen:

„Das hat wirklich nichts Ernsthaftes zu bedeuten. Ich weiß schon gar nicht mehr, worum es eigentlich ging."

Nach kurzem Grübeln fällt es ihm doch wieder ein:

„Kann sein, dass ich heute zu viel gearbeitet habe. Dann rattern die Übersetzungen im Gehirn weiter, auch wenn man längst eingeschlafen ist. Wahrscheinlich sind mir gerade ein paar unschöne Details aus den grausamen Original-Märchen der Gebrüder Grimm im Kopf herumgeschwirrt."

Aber er hat sie nicht überzeugt. Das spürt er deutlich. Sie erzählt ihm, dass sie selbst auch schon von Albträumen heimgesucht worden sei und dann schweißgebadet mit weit aufgerissenen Augen auf der Bettkante gesessen habe. Aber ein paar Minuten später sei sie wieder eingeschlafen. Sie macht eben gute Miene zum bösen Spiel und will ihn nicht bedrängen.

Auch nach Esmeraldas endgültigem Abschied bleiben die schrecklichen Fetzen verdrängter Erinnerungen in der Verbannung. Bis sie ihn eines Tages dann doch wieder einholen: ohne Vorankündigung – von einem Moment auf den anderen. Und wie es die Vorsehung will, treibt ihn seine Neugier während einer anfangs ziellosen Internet-Recherche in deutschsprachigen Tageszeitungen direkt zum „Hochwald-Kurier". Er findet zahlreiche Artikel über den rührigen und beredten Kulturamtsdezernenten, einschließlich einer prunkvollen Hochzeitsanzeige. Dieser Heirat misst er keine besondere Bedeutung bei. Viele Pädophile leben zur Tarnung mit Frauen zusammen, manche haben sogar Kinder mit ihnen und gelten als liebevolle Familienväter. In den letzten Jahren ist es immer ruhiger um Hans Lichtenstein geworden. Vom Alter her besteht die Möglichkeit, dass er sich inzwischen im Ruhestand befindet. Als gründlicher und wissensdurstiger Rechercheur scheut Jorge weder Aufwand noch Kosten für die intensive Nutzung des Online-Archivs. Chronologisch geht er nach der Arbeit und an Wochenenden die letzten Jahrgänge durch. In seiner Freizeit gibt es keine Freunde oder Bekannten, die ihn davon abhalten können. Allen ist bekannt, dass er sich gerne zurückzieht. Dass er dies nicht nur aus freien Stücken tut, sondern – wie von einer höheren Macht – dazu getrieben wird, bleibt ihrer Wahrnehmung verschlossen. Aber wenn es nicht so wäre, hätte er schon längst resigniert und könnte immer weniger Kraft zum Weiterleben aufbringen.

Dank seines Durchhaltevermögens verbucht Jorge vor einigen Wochen einen vollen Erfolg. Beim ersten Lesen übersieht er den Bericht. Weil ihm zuerst eine Meldung über die zersplitterte Eingangstür des Obdachlosen-Asyls der Freikirchlichen Gemeinde von Lurchheim ins Auge springt. Aber dann zwingt er sich dazu, mit Argusaugen nochmal über die gesamte Seite zu fliegen. Auch wenn seine Konzentration langsam nachzulassen beginnt. Schließlich wird er fündig und entdeckt die Meldung im linken unteren Viertel. Die Überschrift lautet: „Von städtischem Beamten verprügelter mutmaßlicher Pädophiler seit gestern in Untersuchungshaft". Das klingt vielversprechend. Gierig verschlingt er den vollständigen Artikel. Obwohl kein Name genannt wird und keine Information zu der früheren beruflichen Position des Verhafteten erfolgt, vermutet er auf Anhieb, dass es sich um Zarßckes Herzensbruder handelt. Vom Alter her könnte es passen. Der Onkel und sein Neffe …

In diesem Moment geht ein Lächeln über sein Gesicht. Zufrieden summt er vor sich hin:

„Hänschen sitzt im Loch: wie Häschen in der Grube. Doch Hänschen ist dort nicht allein: Die Gefangenen sind zu ihm gemein."

In den letzten Jahren wird er immer wieder damit beauftragt, veraltete Übersetzungen deutscher Lieder und Bücher für Kinder in ein modernes Spanisch zu übersetzen. „Häschen in der Grube" inbegriffen.

Ansonsten denkt er an diesem Tag ständig an die Heimsuchung des in der Zeitung namentlich nicht genannten Jungen. Er stellt sich vor, was er höchstwahrscheinlich alles durchgemacht hat. Was er alles erleiden musste. Das eigentliche Vergehen steht in den Berichten eher zwischen den Zeilen, wird nur äußerst vage umschrieben. Aber Jorge weiß es aus erster Hand, wozu solch ein verdammtes Schwein fähig ist:

„Hoffentlich hat sein jüngstes Opfer nicht die ganze Bandbreite von dem abbekommen, was ich in einer einzigen Nacht erleiden musste."

Zarßcke hatte dem innig vergötterten Jagdgenossen eine Nacht mit seinem Lieblingsschüler geschenkt. In den ehrwürdigen Mauern des Colegio Corazón de Jesús y sus Ovejas. Wohlbehütet durch die Geistlichkeit kann sich Lichtenstein im Gästezimmer von Zarßckes Wohnung voll an Jorge austoben. Der Lateiner unternimmt eigens zu diesem Zweck einen zweitägigen Ausflug mit einer Reisegesellschaft nach Málaga. Mit einem Abstecher zur „Cueva de la Piletain" in der Nähe von Ronda, um sich die Höhlenmalereien aus der Altsteinzeit anzusehen. Um sich von seinem Neid auf Hänschens Freuden abzulenken. Um seine Eifersucht auf das ungestörte Paar zu verdrängen.

Voll Bitterkeit und Abscheu ballt Jorge – nachdem seine Schadenfreude über Lichtensteins Verhaftung wieder in den Hintergrund getreten ist – angesichts des vor ihm liegenden Artikels immer wieder die Fäuste und brüllt mit wutverzerrter Stimme:

„Este corruptor de menores, este pedófilo despiadado, este diablo …"

„Dieser Verderber von Minderjährigen, dieser gnadenlose Pädophile, dieser Teufel …"

Es ist Jorge gelungen, direkt nach seinem achtundvierzigsten Geburtstag zwei Wochen Urlaub genehmigt zu bekommen. Jetzt ist er wieder hier. Nach neunzehn Jahren sitzt er – welch

Ironie des Schicksals – im City-Resort „Zur Hochwälder Gemütlichkeit" und starrt auf den Clausburger See.

Aber er darf keine Zeit vertrödeln. Die offene Rechnung muss
endlich beglichen werden.

Der erste Schritt besteht darin, Kontakt mit dem Angreifer
im Burger-Restaurant aufzunehmen. Es ist nicht einfach, von
der zuständigen Redakteurin beim Hochwald-Kurier den vollen Namen zu erfahren. Jorge verfügte jedoch über ein ausge-
prägtes diplomatisches Geschick. Und – wenn er das will – über
einen mitreißenden Akzent.

„Wissen Sie, verehrte Frau Germ, ich engagiere mich in meiner Heimat im Täter-Opfer-Ausgleich. Um es genauer zu sagen:
bei der ‚Vereinigung für Trauma- und Krisenbewältigung in Folge schwerer Verbrechen' in Madrid. Ich muss diesen Herrn unbedingt kennenlernen. Es geschieht so selten, dass sich jemand
derart selbstlos für ein Opfer einsetzt. Es liegt ganz allein in Ihrer Hand, ob ich diesem couragierten Clausburger Bürger meine Hochachtung zum Ausdruck bringen darf."

Kurze Zeit später sitzt er mit Georg Molenbrick in einem Café
in der City. Von der „Fahrenden Schar" hat er bis dato überhaupt
nichts gehört. Darüber haben sich Zarßcke und Lichtenstein ihm
gegenüber in tiefes Schweigen gehüllt. Warum auch immer. Von
nun an weiß er, dass es auch in diesem Land Vernetzungen von
Macht und Perversion in Organisationen gibt, die offiziell zum
Schutz und zum Wohle der Kinder und Jugendlichen auftreten.

*

Er teilt sich die winzige Zelle mit einem anderen „Sittich". In
der Gefängnissprache ist dies ganz allgemein eine Bezeichnung
für Sexualstraftäter. Die Insassen grenzen damit aber vor allem
Vergewaltiger von Mädchen und Jungen aus. Es ist ein beliebter
Name für Pädophile, vor allem wegen seiner Nähe zu dem Begriff „Sittenstrolch". In Anspielung auf die gleichnamige Vogel-
gattung sollen „Sittiche" als „vogelfrei" und damit als rechtlos

und geächtet gelten. In längst vergangenen Zeiten durfte jedermann Personen umbringen, über die eine gerichtliche Instanz den Status der Vogelfreiheit verhängt. Heute ist das natürlich ein Unding. Dennoch verhindert das soziale Gefüge der hinter Schloss und Riegel verbannten Verbrecher, dass Sittiche ihre Strafe ungestört absitzen können. Keine Chance!

Angeblich wegen notorischer Überbelegung kann er vorübergehend nicht in einer Einzelzelle untergebracht werden. Dagegen ließe sich juristisch vorgehen. Aber Lichtenstein stimmt gemeinsam mit dem bisherigen Insassen einer Doppelbelegung zu. Letzterer will sich damit wohl Pluspunkte bei der Gefängnisverwaltung verschaffen. Ihm selbst ist im Augenblick alles egal. Außer dem Umstand, dass er sich die Anwesenheit einer zweiten Person vielleicht irgendwann zunutze machen könnte. Da sein Zellengenosse schon seit einigen Jahren in diesem Raum einsitzt, beansprucht er die untere Etage des neu aufgestellten zweistöckigen Bettes. Zähneknirschend nimmt Lichtenstein mit dem darüber vorlieb.

Der andere Sittich stellt sich als ein primitiver, grobklotziger Kerl heraus. Nie und nimmer hätte dieser Kretin in die auserlesene Gesellschaft der jungenbündischen Welt Einlass gefunden. In der „Fahrenden Schar" hat es grundsätzlich keinen Platz für solch ungebildete und verrohte Proleten gegeben. Sein Zimmernachbar sitzt wegen der Vergewaltigung von acht- bis zehnjährigen Mädchen – in einem Fall mit Todesfolge – eine lebenslängliche Haftstrafe ab. Bar jedweder Intimsphäre vegetieren sie nebeneinander her und sind froh, wenn sie nicht aus der Zelle müssen: zum Spießrutenlauf. Die anderen Gefangenen freuen sich immer tierisch, wenn sie einen von den Sittichen sehen. Mal schlagen sie ihnen den gerade gefüllten Teller bei der Essensausgabe aus der Hand. Mal tritt ihnen jemand mit dem Schuh so fest in den After, dass sie sich vor Schmerzen minutenlang schreiend auf dem Boden herumwälzen. Mal müssen sie beim Hofgang so lange vor den beiden Monarchen der Anstaltsinsassen, einem Millionenbetrüger und einem Drogenboss, auf die Knie gehen, bis diese ihnen mehrfach auf den Kopf gespuckt haben. Solche Übergriffe ereignen sich nicht selten direkt vor den stoischen Mienen des aufmerksamen Wachpersonals. Sollten sie jemals dazu befragt werden, wurden sie ausgerechnet in diesem Moment durch andere Vorgänge abgelenkt.

Als Sittiche erfahren sie von den anderen Insassen die totale Gleichbehandlung. Ihre jeweilige Identität löst sich vollständig auf, wenn sie aus der Zelle treten. Zurück in ihren engen vier Wänden liegen sie apathisch auf den Betten herum und reden – bis auf das Allernotwendigste – kaum ein Wort miteinander. Lichtenstein fühlt sich wie lebendig begraben. Die Besuche von Arjona schränkt er weitgehend ein. Nur wenn sie etwas für ihn erledigen oder besorgen soll, nimmt er Kontakt auf. Viel kann sie sowieso nicht für ihn tun. Ihr verlogenes Mitleid ist ihm zuwider. Es gibt nichts, was ihm auch nur im Entferntesten eine Freude bereitet.

Das stimmt nicht ganz: Wenn er beim Duschen einmal nicht zusammengeprügelt wird, durchströmt ihn eine Welle dankbarer Zufriedenheit. Was selten genug vorkommt. Zu seinem tiefen Bedauern wissen seine Peiniger genau, wie weit sie gehen dürfen, um ihn nicht so stark zu verletzen, dass er womöglich im Justizvollzugskrankenhaus landet. Nach allem, was er gehört hat, ist es dort wie im Paradies für jemanden wie ihn. So weit, dass er sich selbst verletzen würde, um dorthin zu gelangen, ist er noch nicht gesunken. Diese Option hält er sich offen. Für alle Fälle. Der geeignete Zeitpunkt für einen Abstecher in die Krankenabteilung – in das einzige ihm verbleibende Elysium – wird noch früh genug auf ihn zukommen. Vorerst bleibt der Sittich lieber in seinem Käfig. Manchmal sucht er voller Verzweiflung nach einer alternativen Möglichkeit:

„Was heißt hier früh genug? Für mich gibt es kein früh oder spät. Es ist nur der verdammte Horror, den ich davor habe, mir selbst etwas anzutun. Bei anderen ist das ganz was anderes. Da spüre ich diese Hemmschwelle nicht."

Dann überlegt er, ob er sich gegenüber seinem zweiten Ich – also dem anderen Sittich – so abartig verhalten soll, dass man ihn wenigstens für eine Weile in die Psychiatrische Abteilung wegschließen wird.

„Was ist, wenn ich den Mitbewohner meiner Zelle beiße? Mir ein Stück von ihm abbeiße? Wie ein Kannibale. Das wird ein Riesenspaß. Die kriegen richtig Angst vor mir."

Lichtenstein sehnt sich danach, in die Zwangsjacke gesteckt und in den Garten Eden geschleppt zu werden.

„Dann umflutet mich endlose Ruhe. Bis irgendwann."

Die Zuversicht, die ihn angesichts solcher Aussichten überkommt, lässt ihn für einen kurzen Moment alles Leiden vergessen. Umso schlimmer ist es für ihn, wenn der Rausch wieder verflogen ist. Wenn ihm die ekelhaften Ausdünstungen seines Zimmergenossen in die Nasenlöcher kriechen. Wenn dessen tierisches Grunzen beim heimlichen Onanieren in seine Ohren dringt. Wenn ihm dessen Gelalle im Tiefschlaf Details unvorstellbarer Gräueltaten verrät. Gleichzeitig treibt es ihn dazu an, seinen Plan immer konkreter werden zu lassen.

„Die Zeit ist reif ..."

*

Arjona Lichtenstein steht auf der ausgeklappten Aluminiumleiter und stutzt in aller Ruhe den wunderschönen Blut-Ahorn in ihrem Ziergarten. Dieses Exemplar gehört zu ihren Favoriten. Leider wirft das Gewächs Schatten auf die linke Seite der Veranda, sodass sie den Strandkorb umstellen müsste. Das ist ihr schlichtweg zu anstrengend. Außerdem geht das ja überhaupt nicht. Jetzt fällt es ihr wieder ein:

„Wenn Hänschen wiederkommt, soll er an seinem angestammten Platz sitzen. Auch wenn aus dem Wenn ein Wohl-Eher-Doch-Nicht wird: Niemand soll schlecht von mir denken. Mein lieber Mann ist im Augenblick nicht bereit für die Scheidung. Noch nicht."

Sie hat ihren ursprünglichen Plan geändert. Nicht grundsätzlich. Sie möchte nur nichts übereilen:

„Die Scheidung werde ich erst später beantragen, wenn meine bessere Hälfte noch ein bisschen tiefer gefallen ist. Wenn er es am wenigsten verkraften kann, dass der letzte Strohhalm – an den er sich dann in seiner Zwangslage so herzzerreißend klammern will – zerbirst und sich in Staub verwandelt."

Sie hat es mit dem Wörtchen „wenn". Von einer aufflammenden Vorfreude erfasst, amüsiert sie sich köstlich bei diesen Gedanken. Als sie das Bäumchen ausreichend gelichtet hat, verspürt sie einen gewaltigen Durst. Das kommt sicher von der trockenen, staubigen Luft. Seit Tagen warten alle auf einen ausgiebigen Landregen. Im Seitenfach des Kühlschranks steht eine Flasche Zitronenlimonade, die letzte aus dem Kasten. Auf dem Weg in die Küche hört sie die dumpfen Töne des vor Kurzem an der Haustür neu angebrachten elektronischen Gongs. Sie hat sich für die Melodie „Hänschen klein" entschieden. Um ihn nicht völlig zu vergessen. Ein spöttischer Ausdruck entstellt ihr hübsches Gesicht.

„Hat sich jemand in der Adresse geirrt?", fragt sie sich.

Am Sonntagnachmittag kommt grundsätzlich niemand spontan zu Besuch. Das ist ein Tabu. Sie spürt einen Stich in der Magengegend. Mit Janina und Leander hat sie doch alles bestens geregelt. Trifft jetzt das ein, was sie unterschwellig ständig befürchtet? Dass die beiden alles versuchen werden, um auch noch den letzten Cent aus ihr herauszupressen. Beim nächsten Klingeln zuckt sie heftig zusammen. Vorsichtig nähert sie sich dem Spion und versucht, unbemerkt einen Blick nach draußen zu erhaschen. Ihre Panik verfliegt augenblicklich. Vor dem Hauseingang erkennt sie einen gut gekleideten, äußerst attraktiven Mann in den besten Jahren. Sie schätzt ihn auf Anfang bis Mitte vierzig, obwohl er irgendwie jugendlich wirkt. Ihr Herz klopft so heftig wie seit langem nicht mehr. Es wird schon nicht zerspringen. Voller Neugier öffnet sie beschwingt die Haustür.

„Junger Mann, was führt Sie zu mir?"

„Entschuldigen Sie bitte meinen unangemeldeten Besuch, Frau Andov-Lichtenstein. Ich bin Jorge Mendoza Jimenez. Ihr Ehemann ist ein gemeinsamer Bekannter von meinem ehemaligen Deutschlehrer in Spanien und meiner Wenigkeit. Wir haben uns vor vielen, vielen Jahren an der Costa de la Luz kennengelernt. Inzwischen …"

Arjona ist beeindruckt. Der südländische Schönling spricht fast ohne Akzent. Eine Hitzewelle rast durch ihren Körper. Das darf sie sich nicht entgehen lassen. Solch eine Gelegenheit bietet sich nur einmal in hundert Jahren! Ohne jedwedes Taktgefühl unterbricht sie ihn prompt:

„Nun mal ganz langsam, Señor Mendoza. Treten Sie doch bitte ein. Hier geht's zum Wohnzimmer. Nehmen Sie doch bitte Platz."

„Machen Sie sich bitte keine Umstände wegen mir. Ich möchte nur eines von Ihnen wissen: Stehen Sie noch in Kontakt zu Herrn Lichtenstein – ich meine, nach allem, weswegen man ihn verurteilt hat? Vielleicht haben Sie sich ja schon längst von ihm getrennt. Dann verschwinde ich auf der Stelle. Nichts liegt mir ferner, als Sie durch meine Fragerei zu belästigen."

Der unerwartete Besucher steht immer noch vor der Haustür und scheint sich nicht von dort wegbewegen zu wollen. Die Frage, die er an sie richtet, ist ihr unangenehm. Was will dieser Mann wirklich von ihr? Anscheinend handelt es sich um einen ehemaligen Lustknaben, der Hansilein nicht vergessen kann. Alle Achtung. Den hohen Qualitätsansprüchen ihres Gatten zollt sie uneingeschränkten Respekt. Hat sein Ex etwa vor, ihn aus dem Knast zu befreien? Zu schade, dass es solche Prachtexemplare wie diesen Jorge zu Männern hinzieht. Sie würde sofort mit ihm hinauf ins Schlafzimmer gehen – ohne Umwege und ohne jegliches Vorgeplänkel. Stattdessen sagt sie kleinlaut:

„Wir sind noch nicht geschieden. Außerdem büßt er gerade für sein schlimmes Vergehen. Da werde ich ihn ja wohl hin und wieder mal besuchen dürfen. Er hat es bestimmt nicht leicht dort – unter diesem kriminellen Pack. Das können Sie mir glauben."

„Entschuldigung, ich möchte Ihnen auf keinen Fall zu nahetreten, Frau Andov. Ich möchte Sie nur darum bitten, ihm etwas auszurichten."

„Was für eine Botschaft soll ich ihm denn überbringen?"

Arjona ist tief enttäuscht. Auf den zweiten Blick erweist sich dieser Beau als ausgesprochen langweilig. Zudem steckt Hans zu tief im Dreck, um irgendwelche Nachrichten von außerhalb der Gefängnismauern aufzunehmen, geschweige denn irgendetwas davon zu begreifen. Meistens dreht er jetzt völlig am Rad. Von seiner einstigen Power ist nichts mehr übrig geblieben. Aus und vorbei! Trotzdem erwartet Arjona die Antwort mit einer gewissen Spannung.

„Wenn Sie ihn das nächste Mal besuchen, sagen Sie ihm bitte: Jorge aus Cádiz kennt Dr. von Freyten aus Lurchheim."

Soll das ein Witz sein? Das ist doch ausgemachter Blödsinn. Ungläubig fragt sie den seltsamen Besucher:

„Das ist wirklich schon alles?"

„Ja, das ist alles, worum ich Sie bitte. Hier ist ein Zettel, auf dem ich die Botschaft notiert habe. Herrn Lichtenstein wird das ungemein interessieren. Bitte tun Sie ihm den Gefallen, er wird mir dafür sicher ewig dankbar sein."

„Und was verbirgt sich hinter dieser Nachricht?"

„Das muss Ihnen Ihr Mann selbst sagen. Ich bin leider nicht dazu befugt."

„Verstehe. Immer diese Männergeheimnisse ..."

Mit einem frivolen Lächeln reißt sie ihm den kleinen Papierstreifen kess aus der Hand und betrachtet ihn mit leicht gerunzelter Stirn. Dann strahlt sie den zugeknöpften Besucher mit ihren grünen Augen an und sagt vergnügt:

„Wenn das alles ist. Natürlich werde ich diese Information an Hans weitergeben. Was das zu bedeuten hat, ist mir eigentlich völlig egal. Was ich nicht weiß, macht mich nicht heiß!"

Jetzt setzt sie eine verschwörerische Miene auf. Als sei sie die geheimnisvolle Vierte im Bunde. Dieser wunderbare Señor Mendoza sieht sie mit einem treuherzigen Hundeblick an. Gleich wird er Männchen machen und Pfötchen geben.

„Und ich darf Ihnen wirklich nichts anbieten? Wir könnten doch bei einem Gläschen Sekt noch ein wenig plaudern. Irgendwie weiß ich viel zu wenig über die frühen Jahre meines Mannes. Er wird ja nicht immer so ein Scheusal gewesen sein. Mir gegenüber hat er sich jedenfalls immer vorbildlich verhalten. Und wir haben auf engstem Raum Tisch und Bett miteinander geteilt."

Verdammt – sie ist viel zu leutselig geworden.

„Frau Andov, ich weiß ihr Angebot sehr zu schätzen. Aber meine Zeit ist äußerst begrenzt. Ich reise noch heute ab und muss jetzt zügig nach Clausburg zu meinem Hotel fahren. Wenn Sie Herrn Lichtenstein diese Nachricht überbringen, bin ich Ihnen unendlich dankbar. Er wird sie auf Anhieb verstehen. Ich wünsche Ihnen einen schönen Sonntag. ¡Adiós y buenas tardes!"

Bevor sie etwas erwidern kann, hat er sich schon umgedreht und eilt wie ein Jüngling mit federndem Schritt die Straße hinunter bis zu seinem Auto. Sie ist sprachlos über ihr Unvermögen, nicht mehr aus der Situation herausgeholt zu haben. Sie braucht sich nichts vorzumachen: Das ist der Fluch des Alterns! Ohne üppige Bezahlung landet sie bei dieser Kategorie von Männern inzwischen keine Treffer mehr. Abgesehen von dieser schmerzlichen Erfahrung, weckt die zu überbringende Botschaft ihre Neugier.

„Wer ist Dr. von Freyten?"

Diesen Namen hat sie noch nie gehört. Im Telefonverzeichnis von Lurchheim ist er jedenfalls nicht zu finden. Auch nicht in Eibenstädt oder in Clausburg mit sämtlichen Eingemeindungen. Selbst wenn sie ihn in Google eintippt, taucht er nicht auf. Enttäuscht fragt sie sich:

„Warum muss er sich verstecken? Vor wem und vor was? Vorausgesetzt, es gibt diesen Anonymus der besonderen Art tatsächlich."

Hans wird es ihr hoffentlich erklären. Sie fiebert seinem nächsten Anruf entgegen. Zuletzt hat er sie vor sechs Wochen angewählt. Erfahrungsgemäß hält er es nicht länger als zwei Monate ohne sie aus. Ohne etwas von ihr zu wollen oder etwas unbedingt persönlich mit ihr besprechen zu müssen.

*

Dr. Gerd von Freyten befindet sich auf der Rückfahrt. Nachmittags hat er in Eibenstädt vor Polizeianwärtern einen Vortrag über „Psychische Krankheit und Gewalt" gehalten. Heute macht er einen Umweg und fährt in moderatem Tempo die kleine Landstraße entlang, die durch Ober-Waldheim führt. Ein ziemlicher Umweg, um nach Lurchheim zu kommen. Er genießt die Ausblicke in eine einsame, von Wiesen und Weiden geprägte Landschaft, die hier und da von vereinzelten Baumgruppen durchsetzt und in weiter Ferne von bewaldeten Höhenzügen begrenzt wird. Hier ist er noch nie gewesen. Spontan parkt er den schnittigen weißen Opel Cascada vor einem kleinen Feldweg und steigt aus, um in aller Gemütsruhe einen Zigarillo zu rauchen. Er betrachtet das halb verwitterte Schild am Straßenrand. Die Beschriftung ist nicht mehr zu entziffern. Der üppig mit Gras bewachsene Pfad führt zu einer hohen, völlig verwilderten Hecke, über der die ziemlich verrotteten Ziegel eines Daches hervorragen. In dieser Einöde kann es sich wohl nur um eine Scheune handeln.

Plötzlich packt ihn die Neugier und er beschließt, einen Blick hinter das Dickicht zu werfen. Sicherheitshalber lässt er das Lenkradschloss einrasten, verzichtet aber darauf, das heruntergelassene Verdeck wieder hochzuziehen. Dann tritt er den Zigarillo auf dem Asphalt der Landstraße aus. Zum Glück ist der Weg weiter oben noch nicht vollkommen zugewachsen, sondern führt direkt zwischen zwei riesigen Schwarzdornbüschen hindurch. Es wird ziemlich eng. Endlich hat er sich durch die Lücke hindurchgewunden und steht auf einer ungemähten Wiese, die über und über von längst verblühtem Sauerampfer durchzogen ist. Der Pfad endet hier.

Schritt für Schritt trampelt er das üppige Grün vorsichtig mit den Gummisohlen seiner nagelneuen Sneakers platt. Langsam nähert er sich dem halb zerfallenen Haus. Die linke Hälfte des Daches besteht nur noch aus Gebälk. Die Ziegel sind Wind und Wetter zum Opfer gefallen. Die Steinplatten der Veranda sind von zerschlagenen Glasscheiben übersät. Durch eine der Türen verschafft er sich Einlass. Sie ist nicht verschlossen. Bedenkenlos betritt er die Räume im Erdgeschoss. Der große Saal mit den verstaubten Tischen und Stühlen sowie das Zimmer mit dem gewaltigen offenen Kamin erinnern ihn am ehesten an das Anwesen irgendeiner Vereinigung, die hier in aller Abgeschiedenheit nach eigenen Regeln geschaltet und gewaltet hat. So etwas kommt ihm nicht unbekannt vor. Als er die knarrenden Treppen ins Obergeschoß hinaufsteigt, beschleicht ihn ein mulmiges Gefühl. Aber an Rückkehr ist nicht mehr zu denken. Ein neuer Schub Wissbegier treibt ihn voran. Oben angekommen, stößt er auf einen Gruppenschlafraum. Die Tür steht sperrangelweit offen. Er tritt ein und bleibt vor verrosteten Etagenbetten stehen. Jetzt dämmert es ihm: Er ist in das leerstehende, dem Verfall anheimgegebenen Landheim eines Jugend- oder Pfadfinderbundes eingedrungen. In dem rechts vom Schlafsaal gelegenen Giebelzimmer stolpert er über eine stark verschimmelte Matratze. Sofort schützt er sich vor dem ausströmenden Gestank, indem er sich ein Taschentuch vor Nase und Mund drückt. Dahinter liegt ein zweites Exemplar, ebenso vermodert wie das erste.

„Was ist das für ein seltsames Gemach", fragt er sich unangenehm berührt. „Mal sehen, was ich in diesem Raum noch so alles aufstöbern werde."

Hell genug ist es ja noch, um eine einigermaßen gründliche Inspektion vorzunehmen. Aber er findet nichts. Der Raum ist leer. Ausgeräumt bis auf die beiden Matratzen. In diesem Moment wird ihm bewusst, dass sein Cabrio schon seit geraumer Zeit mutterseelenallein am Straßenrand steht. Also beschließt er, sofort umzukehren. Trotzdem gleiten seine Augen noch einmal ziellos an den Wänden entlang bis zu dem leeren, vollkommen verstaubten Regal direkt neben der Tür. Er tritt schon mit dem rechten Fuß auf die Türschwelle. Plötzlich hält er inne. Vorhin hat er das übersehen: Zwischen dem untersten Brett des Regals und dem Fußboden steckt etwas Dunkles. Neugierig bückt er sich und zieht einen flachen, rechteckigen Gegenstand hervor. Den Staub wischt er hektisch mit den Händen ab. Das ist eine schwarze Ledermappe! Sie muss bei der Räumung übersehen worden sein. Anscheinend ist niemand zurückgekehrt, um nach diesem Gegenstand zu suchen. Oder der Inhalt ist so belanglos, dass ihn keiner vermisst. Den will er sich später in Ruhe ansehen. Gebrandmarkt durch seine chronischen Vorahnungen, spürt er die Gefahr, dass er sich darüber zu sehr aufregen könnte. Je nachdem, was er zu Tage fördern würde. Schließlich liegen noch ein paar Kilometer auf der engen Landstraße vor ihm, die er vorher noch hinter sich zu bringen gedenkt. Mit der Beute in der Hand entfernt er sich von diesem absonderlich und gleichzeitig elegisch anmutenden Ort. Für ihn gibt es hier nichts mehr zu tun. Vorsichtig steigt er die Treppe hinunter und tritt wieder hinaus auf die Veranda.

Wie von Furien getrieben stürmt er zurück zu seinem Wagen, der unangetastet am Straßenrand auf ihn wartet. Er will so schnell wie möglich nach Hause. Doch als er einsteigt, rattert ein Bauer gemächlich mit seinem in die Jahre gekommenen Traktor an ihm vorbei. Zweifellos handelt es sich um ein Modell der Marke Fiat: um einen R450 aus den späten siebziger Jahren. Dr. von Freyten greift zum nächsten Zigarillo. Diese unverwüstlichen Steinzeit-Trecker begeistern ihn jedes Mal, wenn er einen davon zu Gesicht bekommt. Plötzlich genießt er es geradezu, dass die Straße zum Überholen viel zu eng ist. Irgendwann biegt der Landwirt in einen der nächsten Feldwege ab. Sofort beschleunigt der Arzt sein Tempo. Als er endlich zu Hause ankommt, gehen gerade die Straßenlaternen an.

Jetzt ist es möglich, sich den Fund aus der Ruine in aller Ruhe anzusehen. In aller Ruhe? Bestimmt nicht in aller Ruhe! Zittern ihm jetzt vor lauter Ungeduld die Finger? Doch mit Ungeduld hat das nichts zu tun. Nein, es sind wie immer diese grauenhaften Vorahnungen. Er zwingt sich dazu, langsam und tief zu atmen. Damit er seinen Fund – ohne etwaige Spuren zu beseitigen – systematisch inspizieren kann, geht er in die Abstellkammer und zieht sich Plastikhandschuhe an.

19. 09. 67	Ralf	Willie
23.09.67	Peter	Manne
15.10.67	Hans	~~Georg~~
20.10.67	Eberhard	Pepe

22.10.67	Werner	Willie
27.10.67	Lutz-Wolfram	Pepe
28.10.67	Egbert	Manne
04.11.67	Hans	?
11.11.67	Lutz-Wolfram	Willie
11.11. 67	Eberhard	Rolli

Ralf, Peter, Hans, Eberhard, Werner, Lutz-Wolfram, Egbert.

Das sind die Namen, die auf dem leicht zerknitterten Zettel stehen, der zuoberst auf den anderen Schriftstücken in der Ledermappe liegt. Sie sind in einer Tabelle untereinander aufgereiht, die nicht vollständig ausgefüllt ist. In der Spalte links davor stehen jeweils Datums-Angaben. Und rechts daneben immer einer von fünf Namen:

Willie, Manne, Georg, Pepe, Rolli.

Die Eintragungen stammen von einer einzigen Person. Das ist deutlich zu erkennen. Die Schrift ist auffallend zierlich, sie wirkt fast mädchenhaft auf den bestürzten Betrachter.

Ihm ist schon beim Betreten des Giebelzimmers ein düsterer, zunächst noch ganz diffuser Verdacht gekommen: Ist er etwa in das Landheim der „Fahrenden Schar" eingedrungen, von der ihm sein spanischer Besucher kürzlich berichtet hat? Dr. von Freyten versteht auf Anhieb, worum es sich bei der Tabelle handelt. Er kennt sich mit diesen Dingen aus. Weil er es am eigenen Leib gespürt hat:

Als Minderjähriger gerät er in die Fänge eines Syndikats von Päderasten, die sich ihre Opfer untereinander aufteilen. Die Zentrale befindet sich im Arbeitszimmer des Direktors des freikirchlichen Knabeninternats. Meistens wird um sie gewürfelt.

Manchmal ziehen die Freier auch Lose. Oder sie stimmen ab, wer sich von ihnen mit welchem Objekt vergnügen darf. Einmal zwingen diese Bestien ihn dazu, bei einem dieser Auswahlverfahren anwesend zu sein. Er fühlt sich wie auf dem Viehmarkt. Bevor er auf die Schlachtbank abgeführt werden soll.

Als er den Namen „Georg" nur einmal – und dann auch noch durchgestrichen – von der Liste abliest, freut er sich für ihn. Ein Opfer, das von der „Fickliste" gestrichen worden ist, wie es im Jargon dieses menschlichen Abschaums heißt. Das kommt selten genug vor.

Das grausame Dokument rundet die Informationen ab, die Dr. von Freyten gestern von Jorge Mendoza Jimenez erhalten hat. Es handelt sich zudem um ein Indiz, das eindeutiger nicht sein kann. Er hat es zweifellos mit einem Täter zu tun, dessen Verbrechen zu der Kategorie „verjährt niemals" gehört. Unbenommen davon, wie lange sich Hans Lichtenstein zwischenzeitlich zurückgehalten hat. Dr. von Freyten ist ganz sicher kein Gutmensch. Als desillusionierter Hardliner sieht er die Chancen für die Resozialisierung gewisser Persönlichkeiten sehr kritisch. Natürlich nur auf den jeweiligen, ganz konkreten Einzelfall bezogen. Aber dann grundsätzlich. Wenn sein Urteil einmal gefällt ist, schreit es nach Vollstreckung. Wie zu seiner Rechtfertigung gegenüber einer imaginären Instanz redet er leise vor sich hin:

„Mögen andere darüber denken, wie sie wollen. Schließlich gehöre ich zur Lobby der Opfer. Ich weiß, dass viele Menschen vergeblich versuchen, auch nur im Ansatz zu verstehen, was in diesen Kreisen abläuft. Ich habe die lüsternen Peiniger so erlebt, wie sie wirklich sind. Zu was sie fähig sind. Manchmal habe ich danach tagelang gebraucht, bis ich kapiert habe, dass ich trotzdem weiterlebe. Das ist das Allerschlimmste: dass mein Schicksal möglich war inmitten eines Gemeinwesens, dem meine Eltern mehr vertrauten als mir, ihrem eigenen Sohn."

Dann konzentriert er sich wieder auf die Untersuchung des Inhalts der schwarzen Mappe. Er findet nichts Interessantes. Nur mehrere Exemplare eines Liederheftchens für die bündische Jugend: Was wird vor den Mahlzeiten gesungen, was am

Lagerfeuer, was vor der Bettruhe, was beim Gruppenabend, was vor dem Auseinandergehen nach einer „Großen Fahrt", was am „Tag der offenen Tür" im Landheim. Die Vorschlagssammlung wirkt schier unendlich. So anregend, dass von Freyten sie auf die Restglut im Kaminofen legt und die Lüftungsschlitze weit öffnet. Das Brandgut entflammt lichterloh. Wie ein kurzes Strohfeuer. Er legt neue Holzscheite auf. Das rasch einsetzende Inferno erinnert ihn an den morgigen Tag. Es ist ihm scheißegal, dass er möglicherweise Beweismaterial vernichtet hat. Die Fingerabdrücke und DNA-Spuren auf der Tabelle reichen – bei Bedarf – vollkommen aus. Denn die lüsternen Freier haben den Plan sicher immer wieder in die Hand genommen, ohne sich Gedanken darüber zu machen, was für Spuren sie dabei hinterlassen. Denkbar, dass sie sich den Zettel gegenseitig aus der Hand gerissen haben, wenn sie sich in ihrer Wahl nicht ganz sicher gewesen sind. Ein Feilschen und Schachern ohnegleichen.

*

Hans Lichtenstein kommt ihr zuvor. Er ist gut vorbereitet. Arjona soll sich mit dem Leiter der psychiatrischen Abteilung in Verbindung setzen. Deshalb ruft er sie ausnahmsweise an.

Das ist zwei Tage nach dem überraschenden Besuch des atemberaubend attraktiven Herrn Mendoza Jimenez bei Arjona. Zuerst ist sie wenig begeistert, aber nach und nach begreift sie, dass ihr Ex-Gemahl im normalen Vollzug nicht mehr lange durchhalten wird. Er ist jetzt wirklich am Ende. Die alltäglichen Gemeinheiten, Erniedrigungen und Züchtigungen haben ein seelisches Wrack aus ihm gemacht. Jedenfalls wirkt er diesmal so, als sie nach der langen Pause wieder am Telefon mit ihm reden kann. Er ist völlig durchgedreht und faselt so schreckliche Dinge, als habe er den Verstand verloren. Sie muss sich gehörig zusammenreißen, um weiter am Apparat zu bleiben.

„Arjonika, Schatzilein, ich habe gestern meinem Zimmergenossen die Kuppe des linken kleinen Fingers abgebissen. Hm, ich glaube, das war aus Versehen. Aber ich kann mich daran erinnern, dass ich mich wie verrückt angestrengt habe. Mit einmal Zubeißen war es nicht getan. Die Kuppe ist schon wieder angenäht und ich komme in ein anderes Zimmer. Zu einem Schwiegermutter-Mörder. Der schmeckt bestimmt auch lecker. Aber ich muss hier weg, ich kann nicht mehr."

Sie weiß genau, dass Telefongespräche mitgehört werden.

„Und wie stellst du dir das vor? Du kommst erst raus, wenn du deine Strafe abgesessen hast. Und wenn sie dich danach nicht weiter in Verwahrung nehmen. Noch ist alles offen. Vor allem, wenn du dich weiterhin so abartig aufführst. Im Augenblick tust du alles dafür, um für immer und ewig als gemeingefährlich zu gelten. Reiß dich gefälligst zusammen. Vielleicht bist du ja inzwischen wirklich auf psychiatrische Hilfe angewiesen. Aber das müssen andere beurteilen. Also, was genau willst du von mir?"

Komisch. Er hat noch nie Arjonika zu ihr gesagt. Wie klingt das denn? Sie ekelt sich vor ihm. Dieser total abgedrehte Freak ist vor ein paar Wochen noch ihr stolzer Ehemann gewesen: ein in Ehren aus dem Rathaus ausgeschiedener Pensionär und ehemaliger Amtsleiter. Sie könnte heulen vor Wut. Warum hat sie sich nur so von ihm blenden lassen? War er damals – hinter seiner einnehmenden Fassade – auch schon solch ein völlig kaputter Typ gewesen? Mal ganz abgesehen von seiner sexuellen Orientierung? Natürlich war er das! Aber es fällt ihr ungeheuer schwer, sich das einzugestehen.

„Arjonalein, es ist nur so: Ich habe mich beim Anstaltsarzt gemeldet. Ich muss morgen zu ihm kommen. Ich habe einen Termin wegen meiner seelischen Zerrissenheit. Weil ich jetzt immer so heftige Anfälle bekomme. Da weiß ich gar nicht, was ich mache. Ich kann das nicht kontrollieren."

Plötzliche Stille. Er scheint nachzudenken. Dann klingt seine Stimme seltsam fremd.

„Oh je, das ist echt schlimm, weißt du, mein Kleines. Bitte, bitte, darf ich dem Arzt sagen, dass du das früher auch hin und wieder bei mir bemerkt hast – natürlich in ganz abgeschwächter Form. Dass ich dich mal ins Ohr gebissen habe und ich ganz verwirrt war, als du plötzlich aufgeschrien hast. Oder dass ich dich beim Knutschen mal aus Versehen in die Zunge gebissen habe. Weißt du das noch? War echt blöd von mir. Mannomann! Hat mir auch schrecklich leidgetan. Die beiden Sachen würden mir schon reichen. Sie sind vielleicht wichtig für den Arzt. Wenn die dich fragen, sag halt, dass du danach immer genau aufgepasst hast und dass deswegen nichts mehr passiert ist. Aber du hast eben immer aufgepasst. Arjonikalein, ich bin dir so dankbar, wenn du das für mich tun würdest. Bitte, bitte, sag nicht nein. Außerdem ist es ja die volle Wahrheit. Das sage ich auch für die, die dieses Gespräch abhören oder aufzeichnen. Ist alles ganz legal. Le-ga-ha-hal!"

Arjonikalein? Was ist das denn für ein Schwachsinn? Solche Ausfälle hat er ihr gegenüber bis auf den heutigen Tag nie gehabt. Vielleicht verwechselt er ihr Telefongespräch gerade mit einer seiner pädophilen Eskapaden. Hat er entsprechende Kosenamen auch für seine Lieblinge benutzt? Etwa: Janilein. Oder: Luccachen. Wie abartig! Sie schiebt diese Assoziationen schnell wieder beiseite und konzentriert sich auf Lichtensteins Anliegen. Sie findet wenig Gefallen daran, mit dem Amtsarzt über längst vergessene Ausrutscher ihres Mannes zu reden. Andererseits, wenn es ihm wirklich helfen sollte, mal ein paar Wochen zur Ruhe zu kommen, möchte sie ihm nicht im Weg stehen. So fragwürdig ihr die Angelegenheit auch erscheint. Sie reißt sich weiterhin am Riemen und spielt die Hilfsbereite. Vielleicht wird sie ihn dadurch sogar für immer los – wenn er erstmal in der Psychiatrischen gelandet ist.

„Hans, das ist doch selbstverständlich. Ich erinnere mich auch daran. Hab mich damals ganz schön erschreckt. Du auch, das weiß ich noch. Dann sag mir doch schon mal den Namen des Anstaltsarztes, zu dem du hingehst. Dann weiß ich Bescheid, wenn er mich anruft."

Und vorher kann sie sich über den Arzt genauestens informieren. Sie wird dann vorsichtshalber alles in diesem noch ausstehenden Telefonat Gesagte hinterher ausführlich in einem Gedächtnisprotokoll festhalten. Um sich künftig bloß nicht in Widersprüche zu verwickeln.

„Ausgezeichnet mein geliebter Schatz! Arjoniki, der Mann heißt …"

Ein heiseres Kichern folgt. Dann hat sie den Eindruck, Lichtenstein würde vor Lachen ersticken. Aber er beruhigt sich wieder, schnappt heftig nach Luft und sagt aufgedreht:

„Jetzt fall bitte nicht vom Stuhl, so komisch heißt der. Also, bist du bereit: Dr. Gerd von Freyten. Mit Ypsilon! Hahaha, saukomisch, was? Ach so, die hören ja mit."

„Also Hans, jetzt reiß dich mal zusammen, was ist denn daran so komisch? Ein ganz normaler Name und schon fängst du an, herum zu kaspern wie ein Vollidiot. Was ist nur los mit dir?"

In der kurzen Zeitspanne seit seiner Inhaftierung hat er sich dermaßen verändert, dass sie inzwischen glaubt, sie spreche mit einer anderen Person. Wenigsten am Telefon. Vielleicht zeichnet sich bei ihm eine Persönlichkeitsspaltung ab? Sie will das Gespräch an diesem Punkt beenden. Dann fällt ihr der unerwartete Besuch vom Sonntagnachmittag wieder ein. Sie stutzt, als sie den Zettel auf der Pinnwand überfliegt.

„Hans, da ist noch eine andere Sache. Ich soll dir etwas ausrichten. Das kommt mir jetzt aber wirklich spanisch vor. Mich hat vor ein paar Tagen jemand gebeten, dir das auszurichten: ‚Jorge aus Cádiz kennt Dr. von Freyten aus Lurchheim.' Warum ist mir das nicht gleich eingefallen?"

Sie hört ein Knacken im Ohr. Dann rauscht es leise. So leise, dass sie es kaum wahrnimmt. Die Verbindung scheint noch nicht abgebrochen zu sein.

„Hans?"

Stille.

„Hans, hörst du mich?"

Stille.

„Hallo?"

Stille.

„Hans, bitte sag doch was."

Jetzt knackt es zweimal. Das Rauschen verschwindet augenblicklich. Die Leitung ist frei. Der Zustand ihres Gatten schockiert sie. Er ist völlig am Ende. Kurz vor dem totalen Zusammenbruch. Bei diesem Gedanken durchfährt sie ein gewaltiger Schrecken:

„Wenn ich mich nicht beeile, bekommt er von der Scheidung nichts mehr mit. Das wäre doch zu schade …"

*

Hans Lichtenstein erleidet nach diesem Telefonat tatsächlich den nächsten Schub inneren Verfalls. Besuch von Arjona lehnt er seitdem strikt ab. Er fühlt sich gesundheitlich dafür viel zu schwach. Außerdem fürchtet er sich immer stärker vor ihr. Jeden Tag ein bisschen mehr. Er ruft sie nicht mehr an. Das letzte Gespräch hat ihn wahnsinnig aufgeregt. Von da an spürt er, dass sein Ende nahe ist, dass seine Uhr bald für immer abgelaufen sein wird, dass er mit seinem Boot unaufhaltsam dem endlosen Horizont entgegentreibt. Als er sich einmal ganz zufällig die Augen reibt, hat er eine Vision:

„Das Tor zur Hölle steht weit geöffnet. Er wird erwartet. Im Granitschloss des feuerroten Herrschers treffen die Untertanen allerlei Vorbereitungen für das große Fest. Für den Einzug der neuen Seele. Während der silbergraue Zentaur wehmütige Melodien auf der Doppelflöte spielt, stapeln aneinandergekettete Sklaven unter leisem Ächzen und Stöhnen das Holz des Scheiterhaufens sorgsam auf. Das Taktgefühl der greisen Kolosse gilt dem Spielmann. Sie wollen ihn nicht stören. Ein schwarzer Adler segelt über die Zinnen. Die Stunde der Sehnsucht naht."

Die letzten Tage verfliegen in Windeseile. Allerdings verlaufen sie ganz anders, als er sich jemals hätte ausmalen können. Wenig später – drei Wochen nach seinem Telefonat mit Arjona – stirbt er infolge einer schweren Selbstverletzung in einem Zweibettzimmer der Psychiatrischen Abteilung der Clausburger Justizvollzugsanstalt. Vormittags geht er noch zu einer Vorbesprechung für eine neue Therapie. Als sein Zimmernachbar nach der Mittagsruhe zu einer Untersuchung abgeholt wird, kommt Lichtenstein voller Verzweiflung zu dem Schluss, dass er sich aus den Fängen von Dr. von Freyten befreien muss. Er würde so gerne in eine andere Abteilung der Gefängnisklinik verlegt werden. Aber das erscheint ihm als völlig aussichtslos. Angetrieben durch die Angst vor einer erneuten Begegnung mit dem Psychiater, schlägt er seine Stirn mit ungeheurer Wucht gegen den stählernen Türrahmen. Dabei stürzt er so unglücklich, dass er sich weitere Platzwunden am Kopf zuzieht. Er fällt in Ohnmacht und verblutet langsam. Als der Zellennachbar zurückgebracht wird, kommt jegliche Hilfe zu spät. Die Gefängniswärter sind im Lauf der Zeit mit der einen oder anderen Form von Selbstverletzung konfrontiert worden. Manchmal mit tödlichen Folgen. Oft lässt sich hinterher nicht mehr klären, ob es eher ein verzweifelter Hilferuf gewesen ist oder ob der Inhaftierte einen Selbstmord begangen hat.

Auch dieses Detail bleibt den Gefängniswärtern verborgen: Einige Tage vor Lichtensteins Tod liest Dr. von Freyten seinem Patienten ein ausführliches, detailgetreues Protokoll monströser Untaten vor, die er angeblich begangen haben soll. Und zwingt ihn dazu, aufs Genaueste zuzuhören. Der Arzt begründet dieses entwürdigende Vorgehen ihm gegenüber ausgerechnet mit „dringenden therapeutischen Maßnahmen". Der Patient sei schließlich nicht in einem Wellness-Ressort untergebracht, sondern in der Psychiatrischen Abteilung einer Klinik im Strafvollzug. Seine aktive Mitwirkung setze der Arzt mehr oder weniger voraus. Anderenfalls werde er aus dieser Station umgehend entlassen und komme wieder in den Regelvollzug.

Dagegen ist er machtlos. Er ist diesem elenden Quacksalber mit Haut und Haaren ausgeliefert.

„Wir kümmern uns hier um Sie, indem wir Ihnen konkrete Hilfen ermöglichen. Das geschieht alles durchaus zu Ihrem Guten. Damit sie recht bald wieder genesen. Damit Ihre Seele zu guter Letzt wieder den ersehnten Frieden findet, Herr Lichtenstein."

Dr. von Freyten sagt das überaus freundlich zu ihm, fast liebevoll. Dann beginnt er laut und deutlich vorzulesen. Seine Stimme klingt nun völlig emotionslos. Er trägt die erschütternden Aufzeichnungen so sachlich und nüchtern vor wie ein Nachrichtensprecher. Die Wirkung ist umso unerträglicher. Es handelt sich um Jorges Aufzeichnung der hemmungslosen Nacht, in der ihn Zarßcke an Lichtenstein ausgeliehen hat. Der Inhaftierte sitzt vorgebeugt in seinem Stuhl und blickt den Psychiater mit weit aufgerissenen Augen an. Er tut so, als habe das nichts mit ihm zu tun. Manchmal zieht er staunend die Augenbrauchen hoch, dann wieder schüttelt er fassungslos den Kopf, als könne er nicht glauben, was er gerade zu hören bekommt. An einer besonders ekelhaften Stelle verliert er die Beherrschung:

„Hören Sie sofort auf damit. Das bin ich nicht! Das ist gelogen. Wie kommt diese Person dazu, mir solche Dinge zu unterstellen? Das sind kranke Fantasien eines irregeleiteten Pubertären. Dieser Mensch müsste vor Ihnen sitzen, und nicht ich. Lachhaft, mir solche Scheußlichkeiten zu unterstellen. Wenn überhaupt etwas an diesem Quatsch dran ist, dann nur das eine: Wir hatten einvernehmlichen Sex miteinander. Und dafür hat sich in unserem Land in den frühen achtziger Jahren sogar mal die Fraktion einer Partei eingesetzt. Ich finde das ...“

Dr. von Freyten unterbricht ihn. Natürlich ist ihm bekannt, dass es diese Fraktion nicht nur gegeben hat, sondern dass sie möglicherweise in Randbereichen unter der Oberfläche auch heute weiter existiert. Wovon sich diese Partei heute distanziert. Dass Lichtenstein dies als Rechtfertigung für seine Vergewaltigungen anführt, bringt seine Wut zum Kochen. Der Stimme des Arztes ist dies jedoch nicht anzuhören:

„Fällt es Ihnen leichter, mir zuzuhören, wenn ich Sie fixieren und knebeln lasse? Mein Personal ist darauf bestens vorbereitet. Wir helfen Ihnen selbstverständlich gern mit allem, was in unserer Macht steht.“

Dabei bedenkt er den Pädophilen mit einem verständnisvollen, milden Blick, der das perfekte Trugbild unendlicher Empathie ausstrahlt. Natürlich weiß der Psychiater, dass er seine Befugnisse hochgradig und in sträflicher Weise überschreitet. Aber das hält ihn keineswegs davor zurück, mit dem Vorlesen der Aufzeichnungen fortzufahren.

Lichtenstein verhält sich ruhig. Bis zum letzten Wort. Jede einzelne Silbe kriecht in sein Gehirn und setzt sich dort fest.

Dann dreht der Arzt den Spieß um: Jetzt muss Lichtenstein das Protokoll laut vorlesen. Der Verurteilte winselt immer wieder um Gnade. Lichtenstein blickt in Augen, die bis in sein tiefstes Inneres zu dringen scheinen. Dr. von Freyten schüchtert ihn jedes Mal mit seinen vor Mondkälte leise klirrenden Anweisungen ein:

„Tun Sie Ihrem geliebten Jorge diesen kleinen Gefallen. Bitte zeigen Sie sich doch mal von Ihrer großzügigen Seite. Und seien Sie deswegen stolz auf sich. Lesen Sie diesen Text dort weiter, wo Sie gerade aufgehört haben. Sonst bekommen Ihre Gefängniskameraden diese Aufzeichnungen zugespielt. Noch bevor Sie zurück in Ihrer Zelle sind. Also machen Sie endlich weiter!"

Der hochgewachsene Mann verzieht sein Gesicht und schaut auf den Patienten herab, als würde er ihn maßlos verabscheuen und einen gehörigen Ekel vor ihm empfinden. Lichtenstein hat nur noch einen Wunsch:

„Warum entsorgt er mich nicht auf der Stelle mit einer Spritze. Auch wenn das schmerzhaft sein sollte. Hauptsache, es ist endlich vorbei."

Er wäre dem Anstaltsarzt sogar dankbar, wenn er ihn direkt ins Fegefeuer werfen würde. Stattdessen zwingt dieser ihn dazu, Jorges Protokoll Wort für Wort, Satz für Satz bis zum letzten Punkt gut vernehmbar vorzulesen. Während sich der letzte Rest seines einst so überheblichen Selbstbildes jämmerlich ins Nichts verflüchtigt. Danach wird der Patient auf Veranlassung des Doktors von zwei Pflegern unverzüglich auf sein Zimmer gebracht. Ohne zusätzliche Medikation. Quasi im nüchternen Zustand.

Dr. von Freyten und Jorge haben sich vor Jahren auf einem internationalen Kongress kennengelernt. Es geht um Methoden der Prävention und Selbstverteidigung. In vielen Punkten sind sie sich einig. Auch in den Pausen diskutieren sie lebhaft über erfolgversprechende Interventionsmöglichkeiten bei gezielten Annäherungsversuchen durch Kindervergewaltiger. Solche Instrumente haben ihnen selbst gefehlt. Damals. Was hätten sie ihnen alles ersparen können! Nach der Fachtagung halten sie den Kontakt durch gelegentliche Telefonate oder E-Mails aufrecht.

Als ihn Jorge vor Kurzem besucht, hört der Mediziner zum ersten Mal den Namen Peter Zarßcke. Das Internat, in das Dr. von Freyten von seinen gleichgültigen, unbarmherzigen und elitebewussten Eltern damals nach der Lurchheimer Grundschule abgeschoben wurde, liegt weit außerhalb der Grenzen von Hochwald. Dort gibt es zwar keine „Fahrende Schar". Dafür jedoch zahlreiche Priester und Pädagogen, die sich gierig um jeden Neuankömmling scharen. Bevor sich der auch nur ein Stück weit in der fremden Welt zurechtfinden kann. Fernab der gewohnten Umgebung. Vollkommen allein. Ohne Familie. Ohne Freunde. Ohne Halt.

Nach den ersten Tagen ruft er heimlich seine Eltern aus einer öffentlichen Telefonzelle an. Das Gespräch verläuft erfolglos: Sie machen ihm wegen seiner Undankbarkeit die bittersten Vorwürfe. Nur wenige Eltern gäben für die hervorragende Ausbildung ihrer Kinder so viel Geld aus. Seine Anschuldigungen gegenüber dem Lehrpersonal tun sie als „lächerlich", „abwegig" und „bigott" ab. Damit könne er sie nicht erpressen. Zum Schluss versuchen sie, ihn mit dem von der Schulleitung garantierten Premium-Abi zu ködern, mit dem ihm später alle Türen zu den Eliten dieses Landes weit offenstehen würden. Bevor sie abrupt auflegt, versucht ihn seine Mutter mit geheucheltem Verständnis aufzumuntern:

„Mein lieber Gerd, jetzt reiß dich bitte zusammen. Wir haben alle mal einen schlechten Tag. Aber ab morgen scheint wieder die Sonne."

Von wegen.

Jetzt schickt er eine E-Mail an Jorge ab:

„Der Verurteilte hat sich selbst erlöst, statt seine gerechte Strafe abzubüßen. Was für ein Feigling! Andererseits kommt er auf diesem Weg direkt in die Hölle. Vielleicht erschien ihm der Ort der Verdammnis einigermaßen komfortabler gegenüber dem, was seine Opfer durchmachen mussten. Wen interessiert das noch? Eine Kakerlake hat sich selbst zertreten. Na und? Das Imperium hat gewackelt, mehr ist noch nicht passiert."

Im Anhang befindet sich die Kopie von Lichtensteins Todesanzeige im Hochwald-Kurier als PDF-Datei.

NACHWORT

Miranda und Georg betreten – ohne sich gegenseitig zu bemerken – mit einer Gruppe von Touristen den geräumigen Fahrstuhl in der Clausburger Gemäldegalerie. Die aktuelle Ausstellung zum Thema „Biedermeiermalerei" gehört zu den kulturellen Höhepunkten in diesem Sommer. Zumal es der Verwaltung gelungen ist, eine beachtliche Anzahl von Exponaten des weltberühmten Carl Spitzweg auszuleihen. Aber auch Gemälde wie „Der Bettelknabe auf der hohen Brücke" von Ferdinand Georg Waldmüller oder „Morgenstunde" und „Rübezahl" von Moritz von Schwind sorgen für einen fulminanten Zulauf. Im letzten Moment stoppen vier Teilnehmer aus einer japanischen Reisegruppe den Schließvorgang der Tür und drängeln sich noch mit aller Gewalt in den Lift hinein. Georg bemerkt es zuerst gar nicht, dass er – wie es der Zufall will – plötzlich neben Miranda steht und immer enger an sie herangerückt wird. Erstaunlicherweise weichen sie nicht voneinander. Im Gegenteil. Als der Fahrstuhl hält, lässt Georg ihr den Vortritt. An einer Säule wartet sie auf ihn.

„Was für ein Zufall ...", sagt er mit einem Lächeln, das sie sofort erwidert.

„Hallo Georg, schön, dich mal wiederzusehen. Lang, lang ist's her ..."

Sie sehen sich tief in die Augen.

„Miranda, wir sind doch beide ausgewiesene Experten für diese Art von Malerei. Lass uns zusammen einen Rundgang machen und dabei ein wenig fachsimpeln."

„Tolle Idee, Georg. Na, dann wollen wir mal loslegen."

Währenddessen hakt sie sich bei ihm unter. Auf dem weitläufigen Gang schlendern sie an einer streng blickenden Museumswärterin vorbei und bleiben ehrfurchtsvoll vor dem ersten der zahlreichen Exponate von Ferdinand Georg Waldmüller stehen, das den Titel „Die Erwartete" trägt:

Ein Jüngling sitzt mit einem Blumensträußchen in der Hand am Wegesrand und sieht seiner Angebeteten entgegen. Sie nähert sich ihm auf dem steinigen Pfad, wobei sie gleichzeitig etwas betrachtet, das sie in beiden Händen hält.

„Vielleicht ist es ein Liebesbrief mit einer Wegskizze für das Stelldichein?", mutmaßt Miranda.

„In diesem Fall stimme ich dir voll zu", sagt Georg und zieht sie noch ein wenig enger an sich heran.

Niemand kann wissen, was für ein Dialog sich zwischen den beiden Personen auf dem Gemälde entspannen wird. Die Beantwortung dieser Frage übergibt der Künstler an die Fantasie der Betrachtenden. Nach dem Besuch der hochkarätigen Ausstellung sitzen sie noch lange in der Cafeteria zusammen, trinken Eisschokolade und lassen die Ereignisse der letzten Jahre Revue passieren. Als sie das Museum verlassen, ist es draußen schon dunkel.

Nach allem, was Miranda inzwischen erfahren hat, verzeiht sie Georg seine damalige Indiskretion. Sie kann sich vorstellen, unter welchem Druck er gestanden hat, als er ständig von Lichtenstein bedrängt worden ist.

„Unüberlegtes Handeln ist zwar dumm, aber kein Vorsatz. Und auch kein vorsätzlicher Verrat."

Mit diesem Gedanken hakt sie das Thema endgültig ab.

Sie sind ein verdammt hübsches Paar. Mit Mitte fünfzig – im besten Alter – wartet eine rosige Zukunft auf sie. Sie spüren es gleichzeitig. An diesem Tag erfüllt sich Georgs lang gehegter Wunsch. Wie selbstverständlich begleitet sie ihn bis in seine Wohnung. Sie verlässt ihn vor Anbruch der Morgendämmerung, als der Taxifahrer klingelt. Am Abend haben die Eheleute eine gründliche Aussprache. Klaus Kreutzer gesteht Miranda im Gegenzug ihrer Beichte über ihre Beziehung zu Georg seine langjährige geheime Liebschaft. Sie lebt in Vianden an der Our, einem malerischen Örtchen im Großherzogtum Luxemburg. Er hat die attraktive Wirtschaftsprüferin auf einer Dienstreise kennengelernt und nicht mehr vergessen können. Das einstige Ehepaar beschließt, das gemeinsame Haus zu verkaufen und die Scheidung zu beantragen. Ab jetzt gehen sie getrennte Wege.

Zwei Wochen später lässt sich Miranda ganz bei ihm nieder. Georg räumt sein Arbeitszimmer für sie und verlegt es in die zu der Wohnung gehörende Dachkammer; nicht ohne diesen Raum vorher gründlich zu untersuchen.

„Wer weiß, vielleicht gibt es in der Dachschräge ja einen dieser oft übersehenen Stauräume."

Die Inspektion verläuft erfolgreich: ohne Befund.

Nach Ablauf der Scheidungsfrist wollen sie umgehend die standesamtliche Trauung vollziehen.

„Und dann?", fragen Philipp und Juliane Marong wie aus einem Mund, als ihnen das glückliche Paar die frohe Botschaft überbringt. Mitten in einer spannenden Runde Pétanque, während Miranda ihre Kugel an den Spielstein heranrollt und direkt daneben zum Stillstand bringt.

„Ach so, ihr meint die Flitterwochen", sagt Georg gut gelaunt. Er lässt sie noch einen Moment zappeln, bevor er das Geheimnis lüftet: „Wenn das Wetter mitspielt, wollen wir nach der Trauung drei Wochen jeden Tag ins Eibenstädter Freibad gehen."

Juliane und Philipp sind verblüfft.

„Das könnt ihr nicht verstehen", erklärt Miranda. „Weil es etwas mit unserer frühesten Jugend zu tun hat."

„Und wenn es regnet?", fragt Juliane.

„Na ja, dann machen wir es uns eben zu Hause gemütlich. Wozu hat Georg sein Heim zu unserem Nest gemacht."

„Dann kann ja nichts schiefgehen", freut sich Georg und schießt Mirandas Kugel mit einem genialen Wurf vom Spielstein weg.

*

Den weitläufigen Schrebergarten auf dem Grünstreifen hinter der mittelalterlichen Stadtmauer hat Mirko Jägers vor einigen Jahren von seinen Eltern übernommen. Sie sind zu alt, um sich darum zu kümmern. Manchmal packt er sie in seinen uralten, aber gepflegten graublauen Mercedes C 123 und holt sie zum Kaffeetrinken dorthin. Dann loben sie ihn für sein gärtnerisches Geschick. Aber auch das wird immer seltener. Die beiden bauen kontinuierlich ab. Also besucht er sie jetzt regelmäßig in dem Seniorenheim, wo sie inzwischen untergekommen sind. Wenn er sieht, wie sehr sie sich darüber freuen, fühlt er sich wie ein Glückspilz. Nicht alle in seinem Umfeld haben solch ein harmonisches Verhältnis zu ihren Eltern.

An diesem Sonntagnachmittag sitzt er entspannt und zufrieden auf der bequemen Gartenbank und lauscht dem Gezwitscher der Vögel. Er hat das Schmuckstück aus dunkelbeigem Akazienholz erst vor ein paar Wochen bei einem Second-Hand-Möbelhändler für einen akzeptablen Preis erstanden. Amelia streicht die zu dem Anwesen gehörende kleine Holzhütte mit einer fast farblosen, leicht bräunlichen und geruchfreien Lasur an. Es dauert nicht lange, und Jägers beginnt im Schatten des üppigen Zwetschgenbaums an dem einen oder anderen Aspekt seiner aufreibenden Arbeit herumzugrübeln. Dabei saugt er sporadisch am Strohhalm. Die Eiswürfel, die in dem frisch gepressten Zitronensaft schwimmen, haben ihr Volumen schon um die Hälfte reduziert, so warm ist es heute sogar im Schatten. Der Fall Lichtenstein kann zwar nach dessen entsetzlichem Freitod endgültig abgeschlossen werden, aber der Kommissar schleppt noch ein paar Altlasten mit sich herum, die er in dieser friedlichen Umgebung noch einmal in aller Ruhe für sich abklären will.

Der Anstaltsarzt Dr. von Freyten hat ihn neulich um eine Unterredung gebeten und ihm einen Zettel ausgehändigt. Darauf sind verschiedene Vornamen in eine Tabelle eingetragen. Das Blatt hat der Arzt zufällig in dem verlassenen Landheim der „Fahrenden Schar" gefunden. Seine Interpretation, die er Jägers dazu liefert, bezeichnet er als „eindeutig". Der Kommissar kann ihm nur zustimmen.

Anscheinend versorgte der Pfadfinderbund zu seiner Blütezeit ein weitverzweigtes Geflecht von Pädophilen mit Frischfleisch. Wer sind die Nutznießer von damals und was treibt sie heute um – sofern sie noch zu den Lebenden gehören? Peter

Zarßcke und Hans Lichtenstein kann er streichen. Bei „Lutz-Wolfram" ahnt er auf Anhieb, um wen es sich handelt: Diesen seltenen Vornamen gibt es bestimmt nur einmal in ganz Hochwald: Das ist Herr Dietelz, der Direktor des Christian-Hein-rich-Rinck-Gymnasiums. Bei „Ralf" hat er einen vagen Verdacht. Ralf Menntz: Sein ehemaliger Turnlehrer und Zarßckes enger Vertrauter würde sehr gut in diese Runde passen. Aber bis zu der Unterredung mit Dr. von Freyten wäre er niemals auf den Gedanken gekommen, diese beiden Personen mit solch einem Täterkreis in Verbindung zu bringen. Bei „Eberhard" und „Eg-bert" muss er vorerst leider passen.

Die Geschehnisse von damals sind gemäß den dafür zuständigen Paragrafen verjährt und die meisten Opfer inzwischen über die fünfzig hinausgeschritten. Trotzdem will er einen Blick auf die noch lebendigen Täter werfen. Wer kann schon wissen, womit sie sich heute ihre Freizeit vertreiben? Kinderpornografie in allen – für Outsider unvorstellbaren – menschenverachtenden Varianten ist da nur eine Möglichkeit von vielen. Jägers verspürt – wie schon so oft in seinem Leben – einen unbezwingbaren Jagdtrieb. Neben Gerfried Feldkämpens will er sich schnellstmöglich mit Jorge Mendoza in Verbindung setzen. Dr. von Freyten hat ihm dessen Adressdaten zur Verfügung gestellt. Jägers wird versuchen, dieses Netzwerk mit allen seinen Verzweigungen zu enthüllen. Bestimmt sind diese skrupellosen Schurken mit ihrem grenzenlosen Selbstbewusstsein gehörig in Angst und Schrecken versetzt worden, als sie von Lichtensteins Inhaftierung erfahren haben. Vielleicht ergreift sie jetzt eine panische Furcht davor, entgegen all ihrer sich permanent eingeredeten Unschuld doch noch zu Gejagten zu werden. Zu wehrlosen Opfern. Damit haben sie todsicher einen starken Rollenkonflikt. Sie fürchten nichts mehr, als an die Öffentlichkeit gezerrt zu werden. Bei dem Gedanken an einen Spießrutenlauf durch die Eibenstädter Altstadt fallen sie jetzt schon vor Angst fast in Ohnmacht. Bei diesen Gedanken ergreift Jägers eine wilde Vorfreude.

„Der eine oder andere Fang wird mir nicht durch die Maschen gehen. Und dann nehme ich jeden dieser Unmenschen so lange in die Mangel, bis ich den ganzen Sumpf austrocknen kann. Zumindest das, was davon noch übrig geblieben ist. Einschließlich aller Nachfolger, die sie herangezüchtet haben. Auch die späte Jagd findet noch ihre Beute."

Gestern ist er zufällig Frau Conradi in der Clausburger City begegnet. Das ist die Kinder- und Jugendpsychologin, die sich nach der Tat intensiv um Jan-Lucca gekümmert hat. Sie hat ihn nachträglich auf den neuesten Stand gebracht. Nach Lichtensteins Tod sind dem Kommissar nämlich der Junge und seine Eltern vollkommen aus dem Blickfeld geraten. Man hat ihn sofort mit neuen Fällen eingedeckt. Die Arbeit ist für ihn in der letzten Zeit absolut kein Zuckerlecken gewesen. Jetzt kann er kaum glauben, was ihm die Frau mit dem Hinweis auf professionelle Diskretion anvertraut hat:

Ursprünglich wollten die Eltern den Jungen nach den Sommerferien zu Beginn des neunen Schuljahres in ein kirchliches Internat abschieben. Davor hatte Jan-Lucca eine wahnsinnige Angst. In seiner Not erinnerte er sich an die Visitenkarte der Psychologin, die er mittlerweile als Lesezeichen in seinem neuesten Abenteuerroman benutzte. Als er sie anrief, ließ sie ihn noch am gleichen Tag in ihr behördliches Besprechungszimmer kommen. Jan-Lucca wollte weg von seinen Eltern. Die Psychologin nahm Kontakt zum Jugendamt auf. Zuerst dachte man an eine betreute Jugendwohngruppe. Aber der Junge hatte andere Pläne. Er wusste genau, was er wollte. Er bat darum, zu der Familie seiner Cousinen in Lurchheim übersiedeln zu dürfen. Deren Eltern hatten ein distanziertes bis kritisches Verhältnis zu Janina und Leander Andov. Tatsächlich waren sie ohne langes Überlegen dazu bereit, ihren Neffen bei sich aufzunehmen. Die damit verbundene Besuchsregelung ließ Jan-Lucca leidenschaftslos über sich ergehen. Anscheinend war es für ihn das kleinere Übel. Während des Gesprächs hatte die Psychologin den Jungen damit beruhigt, dass seine Eltern ihr Besuchsrecht vielleicht gar nicht in Anspruch nehmen würden. Und sie behielt tatsächlich Recht: Die Andovs riefen ihren Sohn nur gelegentlich an. Anscheinend gingen sie vollkommen in der Beziehung zu ihrer Tochter auf. Damit war der Junge voll aus dem Schneider. Laut Aussage der Psychologin geht es Jan-Lucca heute in seinem neuen Umfeld sehr gut. Er ist inzwischen – im Jahr 2010 – dreizehn Jahre alt und hat gerade auf einer Klassenfahrt den Segelschein für Binnengewässer erworben. Seine „Wahleltern" dürfen die Dauerpflege des Jungen problemlos weiterführen, weil Janina und Leander diese Lösung in Absprache mit dem Jugendamt unterstützen. Mit Eintritt des achtzehnten Lebensjahres kann Jan-Lucca sich von seinen Pflegeeltern auf eigenen Wunsch adoptieren lassen. Dann kann er die Verbindung zu seinen leiblichen Eltern ein für alle Mal auch formalrechtlich kappen. Endgültig.

Amelia macht eine Pause und setzt sich zu ihm. Er gießt ihr eine Tasse Tee aus frisch gepflückter Pfefferminze und Zitronenmelisse aus der Thermoskanne ein. Dann berichtet er von dem Gespräch mit der Psychologin, an das er sich gerade so ausführlich erinnert hat. Sie ist fassungslos.

„Wie können Eltern ihrem Sohn so etwas antun? Erst liefern sie ihn an Lichtenstein aus und vernachlässigen ihre elterliche Sorgfaltspflicht. Und dann das? Sie wollten ihn nicht bei sich haben. Er war ihnen immer nur lästig. Sie haben doch noch ein zweites Kind. Das hast du mal nebenbei erwähnt. Eine Tochter. Jünger als Jan-Lucca. Um die scheinen sie sich damals mehr gekümmert zu haben. Na ja, wer weiß schon, wie es heute ist ...“

Jägers springt von der Bank auf und nimmt sich einen Pfeil aus dem kleinen Weidenkorb, der vor ihm im Gras steht. Ohne genauer zu zielen, wirft er das Geschoss wutentbrannt auf die Dartscheibe am Geräteschuppen.

Amelia hat ins Schwarze getroffen.

*

In der Krankenakte von Hans Lichtenstein steht nichts Außergewöhnliches. Die letzten Eintragungen vor seiner schrecklichen Selbsttötung fallen nicht aus dem Rahmen. Jedenfalls geben sie keinen Hinweis auf eine sich akut anbahnende Katastrophe:

„Der Patient klagt heute über Selbstvorwürfe. Während des Gesprächs beruhigt er sich ein wenig. Das Angebot einer speziellen Therapie, die zur Aufarbeitung seines jüngsten Aggressionsschubes und zur Prävention dient, findet er interessant und will aktiv daran teilnehmen. Auf die Verschreibung stärkerer Psychopharmaka möchte er vorerst verzichten. Nimmt Patient bislang verordnete Medikamente regelmäßig ein? Prüfen, ob Einnahme nur vorgetäuscht. Herr L. wirkt unruhig. Patient hat in den letzten zwei Wochen knapp sechseinhalb Kilogramm (6.430 g) abgenommen. Körpergewicht beträgt um 7:30 Uhr nüchtern 96,7 kg. Klagt über sporadische Appetitlosigkeit. Kann trotz verordneten Medikaments schlecht schlafen (s. o.: Einnahmeverweigerung, prüfen!!!). Ansonsten keine weiteren Befunde. Vom Stationspfleger ins Krankenzimmer gebracht.“

*

Der Todesbote mit den schwarzen Flügeln fängt behutsam seine Seele ein und geleitet ihn zum Fest der Verdammnis. Als er an den Pfahl des Scheiterhaufens gebunden wird, gibt der feuerrote Herrscher das Zeichen. Helles Glockengeläut setzt ein. Die reinigenden Flammen umzüngeln das steinerne Herz, bis es in tausend Stücke zerbirst. Auf die Stunde der Sehnsucht folgt der Aufgang des Mondes. Die letzten Holzscheite sind längst verglüht. Ein eisiger Hauch weht durch den Hof. Auf den Pflastersteinen erfrieren alle Tränen. Sklaven verstreuen Asche darauf.

Hinweise

1 Alfred Zschiesche: „Wenn die bunten Fahnen wehen" (1932). Beliebtes Fahrtenlied, Verbreitung über den Nerother Wandervogel.

2 Lilie = ein Symbol der Pfadfinderbewegung. Die drei Blütenblätter werden meist mit der Pflicht gegenüber Gott, gegenüber den anderen und gegenüber sich selbst verbunden.

3 Die Altersstufen bei der „Fahrenden Schar": Wölfling. Kinder von 6 bis 12 Jahren, Halstuch nach Prüfung [Wölflingstaufe]. Jungpfadfinder. Jungen von 13 bis 17 Jahren [Ausbildung zum Gruppenführer]. Rover. 18 bis 25-Jährige [ohne Gruppe, besondere Aufgaben, Bundesführung].

4 Juja = Jugendjacke, damals in der Bündischen Jugend getragene Anoraks aus derbem Wollstoff mit eingenähter Kapuze.

5 Anspielung auf das Gemälde „Der Sonntagsjäger" (circa 1845) von Carl Spitzweg.

6 per aspera ad astra (Lat.) = durch das Raue zu den Sternen.

7 Deep Purple: Smoke on the Water (1972). Written by Ian Gillan, Ian Paice, Jon Lord, Ritchie Blackmore, Roger Glover. Golden Earring: Radar Love (1973). Written by George Kooymans & Barry Hay.

8 Damals gab es in manchen Städten Friseure, die direkt im Gebäude des Finanzamtes einen kleinen Salon für die Beamten betrieben.

9 Transen = heimliche Verwendung von Übersetzungshilfen bei Klassenarbeiten.

10 gekeilt = von: keilen. Keilen bedeutet umgangssprachlich das Anwerben von neuen Mitgliedern z. B. für einen Verein oder eine Gruppe.

11 Mikrofiche = Mikrofilm mit Ablichtung von Dokumenten, die stark verkleinert auf Folien für Lesegeräte gespeichert werden.

12 Lockerung des § 175 in den Jahren 1969 und 1971

13 Latte = salopper Ausdruck von Schülern für Latein.

14 Boz Scaggs: Love me Tomorrow (1996/gleichnamiges Album).

15 Timple = traditionelles Saiteninstrument für die folkloristische Musik auf den Kanarischen Inseln. Die äußere Form lässt sich mit der Ukulele vergleichen, die aber einen völlig anderen Klang erzeugt.

16 The Doors: Back Door Man (1967/Album: The Doors). Written by Willie Dixon (1960/Album: Howling Wolf).

17 The Doors: Light My Fire (1967/Album: The Doors).

18 Bachillerato: Spanischer Gymnasialabschluss, entspricht dem deutschen Abitur.

19 Fine Young Cannibals: She Drives Me Crazy (1989/Album The Raw & the Cooked).

20 Bendito sea el Señor! (Span.) = Gelobt sei der Herr!

21 Vgl. Bitter, Oskar: Die fragwürdige Betreuung. BoD, 2016, S. 189.

22 Johnny and the Hurricanes. Happy Time (1959/Album Red River Rock).

23 Screening: Bildschirmtechnik (Screentechnik, Videotechnik). Methode der Traumabearbeitung. Dient zur Stärkung der Ressourcen.

24 Ernst Fries: Blick auf Kleingemünd, 1828.

25 Ernst Fries: Römische Gebirgslandschaft, um 1827.

26 Flavus (Lat.) = der Blonde. Name des Bruders von Arminius/Varusschlacht.

27 Robert Baden-Powell of Gillwell: Pfadfinder. Ein Handbuch der Erziehung. Polygraphischer Verlag, Zürich 1966.

28 „She Does It Right". Songwriter: Wilko Johnson. Erschienen 1974 auf der Debut-LP von Dr. Feelgood „Down By The Jetty".

Der Autor

Oskar Bitter ist von Beruf Statistiker. Nach lang-
jähriger Mitarbeit in einer großen Versicherung
hat er sich als freiberuflicher Experte selbständig
gemacht. In seiner Freizeit verfasst er spannende
Texte. Die Inhalte entspringen nicht nur seiner
sprühenden Phantasie, sondern werden ergänzt
durch umfangreiche Recherchen. Am liebsten zieht
er sich zum Schreiben auf eine bewaldete Insel mit
langen Sandstränden zurück. Begleitet von den
Rufen der Möwen und Seeschwalben lässt er dort
den Gedanken freien Lauf. Immer wieder werden
sie von der Realität überholt. Sein erstes Werk „Die
fragwürdige Betreuung" wurde 2016 über BoD
veröffentlicht.